方紫鸢 作品
FANGZIYUAN OPUS

A Little More Happiness

微加幸福

广东旅游出版社
GUANGDONG TRAVEL & TOURISM PRESS
悦读书·悦旅行·悦享人生

图书在版编目（CIP）数据

微加幸福 / 方紫鸢著 .—广州：广东旅游出版社，2013.10
ISBN 978-7-80766-689-9

Ⅰ .①微… Ⅱ .①方… Ⅲ .①长篇小说—中国—当代Ⅳ .① I247.5

中国版本图书馆 CIP 数据核字 (2013) 第 217752 号

责任编辑：何　阳
封面设计：艺升设计
责任校对：李端苑
责任技编：刘振华

广东旅游出版社出版发行

（广州市越秀区先烈中路 76 号中侨大厦 22 楼 D、E 单元　　邮编：510095）

邮购电话：020-87348243

广东旅游出版社图书网

www.tourpress.cn

印刷：北京毅峰迅捷印刷有限公司

地址：（通州区潞城镇南刘各庄村村委会南 800 米）

710 毫米 ×1000 毫米　16 开　18 印张　292 千字

2013 年 10 月第 1 版第 1 次印刷

定价：36.00 元

本书如有错页倒装等质量问题，请直接与印刷厂联系换书

前言：只要有爱

老婆的书写完了，可以说这是一部相当写实的书。书中的人物、情节等在现实中都有对应。

以前，看电视剧，尤其是家庭剧的时候，对于剧中人物的生老病死、喜怒哀乐、嬉笑怒骂都是抱着娱乐的心理去看，很难与剧情产生共鸣。而我偷偷在电脑上看这本书的时候，就常常不敢看下去，很多东西太真切，让我无法不动容。

认识方方，是一个偶然，也许是必然。从没有想过，在四十岁时还能这样爱一个女人。我以为经历过感情的伤，不会再相信什么，我以为已经刀枪不入。但方方，一个柔弱的女子，一个有个性的女子，用她的善良、知性，还有那么一点调皮吸引了我，我们终于走到一起。失去让我们更懂得珍惜。我很珍惜在一起的日子，幸福的感觉来了。我们一起旅游、看山看水，不是锦衣玉食，但很满足。我以为这辈子就这样过下去了，像我们的父母一样过完这一生。但突来的这场病让生活有了巨大的变化，当大夫告诉我那样一个结果时，我真的蒙住了。手术前，在方方强烈的要求下，医生允许她与家属见面，她穿着肥肥大大的病号服，梳着两个辫子出来，她睁大了眼睛四处搜寻着。我知道，她在找我。无论怎样的女人，在脆弱的时候都需要一个肩膀靠一下。这个时候，我强烈地感到我有义务、有责任、也想用心地去疼爱这个女人。

漫长的化疗开始了，她一次次的呕吐，让我的也心一次次地揪起，我可以想象得到那种痛苦，她这样一个柔弱的女人竟然可以承受那么多，除了难过，也对她的坚强有一些佩服和欣慰，她没有被病击倒，还在坚强的抗争着。

化疗的反应稍微好一点的时候，她在跑步机上坚持锻炼，汗水将衣服湿透，我

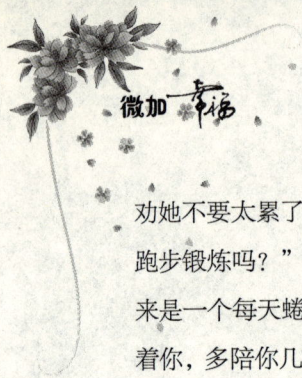

劝她不要太累了。她笑，只是笑，继续跑。有一天，她问我："知道为什么我要坚持跑步锻炼吗？"我说："为了恢复身体。"她摇头，说："我也累，也想躺着，我原来是一个每天蜷在沙发里度日的人嘛，现在这样锻炼，只是为了让身体好起来，能陪着你，多陪你几年，你刚过了几年的安逸的生活，如果你一个人了，我想起来都心疼。所以，我拼命地锻炼，再难受也咬牙忍着，忍着。为了你，我一定要好起来。"我的眼泪立刻就下来了，我相信，亲爱的，我相信我们可以一起老去。

　　每次化疗，我陪着她在医院。那么多患病的女人中，我的方方是最乐观的一个。那些病友，因为她也快乐起来，对未来又有了希望。我对她开玩笑说："你都可以开心理咨询室了。"

　　这场病，也让她结识了许多病友。虽同病却不仅仅相怜，她们还互相鼓励，有的东西是我都给不了她的。我发现，病后她更懂得体贴别人、更容易满足、更加热爱生活了。深深的感谢方方病中对她予以鼓励和支持的朋友们，没有你们的关怀和鼓励，方方也不会像现在这样乐观。一场病，让人重生。我们不怕病魔，只要有爱，会好起来的。为了你爱的人，一定要好好活着。

大熊

2013 年 7 月 16 日

目 录
contents

引子：我是"黑社会"

大年初七，人们都上班了，一切恢复如常，除了天气，由前一日的阳光明媚，瞬间又是轻微的雾霾，而我的心里却丝毫不受这雾霾天气的影响，我的心是无比敞亮的。

一个人只要内心是快乐的，那么怎么样的天气都不会影响她（他）眼中能够看到的阳光。

阳光对于这世间的一切生物都是无比重要的，世间万物的生长离不开阳光，而阳光还可以给我们带来温暖，让花儿更红，叶儿更绿，河水更清……而我们心底的阳光就是我们内心广博的爱，当我们的心里充满了爱的时候，阳光无处不在，即便阴雨，即便雾霾，即便是在充满了药水味道的病房里。

早上，给大熊热了一个银丝卷，煎了一个荷包蛋，一杯速溶的咖啡，而我自己，则是一片面包抹上鹅肝酱，外加一杯柠檬水，之所以喝柠檬水，是很多朋友告诉我，热柠檬水具有抗癌的奇效，因为柠檬水是强碱性的，而癌细胞在充满碱性的体质内是无法生存的。

治病让我成为半个医生，对很多治疗方面的问题都略知一二，大熊总说我现在就差敢拿手术刀了。我一边把热开的牛奶倒进装了雀巢速溶咖啡粉的杯子里，一边慢悠悠地回答："手术刀是绝对没戏了，最多就是杀猪刀，岁月是把杀猪刀，而病容让岁月更加肆虐得表现在了我脸上。"

大熊用勺子搅搅咖啡略带沉痛地说："嗯，没手术前四十岁看着像二十五岁，手术后四十岁真看着像三十岁了，哎哟，我们的装嫩美少女变美少妇了。"

我扑哧笑了，用力将咖啡杯撂在他面前，说："快喝你的咖啡吧。"

这么说时，我心里美滋滋的。女人都是这样的，架不住几句好话。当然这好话还得是自己在乎的男人嘴巴里蹦出来的，即便是玩笑。

养病期间相对从简，不然，大熊的咖啡会是我亲自煮的。好在，大熊很知足，一边喝咖啡一边用他的方式安慰我说："其实，我一直没好意思告诉你，我这种屌丝，喝速溶咖啡最带劲儿，你那德国机器煮出来的咖啡，我总觉得是劣质普洱茶上覆盖了刷完牙齿吐出来的牙膏泡沫，但你非得管它叫卡布基诺。"

他的话音未落，我已经捂住了嘴巴，奔向洗手间吐去了。

大熊随后跟来，边帮我拍背边念叨着："看，这是怎么说的，我忘记你化疗后特别敏感，不然打死我都不说那大实话。"

我腹中空空，没吐出什么。缓缓，直起腰，转过身，拧住大熊脸巴子上的肉，故作狰狞地说："你丫疑似雷正富，存心想恶心我吗？"

疑似"雷正富"是因为我前一日偷拍了大熊睡觉中的大头照，满满的屏幕上就是一张睡得特饱满并胡子拉碴的脸。迅速微信发给了彤，彤看后语音回复我："大熊这张真毁容了，是照着雷正富的样子毁的。"

这句回复刚好被醒来的大熊听到。丫真急了，说："有你这么拿自己老公糟改的吗？我明明是焦恩俊，前些天冬冬还说我像焦恩俊呢，现在你就把我变成雷正富了。"

我辩解："不是我，是彤说的。"

大熊更气了，说："回头我把脸巴子吃得更胖点，嘴上沾上一颗大黑痣，彻底变成雷政富，恶心死你们。"

此时，我拧着他的脸巴子，恶狠狠地说："政富哥，你还有什么话可说的？"

大熊"哎哟"着，拿下我的手，立正弯腰鞠躬，频频说："我错了，我有罪，我不敢了，可我真不会政富哥那'狗熊俯卧撑'。"

我大度地甩甩手，说："那算了，鉴于你的认罪态度，赶紧吃了早饭，上班去吧。"

面包是我自己做的，金黄而松软，但此时在我面前，犹如难咽的糠菜，香味仍旧能让我五脏六腑都产生呕吐的感觉，化疗的副作用，不是亲身经历的人是不得而知的。但我必须吃下去，因为我得吃药，肚子里没有食儿，吃了药，就会更难受，我是聪明人，孰重孰轻，一衡量，肯定给自己选一个相对轻松的。

大熊看着我一口一口艰难下咽，默不作声了。不一会儿，我的手机收到一条微信，竟然是大熊发来的，我看看餐桌对面的他，他正望着我，收起了调侃，非常温柔地望着我。

丫温柔的时候，帅哥一枚。

丫真的很帅，从我见他第一眼就确定了这件事，尽管我近视，尽管我当时慌不择路、狼狈不堪，但那不影响我评判帅哥的能力。但对于他妈妈所谓坐着像刘德华站着像费翔的言论，我还是会直接选择晕倒，不仅仅是因为我婆婆太过"老王卖瓜"，更怕那两位巨星的粉丝想办法暗杀我。

我看到他发来的话——朱朱是最坚强的了，什么都难不倒你，大熊相信你，大熊挺你。

我没有按照电影电视剧情节落下两滴感动的鳄鱼泪，而是摘掉帽子，很豪迈地摸了摸我早已光光的头，冲着大熊撇撇嘴巴，说："靠，你还想说我是'猪坚强'吗？"

大熊赶忙抱拳，说："不敢，您是混黑社会的。"

我俩大笑。

我刚手术后，大熊为了逗我开心，给我看了一部比较搞笑的电影，刘烨主演的《硬汉》。其中有个情节，是说刘烨主演的那个角色因为女友被黑社会绑架了，就要去找黑社会要人，别人告诉他光头的都是黑社会，所以他到了一家浴室就大喊，谁是黑社会？见到光头的就当做黑社会，一通打。

而我在手术后不久，因为化疗也变成了光头，于是成为我们家的"黑社会"。

一、恐慌

1. 夫妻本是同林鸟？

很多时候，我们总是喜欢自寻烦恼，想象着很多可能会发生的事情。而当那样的事情真的发生后，我们期盼的结果与现实不吻合，于是我们给这个情形加上一个定义——果不其然。我们沉醉于自己的"果不其然"中，或者是对某些人和事就此失去了信任，或者是对自己的未来产生了疑惑？但，就是不怀疑自己的"果不其然"。其实，这是比较典型的悲观主义者的思维。而实际上，任何事情，在没有真的发生之前，一切有关它的东西都是不真实的。只有，当事情发生后，我们看到的，亲身感受到的，才是真理。因为通常，人深陷在某种当时情绪中，那种情绪的衍生下，很多行为和语言仅仅是行为和语言，而没有任何更深层的意味。简单说，就是并不代表什么。

老话一定有理吗？

别看我年纪不算大，样貌更是较之实际要 pretty young，但我的很多思想已经非常"返古"了。就算四十年的个人生活经验不足以让我体会到许多古话的真谛，但架不住周围还有一帮子女人们，她们的酸甜苦辣咸也演绎了太多的人生场景。于是我得到了一个答案——老话有理。

比如说"夫妻本是同林鸟，大难临头各自飞"。

在我住院前，对这句古语，我是有些相信的。

当然，我自己不会做那个飞走的人，但，对于左杰会不会成为那个飞走的人，我不能确定。尽管从 2012 年 5 月，我体检后，开始担忧自己的身体状况后，他多次表白对我的忠贞不二，可我仍旧会怀疑。

对，没错，我这人其实很难相信男人，不是左杰不好，也不是我们俩不好，相反，左杰人不错，我们俩也很好，但是我非常清晰的思维里面——男人都是自私的。左杰也不会例外。

很多人都说遇到一个成熟的好男人，那么这个女人一生都不需要长大，就像我后来的病友舒清，她可以很骄傲地说——好吧，我承认我可以一直天真无邪下去，因为我实在是遇到了一个烧高香都觅不到的好老公。

但如果一个女人在与一个男人共度人生后，变得越来越成熟并坚强，那么丫遇到的通常不能算是好男人了。

而我，在跟左杰三年多的生活中，熟女范儿十足，这难道不能说明丫不算什么好男人吗？难道丫是例外？

2. 没下文了

我在住院前一周的周五晚上，把这通关于好坏男人的考量方式狠狠地甩给了左杰——左大熊。

那天白天，我刚去医院做完检查，尽管小薇帮我联系的肿瘤医院的老主任仍旧判定我的病情并不严重，乳腺纤维瘤的可能性比较大，但，看我自己非常担心，便建议手术，并建议做个门诊手术就得了。而我坚决选择了住院手术。

当我决定住院手术的刹那，我瞥了左杰一眼，丫竟然还在摆弄手机，一副漫不经心的状态。

我的脸色立刻大变，冷冷地说："手机里是有你最爱吃的油条还是你深爱的女人？"

左杰竟然没意识到我的不快，说："我手机上网呢，网上有很多关于世界末日的传说呢，现在的人呀，真是没事找事。"

"你说谁呢？"一股气流直往我脑袋顶冲，丫一直就觉得我无比担忧自己的身体状况是没事找事。

"我说网上那些深信世界末日的说法的人们呀。"他还是一脸无辜。

我甩手就走了。他先是惊讶了一下我的怒气冲冲，继而是不知所措地追上我。肿瘤医院人真多，我们川流在人群中，看着一张张缺乏舒展的脸。我心情更加烦躁。是呀，来这种医院的，能有几张脸是舒展的呢？

好不容易，离开了整个华北地区最有市场的医院，上了车，我一下子就哭了出来。

起初，左杰问了句："怎么了？"

我没有理他，但在心里数着数儿——看丫会在我数到几的时候问我第二遍，或者干脆揽住我的肩膀，满心疼爱地说："好了，宝宝，别担心了，你一定会没事的，即便有事，我永远是你最坚强的后盾。"

可，丫没下文了。

3. 丫又一次惹怒了我

我的哭声越来越大，也真的觉得越来越伤心。

那一阵心寒，如同当时的初冬的天气，尽管尚未到萧瑟，但因为防寒措施不到位，仍旧拔凉拔凉的。

回到家，一开家门，北方特有的供暖效果显现出来，暖气的热潮扑面，与满身心的冰冷融合，面颊表层迅速感受到暖意，而深层里仍旧是寒气逼人的。湿湿的双眼则像是罩了一层薄雾。使劲儿揉揉，眼睛更加干涩。

左杰试探着说："我给你拿条热毛巾擦擦脸吗？"

我沉着脸摇头，说："不用你。"之后，便赌气得自己去拿热毛巾。

擦了脸，浑身也缓过劲儿，舒服些了，心情也稍微好了点儿。

可我一走出卫生间，一眼看到左杰躺在客厅的沙发上，优哉游哉地抱着笔记本电脑乐不可支呢。

我那个气呀。心想，几天后我可能就要面临很大的灾难，你竟然无动于衷，平素那些爱我的话都是说给自己听的吧？哼，幸好，我早就不相信什么你侬我侬的那些文字功夫，我是干什么的？真论说那些浓情蜜语，又能有几个人是我的对手？当

然，得看我乐不乐意说。

通常，人在最心烦意乱的时候，特别容易表现出隐含在心底的刻薄，并且刻薄的程度直接与文化素质成正比。而实际上，每个人都有刻薄的一面，只是有人非常平和，便极少展现这一面。

我不刻薄已经好几年了，但，左杰对我将要面临的事件的不以为然激怒了我。

我一屁股坐在了餐桌旁，也把自己的笔记本电脑摆在了面前。

整整一个下午，我们的家中充满了寂静感。我们俩谁都不理谁。甚至，都有意不制造出一点声息，似乎，谁发出了声音，就是在向对方挑衅。从这一点看，我们俩其实都不想吵架。都在忍耐。

当然，我还是会在网上跟我最好的闺蜜大彤、冬冬和静辉发泄我对左杰的不满。

"他连句安慰我的话都没有。"我在只有我们四个人的QQ群里对她们三个说。

"你想安慰你什么呀？"靠，仨人几乎同时回复我。

"我下周一要住院呀，下周三要手术呀，我前途未卜，生命堪忧呀。"我气急败坏地迅速打出这句话。

冬冬先发了一个大笑的表情。看着她龇牙，我就想把她的大门牙用钳子掰下来。

静辉则是捂着嘴巴笑。我仿佛看到了她长长的卷发遮挡下的两个大酒窝。

而大彤直接说："婉姗，你怎么回事？又来了。体检后，被告知得去复查，当然应该去。可复查后，专家都说没事了，真就不能像你这么嘀咕了。你说你几个月前检查一遍，没事，这次又查，还没事。你自己非得觉得有事，这不是没事找事是什么？这次，我支持左大熊。不过，你坚持手术，我同意，乳房里有肿块毕竟不是什么好东西，没必要养着；你坚持住院手术，我也同意，咱们都这个岁数了，得对自己好点，门诊毕竟条件差。"

大彤是数学老师，说话总是头头是道、条理清晰。最关键，她是我朋友中与我性格最相似的，喜欢实话实说，且十分的明辨是非。她这么说时，我似乎看到了她波波头下一张圆圆的小脸上，小嘴吧嗒吧嗒的，眼里是帮理不帮亲的公允。

"就是，大彤说得对。"静辉也帮腔，"你做一个小手术非得让左杰紧张成什么样儿呢？"

"你这是用你想象的惨烈去试探男人的心思，这样的试验肯定会失败，因为男人跟女人的区别之一就是——男人不会为没发生的事情承受折磨。男人本来就不喜欢被折磨，女人会因为折磨而感受一种叫做凄美的东西，说白了，就是很多女人是喜欢无病呻吟的，而男人，对于快乐有更强烈的渴望，无病呻吟是他们最不屑的，他们真的病了，不会呻吟，会立马找寻行之有效的方案。"冬冬总是能很准确指出我心底的"小九九"。丫很了解我，谁让我单身的时候总住她家呢，基本上她就是我肚子里的蛔虫。但由于她总能在我焦头烂额或者是冲动耍性子的时候，及时拉住我那即将脱离的缰绳，于是她这只蛔虫便如同我腹内翻江倒海的时候，突然静静攀附于我的内壁中，不吞噬我的养分，并让我一下子减轻疼痛感的特殊的虫子，倒不用急着排出去。

这几年来，我最大的变化，就是听劝了。固执是属于小姑娘的，到了一定的时候，过于固执就是不识时务，毁的是自己。

于是，我还是像以往一样去做晚饭。醋熘白菜、肉片土豆辣子、大葱炒鸡蛋，还做了一个紫菜蛋花汤，全是左杰爱吃的。我想这足以表明了我的态度——不想再跟他为没有发生的事情而计较。

此刻，需要的是他顺势而为的配合。

但，丫又一次惹怒了我。

4. 左杰早已适应了我的"瞎琢磨"

"明天还去看电影吗？"左杰一边呼噜噜地喝汤，一边不走大脑地问我。

我心想，本来就定好了，在我住院前，去看最新上映的两部非常值得看的片子——《1942》和《少年派》。而周日是他爸爸的生日，所以就决定周六连看两场，他干吗又问还去不去？

难道他不想陪我去看吗？

女人的特质是，喜欢在某种特定的时候，完全按照自己的设想去发展，并去揣测别人。

更何况还是我这种超级喜欢洞察一切的女人。

我故意说了反话："不去了。"

"哦。"左杰对我的反话没有感觉，竟然说，"那我明天就去看左晓晴了。"

我用力地把筷子摞在餐桌上，目不斜视地盯着他说："你是不是早就打算好了？"

"没有呀。"左杰仍旧是一脸的无辜。

"那你何必问我已经订好的事情？"我不想再跟他兜圈子。

"哦。"左杰伸出手来，隔着餐桌，握住我的手，"我看你心情不好，不知道你还有没有心思去看电影，要是不去看，那不如我去看孩子，这样下周就不必去了，你手术后，怎么也需要照顾。"

"哈。"我冷笑，抽回自己的手，"真是冠冕堂皇的借口呀，其实，你内心最真实的想法是，你，左杰，本就不想陪我去看电影，而是想去看自己的女儿。"

"诶？"左杰更是一脸的疑惑，"朱朱，你怎么突然不可理喻了？你不想去看电影了，那我就是去看孩子，有什么不对吗？"

"当然不对。"我愤愤地站了起来，又是满眼的泪花，"你摸着自己的良心问问自己，我朱婉姗跟你左杰在一起三年多，你哪次说去看孩子我拦着过？哪次不是给左晓晴买好各种她喜欢吃的东西？"

"是呀。"左杰惯有的慢悠悠地说，"所以我更不明白你现在为什么这么生气？"

"左杰，你越是不知道我为什么生气，我越是生气，因为这就应了那句话——男人心不在焉，真爱远在天边。"我说的是心里话。我觉得正是因为心不在焉，所以才不可能清楚我的心思。尽管我多年前就明白一个道理——女人的心思男人永远猜不透，不想自己难过，就对男人直接点。非得要那种欲语还休的感觉肯定是徒增烦恼，因为到最后，还是得自己说出来。要不，就永远不说出来，憋闷在心里。

大约，我真的是极其典型的双鱼座，过于喜欢思考，很难做到稀里糊涂地让一切就那么过去，总是会去琢磨个透彻。而任何事又真的有所谓的透彻吗？透彻永远都是相对的。不明就里便会给自己带来很多烦恼。

这也是后来治疗的时候，很多病友都奇怪如此豁达通透，乐观阳光的我，怎么也会得这种病。

我都会摊摊手，自嘲地说："想当年，姐等同于'瞎琢磨'。"

某种程度，左杰早已适应了我的"瞎琢磨"。而我也早已适应了他的凡是不经大脑。这就是所谓的磨合吧。

5. 那是因为我一直认为……

但，磨合得再好，也有纰漏，如同非常和谐的一个管弦乐队在演奏，突然有一把大提琴出了个怪音儿，外行听不出来什么，但是内行一下子就被这个怪音儿惊住了，继而跳离开了那令人沉醉的乐曲。

而左杰总是充当那个外行，我则总是充当内行，在这样的矛盾冲突中，倒也寻到了一份平衡。都是内行，就离席了，都是外行，便永远发现不了问题了。

这次的不同在于，我"瞎琢磨"的不是别的，是我可能面临的一场很大的灾难。此时，左杰再拿出装傻充愣，四两拨千斤的方法，会让我放大他的"漫不经心"，放大成这是对我不在乎的表现。

我这么想着，更加难过。

索性，直接钻进被子里。我蜷缩着，脑子里出现的是这几年与左杰不愉快的画面，而最常见的平静美好却屏蔽了。

屋里暖气很足，我根本没那么冷。但还是用被子把自己包裹得非常严实，只露出我的脑袋。格外突出的便是瞪圆的眼睛和鼓起的鼻孔。这两个器官的狰狞演变，预示了事态的越演越烈。

除了那些不快的画面，便是一股脑地冒出我对左杰点点滴滴的付出——甚至，周一住院，周日还一手安排了我公公的生日宴。

我很想跳到左杰面前，指着他的鼻子问问他："以前，在我没有跟你在一起前，你有没有给你爸爸妈妈安排过一次生日宴？"

但，这么说出来，多少有辱我的智商，毕竟付出是自己愿意的，给公公婆婆过生日也是应该的。更何况，他家情况特殊，不是独子，犹如独子。

左杰只有一个哥哥，却不幸在五年前因车祸离世，丢下妻子儿子。自此，左杰的嫂子魏月红性情大变，脸上总是难见笑容。魏月红带着儿子左晓峰住在距离公婆家不远的小区。公婆基本上承担起照顾孙子的责任。而魏月红并不领情，脸上仍旧难见笑容。就像是都欠了她什么似的。

我婆婆退休前是小学校的校长，尽管七十岁了，但是人很开通。她希望魏月红能再找一个伴儿，只要她能开心起来。

我跟左杰在一起后，依我婆婆的意思，也曾试图去劝慰魏月红。每次都是碰一鼻子灰。人家就差跟我说——你别站着说话不腰疼了。

不能帮着治本，那么，就帮着治一些标。比如给左晓峰买衣服买书，我是从不吝啬的。

也别说，"半大小子"左晓峰跟我是相当好。而魏月红对我始终爱答不理。我拿热脸贴冷屁股的时候数不胜数。以至于我们"四人帮"聚会的时候，大彤、冬冬和静辉，完全一致地告诫我——这种不懂好歹的人，以后少理。

有些人的心是捂不热的。

我也能接受，本来妯娌之间就很难做朋友，更何况她情况特殊。正所谓——女人人格变态，真情不可期待。

而我做这一切不是为了别人，是为了左杰。

想到这儿，我更觉得憋屈。

终于，我喊了出来。

"左杰，你就是个自私的男人。"我最擅长的就是在最气愤的时刻，语速加快，但字字如针，针针穿透，绝不扎乱，"你是不是觉得我周三手术真的不会有好结果，现在就表现出来对我的懈怠无情，好让我这么有自尊心的人，在你离开我之前先离开你？"

"你这都哪跟哪呀？"丫也有些恼火，"你周三不过就是做一个乳腺纤维瘤的小手术，连老主任都说门诊就行，你非要住院，咱也去住院，可你从医院出来就乱找茬，这可不对，你这不成了魏月红了。你不是魏月红，你是贤良淑德的'四人帮'之一。"

"四人帮"的称谓出自左杰之口，而加上贤良淑德这个前缀，他是相当的认可我们四个人的人品。

"你把我跟她做比较？"我一惊非同小可，"你说的什么话？情况能一样吗？我周三手术后还不一定是怎么个结果呢？如果是恶性的呢？怎么办？你知道我心里多害怕吗？"

"你那是庸人自扰。你看看你，每天都可以在跑步机跑上三千米，成天欢实得像一只梅花鹿，结实得像一头小豹子，身体棒得不得了，能有什么不好的结果？你以为癌症是那么好得的？你就是又犯了'瞎琢磨'的毛病了。"左杰这次不是字字如针，而是字字如竹签子，钉进我心里，还在向四处扩散，产生一种持久的麻痛感。

我闭上眼睛，沉默了许久，我说："等我手术后，不管结果怎么样，咱俩了断吧。"

左杰扑哧乐了，走过来，踩在床边的榻榻米上，弯了腰，学着《杨光的快乐生活》中的男主角的劲儿，操着天津话对我说："你以为咱俩是江湖人物？你是赵敏，我是张无忌？还了断？两口子有必要这么严肃吗？稀里糊涂过日子呗。你好好给我做一辈子饭，我勤勤恳恳给你捏一辈子脚，乐和乐和就得了。"

"左杰。"我睁开眼睛的刹那，大滴的眼泪就掉了下来，我最反感他在我伤心生气的时候用这种无厘头来化解。尽管我已经习惯了他这种方式，尽管我也会经常被他这种所谓的幽默弄得破涕为笑，但是，今天不同。

因为，我真的对周三的手术不乐观。

不知道为什么，我心里总有种不祥的预感。

我接过他递给我的热毛巾，擦了擦哭花的脸。

而当我再将毛巾递给他时，看到的，仍旧是他浑然不觉的脸。我突然又冷静下来，恢复了理智的我。

理智的我，不会任由自己嘴巴痛快乱说话，即便说得字正腔圆，也不会有任何好的效果。理智的我，说话前都会在心里默数十下，让自己的心尽量平和，而自己的声音也是舒缓的。

我非常坦诚地说："你知道我这半年为什么坚持锻炼吗？"

"为什么？减肥？你也不算胖呀，我也不嫌弃呀。"左杰的回答与我的内心所想差之千里。

难道女人的心思，男人真的很难猜吗？

可我一直认为如果用了真心，就会猜得到。但很多事实证明，靠，男人就是像熊一样笨笨的动物。不过左杰却说是像熊一样憨厚。

别管是笨还是憨厚，总之，丫是彻底激怒了我。我一下子又把他对我的不了解归结为"爱与不爱"上。

我坐了起来，仰着脸，望着已经直起腰的左杰，说："我这么一个从小到大，体育从来没有及格过，两百米的路都得打车，上趟四楼都嫌累的人，为什么会这么有毅力，每天坚持锻炼？那是因为我一直认为……"

6. 至少，我为自己的健康努力过了

我与左杰四目相对，丫这次倒的确在认真听我说。

我长舒了口气，让自己再平和些。

"左杰，你得承认，咱俩的情况特殊。"我将目光移向窗外。卧室的窗子临着一条小马路，偶有车辆过，隔着双层窗户还是可以隐约听到汽车驶过的声音。那声音总是让我清晰地感受到生活的琐碎。而我，真的已经习惯了琐碎。甚至相当享受这样琐碎的生活。

我不希望我的生活再有任何变化，而我跟左杰的生活也的确过得安稳平静，诸如一些无关紧要的小插曲，早已经可以被我屏蔽。可以说，经过三年多的经营，我与左杰都对我们俩白头到老这件事情没有疑问。我也非常自信，能处理好一切家庭内部的矛盾，因为我早就找到了解决这些矛盾的方法——那就是真诚的付出。这是我身边过得最好的几个闺蜜传授给我的锦囊，也是我这几年来与左杰逐渐磨合中悟出的真谛。

唯有一点，在我的内心深处，唯有一点，我觉得会是让我们分开的唯一可能。那就是疾病。

步入四十岁，尽管我们还能冒充姑娘小伙子，但是周围的朋友们大多感觉身体每况愈下，力不从心了。

特别是我的朋友茹新得了乳腺癌后，被老公无情抛弃，更让我唏嘘寒战。

我曾经把这样的想法跟大彤说过。

大彤连连摇头说："难怪左杰有时候会说你骨子里是个悲观主义者。你怎么专门看到那些不好的，并努力体会？这世界上无情无义的人有，像茹新她前夫，那就是个垃圾，你在心里把自己老公跟他去比较，其实已经降格了你们之间的感情。医院里成天都有病人，难道成天都上演着'大难临头各自飞'吗？有情有义的人更多。我就相信，我要是有什么病患，我老公会不惜一切为我着想，并且不离不弃。同样，我也会那么对他。"

"你们不同。"我并不否认大彤的话，但是我有我的理由，"你们有那么多年

的感情，你还在四十岁的时候冒着高龄产妇的危险为他生下儿子——可爱的'小白熊'。那是因为什么？因为你们是相爱的，并且有太深的基础。"

"哎哟。"大彤瘪下嘴巴，露出一侧酒窝，说，"一起生活十多年，还谈什么相爱不相爱，不过就是当做亲人而已。"

"你不知道亲情是男女情感的最高归属吗？"我反问她。

"没错，你说得很对。亲情比爱情更牢固。所以我相信我老公。但你跟左杰三年多来，每天都在一起，两人都是真心付出，想一起过日子的，难道不算亲人吗？"大彤是言之恳切。

我耸耸肩，说："我跟他情况特殊，尽管我们俩之间可能有爱情，也可能已经上升到亲情的层面，但不牢固。"

大彤侧着头，托着腮，望着我，说："你怎么变得那么不自信？"

"不是是否自信的问题，是客观的现实。"我进一步解释，"我相信，如果我没病没灾，我们俩一定能白头到老，哈，他不傻呀，上哪里找我这样的贤妻？我也很聪明，他也是标准的顾家男人。但是倘若我有点病患，就不好说了。"

"那要是他有什么病患了呢？"大彤追问。

"不离不弃。"我不假思索地回答，"你还不了解我吗？从不辜负人，不管是爱人还是朋友。"

"很好。"大彤肯定我，但是她说，"你不觉得你这样的论断对左杰很不尊重吗？你凭什么就把他归结为只可共享乐，不可共患难的人？"

"没有归结。只是怀疑。"我说这话的时候多少缺乏了一点底气。

"是这样。"大彤急着回家带孩子，给我做了一个结案陈词，"我的准则是，没有发生的事情不去胡思乱想，解决不了问题，还会给自己和对方带去很大的隐患。因为当你胡思乱想的时候，你表现出来的就不是最好的你。我一直坚信做最好的自己，另外就要看运气了，要看能不能遇到一个有良心的男人，像茹新，她很好，只能说运气欠佳，可我和静辉冬冬，我们的运气都很好。况且茹新离开了那么一个垃圾，回归了自己的生活轨迹，运气也在转好。所以，自我暗示很重要，你要相信，你的运气很好，你不会得什么要命的病，你健康快乐幸福地活到八九十岁，到时候咱们在养老院一起回首往事。让我儿子你外甥小白熊偶尔来看看咱们，左杰这个老头子在一边给咱们弹吉他。你想想这种美丽的画面。"

我怎么会不渴望那么美丽的画面？

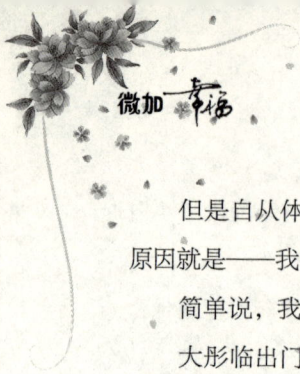

但是自从体检说我乳腺有肿块后，我便成了惊弓之鸟，心理压力很大，最大的原因就是——我怕我得之不易的幸福生活会因为上帝的一个残酷的安排而隐没。

简单说，我好怕失去左杰。

大彤临出门，拍了拍我的肩膀，说："婉姗，我到今天才知道，你原来那么爱左杰。爱他，就要相信他。"

大彤说得都很对，但是我还是坚持自己的想法，相信别人，不如自己努力。对于健康问题，我能做到的，就是调理饮食和积极锻炼，提高自己的免疫力。

所以，这半年来，每一天早上，不管多舍不得那张床，我都会咬牙起来。左杰陪我就陪，不陪，我也肯定会去对面的公园快步走上四千米。其间还会在跑步机上走上半个小时。

当我大汗淋漓的时候，心情会豁然开朗，好像，一切可能的病患都会远离我。至少，我为自己的健康努力过了。

7. 你永远都不会拖累我的

"原来，你能那么有毅力，坚持锻炼，是怕失去我。"左杰终于明白了。

他脸上的浑然不觉消逝，代之的是感动和怜惜。他在我身边躺下，隔着被子抱住我，将我的头深埋在他的胸前。

"对不起。"左杰亲吻了下我的额头，"我真的不知道你内心的想法，是我的问题，但，这不代表我不在乎你，我真的很爱你，只是我的性格如此，粗枝大叶。一定是我有时候做得不好，对你关心不够，所以你才对我没有信心。"

我在左杰的胸怀中闭上眼睛，心里也是如释重负。方觉，很多时候真的没必要让男人猜测自己的心思，直接说出来，不管好坏，总是痛快的。

"你知道吗？"左杰捧住我的脸，"我跟我妈妈都说，除了早上去公园练太极耍宝剑的老头老太太，年轻人真的很难做到风雨无阻，这真的需要毅力。但我万万没有想到，你是害怕自己身体不好，会失去我？不会的，真的不会的。这三年多的生活是我一生中最幸福的，能够永远跟你在一起是我最简单也最真实的想法。别说你不会出什么事，即便真有事，我对你也只有四个字——不离不弃。朱朱，这几年你对我对左晓晴对我父母，甚至对魏月红和左晓峰，我心里有数，我不是没有良心的男人。"

"你有良心，可我也不想拖累你。"我简直就是乌鸦嘴，冥冥中给自己定性了。不过，后来的事情说明，亏了自己这么超强的预感。

"你永远都不会拖累我的。"左杰的一大优点就是不会说谎，他说出来的话，一定就是内心所想，甜言蜜语也是他最真实的情绪流露，"跟你在一起，不仅仅因为你每天都给我做好可口的饭菜，可以让平静的生活拥有无限的乐趣，还因为……"

左杰定定地望着我，一字一句地说："还因为——我爱你。"

我的眼圈又红了，这次是因为感动。

"朱朱。"左杰与我手拉手地躺着，喃喃地说，"今天真的是我不好，我坚信你没任何事情，所以无法体会你的内心，而且我承认我是一个不成熟的男人，一个男人如果遇到了一个好女人，便永远都是个孩子。我关心你，你给我冷脸，我就逆反了。我错了，你给我冷脸，我也应该献上热屁股。"

我扑哧，笑了。丫这么认真检讨的时候，真的像一个无意中犯了错误的孩子。

有时候想，为什么有的男女，各方面都很合适，但是没法一起过。而有的男女，也会吵架，但是每吵一次，都会增进一些感情？不仅因为他们在吵架后的沟通很到位，沟通肯定是男女之间最重要的一个环节。而缘分，上天赋予的缘分，则是一切的根源。两个有缘分的人，总会在两个人就要崩裂的时刻，一根线及时出现，拉拉这个，牵牵那个，便顺利地完成了一次更深刻的认知。

"只是，朱朱，你答应我一件事情好吗？"左杰轻抚着我散落在枕头上的黑亮亮的长发，"别再瞎嘀咕了。你肯定没任何事情，那么大的医院的检查仪器会很准确的，否则全国各地的人为什么都来这里看病？权威性不可否认。"

"嗯。"我勉强挤出笑容，算是答应了。

"明天咱按原计划去看《1942》和《少年派》，后天给我爸爸过生日，周一，轻轻松松去住院。之后，生活照样美好，太阳照常升起。乐呵一如既往。"

左杰最后拉长了音，还挥动了下手臂。

丫真是个天生的乐天派。

和好后不到片刻，我便听到了他的鼾声。

我帮他盖好被子。他翻个身，睁开一只眼，说了一句话："以后，我早上都陪

你去锻炼。"

瞬间，又睡着了。

丫睡着的时候，憨态可掬。

我，笑了。

二、多想这是一场梦

很多人喜欢"做梦"，是希望生活变得更美好，而我希望这是一场梦，仅仅是希望一觉醒来，一切还是原样儿。

但现实就是现实。上帝是很严厉的，他创造了生，还会创造死，创造疾病和痛苦，创造这样的经历。我们在茫然不知中被命运安排……

1. 感觉不妙

2012，这是一个对全世界的人而言都很恶搞的年头，世界末日的预言时间就在这一年的末尾，不过真信的人少，更多人都像左杰一样，当作一种娱乐，笑等那天的到来。

我忘记了那天究竟是十二月的多少号，因为我更加清楚地记住了另一个日子——12月5日。这个日子深深地刻在了我的脑子里，想起来，哆嗦下，自己咧咧嘴，冲着对面的空气做个丑极了的鬼脸，好在空气没脾气，不会因为我极其丑陋的样子而抽我一巴掌，于是我肆无忌惮地玩命对着空气做愈加丑陋的表情，似乎这样可以减轻自己隐含在心底的恐惧。

没错，尽管我答应了左杰，不再瞎嘀咕，实际上我还是非常恐惧的，但是我有意掩饰，几乎没有人看得出来。更没人知道手术前一晚——我，几乎一夜无眠。

病房里的一位阿姨一位大姐在两片舒乐安定的问候下一个匀吸轻鼾，一个鼾声震天。而我的两片舒乐安定让我气定神闲，浮想联翩。反正脑子清醒，想什么都是想，我就想一片广阔的草原上，绿草幽幽，羊儿成群，我戴着一个大檐儿的草帽，手持一条羊鞭在羊群中转圈，转着转着，我晕了，躺在草地上，闭眼，对着蓝蓝的天，我数羊，一只羊两只羊，三只羊……忘了数到多少只，但我还在数，就是睡不着。

鼾声震天的岳明姐说不打呼噜就不打了，她腾地起身下地，很快，洗手间传来"水流声"。这一惊扰，我的羊群散了，更睡不着了。而岳明姐"腾腾"两下爬上床，不到片刻，继续鼾声雷动。

服了，我真服了。岳明姐是我们病房三个人中唯一已确诊为乳腺癌的患者，转天一早，她不需要像我们似的还得在第一次小手术取出肿块后，等待切片结果，再确定是否继续被痛快淋漓地宰割，而是直接进行乳房根治的大手术。但她也是三个人中最能吃能睡的。

我想这大约就是少了一份纠结吧。

一件事情，当已经确定了，不管是多恶劣的结果，那么就只能是面对了。不像我们，还是未知，就更加充满了焦虑和期待，另外就是恐惧。这就如同一个不想离婚的女人却被逼到了闹离婚的地步，闹的过程是最揪心的，等真拿了那一纸离婚书，心也就慢慢放开了。都成定数，还有什么好纠结的，也只有并只能面对了。当然，这种面对真需要很大的勇气。

睡不着，索性，不睡了，手机上网。娱乐八卦新闻已经看了个遍，再无可看。没耳机，又不能听郭德纲的相声。无聊地在百度搜自己的名字，发现了一篇新的文章提到了我，那文章又看了几个遍，不是出于自恋，早过了自恋的年龄和阶段，而是实在无事可做，总不能起身去楼道里溜达吧，穿着一身肥大的病号服，再加上披着一头及腰的长发，很容易被当做恐怖片里半夜出来吓人的女主角，都是病人，都不容易，再被我吓了，岂不罪过？心里空空的，闭上眼，努力让自己的心虽空却静。

但恐惧席卷，无法沉静。

其实，直到白天，医生为我做最后的术前检查，对我的定论还是良性的可能性比较大。

按左杰的思路，医生不会说确定的话，可能性比较大，其实就已经表明了态度。

老主任的助手主治医生林洁儿，是个年方三十的八零后，大眼睛，长长的睫毛，白皙的皮肤，无比透亮，扎着一个马尾，十分灵透干练，说话也很干脆痛快，她说：

"哎呀，朱朱姐，是不是你们写小说的都特别敏感，你这多半明天手术，后天就出院了，还一个劲儿瞎嘀咕什么呀？"

我整理好衣服，跪在床上，冲着几位医生瘪瘪嘴，吐出一句话："那要是退一万步说我那肿块是恶性的呢？"

老主任都要走出病房了，又折了回来，老爷子气定神闲地望着我，说："别退一万步，退一步和一万步一样。"

我乐了。老主任还真是幽默，也真理解一个病人的心思。我便继续说："我就怕万一切片出来，结果是不好的，对后边怎么办都没有一丝想法和准备。"

"那还需要什么想法和准备呢？"老主任问我。

我琢磨了下，说："想法嘛，比如，是继续手术，还是先不手术？"

老主任摆摆手，说："那你这不是想法，是想法儿耽误自己，想法儿让自己多受罪。真要是恶性的，那就干脆直接手术了，还拖着干吗？"

"所以呀。"我终于找到了重点，说，"所以就得先往坏处想，万一是恶性的，我要做怎么样的手术。"

林洁儿接了话，说："之前咱们已经说了，你这肿块的位置在内上侧，距离乳头很近，如果做保乳手术，向外需要切除10厘米，就没有多少可行性了。另外，我们医院的乳腺手术都要清扫腋窝淋巴结，这两者间距离很远，所以做保乳也比较困难。"

我一下子堆在了床上。立刻感觉胸口疼了下，不自觉地又摸了下自己长有肿块的位置。

林洁儿笑了，那种很爽朗清脆的笑，说："朱朱姐，你真是太嘀咕了，还是那句话，很可能，你明天手术，后天就出院了，你不想出院，留下来想跟我们多待几天，你乐意，医院不乐意呀，病人一个挨一个等着进来呢。"

我也笑了，勉强挺直了身板，使劲儿点头，说："借你吉言，后天出院。"

老主任温和地说："对喽，心态好一点嘛，不要想太多，等着明天的结果，今晚一定要睡个好觉。"

我又极其无奈地点点头。几个"白大褂"这才在老主任的带领下走出了病房。

可我又怎么可能睡得着，答应了左杰不胡思乱想，我仍旧有着强烈的不好的预感。

而大熊与我恰恰相反，他是真的一点都没有意识到噩运即将向我袭来。

有此类想法的还有"四人帮"的另外三位。

大彤可一点不客气，她晃晃波波头，说："你呀，真是没事找事，哪个女的乳腺没点问题，你没听说嘛？十个女人中至少有九个乳腺有问题的，有一个没问题，那是没去检查，漏掉的。我用咱俩二十年的友情和我对你强烈的感应告诉你，你没事！就是一个什么纤维瘤之类的东西，开个小口子，取出来，就好了。当然，我还是那句话，你选择住院而不是门诊手术很对，住院是比门诊贵很多，但是相应的措施也好。你那么臭美，住院手术细致，伤口会长得更好，住院吧，手术吧，我会安排好单位和家里的事情去陪你。"

冬冬更直接："哎呀呀，"她果断地说，"不就是从乳房里抠下来一小块肉吗？没几毫克。没什么可怕的。"

哦。我有点失落的应着。找不到共鸣的人呀。

冬冬觉出了我情绪的低落，忙说："我主要是觉得我们阳光明朗不老的朱朱怎么可能得那种病？不过小手术也是手术，也不能忽视，等手术那天，我把儿子送到学校就直奔医院，有我陪着你，你能有事吗？"

听她这么一说，我来神儿了，抢白着："好家伙，你拿自己当祈福女神了呀？你最多就是一祈福大婶儿。"

"我呸，"冬冬气乐了，用标准的天津话反击我，说，"人家是全职太太，不是什么大婶儿。"

我也用天津话还击："的确不是大婶儿，是社会闲散人员。话说回来，亏了你闲散，我手术亲友团里才肯定能出现你的身影。"

冬冬得意了，高呼："闲散有理。"

最实在的要数静辉了，她坦诚地说："你手术我就不去了，我单位一堆事儿呢，你肯定没事，我快累趴下了。"

而我老友中相识时间最久的秀美是唯一一让我感觉到不对劲儿的。她眼神游移，吞吞吐吐的，像是自言自语："应该没事吧？不会有事吧？"

我不敢追问她，不敢追问她是不是对我有不好的预感，我怕问了，就会成真。毕竟我跟秀美是从八岁就混在一起的手帕交，彼此对对方都有一种奇妙的感应。就像她背着我跟老方离婚，跟一个小她六岁的网友热恋。我仅仅看了她的QQ签名，就立刻知道她做了多么荒唐的抉择。而在一年后，她被小男人背叛，伤心分手，抑郁成疾，悄悄看心理医生，也是我第一时间意识到——她病了。四处帮她联系治疗。更是从老方下手，鼓励一直在等待她回心转意的老方能积极些，接她回到以前的家，以男女生宿舍的形式同住。我知道，只有老方才会在她最落魄的时候对她不离不弃。

秀美非常抗拒跟老方复合，却也没有更好的去处，便接受了这样的安排。但她很少跟老方说话，不善言辞的老方也不敢跟她说话。

三十二年，比很多夫妻相处的时间都久，我跟秀美之间自然有超乎常人的了解。是她离弃的老方，她想要孩子，老方却不能让她得偿所愿；她看似文静，实则内心非常渴望浪漫激情的。老方是粗线条的实在人，十四年的夫妻关系中，没送过一次花给秀美。而那个小男，在认识的第二天就快递了一大束玫瑰花到秀美的珠宝店。

秀美是那家珠宝店的经理。

在认识的第十天，小男请秀美帮着选一条最雅致的项链，之后，刷卡，包装，放在秀美的办公桌上。

秀美感动地哭了。

丫被冲昏头脑，以为终于遇到了从未得到过的爱情。对于我"没事献殷勤非奸即盗"的忠告嗤之以鼻。甚至觉得我在妒忌丫，妒忌丫遇到的是年轻多金男，而我的大熊不过是一个经济适用男。

丫说："怎么你们家左杰当初跟你献殷勤就是真挚追求，我这就是非奸即盗？"

"废话。"我没好气地说，"你有家，丫没事追求一个有家的女人不是想制造奸情，是什么？"

"那好。"秀美一张白皙的脸拉得很长，显得有点惨惨的，说，"我把奸情坚持到底，不就成真情了？"

我靠，我当时想抽她个眼冒金星，或是把丫塞进垃圾桶，盖上盖，好熏出她的智慧。可我不是她妈，即便是她妈，也不能那样做。

在接受了项链的两个月后，秀美抛弃了老方。

那一刻，她对老方，不可说不心狠。所以在自己被抛弃后，不管是从面子还是心理都很难一下子重回老方怀抱。何况，老方也不是完人，爱打牌，总是耍一些不合时宜的贫嘴，但脾气超好，又真诚善良，认为是自己的不解风情不懂生活不能生育，才失去了妻子。老方无怨无悔地等待、守护。秀美的病情也渐渐好转，但丫仍旧不明白一个道理——一辈子的爱人，不是一场轰轰烈烈的爱情，也不是什么鲜花和钻石，而是当所有人都离弃时，只有他在默默地陪伴着自己，越是平凡的陪伴，就越是

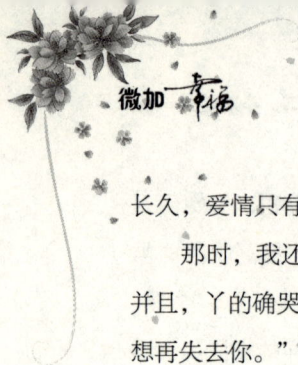

长久，爱情只有变成暖暖的亲情，才会永恒。

那时，我还自以为是得以为秀美失去了爱情，会越来越珍惜我们之间的友情。并且，丫的确哭丧着脸说："你可别有事，我失去了爱情，你是我唯一的朋友，我不想再失去你。"

"靠。"我半天才说出一句，"别说不吉利的话。"

我不想咒自己，但是，我真的持续着不妙的感觉。

2. 定位定位

一个晚上，在时而胡思乱想，时而一片空白，时而听着两位病友的"大小提琴鼾声协奏曲"，时而琢磨着这层楼的病号中是否还有像我一样难以入眠的，总之，这一晚上在极度跳跃的思维中难以安宁。

这也是预感吗？

幸好，医院的早上，早早到来了。

医院的早上比我们平时生活中来得早。一般五点半，护士就把每个病房的门灯打开，楼道里的灯也开了。值班护士会查下房，一切就绪，就等着白班的护士来接班了。而病人基本上在六点钟洗漱，吃早餐。之后护工就该上班了，打扫卫生，等待护士长的检查。所有的流程如同一条成熟的生产线，流畅而熟练。只要在医院住上十天半月，病人也会清晰无比。

不过，我们病房的三个人是不需要吃早餐的，手术的病人前一晚就要禁食禁水，烟酒就更别说了。

岳明姐的老公老赵第一个到的，而他来之前，就先发来了一条短信。

岳明姐看了后，掉了眼泪。

她把手机递给我，说："朱朱，你看看吧，我从来没有想到过我们家老赵能说出这样的话来。"

老赵是个憨憨厚厚，大大咧咧的男人，是那个小镇上唯一一所中学的体育教师。

老赵与岳明是中学同学，可谓青梅竹马。

只是岳明姐的娘家是地地道道的农民，而老赵的父母是镇上比较有声望的人物。

所以，当初是极其反对儿子迎娶只有初中文化程度的岳明。

但，一向很听父母的话，并被父母和两个经商的姐姐的羽翼呵护的老赵，在这件事情上，表现出了非同寻常的男子气魄。

先斩后奏，愣是瞒着父母，就把婚结了。

转眼，结婚也有十多年了，老赵的父母也到了花甲之年，但就是不肯接受岳明。任凭她在老赵妈妈生病住院的时候衣不解带地天天侍候。而老赵的父母，简直就把她当做了请来的保姆。

临了，老赵大姐很慷慨地取出两千块钱，很不屑地递给岳明，一副"我们家不占你便宜"的架势。

老实的岳明姐说什么也不要。公婆还就翻脸了，冷冷地说："我们可不想欠你什么。"

岳明姐只好收下，也咽下了浸满眼眶的泪水。

不过，岳明姐这两天跟我念叨过对老赵的不满，说老赵不懂得疼人。

我告诉岳明姐男人懂得疼人的并会坚持只疼一个人的太少了，一般会疼人的，就逮谁疼谁了。老赵能为了你不惜违背父母意愿，这么多年还不被父母原谅，与父母亲姐关系疏淡，一心扑在家里，就足以说明这个老公很靠谱，你们之间也有很深的感情基础。

岳明姐笑得前仰后合，却也算认同我的话。

我接过岳明姐的手机，看到老赵发来的短信：岳明，转眼我们生活了十八年，女儿可心都上高一了，两个七年之痒都过去了，我相信我们还会有三个四个五个……很多个七年之痒，这些年我们吵过打过，你骂过我，我也推搡过你，但，我们谁都离不开谁。放心手术，别有心理负担，也别担心钱，挣钱是男人的事儿，挣钱给自己媳妇花是男人的幸福。

言语并不花哨，但是真切而朴实。

岳明姐抹了一把泪，挂着泪的脸上露出无奈的笑容，说："没病不找病，有病不怕病，朱朱，有我老头这句话，我知足了。来来，一人一个大苹果，我岳明祝愿朱朱妹妹和林阿姨今天平安度过，明天顺利出院。"

我接过岳明姐的苹果，心里一阵酸楚，毕竟她已经确诊了，并且已被告知最好的结果也是恶性肿瘤中期。

岳明姐家在河北省的一个小镇上，三年前就发现右乳房外下侧有个肿块，但是每次检查都说是良性的，直到不久前去了北京三零一医院，挂了一个老专家的门诊，老专家手一摸，就摇头了，让岳明姐去直接做个核磁共振，核磁的结果果然不乐观，便又做了穿刺，结果出来确诊为恶性，肿块也有三点五厘米大小了。老赵多方咨询，还是决定来天津手术。毕竟这家医院在乳腺方面位于华北地区首位。

我心里真是疼惜这位姐姐，毕竟我们都还有一线希望，与癌症擦肩而过的希望，而她连这点希望都没有了。我把护士让准备好的书和黑巧克力分给岳明姐和林阿姨。护士说过在重症室的时候会很闷，闷会影响心情，让准备书和巧克力。我说："巧克力是快乐食品，不管怎么样，我们都要快乐。书是我自己写的，我以前从不送书给任何人，最好的朋友都得自己去当当网买，不是我吝啬，是那代表着我的书的价值，但是我要送给你们，因为这种相送更有价值。"

岳明姐接过我的书，露出了开心的笑容，不停地翻阅，还对老赵说："哎哟，我能得到一个作家妹妹亲笔签名的书呢。"

"嗨，"这时候，左杰进门了，说："岳明姐姐，您这几天先解闷，之后，也就上厕所的时候看看，我们朱朱的小说很适合厕所文化。"

我瞥他一眼，不高兴了。

大熊凑过来，问："怎么了？我这不是为了缓解岳明姐紧张的心情吗？"

我愤愤地说："但你伤害了我脆弱的心，你不知道我最看重我的书吗？你就不能换个别的说法？你非得贬低它们？"

大熊点头应着，但脸上明显是不服气的神色，嘟囔着："一点都不明白什么叫幽默。"

我拉他到一边严肃地说："左大熊童鞋，你要对你自己有个正确的评估，什么是幽默，什么是'二'，什么是'二'得可爱，什么是'二'得烦人，什么是不该'二'的时候你'二'了，以我敏锐的观察力，和对你情有独钟的密切关注，你的'二'，有百分之三十的时候是幽默，百分之三十的时候是烦人，百分之四十的时候是自以为很有智慧的'二'了，其实是傻乎乎甚至不着调。"

大熊更不服气了，说："那是你太挑剔，享受不了幽默。"

我真有点不高兴了，冷了脸说："一会儿我就要手术了，你非得跟我矫情是吗？你看人家老赵，岳明姐口中不懂得疼人不会说好听话的老赵，人家一早就给岳明姐发了短信。你再看你，在我手术前还说我的书是厕所读物，你怎么不说是擦屁股纸呢？"

"呵呵，"大熊乐了，"擦不了呀，太硬了。"

"你?"我气得无语。

大熊缓和了下，说："人家岳明姐不是确诊了吗? 你这儿跟着瞎凑什么热闹，你一会儿进去，四十几分钟手术完事，明就出院，下周咱就去吃'金钱豹'了。"

"你就那么确定? 确定我没事?"我的恐惧又来了。

大熊有点不高兴了，说："你这人是怎么回事? 所有的检查都是良性，你非得往坏处想? 我发现你这人就是悲观情结严重，你哪天要是跟我一样没心没肺，用你的话就是'二'了，就彻底不会进医院了。"

我扭身进屋，懒得理他了。

他默默跟进来，默默帮我收拾东西。

我肃着一张脸接过护士递过来的一样东西，塑料袋包装的，我刚要打开，被护士制止了。小护士微笑着说："这个包包里面是手术后用的绷带，如果不需要做恶性肿瘤的手术，那么这个包包就可以原价退回，所以现在先别打开。我也祝福你一定用不上它。"

我直勾勾地盯着那个包包，忽然大滴大滴的眼泪就掉了下来，滴落在塑料袋上，溅起，如同我内心无法言语的浅浅浪花。恐惧的浪花。

大熊坐在我身边，轻叹一声，搂住我的肩膀，轻声说："别这么多愁善感了，坚强点，本来就是个小手术，别给自己演绎成苦不堪言，你这种纤维瘤手术比做个鸡眼都简单。"

"你别说了。"我真的恼了，我觉得他怎么那么不理解我? 不理解我内心暗藏的恐惧，甚至觉得那种恐惧是可笑的?

老主任和他的三个助手来了，缓解了我跟大熊之间的不快。老主任拍拍手，说："朱朱准备好了吗? 咱们最后检查下定位就去手术室了?"

"定位?"我睁大眼睛，望望医生们又看看大熊，什么定位?

林洁儿摊摊手，问："昨天小陈医生没有告诉你去做下定位吗?"

我望着那个年轻的实习医生小陈，疑惑地问："你告诉我了吗?"

斯文的小陈医生温和地冲我点头。

我一下子就泄气了，我怎么不记得他对我说过。

另一个女医生，是广西派到这家医院学习的蒋怡，她也是三十出头，一个笑起来，眼睛就呈月牙状，非常温柔的女医生。蒋怡仍旧是柔声软语地对我说："小陈医生

的确对你说了呀，我当时也在呀，我还补充叮嘱了你一句呢。"

哎，我心想，小陈和蒋怡都是说话轻柔到极点的，我慌乱的心这两天就没静下来过，估计是我压根就没明白什么叫定位，这个词儿在我脑子里没有概念，便也没有听清楚。我脑子里最有概念的就是良性、恶性。

大熊问："老主任，那现在怎么办？不定位不能手术吗？"

老主任一贯的耐心地讲解道："定位是为了确定肿块的具体位置，以便于手术时候，我们可以准确取出来，并且可以减少创伤面，你说不定位能手术吗？我当医生几十年，手术做了无数个，从来没有不定位就手术的，不定位就手术岂不成了医疗事故，你想让我晚节不保呀？"

"那怎么办呢？"我更加心烦意乱了。

林洁儿的清亮嗓音响起："现在还来得及，拿着昨天开的定位单子赶紧去 B 超室，跟 B 超室的医生说一下，先给你定位，之后再赶去手术室。"

"嗯嗯。"我应着，抄起单子冲出病房跑向 B 楼的 B 超室。

这一大早，医院已经人满为患，到处都是人，我一路上跌跌撞撞，几次与人擦肩而过，差点撞上。都是大熊在边上抓住我，但他还在唠叨，别这么慌乱，你没事的。

我不理他，只管自己"蹬蹬"往前跑。

还好，B 超室的前台护士听说我一早要手术，眼中便充满同情，二话没说，就让我先进去了。于是，我有生以来第一次看到了乳腺癌患者手术后的样子。

我前面的一位大姐是来复查的，她起身后，背对着我擦拭，但在穿衣服的时候，身体稍微侧了下，手术的部位，也就是右乳，整个就展现在我眼前。

我一下子瘫倒在了墙上，耳朵里一阵嗡鸣，脑子里一片空白。

我才知道原来根治手术后是那样的一片苍凉。

尽管三年前茹新做过这种手术，但是我都从没敢看过，我怕看到了她的创伤处自己会忍不住在她面前落泪，影响了她的心情。可实际上的情况要比我想象的凄惨可怕得多——秃秃的一片，坑洼不平，每一个小疤痕就是一把把剜心的刀。

"请让开下。"那大姐穿好了衣服，冲我说。脸上是平静的安然，似乎那片伤痕于她不算得什么，如同唇角点下去的一颗痣，只是面积大了些而已。

我目送她离去，整个人却仍在恍惚中，直到 B 超室的医生催促我说："你不是等着定位吗？还不快点？"

我躺在床上，医生用仪器在我的胸前又开始不停的滚动，偶尔用力按下，确定，轻声与助手交谈。这些，这几天我已经十分熟悉，但此时，我浑身的肌肉绷紧，无法放松。

医生有点不耐烦了，说："你别那么紧张，不然位置不准确。如果是良性的，你这不过就是摘了个豆儿，没什么可怕的。"

我闭上眼，尽量放松。

我无法想象，如果不幸真的降临在我身上，我将如何面对那样的惨烈？我一向是那么爱美，连稍微的发胖都难以容忍，总是以小 S 的"要不瘦，要不死"来勉励自己。

刚才那大姐的惨状再次浮现在我脑海里，我不由得咬紧了嘴唇。眼角悄无声息地湿了。

仪器又用力一按，我感觉到了疼。

3. 这就是幸运

第一次走进医院的手术区域，那种无以言表的安静带给我的是一种庄严感，四壁都是洁白的，楼道显得深长，有一种探寻深谷不见底的空荡。一尘不染的地面落下一根头发丝儿都可以清晰地看到，洁净得让人心无恙。

"呼啦啦"的一群女人涌进。真的可以用"一群"来形容，后来我才知道那天前前后后一共是三十七个人。做乳腺手术的有四十几人，而我们三十七个是没有最终确诊的，但大多数心里已经有了底儿，那就是恶性的了，但谁不会抱有一线希望呢？尽管希望并不是救星，往往就是陷阱。而少数几个，如我，是偏向于良性的。但在这样的状态下，三十七个人如同一个人般的静默。手术区域的楼道里依然是静得可怕，只有大家轻微再轻微的脚步声。

大家被陆续带进了一间等候室。一位四十几岁的护工大姐和一位实习护士负责安排我们静候等待。

我是最先被带进等候室的，因为良性的可能性比较大，所以我的手术比较靠前。这样，一切顺利，我中午就可以回到病房。

护工大姐姓姜，她谈不上和气，但态度也不恶劣，就是出奇的平淡。平淡得让人觉得她面对的不是三十七个在等待生杀大权的疑似乳腺癌患者，而是三十七个排队上车的乘客，既然都得乘上这辆命运的列车，那便没什么好大惊小怪的。

实习护士递给我一件棉大衣，说，这里冷，你们穿着病号服太单薄，每人发一件棉衣。

我勉强微笑，点头。但我浑身燥热，根本不需要那棉大衣。于是，我紧紧地抱着棉大衣，让自己团成一个结实的团儿，仿佛这样，我才能让我剧烈跳动的心安定点儿。

很快，等候室人满为患了，座位和棉衣都紧缺了，我让了几次座儿，也让了几次棉衣，最后，把自己逼到了最角落里，身边的两个女人的身体成了我的御寒衣。角落里，我得以看到所有人。年龄不等，最老的七十多岁，而让人惊讶的是还有一个十几岁的少女。那女孩子进屋就开始哭，哭累了，倒在边上的一个大姐肩头就迷糊睡着了。而那个七十多岁的老太太换来换去，换到了我身边。

这老太太已经七十四岁了，尽管一脸的皱纹，皮肤还是相当白皙的，仍可见当年的美貌。

老太太把棉衣直接拽到自己的肩膀上，仅仅露出一张脸，那张岁月印记的脸，只有对冷的拒绝，没有多少恐惧。见她一件棉衣顾了上头顾不了下边，我便把护士再次递给我的棉衣也给了老太太，帮她盖在腿上。

老太太冲我笑笑，把棉衣横过来，盖在我们俩的腿上，拍拍我的手，宽慰我说："侬这么年轻，一定不会有事的。"

老太太一口软语，是我熟悉的上海话，因为我的妈妈就是上海人，我对那口音并不陌生。望着老太太，就好像妈妈在自己身边，我使劲儿睁大眼睛，不然，眼泪又要落下来了。

我住院手术没有告诉我妈，她也七十四岁了，我爸爸已经去世了，妈妈跟兄嫂生活，身体倒是挺硬朗，但快四十岁的我，怎么会让她为我担心呢？更何况，所有检查都是良性，尽管，尽管只有我的内心有一种不好的预感。

我握住老太太的手，老太太瘦得皮包骨的手冰凉冰凉，她虚弱地靠在我的肩上，轻微的呼吸带着风烛残年的萧瑟。

我忍住了所有的眼泪，对老太太说："阿姨不怕，即便是恶性的，也没那么可怕，这病治疗及时能好起来的。"

老太太在我的肩上点点头，说："没有什么可怕的，我都活了七十多岁了，就是不想给儿女添麻烦，我应该是恶性的，B超的结果就是恶性的，我已经跟我女儿说了，我是不会做手术的，我保守治疗，我受不了手术的，也受不了化疗。"

"那怎么行？"我的头侧了侧，想面对着老太太，但老太太的头很沉重地落在我肩上，我只能梗着脖子说，"阿姨，真要是恶性的，你应该听医生的意见，您的年龄还不算太大，医生肯定建议您手术的，我朋友小薇的奶奶，就是七十岁做的乳腺癌的手术，现在都八十六了，可健康了。"

我并不是安慰老太太，小薇的奶奶的确是七十岁做的乳腺癌手术，现在，也的确好好的，能吃能喝的。小薇常说："我看我奶奶比我身体都好，瞧我，一会儿血压高，一会儿智齿都疼死了，一会儿还失眠，疑似抑郁症，可我奶奶，躺下就睡着，自己总说奔一百岁去呢。"

上海老太太并不听我的劝告，又一个劲儿地在我的肩上摇头。也不说话，就是摇头。

终于，实习医生来叫人了，有几个女人被带去做第一轮的手术了。

这天共有七个主任有手术，平均每个主任有五六个病人。

第一拨病人在半个多小时后被送了回来，她们都用一只手使劲按着自己手术的部位，皱着眉头，表情黯然。

旁边人询问："怎么样怎么样？医生怎么说？有希望吗？"

几个人纷纷摇头，说："主任就让回来等结果，结果是恶性的就继续排队手术，良性的护士带回病房。"

"哎。"其中一个五十几岁的老大姐长叹一声，因为这声叹气，伤口抻了下，她又哎哟了一声，低头看看自己的伤处，并无异样，便抬起头，说，"瞧瞧，咱们在这等待宣判，还都跟在超市抢赠品似的踊跃排队，排了半天，原来赠品就是一颗假珍珠。"

等待室里终于有几个人笑了。老大姐来了精神，说："你们别都垂头丧气了，你们看看我。"老大姐指指自己的左胸，继续说，"刚才医生已经跟我说了，从切下的肿块的外形看，基本上就可以确定是恶性的了，我还不是声如洪钟？"

一直肃着一张脸的姜护工笑了，尽管笑得很冷静。她说："这位大姐说得挺好的，你们相信我，我在这里工作多年了，每天见的乳腺患者太多了，说句不好听的，我真是见怪不怪了，前天人还多，四十几个，还有两个男的，最后只有一个病人是良性的，

大家还不是都面对现实了？而且，乳腺癌患者，积极治疗，保持良好心态，最多可以活五十年。

上海老太太仍旧摇头，喃喃着："我不手术，我不能手术，我有血压高。"

我轻轻拍拍她的肩膀，安抚着。

老大姐的声音还真的相当洪亮，她接着护工的话说："我们单位有同事得过这个病，现在好着呢，她就是特别想得开，常说的话是——这病，不要命，都是寿终正寝，死也不是死在这病上。"

说完老大姐哈哈地笑起来，笑得幅度大了，伤口又抻着了，她在笑声中"哎哟"，嘴角显出个弧度，从上扬变成了下划。之后，仍旧笑，对身边的一位年龄相仿的比较胖的大姐说："你说怎么现在得这病的这么多？"

胖姐姐摊摊手，说："这还用问？现在吃的喝的都不安全，我们这个岁数又是上有老下有小，整天累得跟驴似的，还经常受累不讨好，老的不满意，小的不听话，男人要不就是没本事，要不有本事就养小三，女人光生气了，这人一沾累和气，就爱得病。女人，多半就病在妇科了。"

老大姐一会儿频频点头，一会儿又好像明白了什么似的，摇头，说："我觉得我可幸福了，老公顾家，女儿也已成家，婆婆疼人，就连兄弟姐妹们都好极了。"

胖姐姐也有点闹不清了，皱着眉琢磨了下，猛然醒悟，说："你是不是爱操心，家里亲戚关系又好，谁家的事儿都爱管爱帮？"

"嗯嗯嗯，"老大姐使劲儿点头。

胖姐姐一拍大腿，说："这就对了，你爱操心，就是爱受累呀，肯定也是身心都累呀，这也是病因呀。"

老大姐愣了下，忽然声带哭腔，说："你说得太对了，我成天是忙完弟弟家的事，就忙小姑子家的，逢年过节，两大家子的人都陆续聚到我家，所有的饭菜都是我亲自动手做，别人帮忙，还不让，就喜欢为家人服务，你们说难道好人没好报吗？"

胖姐姐也是连声叹息。

我听了老大姐的话，也颇有感触。难道好人没好报？不会的，不会的。

我想起前一天傍晚，阿兰来医院看我，阿兰是我朋友中目前境遇最不好的，大学毕业后就嫁给了学长，两年后怀孕，没想到一下子生了龙凤胎，两个孩子打乱了家庭的固有模式，原本事业不错的她，放弃了自己的发展，全力照顾家庭孩子。

结果老公飞黄腾达，便上演了一出典型的"陈世美抛弃糟糠"，与老板的女儿暗渡了陈仓。不，不是暗度，人家基本上一确定了彼此的心意，就跟阿兰来明的了，要不离婚，要不分居，反正分居到了一定时间也可以办离婚了。阿兰苦苦挽回，怎奈大学时代就开始的感情抵不过老板女婿的金字招牌，那在古代，相当于一个小国的驸马。

拖了几年，阿兰选择了放手，成全了我口中的一对"狗男女"。但阿兰没因为男方的过失而狮子大开口，前婆婆不准她带走儿子，阿兰便带着女儿，拿了几万元的积蓄离开了。

离婚后再找工作，一切得从头开始，女儿也跟着受罪，不管是幼儿园还是上学后，都是班里最后一个被接走的，后来干脆就入托"小饭桌"。幸好阿兰很能干，很快又升职做了主管，按理生活无忧。不想，远在东北老家的父母，又先后患上了肝癌和肺癌，为了帮父母治病，她花光了所有的积蓄，基本上是刚一发了工资就给父母寄过去，过着捉襟见肘的日子。两年前父母相继去世，阿兰难过的同时也卸下了重担，生活慢慢步入正轨，但爱情却成为无比奢侈的期许。

阿兰是下了班直接来医院的，一见面就给了我一个红包，她慢吞吞地说："钱不多，我一点心意，都拿不出手。"

我把红包塞回给她，说："不要，我就是小病一桩。"

阿兰又掖给我，说："小病也得吃点好的呀。"

我想了想，怎么都不舍得花阿兰的钱，她平日里可是一毛钱都不会随便乱花的。于是我说："那这样吧，今晚你就请我跟大熊吃一餐，我手术前的最后一餐是你请的，这多有意义呀。"

阿兰微笑点头，说："平时都是你请我，这一餐应该我请，你想吃什么就吃什么。"

我倒在病床上，说："怎么感觉像是生离死别呢？"

阿兰吓坏了，忙不迭地说："朱朱，朱朱，你别多想呀，你千万别多想，你肯定没事的。"

我望着天花板，像是对阿兰又像是自言自语，说："趁着大熊不在，说句心里话，我的预感很不好。"

阿兰坐到我身边，轻声说："朱朱，你知道我爸妈都是癌症，都说癌症遗传，我心里不是没有恐惧，不瞒你说，我半年就会去医院检查一次。但是……"

说着，她拉开窗帘，拉我到窗前，病房的窗子正对着马路，那正是下班的高峰段，这条不算宽阔的马路被各种车辆拥挤得水泄不通。

阿兰接着说："你看着大千世界的芸芸众生，谁又能保证自己的明天会是怎么样的？健康着，就快乐着，倘若真的病了，那么也该庆幸，至少发现了病情，不至于贻误治疗的时机。这世上得有多少人对自己的健康忽视无睹？所以，朱朱，可能我经历的痛苦太多了，所以凡事我会做坏的打算，倘若明天切片结果真的不好，那么你更得高兴……"

"啊？"刚进病房的大熊，吃惊得打断了她的话，说，"阿兰，你发什么神经呢？结果不好倒得高兴？你可别胡说，我们朱朱绝对不会有事的。"

见大熊有点不高兴，阿兰有些尴尬，不停地搓着手，语无伦次地说："我的意思，我是那个意思，我……"

我抓住阿兰溢满汗的手，看看大熊，然后定定地对阿兰说："阿兰，我懂！"

当我置身于等待室女人们的惶恐与感叹中，我更加懂得了阿兰的话。

是呀，不管怎么说，我们这三十七个等待命运宣判的女人，距离那个答案已经不远了，这就是幸运的。又有多少人会在不知不觉中贻误了自己对自己的命运的把握？

我深深地舒了口气，命运，结果，来吧。

4. 现在就该听天由命

上午十点半，实习医生小陈来到等待室，他冲着我笑。

我轻声问："到我了？"

他微微点头。

我起身，把棉大衣帮上海老太太盖好，故作轻松地说："走啦。"

从等待室到老主任的6号手术室，也就是五六米的距离，但我特别想走得慢些再慢些。最好永不走进去。

小陈似乎看透了我的心思，笑着说："你太紧张了，真是有点多虑了。"

"真的吗？"我像是抓住了一根救命稻草，急忙问，"你们几位仁心仁术的白衣天使，都认定我没事吗？"

小陈不点头也不摇头，但一直笑眯眯。我便只好进了手术室。

老主任和林洁儿、蒋怡都在等我，还有一位6号手术室的护士在做准备。

忽然，我特别想笑，好像我笑着躺在手术台上，就能帮我带来好运气。

于是，我忽闪着眼睛，认真地笑。

护士惊讶于我的笑容，对老主任说："嚯嚯，瞧您的病人，笑着就进来了，一点都不怕。"

老主任戴着手术帽，不见了白发，显得比实际年龄年轻了很多，看到我的笑容，老爷子也很高兴，对护士说："你有所不知，我们这位病人是位美女作家呢。出版过好几本书呢。那胸怀能跟一般人一样吗？"

我心想，别说我是写小说的，就算是开银行的，面对疾病的时候，又能有怎样的胸怀呢？

我躺在冰凉的手术台上，明晃晃的无影灯直射向我，我突然间觉得很温暖，那种暗藏已久的恐惧瞬间散去，散尽在白灯照射的暖意里。

蒋怡帮我盖上眼睛，一片漆黑，但我仍感觉得到照灯的强热力。

蒋怡在我耳边轻声说："这个手术是局麻，一会儿会有些疼，但千万要忍住，不然你身体动了，会影响医生。"

我在黑暗中感受宁静，也轻声回应："放心吧，我上辈子进过渣滓洞，这比钉竹签子人道多了，至少还局麻呢。"

6号手术室里的所有医护人员都被我逗笑了。

护士啧啧赞道："心态不是一般的好。"

我继续耍嘴皮子，说："嗯，因为我生在新中国，长在红旗下。"

手术正式开始了，我听着老主任时不时与林洁儿、蒋怡商量着。怎么动刀子能使得我的伤口更小一些。护士夸赞医生们真是精细。又听见林洁儿说朱朱多半是良性，刀口尽量小，就不会太影响美观了。

听着他们的对话，我紧绷的神经稍微放松了些。也就在这时候，我感觉到了定位的地方有冰冷的东西在撕拉切割。开始还好，不到几秒钟，生割的痛感袭来。我的身体立刻僵硬了，但我不敢动一下，也不敢出一点声儿。我生怕我弄出一点动静，老主任的手一抖，手术刀直接切下去了，我的胸部就开花了。我忽然无比佩服那些敢于割腕自杀的人，这还是局麻了，都如此疼痛，真要是一刀割在自己的手腕上，还没等血流成河，先疼死过去了。这么想着，我就想打哆嗦，可我不能，于是，我咬紧牙关。

手术夹子从我的肉里扽出那肿块的时候，我额头淌下大滴的汗。

"好了。"老主任说。

"哎。"我这才长叹了一声。

"怎么了？怎么了？"林洁儿忙问，"哪不舒服了吗？"

蒋怡帮我揭开盖着双眼的盖布，柔声说："不好受一定要告诉我们。"

我望望她俩，说："没有不好受，就是一直像武侠剧里的高手一般，运着一口气，这会儿可出来了。"

林洁儿爽朗地笑了，说："朱朱姐是够坚强的，一声没吭呀，一般人怎么也得叫唤几声。来，我扶你下来。"

我摇摇头，说："不用，腿没瘸，我自己能下来。"说着，我捂住右边伤口，左手支撑着手术台，一下子，就蹦下了床。

林洁儿本能地扶了我一把，说："小心。"

我压低了声音问她："凭你的经验，那一小块肉是良性的还是恶性的？"

林洁儿也压低了声音，但她天生嗓音清脆，估计所有人都听到了，她说："我觉得你现在应该有的心理准备是——听天由命。"

听天由命？这四个字是那么的具有穿透力，一下子穿过了我的心房，让我浑身在一种恍悟中游荡。

是呀，都已经这样了，还有什么可怕的，听天由命吧。

5. 原来他早已是我最依恋的人

我回到等待室的时候，上海老太太已经被带走了，两件棉大衣拧巴着堆放在椅子上，像一个大麻花般地拧巴着。我用左手把两件棉衣叠放好，忽然觉得有些冷，便拿了一件搭在自己身上。

我悄悄抬头看了一眼挂钟，十点五十。切片冰冻的结果正常情况需要四十五分钟到一个小时，也就是说，等到十一点五十，我的切片结果就可以出来了。是继续被宰割，还是被护士送回病房，那时候便可见分晓。

我有点累，闭上了眼睛。

大约过了半个小时，闭目养神的我被惊醒。

是那个十七岁的少女，她第一次手术后，也被送回来等结果了。不知道是疼痛还是恐惧，少女哭得惨烈，浑身哆嗦。姜护工轻声叹息着把她安顿好，少女还是无法安静，不停地叫着"妈妈"，那一声声叫喊真让人心疼。那位老大姐用右手搂住少女，仿佛就是她的妈妈。

望着老大姐，我有种说不出来的难受，距离她第一次手术，已经一个多小时了，她的结果还没有出来，这就意味着凶多吉少了。

少女安静些了，老大姐苦笑了下，说："这么久了，我这儿估计悬了。"

和老大姐一起等消息的几个女人也开始轻声哭泣。我的心又蹦到了嗓子眼儿。我抬头望着挂钟，一分钟，五分钟，十分钟，二十分钟……为什么时钟走得那么快？一下子就到了十一点四十五？

老太太已经回来了，捂着伤口，一直在"哼哼"。

我轻轻靠在她的身上，喃喃地说："阿姨，我的结果看来不会好了。"

老太太艰难地睁开眼睛，握住我的手，说："我不手术，我年纪大了，手术的话，可能会死在手术台上的。"

她说完，又闭上了眼睛，"哼哼"。

我黯然得放空双眼。

等待室的病友们统一的竖条的病号服让我产生眩晕。我仿佛看到大熊在手术区外来回踱步，焦急等待。他本来没觉得我的情况有多糟糕，但是现在，随着时间的流逝，过了那么久了，他该有预感了吧？他会怎么样？他可是一点心理准备都没有呀。

十一点五十。

我的大限到了。

没有护士来把我带回病房，我要继续等待，但等于已经有了答案，我患上了乳腺恶性肿瘤。

我的眼前出现一片迷蒙的雾气，那是我的泪水织成的薄纱。透过薄纱，只有大熊伤痛欲绝的一张脸。我伸出手去摸，却什么都摸不到。我低声喃喃地叫着"大熊，我的大熊"。我发现我是那么的想他，忘记了素日里他所有的不好。

姜护工递给我一张纸巾，劝道："你也别多想，未必一个小时不给通知就是坏消息，有时候也有特殊情况的。"

她说到最后，声音越来越小，恐怕是连自己都骗不了的。

但我又抱了一线希望，也许，也许我就是那个特殊情况。也许，也许上帝不会那么不公平，我与大熊这才过了不到四年的好日子，难道就让我们承受这么大的伤痛吗？大熊？他受得了吗？他一向都是大而化之的，任何事情在他眼里都不算事，他觉得我们俩携手到老是再正常不过的，他怎么能承受得了我真的患病的打击？

"上帝。"我在心底默念，你不会这么对待我们吧？

等待室里哭泣的女人越来越多了，大家都等了好久了，便都意识到了噩运即将到来。

一片哭泣中，却有一个异样的声音。"哎哟，大家不要像天塌下来一样好吗？这有什么呀？都不用怕，都要坚强。"

我定睛望去，是一个三十岁左右的年轻姑娘，她像大家一样，头发绑成两个麻花瓣，戴着简易的手术帽。与一个个愁眉苦脸相对的，是她一张轻松的笑颜。

我暗自佩服，这么年轻的女人，能有这么好的心态。

在她的感染下，女人们稍微缓解了些。那女人便开始侃侃而谈，一边聊一边自顾自地乐呵着。我有些奇怪了，这样的状态真不是一个等待命运裁判的人。

年轻女子越聊越开心，满场飞的又跑到姜护工身边。姜护工看到如此乐观的她，脸上也有了些笑容，说："看这妹妹的心态就对了，总归就是这样了，何必自己再发愁？"

"就是就是。"年轻女人连声附和。

姜护工冲她笑笑，继续说："那天有个四十岁的妹子，还是一家公司的老总，等到下午两点，结果出来了，是恶性。医生带她再去继续手术，那妹子说什么都不去，就抱着棉大衣在那儿坐着，说要想想。结果想了一个多小时，自己跟自己真较劲儿呀，最后还是选择去手术了。她是一个有知识的人呀，很清楚不手术的后果。87版的《红楼梦》里的林妹妹是怎么香消玉殒的？不是因为这个病，是因为不治疗。"

上海老太太睁开眼，又闭上，重复着说："我不手术我不化疗。"

"哎呀，"年轻女子又来到我们这边，蹲在老太太的身边，说，"阿姨，您真是的，您不手术不化疗不是给儿女们减轻负担，是增加负担呀。您的女儿肯定希望您能够积极治疗，早点痊愈，而不是听天由命呀。"

老太太看看她，又看看我，我冲着老太太点点头。

"哎，"老太太长叹一声，陷入了矛盾中。

年轻女子挤坐在我身边。

"我叫舒清，是师范大学的教师，教政治的。"

她两只眼睛瞪得圆圆的，可以说是炯炯放光，也可以说是咄咄逼人。不过，舒清的脸蛋长得蛮好，即便是在这样的统一着装下，也能看出她的丽质天生。

我勉强笑笑，算是打了招呼。

"姐姐怎么了？不是结果还没出来吗？"舒清倒是很热情。

我呼出一口气，说："B超和钼靶检查结果都是良性，医生们也都觉得应该是良性的，但是到现在，已经一个半小时过去了，应该不是好结果。"

"怎么可能？"舒清玩弄着自己垂在胸前的小辫子，说，"姐姐，你怎么一点医学常识都没有呢？钼靶是很准确的，不会有太大闪失的。"

我苦笑，说："借你吉言。"

舒清自顾自笑。

我看着她那般从容淡定，真的是自愧不如，说："你真是不简单，这么年轻，得了这个病，能一点不恐惧，真是让人佩服。"

"哦。"舒清忽闪着大眼睛，说，"我是良性的，就一纤维瘤，也不大，二点多，但我打算明年要孩子呢，我八零年的，三十了，该要孩子了。我老公这医院有朋友，才决定做了。"

"哦。"我避开了她的眼睛，心想，原来这妹子是在站着说话不腰疼。一纤维瘤跟我们在这儿摆什么勇敢乐观呢？

我闭上眼，不想再跟她多聊。我不喜欢自以为是的女人。

舒清很不会察言观色，没意识到我是不想搭理她，还一个劲儿在我耳边说不停。直到一号手术室的护士来叫老大姐。护士没多说，就一句："准备好了吧，咱们继续手术。"老大姐站起来，苦着脸冲大家乐，说："姐姐妹妹们，我先走了，祝姐妹们好运。"

大家纷纷说着鼓励的话，目送老大姐走出等待室，但没半分钟，护士又折回来了，无奈苦笑，说："这位大姐太紧张了，绷带包找不到了，谁能先给她用用？一会儿别的护士会送回来。"

大家还愣怔着，我已经把我的绷带包递了过去。

护士接过绷带包，笑了，说："谢谢你，你会好运的。"

我苦笑摇头。这么做，跟是否能好运没什么关系，仅仅觉得无论在什么时候，都要去帮助别人，只要自己还有那个能力。

舒清用胳膊肘碰碰我，说："姐姐，你人真好。"

我淡淡地看她一眼，没说什么。

但舒清还没完没了，眉飞色舞地说："我老公是公安系统的，跟这里的一个主任是朋友，本来我想门诊做了就算了，可这个主任说住院手术效果好，我老公就怕我门诊太受罪……"

她还说了很多，我没能再入耳。我的脑海里全部是我的亲人朋友的影像，大熊、妈妈、兄嫂、姐姐、姐夫、大彤、静辉、冬冬、秀美……而大熊的样子定格在我的眼前，他在冲我扮丑样儿，叉着腰，嘟着嘴巴，娘气儿十足的丑样儿。我顾不得伤口的隐隐作痛，把脸深深地埋在手掌里。很快，手掌就湿了。

舒清还在吧啦吧啦地说。我真是烦透了。

我心里无比强烈的欲望，我要见大熊见亲人。

我第一次意识到，原来在我的心底，大熊胜过了所有人，甚至包括妈妈。妈妈老了，她有兄姐有孙子外孙子，还有自己的老姐妹的生活圈子。可大熊不同，我们在一起的三年多，除了俩人分别随公出门旅游的几天，就没有分开过。原来，原来他早已经成为我最依恋的人。只是天天相对，便没机会让自己意识到那种深刻的思念。

6. 手术前，我想见大熊

"嘀嗒嘀嗒"，等待室安静的时候，便可听到挂钟格外有节奏的声音。每一声都配合着心跳，起伏跌宕。

陆续又有几个女人被带走了，每一个人走出这个门时都带着一种悲壮，没有过亲身经历的人无法理解这种悲壮，这种悲壮来自生命的脆弱。

终于，终于有了一个好消息。

小护士激动地走进来，走到那个十七岁少女的面前，大半天的相处，两个年龄最接近的医患关系的少女，已经产生了一种莫名的感情。

小护士含泪说出一句话："亲，你可以回病房。"

少女捂住嘴巴，睁大眼睛，不敢相信这是真的。

小护士又重复一遍："亲，你没事了，你的结果是良性，你可以现在跟我回病房，明天就可以回家了。"

"啊——嗯啊——啊——"少女撕心裂肺地哭了。等待室里的女人们大都落了泪，有的是在这种希望下对自己的进一步的担忧，有的是单纯的为这个少女的幸免于难的庆幸，有的两种感觉都有。

上帝还是公平的，这样一个花季少女，她还没有感受生命的真实璀璨，也一定还没有经历爱情的甜蜜或是可能的挫败，她不该就经历这样的悲戚。我没有哭，我冲着少女笑。笑，才应该是属于她的。

姜护工在送走少女后，说："看看今天谁是下一个幸运者。"

舒清抢着说："我肯定是没事的，我那个确诊了，就是纤维瘤。"

她这么说的时候，我明显感觉到她的声音有点抖，在这样的环境里，恐怕不让自己胡思乱想是不可能的，她也不例外，她也产生了恐慌。

"姐姐，"舒清碰碰我，问，"要是结果真的不好，你打算怎么办？是继续手术，还是回去再商量？"

我沉思片刻，很坚定地说："再商量又能怎么样？真的是恶性的，我不会耽误，听医生的，立刻手术。"

舒清若有所思，又说："我觉得你特别有主见。"

我瞥她一眼，淡淡地说："我没主见，所以我听医生的，因为在这个领域我如同婴儿，我不懂。"

"我倒是总上网查。"舒清又一副胸有成竹的样子了，说，"自从我体检发现有这个肿块，就经常上网查，所以我对我的病情了如指掌，这纤维瘤与恶性肿瘤是有区别的，纤维瘤不会特别坚硬并且可移动。我总自己摸，我有感觉，真的就是普通纤维瘤。"

我微笑敷衍。她说的那些，我早就倒背如流，查了无数遍了，但是谁又能真的有把握确定？医生都不能，自己就能了？凭借意念是不是也太唯心了？教政治的难道不是一个唯物主义者？连我这样的天主教徒都秉承着尊重科学听从医嘱的原则。

三号手术室的护士救了我，她终于把舒清带走了，不然，我的耳朵肯定会被她不知所云的侃侃而谈迫害得起了糨子。

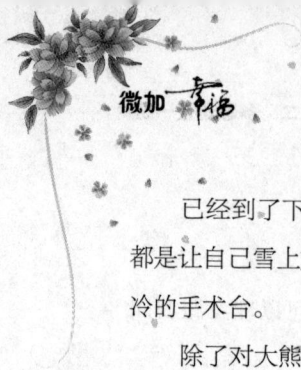

已经到了下午两点，我冲着挂钟淡然一笑，我知道我的命运已定，所有的纠结都是让自己雪上加霜，我不该再纠结，我只有做好充足的心理准备，面对再度走上冰冷的手术台。

除了对大熊的想念，我的心已经很平静了。

如果人生真的让我经历这样一次生死考验，我要选择的只能是尽自己的力量重生，而能否重生，就交给命运吧。

"姜大姐，"我轻声唤了一声护工，说，"我估摸着，过不了多久，我就该再次被请进去了，为了轻装上阵，我想去趟洗手间。"

姜护工默默点头。满眼同情。

我站起身，肥大的病号裤子挂在我的腰间，两条裤腿像两个面口袋，身体在里边，只有空荡。

随着我一起去洗手间的还有同病房的林阿姨和上海老太太。我又放下了捂着伤口的右手，搀扶着两位老人。

林阿姨关切地问："不捂着点，伤口不疼吗？"

我轻轻摇头，说："已经没有疼的感觉了。"

上海老太太问林阿姨："侬多少岁了？"

林阿姨递给老太太一张纸巾，说："刚过完六十六岁的生日，闺女给买了肉，六十六，一条肉嘛。"

老太太忙问："侬也不小了？侬要手术吗？"

林阿姨平静地说："真的不好，我肯定是手术的，我闺女姑爷说了只有手术治疗才有希望，我听孩子们的。"

上海老太太看看我，问："我怎么办呢？"

"阿姨，"我扶住她的肩，一字一句地说，"听医生的。"

老太太终于有点动摇了，满腹思忖地往外走。

当我们走到三号手术室附近。忽然，从手术室内传来了号啕的哭声。

舒清，在里面的分明是舒清。

她不是良性纤维瘤吗？怎么第一次的手术还没有做完，就哭成这样？

带着疑惑，我们回到等待室。

姜护工也听到了哭声，出去打听了下，回来悄声对我说："主任一看到抠出来的东西，就说肯定是恶性的了。"

啊？！

尽管我不喜欢舒清那种以自我为中心的性格，但是，我还是为她难过，她才三十岁，还准备要孩子，最重要的，她一点没有"坏"的心理准备。我追问："那她不回来了？不用等结果了？直接手术了？"

姜护工摇摇头，说："切片还是得做的，这是病理科的要求，但是她承受不了，先回病房了，不管什么结果，今天都不手术了。其实真多余，迟早还得手术，还不如一次把罪都受了呢。"

还来不及为舒清更多感叹，老主任所在的六号手术室的护士来了，她走到我身边，轻声说："朱朱，你的结果不好，我们还得准备继续手术。"

我默默点头，没有眼泪，我很平静，这不过是我已经知晓的结果，我唯一的念头就是在手术区外的大熊会怎么样？家人和朋友们会怎么样？他们没有一个人有心理准备，尽管大半天过去了，他们也不会想到是这样的结果。

我缓缓地跟随护士走进六号手术室。第一次走进这里的轻松氛围没有了。

老主任的脸上写满了遗憾。

林洁儿走过来，问："做好准备了吗？"

我恍惚了下，定睛望着林洁儿，只说了一句话——我想出去见见我老公。

林洁儿转回头，征求老主任的意见。

老主任点点头，说："去吧。"

我真是惊喜万分，我没有想到我这个要求可以得到满足。

煎熬了大半天，竟然能在走进鬼门关前见到我的大熊。我喜极而泣，没错，是喜极而泣。

我冲着老主任双手合十，那种感激溢于言表。

7. 我只能给他们微笑

我永远忘不了，当我在林洁儿和蒋怡的陪同下推开手术区的门，走出来的那一刻。

那一刻，我并没有眼泪，我只是茫然地在众人中找寻大熊。

大熊正与大彤和冬冬与麻醉师商量什么，是我嫂子先看到我，她喊道："朱朱

出来了。"她嫁给我哥哥已经有二十四年,我们之间也早就情同亲姐妹。

大熊转过身,看到我,没有打一丝愣,一米八六的高大个子,几步就到了我面前,他一把抱住我,放声痛哭。我紧紧地瘫在他的身上,憋了大半天的情绪全部爆发,我也是痛哭流涕。我们就这么抱着哭着,足足有三四分钟,没有人打扰我们,家人朋友或是医生,她们默默地陪着。

我体会到那种生离死别的艰难。

大熊越来越用力地抱我,似乎这样,我就可以不用离开,就可以不走进那洁净但却肃穆得可怕的手术区,就可以不去接受命运的宰割。

大熊比身高一米六四穿平底鞋的我,几乎高了一头。他的眼泪像雹子似的落在我的额头,砸在我的心里。

我像个孩子似的嚎叫,大熊,我舍不得你舍不得你。

大熊哭岔了音儿,断断续续地说,我的大宝贝儿,你——你——没事的,你没事的,麻——醉——醉师人很好,很——有经验,不——会——感到痛,别怕——别怕——我的宝宝。我——我——在外边等你,我爱你,我的宝宝。

宝宝?大熊叫我宝宝,而不是"迷糊"、"铁蛋儿"、"面包东施"、"人间正道"之类的。

大熊有时候嘴巴欠欠的,就爱给周围的熟人起外号,大彤取谐音叫"大水桶",冬冬因管孩子太严厉叫"暴力女",静辉因为想事情总是慢半拍,之后便会有很惊讶表情,所以叫"哎呀"、阿兰因为脸盘子大还很白净,故叫"大脸猫"……他会得意地沉浸在那些绰号极高的象形度上。因为我经常与冬冬通着电话却闹着电话找不到了;烧着锅,自己忘记了,直到闻到糊味儿才发觉。当然还有很多很多类似的事件,他便给我一个主打的绰号"迷糊"。而我从半年前体检说乳腺有肿块,检查是良性的后,意识到身体的问题自己难以控制,可以做的就是锻炼,便每天不间断地慢走三四千米,练得我原本软软的小腿肚子硬邦邦的,他便叫我"铁蛋儿"。我跟冬冬一起迷恋上做面包,最多一天做两个,一周做十个,他嫌我太浪费,就恶狠狠地叫我"面包东施",他知道我无比爱美,"东施"一词儿万难接受,便十分有成就感。而当我经常严肃地告诫周围一些姐妹我自认为行之有效的良好观点时,他一字一句地对我说"人间正道是朱朱",于是,我又多了一个"人间正道"的绰号。这是几个主要的,还有很多他即兴"赏"给我的绰号,一时都想不起来了。但这时候,他叫的是"宝宝",是他不"犯二"不玩笑的时候对我的昵称。

大熊哭诉到最后的时候，自己也站不住了，大彤和冬冬扶住我们俩。她俩也早已泪流满面，但大彤和冬冬都是遇事很镇定的，这一刻，也需要她们的镇定。

大彤抽泣着说："左杰，别哭了，现在朱朱最需要你，你不能这样哭下去，不然朱朱怎么能应对手术？"

冬冬也不住地点头，呼唤着："朱朱左杰，你们都要坚强。"

大熊抱着我跺脚，喊着："我疼呀，我心疼。"

我腾出一只手，摸着大熊的脸，我笑了，我带着一脸的泪笑了，我帮他擦眼泪，但他的大滴泪水很快又打湿了我的手掌。

我用尽力量，捧住大熊的脸，让他安静下来，我字字清晰地说："大熊，别难过，我不怕，有过我们几年幸福生活，即便我不能从手术中醒来，也不怕。"

"不不不，"大熊再次用力抱紧我，好像一松手，我就会永远离开他了，他亲吻着我的额头，而后又用额头顶住我的额头，咬着牙，让自己稍微平复下来。很久，他才说："朱朱，放心吧，你会没事的，我左杰此生与你相爱，很爱你，无论何时，不离不弃。"

我微笑，慢慢从他怀里出来。

我看看大家，给了大家一个最灿烂的笑容，说："都别担心啦，我没事。"

我在大熊的护送下，随护士医生走到手术区的门口，要进去的刹那，我不舍地回望。我的家人朋友，一片泪海。

我笑了，我只能给她们微笑。

8. 我并不是他的第一个妻子

再次回到6号手术室，气氛很紧张，老主任带领着助手们已经严阵以待。

我双手抹干脸上的泪，挤出笑容。

老主任也有些遗憾，但还是很平静地问："朱朱，准备好了吗？"

"准备好了，"我不假思索地回答，然后自己躺上手术台。

我仍旧抬头望着天花板，无影灯还没有打开，我还没有被它温暖，我只是在静静地体会失去，失去身体的一部分，失去健康。

我出奇的平静。

在这一刻，我真的明白了一个道理——每个人的内心都有无限的潜能，只有面对重大事件的时刻，才会显现的。有时候，自己的内心有多强大，连自己都不清楚，只在上帝的安排下，顺其自然地表现出来。

一阵忙碌，一切准备就绪。

老主任为我介绍："朱朱，这是麻醉师。一会儿咱们是全麻，不会有一点痛苦的，醒来，你就在重症室了，恢复几天就可以出院，之后再进行后边的治疗。"

我躺着向上翻翻眼，扬扬下巴，算是与麻醉师打了招呼。

麻醉师是一位四十几岁的非常温婉知性的女医生。她的声音很柔和，我能感觉到她在对我微笑。她说："朱朱，你不要有压力，这种病，手术过程是没有危险的，并且老主任是我们医院最权威的，手术最细致的，你可以放宽心，并且你有那么爱你的老公，没有什么是过不去的，你知道吗，看到你们那一幕我真的很感动。"

"嗯，"老主任应着，说，"朱朱，乳腺恶性肿瘤是癌症里边最好治疗的，你要有信心。"

我侧了下脸，点头，说："老主任，你放心吧，我已经紧张了大半天，现在能承受，就是辛苦大家了，我很不争气，'二进宫'，又得让你们受累了。"

"哎，"老主任叹气，说，"我们真的不想受这个累呀。"

我闭上眼睛，笑。

麻醉师俯下身，低声对我说："我就要为你注射了，你要放松。"

"等一下。"我听见林洁儿亮亮的嗓音，"主任，我看朱朱的老公和家人朋友一点思想准备都没有，朱朱又那么年轻，她又是那么一个爱美热爱生活的女性，我们再研究下，为她做保乳吧。"

我立刻睁开眼。保乳？不是说我这个位置不好做保乳吗？

老主任思忖了下，说："我们可以尝试下，看看开两个刀口行不行，虽然我们会很麻烦，但是朱朱可以少一些痛苦，特别是心理的。"

"嗯，"林洁儿的声音里透着自信。她俯下身，问我："朱朱，你是同意做保乳，还是根治手术？"

"保乳？我可以做吗？"我一下子不知所措了。

林洁儿非常认真而专业地说："你这个肿块的位置，做保乳真的很麻烦，我们必须把肿块周围的感染的组织剔除，也要在腋窝另开一刀，把淋巴结清扫。但我们愿意为你努力。"

我感激地望着她，我说："那我还有什么好考虑？我求之不得。"

"但是，"蒋怡也俯下身，对我说，"如果你做了保乳，就必须做满六次化疗，之后还要做二十多次放疗，不管你的大病理结果是什么样的，这些治疗都必须完成。另外保乳比根治术复发的可能性要高一些。"

"高多少？"我冷静地问。

蒋怡轻柔地回答："原则上其实不会高多少，但从保守的角度会高千分之三四的。"

我的嘴角上扬。我觉得我没有什么可考虑的。但，瞬间，大熊哭惨的样子出现在我眼前。我错愕地叫道："等等，我想，你们能不能征求下我老公的意见？"

林洁儿痛快地答应，说："没问题，我现在就去。"

很快，林洁儿回来了，说："你老公迅速上网查询了，结果是能够保乳就保乳，不能保的话，就根治术。"

"嗯，"我应着，说，"那就听他的。"

老主任松了口气，说："那我们就真的要开始了，但你醒来后要可以面对所有结果，因为保乳是需要条件的，如果病理结果出来感染的部分比较多，是不可以做保乳的，那样很冒险。"

"好，"我最后望了望她们，微笑着闭上了眼。

有这么为病人着想的医生，我在这个阶段，真的可以放宽心了。

麻醉师开始为我注射，我在最后一秒的恍惚中看到大熊，看到我们抱头号啕的景象。

我的大熊，我从来没有见过他这样的恸哭，三年多来，唯有一次落下两滴泪，是因为他迟迟没有见到他的女儿左晓晴。我曾经想，或许这个世上只有他的女儿才能让他落泪，而我，不管怎么样，都是他只想快乐为伴，笑容相对的人。而这样的他，是会让我觉得我不是他生命中最重要的人，只是他需要的人。也正是因为此，我才会怀疑他会不会在我生病的时候离开我。

直到刚刚，他的悲痛与哀嚎，让我体会到了那份重要。

我在对大熊的感怀中昏睡过去。

对，大熊是有女儿的，我并不是他的第一个妻子。

这也就是我常说的"我们俩毕竟有些特殊"的原因。

三、相信缘分

越是经过情感磨砺的男女越是相信缘分，二十岁的少男少女，口中的缘分是惜懂的追索，而三四十岁的饮食男女，他们眼中的缘分是上天最后的恩赐。这时候，倘若遇到，不会轻易说爱，但是心早已经是脱缰的马儿，在一番审慎感怀后，倘若确定，便很快进入彼此的生活，就是最成熟的相遇，最牢固的相守，因为彼此都知道需要的是什么。

1. 对的时间遇到对的人

我与大熊相遇的时候，正是我们彼此情感世界的最低谷，两个没落到极点的人的遇见，或许就是拐角处的逢生。

那是三年多前的一个周末，一个春天的周末，但我的心情却与满世界青青的绿草味道无法吻合。

我已经很多天没有出门，甚至没有拉下窗帘打开窗子。白天与黑夜没有太大的区别，因为我以为的爱情在我心底里死去了。

我之前的最后一次外出，是为了当时那个有过多年国外生活经历的男友庆生。

我们在一家高档的海鲜自助餐馆。干红配红肉，干白配白肉。

丫吃得津津有味。

但，在他去洗手间的时候，我犯了天底下所有女友都可能会犯的错误，看了他的手机信息。小红小兰和小白，一色的女人来信，有的祝他生日快乐，有的问他是否喜欢送的礼物，还有的说什么既然你今天在北京，那么等你回来一定帮你补上庆生。

老海归回来后，立刻就看出了我的不对劲儿。我已经气得手脚冰凉，脸色煞白。

"怎么了？"他做贼心虚地拿起手机，自己翻看了一遍，故作轻松地笑了，说，"嗨，一帮无聊的人。"

"怎么这帮子无聊的人都认识你呢？"我不想就此打住。这个多年前混迹美国，曾有着"拉丁王子"绰号的昨日帅哥已经四十五岁，是一个不折不扣的大叔了，而我充其量就是"大姐"的辈分，没嫌弃他王子变青蛙，丫却还以为自己是风流倜傥的楚留香。

老海归能言善辩，他振振有词地说："朱朱，别管谁给我发短信送礼物，但这么重要的日子，我是与你在一起的。"

"哈，"我冷笑，说，"这么说来，我还应该感恩戴德，谢主隆恩了？"

"不，"老海归摇头叹气，说，"你不要破坏了我们开心的氛围，我是希望我人生的每个生日都能与你度过的。"

"哼，"我收敛了笑容，轻酌一口红酒，说，"女人之美在于蠢得无怨无悔，男人之美在于撒谎撒得白日见鬼。两年了，我对于你的美已经深恶痛绝，而我，也打算彻底毁次容了，年纪大了，美不起来了。"

说完，我起身走了。

与老海归的分手已经考虑了很久了，但每每机缘巧合又凑在一起，总以为是缘分。直到遇到大熊，才知道真正的缘分是这样的——对的时间遇到对的人。

在缘分的天空，人们不是太早邂逅，就是太迟的交汇，但不管早与迟，只要能真心相爱，真心的走在一起，都会是让人今生留恋和感动的。缘常常是妙不可言的，当亟待需求的时候却不能降临在彼此的世界里，当带着入世的情怀淡然地走人生路的时候，却悄然而至地走近身边。那是一幅美丽的风景，让人不知所云，不知道眼前是梦幻还是真实，但心灵的一隅早已经留存着那片心灵的绿洲，等待着彼此耕耘收获那份迟来的爱情。

我与大熊就是这样的彼此。

2. 把他当做"垃圾桶"

尽管与老海归分手是我想了很久的，也是必需的，但一段本以为可以长久的感情结束后，自然是筋疲力尽的痛楚。再加上自信心的毁灭，要知道起初老海归可是对我一见钟情的。而后来的发展，我却成了跟屁虫。就这么一下子，青春的尾巴都没有了，对未来难再抱希望，对感情也没了期许。

我昏天黑地般活动在自己的房子里。直到冰箱里连一个鸡蛋都没有，零食盒子里只剩下点儿饼干渣儿，而德芙黑巧克力，只有盒子孤零零地伫立在冰箱里。就这么着，我还足足坚持了三天。

三天后，真是一站起来就眼冒金星了。我只好出门，打算去超市狂采购一番，然后继续隐居。我可没想饿死自己，我刚搬进新房子，还没有好好享受呢。我只是希望自己封闭下，然后确定一条独身之路。是的，我基本上对感情失去了兴趣和信心，别看我是写情感小说的。我还是在我的小说中去演绎完美的爱情吧，现实中，老海归的玩世不恭，让我觉得人都太虚伪狡黠，太不懂得珍惜。

超市距离我家不远，我一步三晃地往前走，顾不得欣赏路边已经显出葱绿的树木青草，满眼都是巧克力味儿的妙芙、鸡蛋卷和果粒酸奶，还有超市一楼的旋转小火锅。我咽着口水低头踉跄着往超市里走。

自动门刚一打开，一辆小推车直接撞到我肚子上。

我一下子蹲在地上，嘤嘤凄凄地哭了起来，摸着肚子我嘟囔着，我怎么这么倒霉，幸运的馅饼砸不到我头上，生硬的小推车直接能把我撞趴下。

我越想越别扭，越委屈，好像这个世界上我是最可怜的人。于是我哭得更加哀戚。

"没事吧？要不，我送你去医院吧？"撞我的男人问。

非常具有磁性的声音，但也没有阻止我继续流泪的冲动。我抬起头，近视眼加上眼前的泪雾，无法将对方看得清晰，只能感觉到这是一个面善的男人，头发有点长，穿着黑上衣，造型有点像后来大火于网络的犀利哥。

他见我不回答，也蹲了下来，说："这事儿真的怨我，我刚才正想事儿，没看前边，我带你去看急诊吧。"

"不不不，"我摇头，双手抱住膝，把下巴埋在双膝间，很实在地说，"怨我自己，我饿了好几天了，心慌慌的，才没看前边。"

"这样呀？"撞我的男人犹豫了下，说，"那干脆我请你吃饭吧，这一楼有家自助火锅，你吃饱了，要是没事了，咱就各走各的，要是还不舒服，我肯定得带你去看一看。"

"小火锅？"我两眼冒光，连连点头。

火锅本来就是我的最爱，特别是在饿的时候，就更不顾一切了，我不记得吃了多少东西，反正能吃的，几乎都吃了。但我可不是个喜欢占便宜的女人，结账的时候我也是不顾一切地抢着付了钱。尽管是陌生人，但是人家在我难过的时候陪我吃了一餐，我没理由让人家请客。

后来，这个男人，也就是左杰——左大熊告诉我，我抢着结账的样子无比可爱。

我假装恼羞成怒地说："靠，原来你不是一眼看上了我，而是看上了我付的一百二十元钱啊？"

大熊得意地回答："人财两得。"

我俩笑做一团儿。

吃饱喝足，从"小火锅"走出来的时候，我的心情却没有起色。

这个"小火锅"也是我跟老海归常来的地方，如今分道扬镳，不会再见；以后也不会再有这样的巧遇，被犀利哥撞了，一起就餐，便只能是我一个人来大快朵颐了。

一个人的晚餐，便是一个人的孤单。

我仰头望望远方。这该是一个多好的晴天呀。晚霞很美，飘在空中，就像一条条彩链，摇曳多姿，又如朵朵展开的玫瑰，姹紫嫣红。我却在这样的斑斓中晦暗。

"你心情不好？"左杰问我。

我已经知道他叫左杰。

后来，因为在跟我混了半年后就长了二十斤，一年半后长了三十斤，故而被我称为左大熊。幸好之后保持住了，没这般依此类推地长分量，不然，就不是大熊，而是狗熊了。

我点头，无比沮丧地说："不是不好，是糟糕透了。"

左杰温和却也有些心事重重地问："还会比我更沮丧吗？"

我侧头看看他，问："你有什么好沮丧的？虽然貌似邋遢，但看得出内有修为，定是过着妻贤子孝的小日子。"

"什么？什么？"左杰慌忙整理下自己的衣衫，说，"谁貌似邋遢了？为了你这句话，你得接受我请你去边上的上岛喝杯咖啡。"

"好，我要卡布基诺。"我不假思索地回答。

不知道为什么我对这个人没有陌生感也没有太多防备，可能是认为从今后便毫无关联。

如早知道他会成为我的伴侣，就该有所保留，省得让他小子对我了如指掌。不都说男女之间应该充满神秘感嘛。但我俩可能真是异类，我们就在这次会谈中敞开心扉，如同老友，没有秘密。

我一边呶吸着卡布基诺，一边把左杰当成了"垃圾桶"。讲到最后，简直就是一把鼻涕一把泪。

左杰递给我一张纸巾，低声说："节哀节哀，我怕别人以为我是那个'王八蛋'呢。"

我"扑哧"笑了。接过纸巾的刹那，我歪着脑袋诡异地问："我看你这邋里邋遢的，也不像有人打理的样儿。"

"谁邋里邋遢呀？"左杰更加正襟危坐，说，"你借着那昏黄的烛光，好好看看，这能叫邋遢吗？"

"好。"

我双肘支在桌子上，双手托了腮，眨巴眨巴眼睛，满不在乎地凝视他。

于是，我彻底看清楚了他的样子，稍长的头发和没有刮干净的胡子拉碴并不能遮掩大熊的清俊面庞，尤其是他的眼神，温和柔软的眼神。

3. 我的字典里无"暧昧"

人们说一见钟情，其实就是一见钟脸，青春年少芳华二八的少男少女们的一见钟情是因了女孩子娇俏的脸蛋儿，男孩子英俊的面庞；而曾经沧海难为水的疑似中年们，一见钟情的几率比中奖都难，一旦一见钟情了，简直就是中了大奖，而究其原因，也还是那张脸，那张脸所表达出来的性情、经历和爱憎。相由心生，这是真

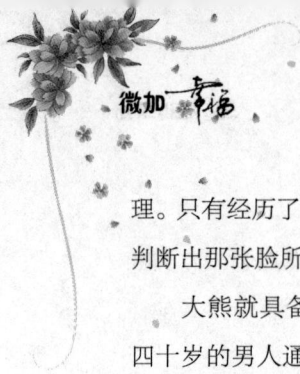

理。只有经历了人生的起落，见识了多重风景，才会对看到的那张脸有真实的判断，判断出那张脸所表达的一切，继而才有可能钟情。

大熊就具备那样的一张脸，他的脸上没有老海归的自以为是的潇洒，也没有四十岁的男人通常所有的那种圆滑世故，更没有成功人士的不可一世，他有的，就是一张仍旧阳光俊朗却又帅气得无比低调的脸。正是因为经过了老海归的所谓倜傥风流，大熊这张透着可靠的脸才最可能令我动容。不久后，我就知道了这种脸的男人被称做"经济适用男"。

不巧的是，我正在失恋状态，且一向不花痴。更何况正常情况下人家该是有家室的男人，一起吃饭喝咖啡已经超出了我与有家男人的交往范畴，便绝不可能因为面善而想入非非。于是，动容容易，动情难。

不可否认的是，凝视中，大熊的脸让我增加了信任和好感，觉得如有一个这样的朋友也是不错的。

但，四目相对的刹那，不知道是因为烛光的昏黄还是因为店堂内音乐的绵绵，抑或是因为对面这个男人的温情神态，竟然还是有些莫名的难为情。

我自嘲地挥挥手，挤出笑容逃避着尴尬，侧头望向窗外。

临街的二楼的窗子，窗外反倒比室内通亮，街灯闪着执著的光，映着春天的清爽。

街对面是为奥运会而兴建的水滴体育馆，玻璃营造出的水滴的效果，一般到了傍晚入夜时分，便只有幽暗寂寥，但此刻，因为体育馆内外的灯火通明，水波熠熠，俨然是"水滴"的喧腾。

我不由得笑了，原来我的内心始终都是喜欢敞亮通明的。

"今天有球。"左杰看我瞧得专注，特作说明，"亚冠联赛小组赛，泰达主场对阵韩国浦项制铁队。不过，你应该对足球没兴趣。"

我耸耸肩，说："可惜，泰达今年亚冠战绩不佳，目前小组垫底，这场是为荣誉而战。"

"呦。"左杰笑了，身体向前挪了挪，说，"还真没看出来呀，你这样的文艺女青年竟然是球迷。"

"喂——"我没好气地说，"骂谁呢？谁文艺女青年？你不知道这词儿是骂人的吗？一般情况下，文艺女青年等同于神经病。"

左杰愣了愣，有些木讷地笑笑。

很奇怪，最初的时候，他真的很木讷，甚至是憨憨的，跟后来表现出来的二了吧唧大相径庭。那时候基本上被我压着，只有微笑、聆听和默默注视的份儿。而我对他毫无男女之意，便会肆无忌惮，甚是轻松自在。可能正是因为我的自在，他便也十分自在，如同老友般地问："有兴趣吗？"

我被他没头没脑弄糊涂了，警惕地反问："有什么兴趣？什么有兴趣吗？"

"看球。"他对着水滴努努嘴，"刚开赛不久，现在的票比去动物园都便宜。"

我愣了下。

我想起了曾经与老海归一起去看球，大冬天的，当我就要一屁股坐在冰冷的座位上时，老海归变戏法似的从厚实的棉外套内抽出了一个棉垫子。当时我觉得我坐着的不是一个棉垫子，简直就是一颗炽热的心。

"为什么？"我直勾勾地望着左杰。

左杰有点慌张，尴尬地笑了下，说："不为什么，反正回去也没什么事儿，如果你喜欢看球，不如就一起去看球。"

我摇头："不不，我不是说这个，为什么你们男人可以今天对你好得像个妈，明天就振振有词地为自己的不要脸找寻出一堆借口呢？"

左杰喝了口咖啡，慢慢放下咖啡杯，非常认真一字一句地说："是你认识的那个男人，不是我们男人。"

"有区别吗？"我不解地问。那一刻，我沉浸在自己的患得患失中，基本是弱智的水平。

"区别很大。"左杰声音平和而富有磁性，丫的声音真的很好听。他说："你不能遇到了一只乌鸦，就把窗前的喜鹊都一概而论了，更不能像端着台机关枪似的一梭子都错杀了。"

"天下乌鸦一般黑。"我竟然是笑着拉着长音儿说的。

"但我们是喜鹊。"他也是笑着说的。

"你唱歌很好听吧？"我忽然蹦出这么一句。

"哎哟。"左杰乐了，说，"你这也太跳跃性思维了。"

"嗯。"我很严肃地回答，"这是我的特长，你跟我说话，一定得习惯这个特长，不然你很难跟上我的节奏。"

"咱们去看球吗？"他微笑着问。

我挑了下眉头，说："你还挺随我的，也跳跃了。"

"你占我便宜？"他假装生气。

"怎么占你便宜了？"我故作不明就里。

我们俩相视片刻，都失声而笑。

后来，我俩聊起这段，才意识到，靠，明显的打情骂俏。

只是当时，至少我没有那种感觉，我只是因为以为再不会与这个男人见面了，所以让自己无聊又脆弱的心灵轻松自在释放了下。真对他有意思，绝对不会是这么肆无忌惮的。

女人在有兴趣的男人面前就两个字——矜持，抑或极少数人会有第二种可能，也仅仅是两个字——反常。我的表现倒的确有点反常，因为我平日里对陌生男人几乎是不看一眼的，当然，在熟络的朋友们面前又是另一码事，非常随心。

我悄悄瞥一眼左杰，竟然有一种非常熟悉的感觉。

我自顾自地摇摇头，除了多年老友，我不想跟任何一个男人做朋友，这个年龄大都是有家有业的，在我的观念里，有家的男人会产生与妻子外的女人做朋友的念头基本就是别有用心的。所以，为那群人设定的"暧昧"一词儿是我的字典里绝对杜绝的。

4. 两个"可耻"的人

我恢复了我的持重，轻描淡写却话中有话地说："球就不去看了，有点累了，该回家了，再说，看球，你也该带你老婆一起去。"

左杰靠在沙发里，爽朗的面容多了一丝惆怅，很直白地说："我没老婆，离婚了，一个人，跟你一样。"

他说完，似乎有种如释重负的感觉。勉强笑笑。

我倒是有些尴尬了，我在他的勉强里看到了他的忧伤。而今晚，是我的随心所欲口无遮拦触动了他的忧伤。

于是，我故作洒脱地劝慰道："哦，别往心里去，没什么了不起的，现在离婚多普遍，没听说嘛，多年不见的同学意外相逢不是问在哪发财就是问离了吗？呵呵。"

　　"我不会。"左杰很坚决地说，"我不会那么去问别人，我倒是很愿意问人家孩子怎么样，房子是不是换了更大的。对，我就是那么一种很没出息的普通男人。希望结婚了，就好好过一辈子，老婆孩子热炕头。"

　　"别说了。"我打断了他，他的话和真诚真实的言语态度又触动了我内心最隐晦的弱点，"谁不希望那样，谁不希望有个温暖的家，有个可以相依相偎，即便不那么相亲相爱的人？"

　　"凭你的条件，这样的希望不难达成。"他的忧伤瞬间被我更强烈的忧伤感冲击了下，少了一大半，又劝慰起我来了。

　　"哼。"我扬一扬下巴，侧目盯着不远处的一个盆栽，好像那盆栽是"老海归"的化身，恨恨地说，"这跟条件没关系，现如今男女之间比的不是谁更在乎谁，而是谁更不在乎谁，可我又不是时时会用秤来称一称自己内心的人，一不留神就成为那个在乎的了，即便起初是被一见钟情的那个。"

　　左杰又乐了，说："你真逗，说狠话都是很有幽默感的。"

　　"别夸我，我不禁夸。"我依然故我地说，"我不过是把这些看得透彻了些，没听说吗，对于三四十岁的人而言，所谓的爱不过是一种得失间的衡量和传统意义上的好感罢了，而这都属于难得了。真情真义越来越少见了，除非穿越到古代。"

　　"这都谁说的呀，我怎么没听说过。"左杰一副孤陋寡闻的样子，甚是好笑。

　　"朱婉姗。"我努努嘴，溜出这个名字。

　　"朱婉姗？"左杰竟然冥思苦想起来，忽然他恍然大悟般地说，"我知道了，是一个写小说的，我在新浪读书的首页看过她的书，好像还算什么美女作家，不过就是写些情呀爱的，没什么深度和技术含量，也就是骗取下你们这些女人的自怨自怜，我是不会去看那些书的，但是这个名字我见过。"

　　我把咖啡勺子放到盘子里。压低了眼睑翻了下白眼，白眼球几乎沾满了整个眼珠子，恐怖而滑稽。

　　"怎么了？"左杰奇怪地望着我，"我说她呢，你怎么老大不高兴呢？难道你是她的读者？那我跟你说，别看那些婆婆妈妈的东西了，对你不好，会让你整个人都比较迷茫。那些情感小说很少能让人振奋，找到出路。多半是让人萎靡，更加彷徨。"

　　"呦呦。"我白他一眼，"行呀，你这还一套一套的呢？你不婆婆妈妈，你不迷茫，你不彷徨，你是土肥原贤二行吗？"

"这跟土肥原贤二有什么关系？"

"关系大着呢，他是一点儿都不彷徨的军国主义者，你是一点儿都不彷徨的离婚男人。都相当不彷徨呀。"我振振有词。

左杰傻乎乎地琢磨着，看他那样认真的样子，我扑哧笑了。左杰这才恍然，往前挪挪身体，说："原来你在损我。"

我愣怔了下，说："咱俩有这么熟吗？不熟的话，我损你干吗？"

左杰按了下服务器，说："这样吧，我赶紧结账，你损了我，算你赔罪，咱俩去看球。"

我迷迷瞪瞪的跟着左杰走出咖啡厅。尽管球赛已经过了半场，但街灯通明的体育馆外，仍旧有不少票贩子。

在左杰就要交钱买票的刹那，我拉住了他。

我又想起来曾经跟"老海归"一起看球的场景，心情瞬间跌落低谷。我略带歉意地说："对不起，我今天真的不想看球。"

左杰对票贩子解释了下，匆匆追上我说："那我送你回家吧。"

我深深地吸了口气。

天气真好，有一种只属于春天的湿润但不潮热的天然味道，忽然想起当年张楚的那首歌——这是一个恋爱的季节，孤独的人是可耻的……

我望一眼左杰，我苦笑，我们是两个"可耻"的人。

于是我点头应允他送我回家的请求。

他是单身男人，如果有缘，我可以和他做朋友。

5. 桃花灿烂

从水滴走到我家大约需要二十分钟，沿路还会经过一个公园。这公园内有一座市区内最大的假山，简直就是天然氧吧，空气相当好。我们要从公园的最近端走到最远端，几乎一路都有青草嫩树的味道相陪。再郁闷的情绪也会又消匿在这春天的气息里。否则，就真的是可耻的了。

这么走着，我的心情渐趋明朗。看到路边栽种的桃树上粉色的小花，情不自禁地凑过去，仔细地瞧。

左杰又很奇怪地望着我，问："数个花瓣用这么费劲儿吗？"

我瞥他一眼，想着怎么可以回敬他，突然一辆警车从我们身边驶过，我大惊小怪地叫唤着："哎呀，来接你的。"

左杰又是一愣，之后满脸笑开了，说："你又损我。"

"哈哈哈。"我在桃花丛中笑，"对呀，我就是损你的，这一次是因为你损我在先，谁让你说我数花瓣的。"

"你难道不是在数花瓣吗？"左杰也凑到桃花丛中。五大三粗的老爷们在桃花林中却显得多了份儿柔情。

"你看过方方的《桃花灿烂》吗？"这样突兀的问话，换做旁人，多半会认定我非常无厘头。

但左杰没有。

他只是摇头很谦虚地说："我看的小说很少。"

这样的回答诚恳而透着一种厚道。

我放过了我手中的花枝，继续向前走。像自言自语又像是对身边的左杰说："至今我最喜欢的一部电影就是根据方方这个中篇小说改编的《桃花灿烂》。我在一个午后，无意中在央视电影频道看到的。讲的是南方一个小火车站，装卸工陆粞和出身知识分子家庭的星子相爱了，但恢复高考后星子考上了大学，陆粞为了照顾家人放弃了高考。星子不顾父母反对仍旧钟情于陆粞，但陆粞却酒醉后与别人发生了一夜情。星子无法原谅他，便接受了追求者的感情，但脑子里挥之不去的还是陆粞。然而一切已无可挽回，一个貌似平平淡淡的恋爱故事，一对其实普普通通的恋爱青年。好像没有波澜的壮阔，也没有如泣的幽怨，但充满遥远的怀念，青春的忧伤。桃花曾真真实实的在这两个人之间盛开过——星子与粞。两个聪明而平凡的男人和女人，在彼此小心翼翼地试探和猜测间，终于错过了那满天云霞般灿烂的桃花。

"桃花的气韵在影片表现上鲜活地、流动地、轻逸地起伏动荡着，浮现在两人闭上双眼后那动人的辽远之地，浮现在生命结束前的那一刻。

"爱情的伤害与被伤害，爱与不爱有时仅仅擦肩于转瞬之间。谁都希望自己是得到的一方，于是，真挚的感情在等待中悄然而逝。然而，当不再害怕付出时，却已经难觅曾经的粉色回忆。"

这般陈述的时候，我完全沉浸在自己的体会中，电影画面在我眼前出现，唯美

而深邃。

对，这是我曾经的血肉之躯为之追求的情绪——唯美而深邃。

当然，当我身边很快驻足了左杰——左大熊后，唯美而深邃连梦中都没有了，取而代之的是欢乐轻松并琐碎。而我才清楚，唯美和深邃是属于文艺作品的，欢乐轻松并琐碎才是生活的本质，我之所以那么多年都形单影只难以成双，不仅仅是遇人不淑，更是因为自己把生活文艺化了，那是看似美妙，实则可怕可悲的人生定调。某种角度，正是因为我对唯美和深邃的追求才导致我遇人不淑。

让我万万没有想到的是，左杰对我这一通极其自我的侃侃而谈没有表现出丝毫的不耐烦。他听得津津有味。甚至我说完了，他还有些意犹未尽。

"陆糍最后为什么没能跟星子在一起？就是因为星子不原谅他吗？"左杰竟然想知道电影的结局。

"不是。"我说，"星子内心已经原谅陆糍了，但是陆糍死了，永远离开了星子。结尾打字幕的时候，配合的是朴树的《生如夏花》，吉他的和弦声，催人泪下。特别能烘托那种失落的调子。不过我更喜欢《那些花儿》，《那些花儿》？总之，都是特别有感觉的歌儿。"

"嗯嗯，我也很喜欢朴树的歌。但……"左杰摇摇头，"这电影是悲剧呀，我不喜欢悲剧，悲剧尽管可以打动人，但是对我们本身没什么好处，我心里难受的时候就听郭德纲，我这一年多几乎听遍了郭德纲的相声，每个段子里的精髓都能说得出来。"左杰说着，自顾憨笑，不知道想起来郭德纲的哪个段子。

"我喜欢《桃花灿烂》，两个主演也特别棒，郭晓冬和周韵。周韵就是姜文的老婆。"一下子，我又从唯美的电影剧情和画面蹦到了娱乐八卦。

左杰点头，说："我还真不知道，别看我挺喜欢看姜文演的电影的，但真不知道谁是他老婆，男人对娱乐关心的少。不过，我倒是知道郭晓冬，因为很多人说我长得跟他比较像。"

"嗯？"我站住，借着灯光使劲儿瞅瞅左杰，还别说，真的有几分相像，都是比较憨实质朴却多多少少有点文艺气息，只不过左杰似乎更老男孩些儿，而郭晓冬基本已经是大叔范儿。

我说出我的看法，左杰还得意了，清清嗓子说："你想夸我比郭晓冬还显得年轻就直接说。我七零年的，实际年龄比他还大几岁呢，但就是面嫩呀。"

我靠，丫看着还真不像那么大岁数的，说三十岁都有人信。但我不能让他太得瑟了，于是我说："我还是直接晕倒吧，你也太自以为是了，说你胖还就喘上了。小心一会儿变成你的偶像郭德纲的身材。"

我们俩在渐渐浓郁的夜色里，在微风中酣畅淋漓地笑。后来，左杰告诉我，他很久没那样笑过，肆无忌惮又轻松坦率地笑。而我，又何尝不是？

6. 十八相送

一路有说有笑，玩玩闹闹，十五分钟的路途，走了半个多小时。

我，终于到家了。

"初次见面，我就不接受你的邀请，到你家作客了。"左杰在小区口对我说。

我笑出声，白他一眼，说："谁邀请你了，怎么这么大言不惭呢？"

左杰也开心地笑。

那一瞬间，我们俩之间似乎都有一种难舍的微妙，只是那一刻没敢往那儿想。

"好了，谢谢你的相送。"我尽量拉开了点距离。

"十八相送？"左杰又一下子把距离拉近了。

"有点常识吗？十八相送得有多远？这才多少路程？"我抢白他。

"没关系，咱们可以走几个来回。"他嘻哈着，脸上却仍旧是憨憨的傻样儿。有那么一种人，再做坏事，也没有人会联想到他（她），估计指的就是左杰这种，谁让人家天生一副正面角色的端正五官呢。

"太贫了吧？"我嗔怪，转身要走。

"喂。"左杰拦了我一下，"留个电话和 QQ 吧，有时间接着聊呀，我很喜欢和你聊天。"

我默默点头。

我觉得聊得这么熟络了，太过矜持就是虚伪，是疑似假正经了。便很干脆地说出我的号码。

左杰拨打过来，我也有了他的号码。

"我还不知道你的名字呢，这怎么存呢？"左杰看着手机屏幕有点不知所措。

我径自往前走，笑。低头发了个短信给他——我叫朱婉姗。

"啊？哈！"我听到他在后边发出的怪音儿。

我笑。

没错，我就是他口中那个写一些婆婆妈妈的情感小说的朱婉姗。

四、醒来

　　当我们咬紧牙关，逃离地狱之门的时候，自怜自哀这个始作俑者会及时地扩大它的张力，加重伤感的砝码，让它彻底成为逃离的绊脚石。而一旦这块绊脚石沉甸甸地拦在脚下，悲伤便成为不能跨越的。但不要焦虑，只要想，还有一个办法，那就是埋藏，把悲伤埋得深深的，深得让我们会忘记，忘记了悲伤的样子；深得让周围的人感受不到我们的悲伤，感受不到悲伤的埋藏。做到了，我们的内心会真的强大起来，如同手中拥有了坚实的盾牌，难以摧毁……简单而言，我们必须抛弃多余的伤感和情绪，多愁善感是无法好好生存下去的，而我们，我们都要好好活着。

1. 大熊憨憨的笑脸忽远忽近

　　桃花飘零，漫天飞舞，我在如此的幻境中旋转。花瓣散落在我的衣衫上，长发上，甚至落在我的鼻尖。我在恍惚中辨识自己身在何处。竟犹如陶渊明的《桃花源记》的场景，只是不够明朗，太过虚幻。境界中有一些雾气，缭绕的，柔柔的感觉。身体无比的轻，轻到无法控制。但没有风，并不会把我吹到别处，只是在这个境地里既无欢喜也无悲伤的飘绕。不是仙女，只是我，清清楚楚的我。却又像是失去记忆的我，找不到自己的我。

　　是的，当我醒来前，我的脑子里都是这个画面。或者说，我的记忆力只留下这

个画面。

一个手术的人，全麻的作用除了无疼痛感，就连潜意识里都可以让人忘却任何一种情愫，成为一个在梦境中平静游走的无感念的躯壳。但，真的没有痛苦。

痛苦是醒来后的现实。

这是大多数人的感受，而我却不然。

当我在大家的呼唤中，挣扎着清醒过来时，一时间，我忘记了刚刚经历了那么一场大手术。身体和心理上的痛苦都不在我的范畴。

我竟然挤出一个深深的微笑。

我努力地辨识着我身边的亲友，就像一个刚刚医治好眼睛，重见光明的人，在遇到亮光的起初，总是有些看不清楚的。

画面越来越清晰的一瞬，我看到大熊。他在病床的左边，在他身边的是静辉，右边则是彤和冬冬。

彻底清晰的时刻，我看到大熊憔悴不堪的一张脸，一天下来，他面上是兀兀秃秃的显得很不清洁的灰蒙蒙。从来不知道愁为何物，甚少皱眉的他，紧皱了双眉，一脸焦虑的愁云。

"朱朱，朱朱。"大熊俯下身，握住我的左手。

我还是很恍惚，还没有完全想起自己刚刚经历了一次很大的手术。

"朱朱。"彤和冬冬也俯下身。她俩也是一脸的肃然。

"朱朱，疼吗？"冬冬眼里含着泪。

我傻呆呆地轻轻摇摇头。

我没感觉到疼，身体的右半边还是麻木的，没有疼的体会。

"朱朱。"彤更靠近了我些，"你真的很坚强，我们认识了那么多年，我从来都认为你是我们中最柔弱的，最娇气的，没有想到，你这么坚强。"

我疑惑地望着她。我好像还是没有完全想起来她因何而说我坚强。我究竟怎么了？

"宝宝。"大熊一双大手捧着我的左手，脸埋在我们的手里，"我的宝宝，手术很成功，医生非常用心，经历了波折，但是保乳成功了，你放心吧，一切都过去了，我们以后都是好日子，我们好好过日子。"

我终于想起来了，我努力想动一动身体的右边，但是动弹不得。我的眼中也在这难以动弹的瞬间溢满了泪。

"朱朱。"静辉蹲了下来，凑到我耳边，"你知道吗？左杰他有多担心你，他真的很爱你，真的很好，你要有信心，有他陪着你，我们真的很放心。你会度过这场灾难的。"

我望望她，又望望大熊。大熊使劲儿点头，用力亲吻了我的手背，说："你一定会好起来的，我会永远陪在你身边。"

我也紧握住大熊的手。紧抿的嘴唇干裂得难以张开，喉咙堵堵的，发不出声儿。我只好眼巴巴地看着他，看着我的大熊，看着他在我模糊的视线里清晰依然，因为他在我的心里。

温柔的小护士十分不忍心地将他们几个请了出去。

重症室还有不少病人，已经是晚上八点多，病人们都需要休息。我才知道我的手术做了将近五个小时，被推出来的时候已经八点了。

护士叮嘱我说："千万不要压到手术那边的胳膊，今晚尽量别动，但是要多喝水，好排毒。想喝水的时候，就叫我。"

我闭了下眼，算是回应了护士。我的嗓子紧紧的，干涩得很，后来才知道，是因为手术的时候插管所致。

护士的对话中，我知道这是乳腺一科的重症室，有十多个病人，其中有一半是当天手术的。据说这座享誉华北地区的肿瘤医院，每年切下的乳房上百吨。乳腺恶性肿瘤已经成为危害女性身体的头号恶魔，甚至也危及了男性。

还没到熄灯时间，但护士很贴心，我们这些刚经过大手术的病人虚弱得不需要刺眼的亮光，顶上的大灯早已经关了，只有每个床边的头灯亮着，室内的灯光并不刺眼，微弱而昏黄。我动了动头，借着这样的微细光亮瞧瞧两边，岳明姐就在我的左边，她的边上是林阿姨，而我的右边竟然是上海老太太，看来，老人家最终还是做了手术。

岳明姐也正侧着头朝我这边看，我们都想张嘴说话，却喉咙痒痒，于是相视一笑，算是对彼此的慰藉。岳明姐的眼中透着怜惜，毕竟她一直认为我会比她幸运些，不会遭逢这么大的劫难。此刻，见我也是五花大绑的困在病床上，之前阳光明朗健康奕奕，尽管过了花季，但稍加修饰也还能冒充朵盛开的芍药花的，一下子，就那么败了。但凡内心有一丝善念和柔软的人都会心生同情，更何况那种同病相怜的悲恸，是强烈而真实的情感。

我闭上眼，白天的一幕幕在脑际翻滚，定格在大熊与我的抱头痛哭间。我的鼻

子一酸，很快，眼泪打湿了鬓边的发。泪腺影响了鼻囊，很快我就成了一把鼻涕一把泪。只好腾出活动自如的左手抓了几张抽纸，默默擦拭。

岳明姐用了力，发出非常虚弱的声音："朱朱，让自己睡，不要多想，一切都会好起来。"

我感激地冲她点点头。岳明姐只是一个很普通的小镇上的家庭妇女，过着相夫教子的平淡生活，但她的平和心态与坚强广博的胸怀，又岂是很多自以为自己无比高端优质的女人们可比？

我平复下自己的内心，配合着夜的静谧，让自己的身体彻底放空。

睡梦中，大熊憨憨的笑脸忽远忽近，而每次靠近我的时候，都让我感到那么的温暖，让我可以迎着他，笑。

2. 他配不上你

与左杰初相识，的确就颇有好感，但没有非分之想。没有非分之想的最主要的原因，是我决定做个独身主义者了。

当然，这个决定在不久就被他终结了。

另外四平八稳的左杰也没有让我感觉到当初"老海归"那种热情四溢的追求。但鉴于他随和的性格，超好的脾气，觉得可以发展为唯一的蓝颜知己。

而左杰的确是很称职的"蓝颜"，那段时间彻底成为我的"垃圾桶"，尽管还没有发展到借他的肩膀靠一靠的地步，我们就捅破了那层窗户纸，而成为了家人，但那短暂的当他为"垃圾桶"的日子，让我体会到了简单而平实的感动。

左杰在一家国企做中层，每天朝九晚五，但是打卡严格。而我不同，我的时间相对机动灵活。不眠不休对我是常事。凌晨睡了，可以太阳晒到了屁股时起床。

而那段特殊时期，我把自己扮演成为痴情的悲情者，没完没了地沉浸在对与"老海归"的那段故事的纠结中。反反复复的在 qq 上跟左杰倾诉，车轱辘话说了无数遍。左杰都是那么耐心地陪着我。

要是我情绪过于波动，丫也会深夜打电话过来，实在说不通我的时候，也会表现出些许急躁，说："哎呀，你这么聪明的女人怎么不明白，那什么'老海归'呀，就是一个打着要自由幌子的'三不男人'。"

"什么'三不男人'？"我好奇地问。

"你这什么作家呀？连这词儿都不知道？"左杰得理了，"'三不男人'就是不主动不拒绝不负责。"

"我靠。"我立马来了精神，冲着电话叫嚣着，"丫追的我，知道不？丫是主动的。只是到最后我不是觉得既然选择了就得全心全意嘛，所以就没了主动权。被动被追求被动被冷落。"

"我没说他对你是不主动的呀，我是说他对你之外的女人——们。"他说到最后有点犹豫，似乎怕伤了我的自尊心。

"哎。"我长叹一声，"反正我也不后悔，一段感情中的专一性和真诚度是必需的。有一度他身体不是很好，我当时想要是能救他，半个肝都给。"

"什么什么？"左杰受了惊吓般地问，"你这么想过吗？"

"嗯。"我如实表述，"两个人在一起，不就得全身心的付出吗？我一直认为付出了未必得的到，但不付出一定得不到。"

"朱朱，他配不上你。真的，你会遇到更好的男人的。"左杰忽然很深沉地说，"你是一个特别值得珍惜的女人，他没有福气。"

我愣怔了片刻，然后又嘻嘻哈哈了，说："我能理解为你在夸我吗？"

"太能了。"左杰又恢复了轻松平和。

我们俩在电话两头笑。不经意抬头看下闹钟，凌晨四点了。"你困了吗？"我问他。

"你困了？"他反问我。

"没，我就是睡不着，可是怕你困了，你要是困了，就挂了吧。"

"没事，再陪你说会儿话。"左杰的声音倒是仍旧十分清亮，透着精神。

3. 你竟然也找"小女"

"哦，对了，我一直蛮奇怪，你这么一个好好先生，怎么会离婚呢？你前妻傻疯了吧，能把你扔了？要知道这个岁数的还带着孩子的离婚女人，想找个好人再嫁，

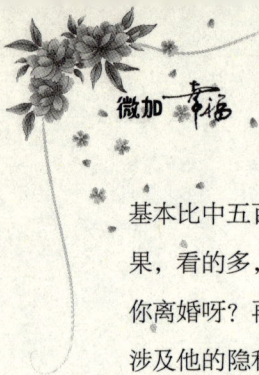

基本比中五百万还难。即便是再优秀的熟女，一旦离婚了，也像是菜市场上上等的水果，看的多，买的少。这么多年都凑合了，再凑合凑合就是一辈子了，她干吗非得跟你离婚呀？再说你有那么让人忍无可忍吗？"这还是把左杰当做"垃圾桶"后第一次涉及他的隐私。但我的确说的是心里话，这么一个高大帅气，温淳敦厚，性情柔软的男人，也有一份还算不错的稳定的工作，不该被抛弃呀。

"怎么说呢？如果我如实说，你可能觉得我这个男人很不大气，离婚了，还说人家不好，但是事实上我真的很奇怪，这个世界上会有那么冷漠的女人。"左杰的语气中并没有太多的悲伤感，似乎在说别人的事儿，"实际上我们分开很久了，我在外地工作了六年，这两个人真不能分居两地，尤其是本来关系就很恶劣了。"

"那倒是。"我附和他，"没听说过吗？距离，在一定的范围产生的是美，在一定的范围内，那就是距离，能产生裂痕的距离。"

"谁说的？"

左杰问。之后竟与我异口同声地说出答案："朱婉姗。"

我们俩的笑声在电波中相互传递。完全不怕被邻居误以为"夜半歌声"。

好半天，左杰才继续说："这六年每次回来，都没有体会过家的温暖，不怕你笑话，我跟她一共八年的婚姻关系中，我就没吃过她做的一顿饭。后来我知道她早就有了别人，只是以前那个男的没有离婚，她也就跟我耗着，等那个男的离婚后，她就闹着跟我离婚了。这些年感情是早没有了，你知道一个人在外地，很孤独。"

"一个人在'内地'也会很孤独的，一个人，在哪里都是孤独的。"我插了句话，若有所思。

"嗯嗯。"左杰应着，"逢年过节就更凄凉。生日的时候，主动给人家打过去电话，连接都不接，更别说问候了，所有的短信都没有回复。当我一个人走在街上，找个小饭馆，要两个小菜一瓶啤酒，为自己过生日的时候，我觉得这样一辈子真是遭罪。那种情况久了，原本就没有多深的感情，也就彻底殆尽了。离也就离了，但离婚的时候她以死相逼以女儿为砝码，换得我的净身出户。200多平方米的跃层，我都没住过几天，那是我卖掉当初结婚家里给的房子，花掉了这些年的积蓄买的，现在想想人家早琢磨好了，逼着我买房子，换名字。我这么多年挣的每一分钱都是交给她的，几乎没见过自己的工资卡。幸好最后一年的时候，单位统一换卡，我也看出苗头，才给自己留了点钱，不然我租房子都困难。"

"啊？"我呆呆的，一时无语。

丫也太惨了。

一向，我周围都是女性朋友的苦不堪言，让我深深了解了男人撕破脸时的无情无义，到左杰这儿，换成男的了，才知道，在世间的一些角落里，也有很多男同胞在青春不在的时候，因为一段婚姻的失去，而让自己一无所有。

"你是不是觉得一个男人，三十八岁了，混得连房子积蓄车子都没有，很悲哀？"左杰的声音少有的透了那么一丝忧伤。

"不是。"我也深沉了些，"我是实在搞不懂有些女人，难道她们不知道江湖险恶吗？非得从围城中逃出来品尝甘苦？如果遇到一个对她狠心的男人，也就罢了，遇到你这样的男人，就留着呗，非得甩了，甩就甩了，干吗那么欺负人呀？"我这么说着，心里特不是滋味，觉得丫太可怜了，竟然有些哽咽。

"别难过了。"左杰倒劝开我了，"我知道你是特别善良的女人，见不得别人倒霉。不过都过去了。当时可真是被我爸妈埋怨死了。"

"他们也是心疼你，替你不值。"我安慰他。

"是呀，我离婚的时候都没有告诉家里，直到我交了女朋友，必须要带去见他们，才正式说，我爸妈一听我什么都没有了，气坏了。"左杰漫不经心地说着，我倒是留了心，原来丫有女朋友呀，那还成天陪我聊到深夜。

我的心底掠过一丝不快，清清嗓子说："原来你有女朋友呀，早说呀，早说，我就不会把你当'垃圾桶'了，这影响多不好。"

"已经分了。"左杰仍旧是漫不经心的。

"为什么？"我脱口而问，"又一个不识货的？"

"嘿嘿。"他笑得很憨，"你觉得我这个货色还不错嘛？"话却很贫。

"经济适用男吧。不是高端品牌，但弄好了，能卖个好价钱。"我不甘示弱。

"你嘴巴太损了，没说我可以论斤称就得谢谢你了吧？"左杰并没有生气，还很认真地说，"真算得上经济适用男，就不错了，我年初买了房子，在近郊，贷款就有小五十万，有房无车，一屁股债，怎么适用呀？"

"你有稳定工作，你们单位公积金也比较高，这点贷款也不算什么。别泄气，我挺你为'经济适用男'。"我这么说时，看似调侃，实则诚意安抚。

"反正也不富裕。"左杰的声音有点轻，"因为每个月还得给女儿2000元的抚养费，再还贷款，交房租，我买的是期房，还得一年多才能交房，也就所剩无几了。"

"2000 元？"这次的互诉衷肠，真是让我吃惊不小，"作为工薪阶层，说实话，每个月给 2000 元的抚养费，真的不算少。"

"是呀。"左杰无奈地说，"我那个前妻不仅以死相逼让我净身出户，也以死相逼要求我必须每个月付 2000 元抚养费。不过，算了，给自己的女儿，也是应该的。"

"你很爱你女儿吗？"我问完了，才觉得这是句废话。

"很爱，最爱的。"左杰很坦诚地说。

而这简单的一句话却成为我们俩日后美好生活的疑似隐患。女人都有很强的嫉妒心，哪怕是对自己爱人的女儿和母亲。我也不能免俗。

"你爱那个分手的女朋友吗？"我很八卦地问。

"谈不上吧。"左杰慢悠悠地回答，"就是想找个伴儿，这个岁数了，还谈什么爱呀，两个合适的人一起做伴，不是很好吗？"

"两个合适的人一起做伴？"我重复了一遍他的话，别说，这倒与我当下的情感观很相同，快四十岁了，爱情真的是奢侈品，而人们通常理解的轰轰烈烈的爱情也真的不适宜这个年龄了，这个年龄需要的是平稳。两个真心相待的人，一起过相伴的平稳日子。

"那个女人与你不合适吗？"我继续八卦。

"嗯。"他还是四平八稳地说，"她是我在外地认识的，当时刚离婚，很空虚，这个女孩子是当地的同事的朋友，对我一见钟情。"

"嚯。"我笑出声，"你还真是厚脸皮。"

"怎么厚脸皮了？"他也不理会我的嘲笑，继续说，"因为她比我小十五岁，我起初没有答应，但是她很执著，天天在我的公寓楼下等我，我心软了，就在一起了。"

"我靠。"我又是一惊，"你丫也太不是东西了吧？老牛吃嫩草。"

"谁不是东西了。"左杰反驳我，"我是拒绝了她很多次的，但是她偏偏说自己是个'大叔控'，我又有什么办法呀？而且我那么多年的婚姻里，没有吃过自己媳妇儿做的一顿饭，但是她给我洗衣服给我做炒米饭。"

"你真贱，给你做个炒米饭，你就就犯了？就以身相许了？我还以为你跟社会上那些乱七八糟没品没德的垃圾男人不一样，原来你也是找'小女'，懒得理你了。"不知道为什么，我突然的一股邪火。

"啪"就挂了电话。

4. 染了黄毛，就真拿自己当老外了

不知道为什么，我特别生气，挂了电话后，还气呼呼的。第一次没有因为纠结"老海归"而睡不着。气的反倒是这个左杰。

在我看来，那些会找"小女"的男的，全不是什么好东西。不是仗着有点钱而找"小女"玩的，就是没脑子的，不知道这样的年龄差距是很难走到头的。作为离婚男人，还不懂得怎么去选择，简直就是白痴，而白痴直接会表现为对自己不负责任。我实在没想到敦厚朴实的左杰竟然也好"那口儿"。

对于熟男熟女们，凡是没脑子的，我都很反感。这个岁数已经输不起了，没脑子跟傻厚道不同，直接会导致害人害己。

尽管我也刚经历了感情的失败，但我跟"老海归"是各方面条件都很相当的，那是因了解而分手。尽管我看人相当准，但一个男的刚追女的时，表现的全部都是光彩的一面，等发现阴暗面后，即便捶胸顿足，也得争取下，争取一个改变阴暗的可能。但改变别人太难了。努力了，白费了，就得像擦掉落在车窗上的鸟粪般的，再恶心，也得动手擦。

我越想越气，心里还有一丝失落。想，这一闹后，估计丫不会再陪我聊天了。我也肯定不会主动找他的，我这情伤还得靠自己慢慢恢复。

让我没想到的是，转天中午，我刚随便吃了口东西，打开电脑，上了QQ，就看见那个叫"流动的云"的小企鹅在闪动。"流动的云"是左杰的QQ名儿。对话框里只有一个微笑的表情，显示时间是半个小时前。

我撇着嘴斜了眼盯了片刻，还是回复了。回复了一个"翻白眼儿"的表情。

左杰很快就冒出来了。发给我一个大笑的表情。

我问："哪疼？笑得那么欢实。"

"浑身疼。"左杰回复我。

"那是欠打了。"我坏坏地笑，"找人打一顿，松松筋骨，就不疼了。"

"你也太狠心了。"左杰发了一个可怜的表情，"我这还不是夜夜陪你聊天，

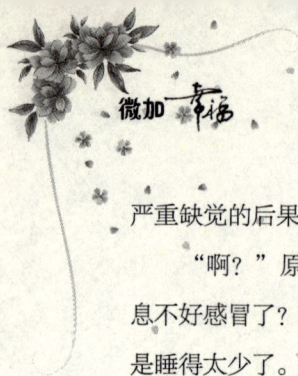

严重缺觉的后果。"

"啊？"原本半躺着，抱着电脑上网的我，坐了起来，"真的吗？你是不是休息不好感冒了？哎呀，这也真的是怪我，你天天陪我聊那么晚，第二天还得上班，真是睡得太少了。"

"是呀是呀，都是因为你呀。"他嘻哈着，"所以你是不是应该来探望下请病假在家的我？"

"你都没去上班吗？"我睁大眼睛盯着屏幕，但没有直接回答他。我们俩也一起吃过几次饭，但是没有去过彼此家里。虽然都是单身，但异性之间，家，是禁地。只有亲密的男女朋友，才可以跨进的禁地。我跟左杰，是应该不涉足这个禁地的好朋友。

"嗯，没去。"左杰答，"实在起不来床了，浑身都是热的。"

"那是不是发烧了？"我关切地问，毕竟他是因我而病的。

"应该没有吧。"左杰说，"我身体很好的，多年不发烧了，连感冒都很少。"

他这么说，我更加觉得自责，于是说："那你快休息吧，别跟我说了，不然，病情加重，就麻烦了。哦，对了，给自己煮碗姜糖水，用姜丝炝锅，做碗挂面汤。"

左杰发了一个可怜的表情，说："我难受得都起不来床了，怎么做呀？你是罪魁祸首，竟然不来探望我。"

我发了个傲慢的表情，说："大哥，男女授受不亲，咱俩再'蓝颜'，你一个单身大男人的家，我能随便去吗？这样吧，等你好了，我请你吃饭，吃你最喜欢的羊肉串砂锅牛肉。一气儿给你叫八个烧饼，吃不完打包带走。怎么样？够意思吧？"

左杰发过来一个"憨笑"的表情，说："很温暖。"

切，我心想，丫也太容易满足了，这两句好话，就觉得温暖。转念一想，又觉得他很可怜，大约就是这么多年得到的关心太少了，所以一丝关切都会觉得温暖。这么一想，对他，竟然有些心疼。但，我也没有动摇不去探望他的心。怎么说呢，我很珍惜我跟他之间的这种缘分，即便是同性，这个年龄，都很难再交到这么真心的朋友，倘若把握不好，搞成了暧昧，那么就是最不耻的一种关系了。再有，我对于他找"小女"还是耿耿于怀的。

整个下午，左杰没再找我说话。我估摸着丫病得不轻，竟有些挂念。给自己找的理由是——朋友，也应该关心惦记。

傍晚时分，我刚简单吃了点饭，门铃响了。

是"老海归"。

我们已经分手一个多月了，丫竟然非常自然地说："朱朱，我来给你送幅画，裱好了，你书房应该有幅画，那样才更有利于你安心写作。"

"我写作跟这幅画有什么关系？"我最讨厌他总是可以生拉硬拽的给自己找借口的劲儿了。很奇怪，刚认识的时候，我觉得他这是聪明，怎么现在就觉得倒胃了呢？或许就应了那句话——如果对这个人还有感情，无论怎么样，都能给他（她）找到各种往美好处去想的理由，而一旦没了那份情意，是该怎样就是怎样了，甚至真的令人感动的言行也会觉得虚假做作。

我望着"老海归"一脸看似真诚的笑容，愣怔了下，难道我在左杰的循循善诱，尊尊劝导下，对眼前这位曾经让我痛不欲生的过气帅哥已经释然了很多了吗？抑或是我看透了他的"三不男人"的习性，也该释然了，不然，我不就成了自己最不喜欢的没脑子的女人了吗？

我冷冷地说："画可以留下，人就请便吧，如果觉得不合算，画也一起请便。"

"老海归"笑了，说："朱朱，我今天是诚心诚意来跟你聊聊的，真的，咱俩也不能就这么不了了之了。"

"那好。"我退让了一步，"尽管我比你年轻好几岁，但也不是耽误得起的年纪了，这两年的时间，对我很宝贵，我很珍惜，人珍惜的都是自己的付出，这点没错，所以我可以坦诚地说为了我的付出，我还可以给你一个机会，我们可以继续的前提只有一个，就是你安定下来。我随时可以做一个称职的贤妻。现在就看你的了。"

我仍旧冷冷地望着他，我知道我这一军将的，他是接不住的。果然，丫耸耸肩，摊摊手，不置可否。

我一看他这造型就来气，心想染了黄毛，就真拿自己当外国人了。

我瞥他一眼，就要关门，把丫关在门外。

可就在这时候，"老海归"又说了一句至关紧要的话，这句话让我做了一个决定，而这个决定也给我带来了未来的生活，幸福的生活。

说来，还真得感谢丫。

5. 说不出的感动

"朱朱。"老海归用了下力，门没有关上。

"还有什么遗言？大爷。"我没好气地问。

"老海归"乐了，说："五十岁，你再给我五年，不会到六十岁了，五十岁，我会彻底安定下来，跟你组成一个家。"

我气得半天没说出话来。

"老海归"还以为我被感动了，他为了我，已经把玩到六十岁改成了五十岁，这在于他，是对我多大的恩赐呀。

我定了下心神，挤出笑容，说："真对不起，辜负您的一片心意了，本小姐我，已经有了新男友了。"

"不可能。"老海归非常肯定地说，"你是什么样的人，我很清楚，你很专一。"

"嗯。"我点头，"算你说了句人话，我的确专一，但专一是指在一段感情里。我在与你交往的两年间，非常专一，但你呢？你的小红小兰小花猫们呢？别说都是她们缠着你，别说你跟她们没有进一步发展，别说那些鬼话了，你在和她们调笑的时候，已经对我不专一了。你应该恭喜我迷途知返。现在，我们在闹了一年分手后终于彻底分了，我该专一的人，也不该是你。请你尊重我当下的专一，赶紧走人吧。"

我不打咽儿地说完这一堆，丫竟然以为我在发脾气耍性子。

我头一扬，非常骄傲地说："实不相瞒，我正准备去看我男朋友，他病了，要是你不信，可以送我去。"

"老海归"真要送我去探望男友，我才有点傻眼。但话说到这份儿，就没有退路了。

我决定去探望左杰。

我在楼下的水果店买了西瓜、荔枝和小芭蕉，临了，还买了挂面、生姜、小油菜，万一这家伙家里什么都没有，又病着，这个时间肯定什么都没吃呢。

我在买东西的时候抓紧给左杰发了个短信：我决定接受你的请求，去探望你，告诉我门牌号码，准备接驾吧。

左杰很快回复：真的吗？太好了，我住的小区很破旧很乱，怕你不好找，我在淘宝小镇门口等你。

一切搞定，我拎着水果上了"老海归"的车，告诉他目的地后，便一言不发了。

车窗开了条缝儿，初夏的微风徐徐吹进，轻抚着我的面颊，吹乱了我额头的刘海儿，但没有吹乱我的心。我身边的这个曾经令我崇拜的总能口若悬河的"老海归"已经彻底从我心中消失了。

难得没有堵车，很快，就到了淘宝小镇。远远的，我就看见左杰，他穿着一件乳白色的长袖体恤，浅蓝色的牛仔裤，胡子刮得很干净，高大而清爽。

我心想，行，丫还没给我丢脸，尽管他并不知道在冒充我男朋友。

"到了。"我示意老海归停车。

"是那个男的吗？"老海归成天守着电脑，可眼神还特别好，一眼就看到了左杰。

我点头，非常坦然地点头。

老海归终于相信了我的话，"哼"了一声，说："我周围的人都说人家朱朱又专情又纯情，多么多么好，都说我是个王八蛋，都说我成天偷着勾搭着什么小红小兰小花猫，可我勾搭半天，没一个真替代你的位置的，就是说我没一个玩真的，可你呢？你一玩，就是真的。"

"哦。"我淡淡地说，"这就叫'不鸣则已，一鸣惊人'，而且我重质量不重数量，跟你不一样。"

"你这么说有劲儿吗？"老海归真生气了，"咱俩到底谁背叛谁呀？"

我侧头盯着他，一字一句地说："我肯定没有背叛你。我们已经分手一个多月了，之前的一年也都因为小红小兰小花猫在'闹'分手。至于你是否背叛过我，已经不重要了，因为我们分开的真正原因是——我们不是一路人，永远的平行线，就算到了你六十岁也不会有交点的。"

说完，我开了车门，朝着左杰走去。

傍晚的余霞染红了远处的天边，而我和左杰在浓重的暮色中微笑相对。

他接过我手中的水果，说："来就来呗，还带什么东西。"

我借着余晖的遮挡，掩饰着内心的真实，说："哦，我不习惯空手探望病人。"

"呵呵。"左杰傻呵呵地笑，说，"你真是个特别懂事的女孩子。"

"别恶心我。"我不领情地说，"三十六岁了，别女孩子女孩子的，你不觉得牙碜，我自己都膈应。"

左杰还一个劲儿傻乐，说："别说，你还真不像三十六岁的，说二十八九都有人信。"

"嚯。"我故作轻松地说，"嘴巴够甜的，够能夸的，但你可别指望我夸你。"

"不夸没关系。"左杰继续嬉皮笑脸，"我生病的时候能来看我就行，早知道病了，您能大驾光临，我早点病呢。"

"胡说什么呀。"我下意识地瞥了一眼老海归的车子，丫还停在那儿。

左杰也跟着我望过去，问："老海归吗？"

我冲着他眨眨眼，诚实地点点头。

"你利用我呀？"左杰的语气很柔和，并没有不高兴，也冲着我眨眨眼。

我自知理亏，憋着笑，说："也不完全啦，也是想来看看你啦。"

"行啦。"左杰一把拉住我的手，"利用我也没关系，只要能让你心里舒服，能帮你打击老海归，值了。"

"哎哎。"我瞥着他拉着我的手，说，"咱们是哥们儿，能随便拉手吗？"

"嘘。"左杰示意我安静，"老海归还盯着咱们呢，演就得演得像。话说你就是聪明，找我演男朋友，太对头了。你看我这么高大英俊，玉树临风，老海归看见我，赶紧找老鼠洞钻进去了，没脸见人了呀，比不了呀。"

"什么呀，你真发烧了吧？真是的。"我没好气地说，"那是因为除了我大哥，我没别的男性朋友了，可他都有老婆，尽管老婆是我姐妹儿静辉，但他是不可能陪我玩这个无聊的游戏的。"

"很无聊吗？"他问。

"有点。"我讪讪地回答。

"我不觉得。"他很认真地说，"你这时候需要这样的一股力，可以彻底把你拉出来。拉出那个看不到未来的陷阱。"

我偷偷瞥他一眼，有点感动。

6. 这个机会来了

一走进左杰租住的小单元房，我的心里有种说不出的滋味。狭小的厅里摆放着破旧的冰箱和洗衣机，洗衣机边上散放着几双鞋子，还堆了一堆脏衣服脏袜子，几乎没有下脚的地儿。一个大男人独居的地方杂乱不堪倒也不稀奇，关键是一楼的潮湿与阴暗，没有一点点生气，永远的暮霭沉沉阴雨天。这样的环境怎么可能有好的心情？这简直就是"小强"住的地儿。

我偷偷瞄一眼左杰，他在慌乱地东塞西掖，为我扫平路障，自我解嘲地笑着说："刚刚藏了一堆东西呀，怎么又冒出来了。"

我心里一酸，我就见不得别人过得不好，而他这样的不好纯属没人疼没人管的结果。尽管我一个人生活，也会有很多困难，但毕竟有自己的房子，住起来舒服很多，当然在孤独无助的层面上，我比左杰过得还不好，毕竟我是女的，而左杰的出租屋，印证了一个光棍的悲凉。我在对左杰的同情和我们俩的同病相怜的感慨中难过了。

"别藏了，我可以熟视无睹。"我强忍着，故作轻松地问，"你怎么样？好些了吗？吃饭了吗？"

左杰没立刻回应我，随手把卧室沙发上的一堆衣服一把抱起，掖进柜子里，使劲关上柜门，刚要转身，衣服又呼啦啦滚了出来，他骂一句"靠"，又分别掖进两个柜子里。这一次，总算消停了。我们也有了坐的地儿。

"中午吃了一片退烧药，睡了一觉，应该不烧了。"他又开始找杯子，想把脏兮兮的杯子刷干净给我冲一杯速溶咖啡。

我拦住他，说："你这杯子，刷了我也不用，我就用纸杯吧。"

左杰尴尬地拿着杯子，愣怔了片刻，自己笑了，说："也是，今儿先用纸杯吧，明儿我就去买个漂亮的杯子专门留给你用。"

"好了。"我打断他，"你先别忙了，都发烧了，还真是严重呢，晚上吃了吗？"

左杰摇摇头，说："中午我把前一天剩下的饼炒了下，家里就弹尽粮绝了。人不舒服，就特懒，也不想出去买。"

我得意地扬了下巴，说："早料到你会这样了，你稍等吧。"

我像穿越雷区似的，摸索到厨房。妈呀，一片狼藉，我好歹把脏乎乎油腻腻的碗筷划拉到一边，刷刷菜板，泡上油菜。把生姜切成细丝，葱斜刀也切了。琢磨了一下，先用油把姜丝翻炒，炒出姜特有的暖暖的香味，再用铲子把姜丝弄出去，很多人可以接受姜的味道，但是却不喜欢吃姜丝，反正我是这样的，所以便根据我的喜好这么办了。于是锅里剩下的便是姜油，葱炝锅，倒水，下挂面。翻了半天，只有两个鸡蛋了，干脆全部放进去，丫病着，两个鸡蛋的营养并不多。面煮得差不多，放进小油菜。最后撒了点盐巴。

所有的碗都是脏的，而且全是油污。只好找了一个小盆，满满一小盆挂面汤，汤汤水水，有面有菜，清爽可口，最适合病人。

"你是田螺姑娘吧？"左杰接过小盆的时候，头一直低着。

我好奇得由下往上看，心想，丫不会感动得泪流满面吧。还好，他只是脸有些红，也许还是发烧的缘故。

我瘪瘪嘴巴，命令道："一口气全部吃下。"

"嗯。"左杰答应得很痛快，"我绝不会剩下一口，这是朱朱爱心面。"

后来，我们俩生活的三年多里，"朱朱爱心面"成为我们家最常见的消夜，也就是在这样的爱心呵护下，丫不到半年的时间，就从 150 斤涨到了 185 斤，足足涨了 35 斤。他常说的是——你简直把我当"牲口"养了。

"嚯。"我不屑地说，"少贿赂我，是不是以前跟那个'小女'也感动得说过某某爱心饭呀？"

"没有。"左杰很坚决地回答。

我白他一眼，信也不信，突然我伸出手，说："掏钱，一盆一百元。"

"太便宜了。"左杰一本正经地说，"这是无价的。"

"友情无价。"我挥了挥右臂，拉开了距离。

我不想左杰误会，把我对他的"革命同志"般的关心理解成为男女情怀，我说，"算了，不要钱了，就当你刚才帮我的小费吧。"

说完，我又趟到了厨房。还算不错，竟然有一副黏不呼呼的胶皮手套，我先把手套洗了洗，戴上，再泡了一水池子的洁洁灵水，把碗筷都洗干净，放整齐了。

左杰端着碗跑过来，特不好意思地说："等明儿我自己弄吧，你是客人，怎么能让你干？"

"那简单，以后我有什么干不了的活儿，你帮我干不就得了。"我一边清洗一边说。

"太好了，我明儿就去你家，帮你干活。"左杰特诚恳地说。

"我家的灯管还没坏呢。"我笑他。男的，干点水电方面的活儿肯定比女的强，而女的，是个女的做家务就比男的强，比如我种，并不喜欢做家务的，帮左杰收拾起屋子来，也肯定强过他。

"那我去帮你晾衣服。"左杰满嘴巴的面条，呜呜噜噜地说。

"四舍五入，我也是165米的个头，一伸手自己就能晾。"我瞅他一眼。丫真是吃了个热火朝天。看得我又心酸了下。

"你的意思，就是我想明儿就去你家帮你干活，还就没戏了。"左杰嘴巴欠欠地问。

"你竟惦记去我家干吗？"我白他一眼，"即便你是我哥们儿，也不能随便去我家呀。"

"怎么不能去？"左杰理直气壮地说，"你看，你这都来我家了，我去你家也应该，下一步，咱俩就可以见父母了。"

"哎哎哎。"我摘下手套，搭在水池子边上，有些气恼地说，"你玩笑过头了，再胡说，我就跟你绝交了，你就没机会升格为'男闺蜜'了。"

"什么'男闺蜜'呀，听着跟娘娘腔似的，我是纯爷们。"左杰喝光了最后一口汤，说，"你这面做得太好吃了，真没想到，你这写小说的手还能洗碗做饭。"

"我跟你说我这是第一次做这个面，你信吗？"我用纸巾擦干了手。

"真的是第一次吗？"左杰一边刷盆一边说，"那你就是天才，要不怎么说聪明的人学什么都快都好。"

我被他夸得有点小得意，说："这点，我倒是不客气，我就是学什么都快，平时就是不乐意做，否则吃过的，就会做。"

"一个人做，一个吃，也没意思。"左杰说了句实在话，"这样吧，以后你做，咱俩吃，要不然，我做，也咱俩吃。"

"你病好了是吧？贫死了。"我把他的脏衣服放进洗衣机里，叮嘱他，"衣服脏了，就算不立刻洗了，也得放洗衣机里。这么多脏衣服，病好了赶紧自己洗了。"

"这个洗衣机是坏的，我得等到周末回我妈妈家去洗。"左杰盖上洗衣机的盖儿，又显出一丝尴尬，说，"反正是临时住的，不要求太多，下班回来，扒拉扒拉，有个地儿睡就行。"

"那何必呢？真把自己当猪了？即便是一个人，也得让自己过得好一些呀。"这是我的理念。

"嗯。你说的对，只是很多时候真没心气儿。"左杰已经冲好了两杯咖啡。

咖啡的香味很快穿透了两个纸杯子，弥漫了整个屋子，透着温馨。

"你不是有'小女'嘛，还没心气。"我捧着杯子，终于道出了我的耿耿于怀。

"早分了。"他坦坦然然地说，"本来也没在一起多久，我就回到这边总公

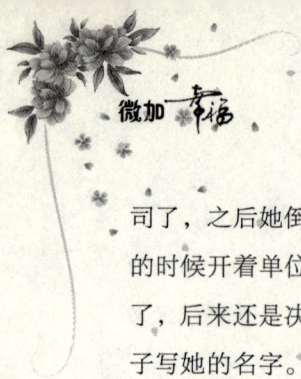

司了，之后她倒是非要跟我过来，但来了后，看见我这出租屋的落魄，与在武汉的时候开着单位给配备的车住公司给租的高级公寓的状况完全不同，就有些变化了，后来还是决定来这边，跟我结婚，但提出一个条件，就是要我答应新买的房子写她的名字。"

"什么？"我的天，现在的女孩子都怎么想的，还没怎么着，就会先为自己打算上了。

左杰看来是很想让我了解这段历史，继续说："她家里条件很不好，可能对钱看得更重些，我收入虽然还可以，但是各方面开销太大，你知道每个月还得给女儿2000元，还得还贷款，还得存钱买车，我买的房子很远，没车是不行的。最重要的是我不可能把房子写成她的名字，我已经为了上一段婚姻失去了我奋斗多年的所有，但为了女儿，是可以认头的。我都快四十岁了，我输不起了。我得承认，你那天批评得对，这个岁数得面对现实，找一个小十多岁的就很不现实，其实很多方面都不会有共鸣。所以我考虑再三，也别耽误人家，就'咔嚓'快刀斩乱麻，断了。"

"算你没彻底地误入歧途。"我心里稍微舒坦了些，"我看这个女的，也不是什么善茬，二十出头的小丫头，别的没学会，一上来就惦记人家房子，这不是拿你当凯子了。"

"都过去了，路都是自己走的，每个人都得为自己的无知或错误付出代价，关键是得吸取教训，人不能两次走进同一条河，何况咱们都不止两次了，不能再落水了。"左杰还引用起古希腊唯物主义哲学家赫拉克利特的名言，"今后，我的观点是，权衡利弊，考虑清晰，如遇佳偶，毫不犹豫，闪恋闪婚，老到白头。因为，我想有个家。对，我就是男版'结婚狂'，但我很挑剔，得找一个好媳妇儿。"

左杰的话让我哭笑不得，但他没等我抢白，就起身走到了窗子前，掀了窗帘，从窗台上取下一把吉他。

我惊讶得张大嘴巴。

左杰抱了吉他坐到我面前。冲我微笑。

而我，就真的是呆了。

丫还会这么一手儿，这可是我少女时代最憧憬的画面。当然，也几乎是所有读着琼瑶小说长大的女人们曾经渴求的浪漫影像。

"我们第一次见面时，你说那部《桃花灿烂》的电影时，说起爱听朴树的《那些花儿》。"不调侃的时候，他的音色出奇的温柔暖心，"那歌儿我原本就会弹唱，尽管很久没有摸琴了，但稍微练习几次就可以了。你说过后，我练习了几次，就等着有个机会弹唱给你听呢。今儿，这个机会来了。"

7. 明天我要嫁给你啦

那片笑声让我想起 / 我的那些花儿 / 在我生命每个角落 / 静静为我开着

我曾以为我会永远 / 守在她身旁 / 今天我们已经离去 / 在人海茫茫

她们都老了吧 / 她们在哪里呀 / 我们就这样 / 各自奔天涯……

左杰的吉他弹得非常好，而歌声也出乎意料的好。他的音域不算宽，偏中低音，但是音色相当的动听，特别适合吉他弹唱，是那种可以一下子将人带进歌曲意境中的声音特质。充满磁性，还不是朴树的那种酷酷的沉静，而是饱含了温暖柔软的情怀。在我对面，娓娓道来。

我听着听着，眼中溢满泪花。我是一个容易感怀的人，但并不是很爱流泪。我的眼泪是因为这首歌触动了我内心最隐秘的弱点，青春已经不再，但孑然一身的我，回想起来，没有什么可留恋的过往，有的，就是对孤独的恐惧，对时光飞逝的彷徨。

一个人的生活，总是缺乏一点儿底气的。

可能很多单身的男女非常享受那种自由，但，我不是，我跟左杰一样，渴望一个家，渴望有个人，在每天下班回家后，一起聊聊一天的新鲜事，一起吃饭、散步，看看春夏秋冬的不同风景……可以相伴看电影，彼此等着一起睡觉，冷天为对方暖被窝，可以抚摸和亲吻……然后，总能给彼此一个温柔的笑和深情的拥抱，可以跟对方说——这辈子最大的幸运就是没有错过你。

我从左杰的歌声中体会到了与我一样的惆怅，我在惆怅中感慨抽泣……

"你流泪了。"左杰停了弹唱，他竟然伸出手，为我擦泪。

我睁大眼睛，他的手掌将我的眼睛含住。

为了掩饰我的尴尬，我大煞风景地说："你手脏不脏，别给我擦出沙眼来。"

左杰并没有配合我的调侃，说："你流泪的时候，眼睛散发出柔柔的光，眼睛里满是柔弱和柔软，你需要呵护，又那么能体贴别人。"他特别自然而然地捧了我的脸，"你不觉得我们是非常合适的两个人吗？两个孤独的人，两个真诚相待的人，我们应该在一起。"

我哆嗦了下，没想到憨憨傻傻的左杰，会这么直白的表达。丫大约就属于大智若愚型。

我腾地红了脸。

很热很热的。

我清楚自己，这种情态就是动心了。我的脸在他的一双大手里一动不敢动，生怕，动了下，一切便成为美丽的泡影。

左杰大约感到了我的脖子有点僵硬，他自顾偷笑了下，放过了我的两颊，双手握住我的手。

"我平时总爱逗你，但是现在说的每句话都是真的。"左杰坦然地望着我说，"从我见你第一面，你的自然不做作，就让我觉得很舒服，后来咱俩一起吃过几次饭，你知道我的现状，总是抢着结账，我没见过比你更懂得体谅别人的女人。还有次路过超市，你明知道门口那个乞丐是专职的，你却说就算他是丐帮的，但把自己弄这么脏这么狼狈不堪，也不容易……"

没等左杰说完，我扑哧乐了。我想起他说的那次，我执意要给那个乞丐面前的碗里投币，左杰告诉我一看就是骗人的，我便说了那段话，而左杰在我说完那段话后，竟折回去也在乞丐的碗里放了一点零钱。其实，我当时的感觉是这个男人不是一个固执的人，他的柔软会让他听得进去别人的意见。一个人内心的柔软是善良的一种表现。当然，左杰当时对于我给予他的表扬是这样回答的——这不是只给了两元钱嘛，我给得起呀，不过我的两元相当于李嘉诚的二百万呢。

想到这些，我的眼中，似乎又多了一些柔和。

左杰也非常温柔地望着我，继续说："你对陌生的乞丐都充满善心，那如果谁有幸成为你的爱人，你肯定对他更好，我想成为那个人。"

我张张嘴，却一时不知道该怎么回答，便不停地捋长发。

"哦，还有最重要的一个理由。"左杰更加坚定地盯着我说，"你还是我见过的最不虚荣的女人，像你这样的女人，却很安然地坐在我的自行车后边。老实说，现在是我最落魄的时候……"

左杰的声音稍稍有点黯然了，我不想他因自己暂时的境遇而表现出落寞，便坐直了清清嗓子说："你确定你说的这个人是我吗？"

果然，左杰被我逗笑了，点头，说："无比确定，甚至更好。"

"还有哪些好，尽管夸来。"我故作骄傲地说，"我最不怕别人夸我呢。"

"还有你对老海归的感情。"左杰又恢复了认真的模样，"尽管你选错了人，但你仍旧付出了真心，现在这个时代，真心最难得。"

我白他一眼，说："提他做什么？在我感情观里，只要过去的，永远不会再成为我谈话的主题，更别说生活的音符了。过去了，就是彻彻底底的。当然在一起的时候就会无比珍惜，不是不会遇到更好的，而是因为已经有了这个人，就不想再去碰到更好的；不是不会对别人动心，而是已经有了这个人，就不必再对别人动心。能在一起不容易，尤其到了这个岁数，已经选定的人就不要轻易改变，但是一旦决定放手了，就不会再出现在我的视线里脑海里。"

"这也是我欣赏你的一个方面。"左杰诚恳的样子，让人特别的安心，"我对你，有种说不来的信任。"

左杰说的极是，我一向都是朋友们最信任的密友，我不喜欢藏着掖着，坦白直爽，而左杰也一样，我对他，也有种说不来的信任，从第一次遇见时，便产生的信任。

"怎么样？咱成交吗？"丫突然蹦出这么一句，让我从浓郁的温馨氛围一下子跌进菜市场的市井实际。

我假装不屑地望着他，说："我可还有很多缺点呢，比如我很情绪化，平时不管怎么小清新或者贤良淑德，一旦情绪来了，很可能就化身为暴力女。"

"缺点可以改正，性格可以磨合，但机会失去了就再也没有。"丫还真能一套套地拽，看来是铁了心，必定要我一个痛快话，"反正是过这村就没这店，你不把握这个机会，就跟中奖后找不到彩票一样可惜。"

"啊？"我睁大眼睛，"敢情你说了半天，这个机会不是我，而是你呀。"

左杰"嘿嘿"地乐，说："彼此彼此。你想想，咱俩要是在一起，那简直就是绝配，论经济实力，你现在是比我强，但我也有房子呀，外环外的房子那也是房子呀。再有咱俩在一起，那简直就是女才郎貌。"

"什么？"我直接拧了他的耳朵。

他"哎哟"着说："不不，是金哥玉姐。"

我仍然有些犹豫，或者就算是女人特有的劲儿——吃不吃都端一下。我说："可我对男人真的比较缺乏信心了。"

"别因为碰到过一两个人渣，就说什么再也不相信男人了。"左杰非常自信地说，"路还长，总会遇到那么一个人，给我们的心一个栖息的地方。比如你我。"

我眨眨眼睛，最后问："你这算是追我吗？"

"谁追你了？"丫又是颠覆性的答案，"我这是帮咱俩捅破这层窗户纸。"

我恶狠狠地瞪着他。

他憨中带坏地笑。

继而，吉他响起，丫弹唱了首《明天我要嫁给你啦》。

我嘴角的浅笑慢慢扩散，形成实实在在的月牙湾。

8. 这辈子最新的功课

"哎呦，哎呦，哎呦呦……"

我在上海老太太一声声的痛苦呻吟中醒来，也结束了与大熊甜蜜初始的美好回忆，梦中的回忆。

护士来到老太太床边，问："您怎么了？"

"我不舒服。"老太太拖着哭腔含含糊糊地说，"我有糖尿病呀，我很不舒服啦，我的胳膊很疼呀。"

"要不，您吃止疼药吧。"小护士也没有更好的办法。

"好，好，我吃止疼药。"老太太继续哎呦，等待止疼药。

"阿姨。"我的嗓子还是很紧，但可以勉强出音儿，"别怕，很快就会好起来的。"

上海老太太认出了我，委屈得瘪瘪嘴，吧嗒吧嗒流了眼泪说："我女儿一定让我手术。"

我是右边伤口，向右边侧头不是很方便，我只能梗梗着脖子，说："那是您女儿真心爱护您，手术，毕竟是最好的方法，您要有信心。"

老太太应着，说："嗯嗯，我晓得的，就是不想给孩子添麻烦。"

"那您就听话。"我继续劝慰，"听话，就不会给您的孩子添麻烦了。"

老太太点头，说："我一把年纪了，没什么的了，可你们还那么年轻，真是可惜了。"

　　我苦笑。对自己说，面对它、接受它、放下它。没错，已经得了这个病，自怨自怜没意义，只能增加身边人的痛楚，尤其是大熊，跟他在一起，我是要给他带去幸福的，而不是痛苦，我的好与不好，直接影响的是他。既如此，干脆就积极面对接受患了这个病的结果，尽量放下这个病的影响。

　　重症室又有几个女人找护士要了止疼药。

　　我也感觉到了我胳膊隐隐作痛，但我不想吃止疼药，那只能止住一时之痛的药物，不能解决什么问题。我需要整理自己的思绪，在天亮前，在大熊和家人朋友们来之前，给他们一个最好的状态。

　　不拿自己当病人，是我这辈子最新的功课。

五、重生

　　若相信轮回，我们的今生不知道是多少次轮回后的新一轮的体验。如此，生与死又有什么可怕？不过是另一种形式的存在罢了。但，很少有人能坦然地面对这些，面对可能的死去。那是因为舍不得，舍不得的是眼前实实在在的拥有，早上的阳光，傍晚的落日，爱人的亲吻，周末时一顿丰盛的海鲜大餐。这不是贪念，是最正常的情怀，是凡人的平常思维。就算我们相信轮回，但下一世是未知，所恐惧的，归根结底是未知。即便当我们明白"除生死无大事"后，内心的惶恐仍旧不会少。而如果我们能笃信，前世、今生、来世，都能跟那个他（她）十指相扣，温暖相守，恐惧自会消失，有的便会是阳光明媚、春暖花开。也或者，只要想到任何的一种离去都是一种新的开启，只是，这个过程或长或短，异常艰难而已。像有的人，始终笑得坦然，重生便成为那笑容里的花蕊，当花苞绽开，花蕊惊现……

1. 重症室的早上

　　重症室早上的探视时间是六点到七点。

　　病人以外地和郊区的居多，六点整，便涌进大批送早餐的家属，操着各种口音，表达着种种关怀，合并着各种粥类的谷米清香。

　　只有我们这个角落比较冷清，我与上海老太太的家属都还没有来。

老太太又开始咕咕噜噜地发牢骚："我女儿怎么还不来呀，还不来呀，不要妈妈了，不要妈妈了。"

"阿姨。"一跟老太太说话，我就得梗梗着脖子，"我们的家在市里，但不在医院附近，反倒不比这些外地的病友，家属都在医院门口租的房子，几步路就到了。"

老太太还是一脸的委屈，但也听进了我的劝慰，说："朱朱呀，你这孩子真的很体谅人的。你老公不如你，不为你着想，这么晚还不来。"

"不是的。"我忙解释，"阿姨，我老公不是不为我着想，只是他昨儿白天很是煎熬，晚上回去后，心情不会好，肯定也睡不着，早上又得给我熬小米粥，很可能想熬得好点，熬了几次都没熬好呢，因为平时都是我做饭的，他好几年没做过这些了。"

正说着，手机收到短信。我右臂不能动，左手在输液，好在输液针埋在手臂上，左手还能活动，我用左手拿起手机，是大熊发来的——宝宝，得晚一会儿，千万别着急。小米粥熬了好几次，都糊了，后来只好按照网上的步骤重新做，刚好，已经出门，早上不堵车，十分钟就开到医院，等我。

我把左手尽量伸到右手处，右手指是可以动的，我回复——大熊，我不饿，咱儿从没这么早吃过早餐的，你别着急，慢点开。

这几年的生活，我与大熊有一个约定，就是每次发短信的时候，前缀必须有，不能是生硬地直接说事儿，最起码也得有个昵称。这样，即便是吵架的时候，加入了那个前缀，暴怒指数都降低了许多。而我们俩之间的默契，似乎是与生俱来的，从开始，彼此就很有感应，就像我清楚他为什么会晚，我甚至可以看到他因我的病而痛苦，难以入眠的样子，看到他在厨房看着手机屏幕，研究着怎么把小米粥熬得稠一点。这样的了解和默契，是有缘的体现，也是我们俩经常能互相体谅的原因。

上海老太太的女儿来了，富有上海特色的芹菜咸饭的味道飘来，老太太一定要我尝尝，说："我女儿做的咸饭是有我的真传的，味道好得很滴。"

老太太的女儿盛了一碗放到我的小桌子上。

老太太边吃边对女儿说："昨天亏了朱朱陪着我，你要好好感谢她的，一直照顾我的，好好谢谢的。"

老太太的女儿冲我微笑。我也报以微笑。看似非常自我，甚至有些挑剔的老小孩儿，也是会记得别人对她的善意的，这就是人与人之间的美好。

大熊终于来了，羽绒服敞着怀，头发乱乱的，胡子拉碴，彻底成犀利哥了。

上海老太太毫不客气地说："你怎么这么晚才来，你是最后一个，朱朱会饿的。"

"哦哦哦。"大熊应着，手忙脚乱地放好盛着小米粥的保温瓶，伏在我面前，眼巴巴地看着我说，"还疼吗？胳膊还疼吗？"

看着他黑黑的眼圈，忧伤的表情，我倒相当的淡定，说："不觉得怎样，这是最浅层的痛苦，我受得住。"

他双手捧住我的脸，眼泪滴在我的脸颊上。

"你一夜没睡？"我问。

"嗯。"他哽咽着答。

"别这样，大熊。"我异常平静，"这些天，你还得照顾我，会很辛苦，你要休息好，为了我。"

"嗯嗯。"大熊使劲儿点头，"你放心，我已经告诉单位领导我媳妇儿病了，得请假照顾，我会好好照顾你。你给我做了三年多的饭，该轮到我给你做了。等你好了，你再接着给我做，做到80岁，好吗？"

"专职厨娘？"我开玩笑。

"宝贝儿，你还能开玩笑？"大熊喂了我一口小米粥，"你不要强撑着，想怎么样就怎么样，我昨晚一直在上网查，这个病的治疗是很艰苦的，但心情最重要，你不要怕给我压力，就压抑自己的情绪。"

我帮大熊抹去眼角的泪痕，说："没事的时候，我怕有事，真有事了，我面对它。因为怕也没有用。"

"你真这么想？"大熊握住我的手。

"嗯。"我闭了下眼，眼角便也潮湿了，"我并不怕死，真的，我只是不舍得现在的生活，我们俩的美好生活。"

大熊亲吻下我的额头，在我耳边轻声说："我知道我知道，我会一直陪着你，陪着你面对它。永远相伴，白头到老。"

"你头发已经白了。"我逗他。大熊头上，那暗藏在黑发中的华发还真不少，并且在三年多前就有了。也就是说，他的白发不是被我摧残出来的。

"我可以等着你头发变白，等你头发变白后，我就不再染发了，我们做一对儿

白头翁。"

的确，我是一众朋友中唯一一个一根儿白发都没有的。我常嘲笑大熊不染发的时候就是白头翁，而染了发，就像戴了一个假发套。可现实是，很快，我必须得戴假发套了。而大熊给我买的真发做的假发套，帮我完成了凸显一根白发的可能。是的，那个假发上竟然有一根儿白头发，以至于显得假发更加逼真。

大熊一口一口喂我吃小米粥，我吃了第一口就咽不下去了。不想吃东西，跟情绪无关，我情绪很好，就是不想吃。除了输液的缘故，还有就是小米粥有点糊糊的焦味儿。但我假装很好吃，很爱吃。可大熊竟然感觉到了。他焦急地问："是不是嘴巴里没有味道，不想吃？要不要吃一点点小腌菜？"

我努力笑笑，说："不了，就吃这个吧。"

大熊把碗放到小桌子上，一脸愧疚地说："我真是太笨了，连个小米粥都熬不好，糊了好几锅了，这一锅还算好的。"

"没事的。"我轻声说，"小米粥很好喝的，只是我没有食欲。"

大熊自己尝了一口，说："还是有点糊味儿。"他低下头，之后用手摸摸我的额头，"朱朱，你放心，我会好好练习做饭的，今天先吃人家的咸饭吧。"

我微笑点头。

大熊喃喃着说："幸好中午冬冬她们来给你送饭。到了中午，你也能随便吃了，得吃点可口的。这几天基本上都有人送饭，我会每天练习，等你出院后，总得有几个你爱吃我拿手的。"

看着大熊那副信誓旦旦，认真的样子，我的心里有一种说不清楚的滋味，难过、感动还有心疼。

奇怪，真正面临的时候，我丝毫都不再怀疑他对我的真情真意了，或许，这就是冬冬常说的，不用去听，甚至不用去看，就自己去体会，真的非常冷静地体会，就可以体会到最真实的东西。

病床上的我，真的异乎寻常的冷静，也完全可以体会到左杰的真心。

不需要沟通，我特别了解他现在的心理，我知道他除了心疼我，还有自责，他怪自己在我第一次检查后，没有对我的身体问题给予足够的重视。

哎，想想，也正是因为他的漫不经心，我非常生气，才会怀疑他对我的感情。

2. 活着最重要

我是在 5 月份体检时，被告知右侧乳房有肿块，建议复查。而当时被医生建议复查的至少有七八个人，却没有一个比我反应激烈，大家都满不在乎地说："女性乳腺没问题的太少了，不必自己吓唬自己，查不查都是乳腺增生。"

可我不知道为什么，竟然一点儿没迟疑，立刻就去了体检中心边儿上的总医院。要知道，我这将近四十年，几乎就没去看过病，我一想到医院的人山人海，头就大。一闻到医院的药水味儿，头就晕。一看见医生肃静的一张脸，就是满头汗。

而这一次，像是冥冥中有根儿绳在牵引，引着我一步步向前，不能延缓，不能犹豫。

坚决，真是难得的坚决，远比我当初跟"老海归"分手坚决多了。

而我的坚决，也并非无缘无故。

三年前，我认识的三个人患上了乳腺恶性肿瘤，而其中一个，还是我多年的朋友——茹新。

茹新比我大两岁，是我 19 岁的时候，在夜校学英语时候结识的。结果，人家凭借英语水平给她带去了一份高收入的工作。而我，基本上一直停留在中国人听不懂，外国人不知道我说的什么的水平。勉强能唱首英文歌，中间几句还假装感情特别投入，就含糊过去了。不过茹新很给我面子，她总说："有几个人能把中国话说得像你这么好？别看是母语，好多人就跟我似的，张嘴就病句，例如'这是一个有趣的笑话'，每天不这么说几句都不叫说过话。"

这么善解人意、事业有成，收入颇高的茹新，还是标准的贤妻。不管多晚下班，她都会亲手为老公做上顿可口的饭菜。每天都将那位瘦高的眼镜男收拾得干干净净体体面面。我们一众朋友，常常自叹弗如，称茹新为"女超人"。她像是有使不完的劲儿，用不完的精力。并不觉得辛苦操劳。总是一脸的笑容，享受着自己为工作和家庭的付出。唯一的遗憾，就是茹新一直未能生育，连试管婴儿都做过，也没有保住。

　　而就是这样一个温婉娴静又能干的女人，也是在一次例行体检中，被告知复查。而所有的检查都是良性的，最后冰冻切片的结果却是恶性的。

　　茹新做的是右乳根治手术，两年后做了再造。大病理结果是淋巴结有两个点的转移，免疫组化是两个阳性，一个阴性，六次化疗后，再吃五年改善内分泌的药。这样，茹新这辈子就不太可能再做生育尝试了。而原本，她是想在四十岁前再努力一次。

　　茹新真的很喜欢孩子，从青春年少那会儿，每一次逛街，她看见大人怀抱里的小 baby，就立刻停下来，玩命冲那小宝贝儿搔首弄姿，一反她沉稳内敛的性情。而那些小孩子竟然没被她的热情过度吓着，百分之百都笑成一朵花。大人们也没把她当做要拐卖孩子的女骗子，均对她投以友好的笑意。这足以说明她身上有一种与生俱来的母性。

　　可惜，茹新的母性也用在了眼镜男的身上。眼镜男是大学老师，喜欢诗词歌赋，茹新当初就是沉醉在了那些类似刘永、李煜们的诗词中，而忽略了眼镜男眼镜片后边一双透着自我自恋又自私的眼。

　　眼镜是心灵的窗户，这句从我会认字起就清楚的名言，阐述了横亘不变的真理。

　　眼镜男的一双细长的眼睛绝对没有韩范儿明星的绵软，有的是幽冷的不按常理出牌的无情。

　　果然，眼镜男在茹新生病后彻底暴露出他冷漠，连手术都拒绝签字，最后是茹新的姐姐在亲属的一栏签名的。

　　住院期间，都是茹新公司派人照顾，丫就像人间蒸发了似的。

　　我们不想影响茹新的心情，都避免提他。

　　出院后不久，他就跟茹新摊牌，他与曾经的一个学生已保持了多年的关系，而就在那时候，那个女人怀孕了。丫还保持着一贯的以做学问的人自居的清高劲儿说他跟那个小三有着共同的文化背景，是志同道合的，希望茹新成全。

　　可想而知，身体的疾患，和情感的背叛，又有几个人能挺过去？

　　我当时就纠集了阿兰、冬冬等人，想给眼镜男来一顿胖揍。把丫打肥了，变成猪八戒他二舅。只可惜，那时候我已与大熊组成了家庭。秘密计划被他发现了。后来知道是阿兰怕我们犯下故意伤人罪，临阵退缩，向大熊出卖了我。

　　我清楚地记得当时大熊把我上上下下一通打量。我浑身不自在的，猛捋长发。我一紧张就爱捋头发。

大熊拉我坐在沙发上，摸摸我的头说："没想到呀，我媳妇儿祖籍山东，看着娇娇柔柔的模样，骨子里简直就是条梁山好汉呀。"

"谁祖籍山东呀？"我明明祖籍北京，丫这么说，分明是在挖苦我。

"梁山好汉有什么不好？"大熊一副特欣赏的样儿，说，"号称'梁山娇艳第一'的孙二娘，也就是'母夜叉'，肯定也是一部分人的梦中情人呢，比如我。"

我晃晃头，甩开他的手，生气地说："我这是帮朋友出头，你少暗讽我是'母夜叉'。我才不是呢。"

"帮朋友没错，帮朋友出头就得考虑下，朋友是否需要。"大熊说得有道理。但茹新天性柔软隐忍，如果我们这些朋友不帮她，就只能被眼镜男欺负了。

"那男的的确挺不男人。"大熊与我的共性之一就是是非观相当一致，他说，"要不这样吧，我去胖揍他。"

"不不不。"我连忙摇头，说，"那可不行。"

"怎么不行？"大熊疑惑地问，"你就可以冒充孙二娘，我就不能当当武二郎？"

"得了吧，你。"我嗤笑他，"就你？还武松？你最多就是李鬼，冒充李逵的那位。"

大熊还越说越来劲儿了，拉着我就要去找眼镜男。

我甩开他的手，转换成抓着他的手腕子，说："你不能去，你是男的，万一动手，他一打110，你就得被抓走。我是女的，胖揍了他，就算带到派出所，最多就是被警察叔叔劝解两句，混不成拘留。"

大熊乐喷了，说："我是该感动你为我着想呢，还是该笑你满脑子稀奇古怪的小聪明呢？"

"小聪明累积到一定地步，就产生质变，成为大智慧。"我故意拉远话题。

大熊面对着我，非常严肃地说："我理解你的心情，也不是怕事。胖揍了他，能给你的朋友解决了问题，咱混成拘留也没关系，关键是茹新怎么想。她在病中，需要的是什么？这个病心情很重要。这样吧，我陪你和她聊聊去，多安慰，你能做的仅仅是安慰。"

那是我第一次意识到：是个男的，在一定的年龄，一定的时刻，就会有一定地看待问题的成熟思维，成为女人的主心骨。我一直都觉得左杰尽管快四十岁了，仍旧大男孩的天性，凡事更会倾向于我来拿意见。而对茹新的事情，让我对他有了更深的认知——丫偶尔会有大智若愚的光彩。

而我内心还有某种感动——茹新很忙，我们交情虽深，但联系并不是很频繁，我跟左杰也刚在一起不久，左杰与茹新也仅见过一面，而他能这样去关心我的朋友，足以证明，他是一个善良的人。而左杰却不以为然，一下子又暴露了现实的一面，说："我关心人家干吗呀，我还不是怕刚有个家，结果老婆楞充好汉，混拘留所去了，我该孤枕难眠了。"

"嚯。"我没好气地说，"说来说去，敢情还是为了你自己。"

左杰笑，不承认也不否认。陪我去看茹新。

而茹新的表现却的的确确印证了左杰是对的。

茹新选择了成全。

我永远记得茹新说的话："无论发生什么事，那都是唯一会发生的，而且一定要那样发生，才能让我们学到经验以便继续前进。生命中，我们经历的每一种情境都是绝对完美的，即便她不符我们的理解和自尊。比如我生病比如他的离去。"

我很钦佩茹新的坦然面对，和咬牙承受。怪不得她能从一个普通职员，成为公司老总。没有一个人是随随便便成功的，成功的人必定有超乎一般人的专长。

而茹新不认为她是一个成功人士，她说："一个人，没有一份儿美好的感情，没能经营好自己的家庭，都不算成功。"

我非常诚恳地说："我相信，你迟早会有一份美好的感情，你今天所付出的一切，必定会在将来有一份更为值得的回报。"

茹新淡然摇头，说："如果我不生病，我还是很自信的，但是，我病了，还是这种病，我没有太多的奢求，只希望好好活着，活着最重要。"

3. 正式成为男主人

总医院的检查结果是良性增生，但医生临了提醒了我一句："我们这里是综合性的医院，其实乳腺的问题最好还是去专科医院。"

于是，我马不停蹄，又直奔肿瘤医院。

我平时经常路过肿瘤医院，每每在门口被塞车都会感叹看病的人太多了。而当我置身其中的时候，才发现不仅仅是人多，并且是来自五湖四海。各种口音的人们在门诊大厅享受着摩肩接踵的拥挤。

我从中午 12 点多开始排预备队，等着下午两点，医生上班后开始挂号。那一刻，我想起小学时候写作文——《我的理想》，班里一个女同学因为父亲早逝而立志当医生。现在想来，家里真有个当医生的，该是多好的事儿。

好不容易挂上号，继续等待面诊。乳腺诊室外，又是黑压压的一片，人群，真的是人群。

终于轮到我了。连一分钟都不到，靠，就看完了。那位主任和她的助手共同的认定是——无大碍。

"还需要做 B 超吗？"我等了三个多小时，总该检查下呀。

"你今天已经在总医院做了 B 超，就不能再做了。连续做 B 超对身体是有害的。"医生倒是蛮耐心。

"那我该怎么办？"我还是不放心。

"先吃点药吧。"主任开了单子，说，"如果还不放心，下个月再来，最好在生理期后的三到七天来。"

我还想问点什么，下一个病人已经宽衣解带了。

我只好悻悻然地离开，刚取了药，左杰的电话就来了。

"怎么样？没什么事吧？"

"我感觉不好。"

"医生怎么说？"

"无大碍。"

"你呀，医生都说无大碍了，你瞎感觉什么？"

"啪"我挂了电话。我最不喜欢他这种摩羯座的强烈性格特点——凡事都是不紧不慢的。说好听了是慢性子，甚至有时候能表现为安稳，但，说难听了，也没准就是冷漠。

而我是典型的双鱼座，重感情，但也比较情绪化，当我情绪化的时候，我会陷入一种莫名的哀伤中，会尽情地胡思乱想。那一刻，我因为左杰的没能与我同步的害怕担忧而气恼。

我走在回家的路上，2012 年的 5 月底，正常地散发着属于它那个季节的躁，再加上主干道在修地铁，马路上简直是暴土扬长。我悲悲戚戚的一张脸很快就被灰尘蒙住，眼泪噼里啪啦地掉，透着混凝土的味儿。茹新与眼镜男做了十二年的夫妻，在茹

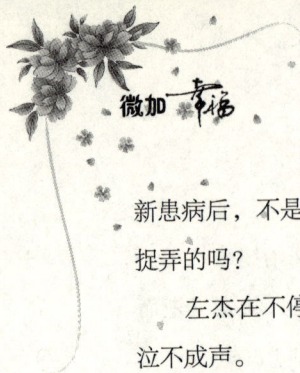

新患病后，不是立刻离开了吗？而我与左杰才三年的感情呀。难道我们抵得过命运的提弄的吗？

左杰在不停地拨打我的电话，我盯着屏幕上一闪一闪的"可爱熊"三个字竟然泣不成声。

"可爱熊"这个称谓是左杰自己输进我的手机里的，用以替代了"臭狗熊"。当左杰在我半年的饲养下，眼看着脸巴子像吹气似的鼓了起来，再加上一头浓密的质地较为粗硬的，因掺杂了白发而显得有些灰突突的头发，坐在我对面摇头晃脑时，简直就像一只熊，于是我拧了他的耳朵叫他"大熊"。丫倒是很喜欢这个昵称。不停地吐舌头卖萌。

而我与他发生第一次争执后，气呼呼地改为了"臭狗熊"。而后，又被他悄悄改为了"可爱熊"。

我第一次看到手机里出现"可爱熊"三个字，真是哭笑不得。而他，就像占了大便宜，手舞足蹈地那通得意。

不得不承认，共同的生活中，大熊对我还是有了一定的影响的，就比如他这个大咧乐观的天性，潜移默化地传染给我。相比过往的三十几年，我已经没有那么细敏那么悲观了。

人与人之间的缘分真是奇特，像我们俩，他就是一个特别大而化之的人，而我心细如丝。碰到一起，会产生怎么样的反应？

刚开始的时候，肯定是觉得找到了自己的最佳拍档。因为我的细心，给予他很多关心，让他结束了单身的凄苦。因为他的豁达，没错，大而化之，有时候表现为没心没肺，但，很多时候也表现为豁达。左杰的豁达，让我觉得特别轻松快乐。但完全融合地生活在一起后，他的没心没肺常常让我气急败坏。刚刚吵完架，吃了一碗面后，丫就忘记了，无比满足地振臂高呼——我最爱吃"朱朱爱心面"了。可我没忘记呀，丫就教育我要迅速忘记不开心的，那么剩下的日子就都是开心的了。时间是最好的印证，我从最初听到他这种说辞时正颜厉色地指责他缺乏直面问题的诚意，到后来体会出这样的忘记其实真的是他的一个优点，这样的忘记后，感情没有被伤到，可以很快地自我复原。但，我毕竟是我，我多愁善感了三十多年，不可能用三年的时间就变得跟他一样没心没肺。更何况，我仍觉得一个人倘若凡事都没心没肺，基本上也会没了良心。

我想起茹新刚因化疗而掉光头发，还被眼镜男催促着去办理离婚手续。她在电话里对我说："我现在才明白，一个女人，如果想拥有幸福的家庭，除了要做一个贤妻，还必须得遇到一个有良心的男人。"茹新这么说的时候没有哭。我不知道当夜深人静的时候，她会不会哭泣。但，我从未见过她流泪。本就是基督徒的茹新更加虔诚。人有信仰总是好的，它会让人屏蔽掉孤独。否则，再坚强的灵魂也会被残酷的现实击碎。茹新是个贤妻，但是遇到了一个没有良心的眼镜男，在她最艰难的时候，狠心地离开。自问，这三年，我也算是个贤妻，那么，左杰，他是一个有良心的男人吗？

我的脑子里出现我们确定在一起后的画面。

说来惭愧，有次我在电视台做情感嘉宾，还有理有据地讲到闪恋闪婚的弊端，之后被我一众好友们揶揄。因为我跟左杰就是纯粹的闪恋闪婚。所以说，这个世界上任何事都不是绝对的。通常意义不代表一切。我们的闪恋闪婚是建立在两个"曾经沧海"的男女身上，我们都知道要什么。既然遇到了，何必再耽误已经蹉跎了的岁月？尽快地结合，是让两颗没着没落的心有了共同的依托。

就像现在常常播出的那个百合网广告似的。在我第一次去探望左杰的一个月后，我们拜见了双方家人，决定共同生活。有一点，我们俩非常有共识，不摆酒办婚礼。经历了那么多，形式的东西在我们眼里已经是最可笑的摆设，是做给别人看的一出戏。我们便决定先开启悠然生活，年底，左杰可以休年假时，来一趟新马泰的旅游。

于是，左杰收拾了所有行李，借了辆"十人轿"，搬离了阴暗潮湿，被我称之为"小强的宿舍"的出租屋，正式成为我家的男主人。

4. 怕这一切会被轻易夺走

搬家那天，下着蒙蒙细雨。

最炎热的 6 月天，细雨飘落在脸颊上都是黏黏的。我俩把一个个整理箱搬进家门，大大小小也有七八个。

一通忙乎，手心里全部是汗渍渍的脏，无意中摸一把脸，变成了两个花脸。我们相对大笑，他抹我一下，我抹他一下，互相为对方的脸上再开一朵小花。

都收拾停当了，我们泡了铁观音，边喝边聊。

"我今天觉得特别幸福。"左杰非常直接地说，"知道吗？朱朱，我们交往的这一个月是我三十八年来最快乐的日子。那么轻松那么温暖，有人牵挂有人疼惜。"

"真的吗？"我们背靠着背。我何尝不是呢？我们像是两个在通往幸福的路上一度迷路，踽踽独行太久后，终于相遇，而遇见后，凭借壹加壹大于贰的力量，一起默契地找到了幸福的大门。当我们重重地砸开那扇门时，满足而庆幸。

"当然是真的。"左杰富有磁性的声音混杂在空调吹出的冷风里，虽邈远，但却真实，"两年多前，我把所有的东西装进这些整理箱，打车运到租的房子里。一次装不下，我请求王佳佳，就是左晓晴的妈妈，能让我先把几个箱子寄存片刻，而她只是冷冷地要回我尚未交出的那个家的钥匙。等我再回去搬剩下的东西时，我的几个箱子已经被搁置在门外，那扇咖啡色的防盗门冷冰冰地冒着寒气。"

"这么狠？"我简直不敢相信自己的耳朵。

"过去了，都过去了，有些事情过去了，未必是件坏事。"左杰深深呼出一口气，"现在，有个这么好的女人帮我收拾行李，整理衣服，一起背靠背坐在沙发上喝茶，特别满足。其实，人都是爱比较的，朱朱，你是心肠最软最好的女人。我真是怕了那种铁石心肠。等明年，我那边的房子下来后，咱们就好好装修下，我是个传统男人，两个人一起生活，还是该住男方的房子。"

"都可以。"我也深深地呼出一口气，其实，我并不介意住谁的房子，应该说住在哪边方便就住哪里。但，我喜欢左杰这样的说法。

"谢谢你，朱朱。"左杰忽然非常深情地说，"谢谢你给我的幸福感，我是个平庸的男人，没有人高的志向，我要的幸福就是这样的生活，柴米油盐，爱人相伴。朱朱，不管咱俩以后会因为什么而争吵，我们都不要说狠话，都不要让对方离开。一辈子都别离开。"

我被他感染，用我的头磕了三下他的头，说："尽管承诺很多时候像屁一样，某种时刻非放不可，但我们还是要相互承诺，彼若不离不弃，此必生死相依。"

"这是一个女作家说的话吗？屁屁的，你不会说人生之气吗？"左杰笑得无比开心。

我振臂欢呼，说："我这是接地气。最好的语言风格，必须是接地气的。懂不懂？"

"懂。"左杰也振臂欢呼，"我现在更要接地气。"

左杰伸手，从茶几下边拿过自己的钱包。坐到我的对面。

"这是工资卡，这是我唯一张定期存单，只有两万元，但，是我全部财产，买了房子后，掂量再三留下的一点积蓄，怕有急事用钱。"左杰又翻出钱包里现金，"这里有两千多，我留下四百元，其他都给你。"

我接过工资卡、存单和现金。我感觉到我的手心里沉甸甸的。我不是一个爱财的女人，否则也不会选择左杰，更何况，这一共也没有多少钱，但是，我的心里涌起的是真金白银都换不来的安全感。后来每看到百合网的那个广告——我不会送花……我不会挑礼物……也不会甜言蜜语……这是我的工资卡，我就是想和你认认真真过日子……我跟左杰就会笑开怀，丫还气鼓鼓地说："百合网是跟我学的，他们得给我创意费。"

想起这些，我苦着脸笑了。我的大熊不会像眼镜男那样没良心吧？我应该怀疑他吗？我该对我们之间的感情这么没有信心吗？

不知不觉的，我走了三四公里，过了天桥，就到家了。

天桥上气温略低，又是傍晚时分，微风中略带了凉意。我垂着头向前走，额前的刘海儿吹散，凌乱不堪。我刚要用手梳理，迎面而来的一个人伸手帮我捋顺。

是左杰。

我抬起头，看到他的一瞬，眼泪扑簌簌的又落了下来。

左杰把我抱入怀中，说："没事的，医生都说没事的，不用怕。"

"我怕。"我表达出我最真实的心理，但却没有说出我惧怕的原因不仅仅是可能患病。我更怕因为患病，而失去他。我怕他也跟眼镜男一样，是一个没有良心的男人。尽管我清楚，这种惧怕与我之前的人生经验有关系，而不完全是左杰自身的缘故。我的人生经验告诉我，男女之间最成熟的相处方式应该是彼此需要。我与左杰已经是彼此非常需要的两个人，如果我健健康康，我相信我们会白头到老。但假若我患病呢？那，我还是他需要的人吗？我相信我自己，如果他病了，我会不离不弃的。但他呢？男人呢？男女的差异造就了"痴情女子负心汉"的千古名言。

"别怕。"左杰用下巴蹭着我的鼻尖，"不管怎么样，我都会永远守护在你身边，不离不弃。但，我不希望你总是胡思乱想，你都很少感冒发烧，不吸烟不喝酒，现在睡眠也不错，不可能真的患病的。我希望你每天都开开心心的，'心'大一点，没心没肺一点儿，那样，疾病都会被你乐呵走的。"

我机械地点点头。

我知道左杰说得有道理，但是我太珍惜所拥有的生活了，我怕这一切会轻易地被掠夺走。

5. 十多年的挫败换来的人生经验

实事求是地讲，左杰没有什么做得不好的，但，当我的情绪在前所未有的忧患中，我所有的宽容豁达，都在逃匿。

我还是决定6月份再做一次检查。而在等待的这二十几天，我整个人处于隐约把自己裁定了的状态中。我看谁都不顺眼，看哪都不对劲儿。还非得让自己表现出非常坚强非常从容淡定的样子，冷着一张脸。我知道，左杰最怕的就是爱人的冷脸。可我已经控制不了自己。

他不是我。他认定我"无大碍"，内心其实是没有任何触动的。他的沉默和不开心，完全是因为我的顾影自怜。他不知道如何劝慰我，怕说错话，反倒惹得我更加难受，于是，他选择了沉默。而这样的沉默，让我再次对他产生怀疑。

我看似无缘无故，实则是想试探下左杰的反应，当然，也是心底某种不由自主的恐惧的驱使，我趴在桌子上哭。

靠，丫只是给我一条毛巾，又一边上网去了。

我心想，我都这么悲痛欲绝了，你丫还能上网？

好，既然你无视我的哀伤，那我也别在家待着，自作多情地讨怜惜了。

我洗了脸，去赴小薇的约。

这是前两天就定好的。小薇跟老公郭文宇又出现问题，找我吃午饭，听听我的意见。但，没想到左杰倒休，白天竟也在家。通常这种情况，我会推掉约会，或者携老公前往。没错，我们两一直都是这样黏糊的。在一起后，真的是性情大变，特别爱腻着彼此，所谓的男女之间应该有些私密空间，应该是针对想保有秘密的，而我俩是连放屁都不需要避对方的。还真的从来没有俩人同时在家，分别行动的时候。这，是第一次。

我一般跟闺蜜们的聚餐都会安排在中午，这样不会影响我给左杰做晚饭。我那几个死党——冬冬、静辉和大彤也是一样。当了那么多年的单身自由主义者，我终于混进了她们几个的煮妇行列，变成清一色的家庭至上者。多年前，听冬冬说晚上出不来，得给老公做饭，要不，你来我家吧。真想痛扁她。而如今，这句话基本成为我的口头禅。

这么想着，更怨恨左杰。丫竟然对我的悲痛无动于衷。那就别怪我第一次将他独自留在家中，第一次不给他准备饭菜。就让他饿成皮包骨头的瘦灰熊。

路上，我尽量让自己坦然。

强颜欢笑地坐在小薇对面，故作轻松地表现出我的无所畏惧。

我不能跟小薇倾诉，这丫头自己已经焦头烂额。

小薇是阿兰孩子的班主任老师。教语文的她，比同龄的八零后要简单质朴很多。知道阿兰孩子的特殊情况，便格外关心、处处照顾。阿兰非常感动，久而久之，也算是朋友了。我常听阿兰夸这个老师对学生多么负责待人多么真诚。便早对这个尚未谋面的女孩子心存了好感。

可年初的时候，阿兰急火火地找我，跟我说小薇在闹离婚，双方父母都坐在一起谈离婚细节了。阿兰感叹，这世上又要多了一个离异单身的好女人。阿兰想让我帮着找找律师，看看怎么能帮小薇。

我不解地问："帮什么呢？"

阿兰说："帮她争取自己的权益呀，我可不想这个女孩子像我似的，离婚后，不仅让自己成为孤家寡人，经济上也吃大亏，连该属于自己的东西都失去了。"

"嗯，你说的也没错。"我不否认阿兰的话，但我说，"如果俩人都没有外遇，现在最该帮她的是守住婚姻，婚姻不是儿戏，咱们都经历过那种失败，都清楚失去的是什么，都明白想要重新出发有多难，女人再婚，比生孩子都难。"

阿兰眨眨眼，略一思忖，点头称是。

忽然，她睁大眼睛，盯着我，半商量半恳求："要不，你帮帮她，你是情感专家呀，你看你现在跟左杰过的那小日子，要多美满有多美满，你教教她，怎么让自己的家庭生活更有意思。因为她说他俩都没有外遇，就是她老公郭文宇从一年前就开始逃避她，今年春节前提出离婚。理由就一个——这种日子没意思。"

"这小子说这话就欠扁。"我愤愤然，"有好日子没好过，拿婚姻当儿戏，典型的不负责任。这种日子没意思，什么日子有意思，就欠把他扔在万恶的旧社会，还是一日三餐吃不饱的码头工人家庭，娶媳妇都难，就不琢磨什么有意思没意思了。"

"那你说小薇这婚姻还有救吗？"阿兰有点泄气。

"只要没有外遇，就有救。"我很是胸有成竹。

"那你就在百忙之中帮帮忙吧，你在电视台、电台做节目，也会帮陌生人解答情感问题的，那这次就帮帮小薇吧。"阿兰认准的事儿是非常执著的，"小薇真的是一个特别厚道善良的好孩子，你不知道她对我女儿多好，你说我们也不送礼也不懂得巴结老师的，就是因为我孩子是单亲。"阿兰一脸的感激。

我想了想，除了为了阿兰，还有更重要的一点，我不希望任何一个女孩子在这样的"说明白还没有完全明白"的年龄茫然地迈出围城，而后为了再走进另一个围城历尽磨难，真再走进后，像我这般幸运，会走进一座凤凰城的，少之又少，大多数是发现这座城还不如以前那座。

我点头，答应帮助小薇。

很快，小薇就给我打了电话，大约是阿兰的缘故，她对我充满信任，没有一丝的隐瞒。

我也非常感动于她的信任，用心帮着她分析每一个环节，很快，我找到了问题的关键。

"小薇，你跟我聊了这么多，你就没有说过一点儿你的问题。"我很不客气地指出。

"我没有问题呀，朱朱姐，一心一意地跟他过日子。"小薇茫然不知所措。

"两个人的关系出现问题，不可能只是一方的责任，一个巴掌拍不响，当你说出你没有问题的时候，就是你最大的问题。"我很真诚地表达了自己的意见。

小薇若有所思，问："那我的问题是什么？"

我听得出她语气中的诚恳，于是我说："你的问题是，缺乏耐性，缺乏自己的一个主导思路，跟着对方的态度而变化。你只需要告诉我一句真心话，你想不想离婚，真心话。"

"朱朱姐。"小薇的声音有些哽咽，"我说真心话，只跟你一个人说，我不想离婚，但他执意要离，我面子上挂不住，我多少次想求他，别离开我，但是我说不出口。"

小薇哭了。向我讲述起与老公的美好过往。

俩人是姐弟恋，小薇是郭文宇大学同系高一年级的学姐。初恋能修成正果，小薇一直引以为荣。

"朱朱姐，你知道吗，我当初根本没有看上他，因为他比我小呀。"小薇是一个不会撒谎的女孩子，每一句，我都能感觉到她的掏心掏肺，"所以，我们交往一段，家里不同意，我就提出分手，结果那天我关机睡觉，等转天一开机，好几百条的短信，全部是他发来了。并且他一直在寝室的楼门外等我。"

"能一起走过这么长的日子，必定有它的原因。"我告诫小薇，"你们这么好的基础，你要有信心，把你的婚姻保护好，这是一场艰苦的婚姻保卫战，需要你拿出你这辈子从来没有过的耐心，还需要你具备超乎常人的宽容，更需要你没有一丝虚假的真诚。因为从你的描述中，我觉得你老公还是个孩子，他没有成熟。而你，也没有真的成熟，你只有自己先成熟起来，然后再像对自己的孩子那样对他，帮助他成熟，你们之间，才能守得云开见月明。"

"我能做得到吗？"小薇明显不自信。

"能。"我鼓励她，"只要你想，这是你人生的一次历练，经此历练，便可以收获很多，不仅仅是一个男人的最终留住，更是你自身修养品格的蜕变修成，对你，只有好处。你说你能不能做到？"

"姐。"小薇虽然单纯，但很聪明，她未必完全体会我的话中含义，但她至少懂得这个方向是正确的，她很坚定地说，"我知道了，我不再琢磨着怎么分财产，我好好经营我的婚姻，不管最终怎么样，我做好自己，即便最后他还是要跟我离婚，那我无愧于自己，也无愧于他，我仍旧有很大的收获。"

我不禁感慨，怎么我年轻那会儿没遇见一个这样劝告我的人？让我少走点弯路呢？我用了十多年的挫败换来的人生经验，全盘托出地给予这个女孩子，只要她真的受益，真是再好不过。

6. 因为我爱他

大熊也知道我在帮小薇，每天在我跟小薇聊天，教她如何处理每一个突发事件的时候，也会凑过来。指着电脑屏幕说："让她先跟我们家迷糊学习付出，真诚付出。"

我瞥他一眼，说："你想夸我，就夸得有点水平，这也太直接了。"

大熊习惯性地摸摸我的头，说："我就是这么一个直接的真诚的宽厚的善良的，好得不能再好的大熊呀。"

我笑喷，丫总是这样，最后总会变成夸自己。

但大熊说的没错，真诚付出，是一切情感的基础。不仅爱情，亲情、友情也一样。

让我没想到的是，半年后，因为我对小薇的付出，换来小薇对我的姐妹情，竟然在关键时刻，算得上是拯救了我。

我告诉小薇："其实我们真得明白一个道理，付出了未必得到，不付出一定得不到。你用一年的时间，去无私付出，一年后，如果没有一点儿改善，或许你的想法就会改变，那么你尽力了，该放手时就放手。但，我相信，你会有一个很好的回报。因为不管事情开始于哪个时刻，都是对的时刻，每一件事都正好是在对的时刻开始的，不早也不晚，当你准备好，准备经历生命中的坎坷、新奇或是痛苦折磨时，它就在哪里，随时准备开始。而你，经过了这个过程，就会成为一个了不起的你。"

"姐，我真的懂了。"小薇特别兴奋，几乎是在喊，"我真的懂了。"

小半年过去了，小薇每天都会做好饭菜，等着郭文宇回家，哪怕打电话不接，发短信不回，小薇都当做老公一定回家吃饭去对待。有时候看着纹丝未动的饭菜，既因浪费而心疼，又因不被接纳而伤心，但，都会咬咬牙，让自己坚持下去；工作再忙，都会准备好早餐，为老公装在便当里，不管同是中学语文老师的郭文宇会不会以有早自习，不想吃为由拒绝；周末，是他们最忙的时候，要去赶场上很多的补习班，快三十岁的两个人，正是努力挣钱拼前途的时候，但，即便晚上八点下课，也会去看望公婆。很快，公婆先改变了立场，从不支持也不反对离婚，到坚决不同意离婚。而后，小薇的老公也有了变化，不再那么坚决，暂时搁浅了离婚的事，偶尔还会主动跟小薇聊白天学校里发生的事，会跟小薇分享下学生优秀的作文。

最重要的是，小薇比以前有耐心多了。

耐心，到了一定的地步，就变成毅力。

一个人，改变自己的性情真的是非常难的，但，小薇在努力，将自己的急躁和冲动降低到最小值。好几次，面对郭文宇突然的冷淡，小薇打落了牙往肚子里咽。坚持到一定程度的时候，便成为一种习惯，便不觉得太过辛苦了。

可就在一切往好的方向发展的时候，郭文宇突然短暂失踪，一整天都联系不上，手机关机。直到凌晨两点多，仍旧找不到人，手机也仍关机。小薇试探着打给公婆，公婆也不知道儿子去了哪里。

小薇有些失落，隐约的，有种不祥的预感。翻来覆去睡不着，便起床下楼，眼巴巴的，在小区门口等那个让她一点儿安全感都没有的老公。

这就应了那句话——鬼使神差。

自己家的车，小薇一眼就认出来了。车灯亮着。她走过去，附身往里张望。车窗玻璃是摇下来的，一男一女出现在她眼前。男的是郭文宇，女的是郭文宇的女同事。

郭文宇抬头与小薇四目相对，而后，他慌乱地低下头。

还是那个女同事镇定，竟然示意小薇上车。那副反客为主的嘴脸，让小薇觉得自己就是一个第三者。

对于这个女同事，小薇有耳闻。小薇与郭文宇分别所在的两所学校离得很近，同事间也有一些往来。这个女同事是大众情人般的人物。很多男同事都很喜欢她。

难道郭文宇喜欢她？小薇的脑子嗡嗡的。她似泄了气的皮球般瘫倒在车座背儿上。这么漂亮性感的女人，她拼不过。

"你别误会。"女同事开了腔，"我跟你老公没有特殊关系，我今天拉住他，不让他回家，不过是想让他帮我作证。"

"作证？"小薇不解。

"对。"女同事白一眼郭文宇，"可他不答应。他不答应，我就不放他走。"

郭文宇更深地低了头。像个做错事的孩子。

小薇坐直了，她定了定神儿，说："我不知道你究竟让他作什么证，也不想知道，但是，你没有权利不让别人的老公回家。"

女同事侧了头，耸肩笑笑，甚是同情地说："咱们都是女人，说实话，这种男人，你就该扔了他。"

小薇淡淡一笑，说："这种男人，你就别扣押了，快让我带走吧。不管是哪种男人，他是我丈夫，我自然不该扔了他。"

郭文宇猛地抬起来，也侧身望着小薇，眼里是很久没有过的感动。

小薇伸手帮他擦擦额头的汗渍，看着他那副窝囊样儿，又气又心疼。

女同事"哼"了一声，没好气地说："看来你是个明白人，那么就请你劝劝你的老公，帮帮我这个可怜的女人。"

原来，女同事在打离婚官司，请同事们帮她出庭作证——房款有一部分是她娘家出的。

这倒的确是事实，女同事的老公也是一个学校的，房子是他们结婚前买的二手房，非常合适，但是必须全额付款，房主又很急，结果来不及先去登记就买了房子。女同事的娘家也出了将近一半。这个事情，连小薇都听老公说过。当时，郭文宇不无羡慕地说："那小子真是幸福呀，娶了这么漂亮的老婆，还帮着出了那么多房款。"

"你们要离婚了吗？"小薇很惊讶。

"对。"女同事说，"现在的婚姻法是婚前财产归各自，房子是婚前买的，又是他的名字。他死活不给我应得的那部分。"

小薇忽然很同情女同事，她望着老公，像是在帮着恳求。

郭文宇在她的目光下再次低下头，又轻轻摇摇头。

"看到了吗？"女同事更加气愤，"看到你老公有多没正义感多缺乏义气了吗？就因为我那个前夫是个很蛮横的人，你老公帮挨挨，就不帮我了。"

"可别的同事也不帮你作证呀。"郭文宇为自己辩解。

"别的同事没有在喝了酒后对我说过喜欢我。"女同事这句话犹如一枚定时炸弹，一下子炸碎了小薇的头。她懵了。她的一双手使劲儿抓了抓自己的衣角，让自己的心平缓下来。

"小薇。"郭文宇一脸的紧张，说，"你别误会，我是说过那话，哦，不，我不是那个意思，我是喝多了，当时我们俩正在闹离婚，我，我，我承认我很喜欢她的活泼大方，总是给大家带来乐趣，但，但，我没有别的意思。"

小薇的一颗就要蹦出来的心，一点点的，回归了原位。从20岁到29岁，九年的时间，小薇非常了解郭文宇的个性，他不会撒谎，说的都是真的，但是，这样的真话，也是让她心碎的。但她别无选择，这种情况下，她唯一能做的，就是维护自己老公的尊严。

小薇诚恳地对女同事说："作为女人，我非常理解你，也很同情，但，我没有办法逼着他去做他不想做的事情。我们先送你回去，你也先放我们走，让我们再好好商量下。不然，这么待下去也没有意义。"

女同事盯了小薇片刻，凛冽的眼中有了柔和，默默的，点点头。

小薇与郭文宇换了位置，自己来开车，她怕已经不知所措的他，无法把握好方向盘。

女同事下车时，对小薇说："不管他帮不帮我，但，我想对你说，他不配你。"

"他配。"小薇非常坚定地说，"因为我爱他。"

7. 好好给我做一辈子饭吧

我大口吃着冰激凌，说："小薇，你处理得很好呀，那还纠结什么呢？相信这次坏事能变为好事，郭文宇会体会到你的好。"

我说的是实话，小薇处理得相当好。

很多时候，能很好地处理问题，不仅仅是因为有聪明的头脑，成熟的心智，还因为有一颗充满爱的心和善良的本性。小薇是爱她老公的，而她的善良，让她对女同事泯灭了敌意，充满了真诚的同情。

小薇，这个我一直在帮助的小妹妹，都能处理得那么好，那么我呢？为什么要求左杰完全体会我内心的恐慌和不安？为什么为了验证自己的怀疑，就去试探他？为什么在达不到自己理想的效果后就认定他是只能与我共享乐，而不会与我共患难？为什么要在这样的设定下，就判了他的罪，一反常态地冷漠对他？如此，不是在伤害感情吗？

我特别后悔了。

小薇又说了很多，我几乎都没听清。我的脑子里全是左杰落寞地坐在家中，不敢出声的样子。我很想立刻回到家中，面对着面，望着他，就好。

"姐，姐。"小薇看出了我的心神不宁，"你在听我说吗？"

我愣怔了下。有些不好意思地笑笑，说："我先看下短信。"

我并没有听到短信提示音，因为我出门的时候就生气地关机了。但，我感觉到——大熊发短信给我了。

果然，有两条：第一条——怎么关机了？你去了哪里，我很担心，你知道，我平时耍嘴皮子很溜儿，但，其实不是一个温柔的懂得安慰人的男人。别生气了，快点回复我。我亲爱的迷糊。

第二条——宝宝，不要总怀疑我对你的感情，三年了，我们这个年龄的三年相当于十年，为什么你会认为一旦你生病了，我就会离开你呢？现在，我自己待在家里，

我们生活中的一幕幕在我眼前出现，你对我那么好，又是那么善良真诚的一个人，我怎么会舍得离开你？无论何时，我对你都会不离不弃。更何况，我坚信你没有任何的病。下个月，我带你去复查。早点回家，可怜的大熊在吃方便面。哎，我就爱吃"朱朱爱心面"。

我泪如雨下。只给大熊回了一句话——谢谢你，我亲爱的大熊。

之后，我擦了眼泪。一下子，精神抖擞地笑对小薇，说："你已经很棒了，不需要老姐教你什么了，实际上，你今天帮了我。因为爱，你很好地维护了自己的爱人。"

"但是，姐，我不开心呀。"小薇皱着眉，不停地撕纸巾，她的面前，已经有一大堆纸屑，"我都怀疑，我应该爱这个人吗？我最气愤还真不是他曾经对那个女同事疑似表白，我最气他做事情不像个顶天立地的男子汉。换我，如果是我喜欢的人或者朋友求助于我，只要我认为是对的，就不会畏惧麻烦，一定会挺身而出的。"

看过了大熊的短信，我又变成了头脑清楚，十分理性的我。我说："小薇，没有任何一个人是完美的，你我也一样，你的挺身而出可能某种时刻就是冲动。我也是理解你老公的。我们都是普通人，对别人好，我们可以做到，但是如果为了帮助别人，而让自己的生活遇到很大的麻烦，那么，很多人是会避开的。那个女同事应该自己去解决自己的问题，而不是因为自己的事情而给别人带去麻烦。或者，你老公还是珍惜你们刚有些起色的生活呢？怕给你们的生活平添事端呢？"

"会吗？"小薇将信将疑。

我望望窗外的枝叶茂盛的白杨树，犹如看到未来的美好生活，我像是对小薇也像是对自己说："很多时候，你眼里看到的是美好，那么就会是美好。心里想到的是美好，那么就会是美好。不要纠结，一切都会更美好。"

这样的心境驱使下，我不再成天苦瓜脸。我们的家又重见欢声笑语、胡打乱闹。并且，把锻炼身体纳入日常生活。

每天早上六点钟，我们准时起床，到对面的堆山公园去快步走。从走一千米到两千米，最后到三四千米。风雨无阻。

公园里有一片空地，每次我们快步走时，都会途经，看到三四十个老年人在练剑。前边引领的那位大爷身轻如燕，后边一众大爷大妈也学得有模有样。我跟大熊常常驻足观望，有一个共同的感受——能这么顺顺利利地活到老，真好。

我想得很清楚，爱一个人，就要为他着想，我在任何方面都可以让左杰无忧，也可以给他安稳的幸福。唯有健康，健康是我不可控制的，但至少可以尽自己的力量，去改善。

我的朋友们都不相信，学生时代，体育从没及格过的我，能坚持着每天去晨练。更佩服大熊常常陪伴。要知道，他是必须要坐班的，这就意味着，强度锻炼后，他还得赶去上班。

连我都不敢相信，平时懒得跟只熊似的左杰，一逮着空儿，坐着都能眯一觉儿的懒汉，毫无怨言地尽可能地陪着我去晨练。要知道，对于上班族而言，早上早起十分钟都是煎熬，更何况，左杰一下子早起了一个半小时。很多时候，他是闭着眼睛打着盹儿走在我身边的。

每当我缓口叫他睡个懒觉，让我自己去锻炼得了，他都会经过一个小小的挣扎后说："不行，我们是堆山公园晨练人群中的两只小神龟，成双又成对儿，我不能让你一个人穿着绿背心在塑胶跑道上爬行。"

"谁爬行呀？"我对他一通"还我漂漂拳"。

二十几天后的 6 月份，我再去检查，B 超、钼靶，全部良性。

大熊说："小迷糊，还胡思乱想吗？好好给我做饭吧，做一辈子饭。哼。"

但，之后，我仍旧坚守着每日的锻炼。丫则能懒就懒了。

女人就是这样，常常会因为男人的一些变化而变化。但，很可能，男人的那些变化不代表什么。

于是，在半年后，我再次复查，决定手术时，因为看到左杰在手机上网看新闻，而气愤异常，把他不能自始至终陪我锻炼当做了他的一条罪状，而暂时忘记了曾经我是多么心疼他闭着眼睛陪我走路。

呵呵，女人就是女人。是最软弱，也是最坚强的，是最宽容的，也是最小心眼的。

但是，我，朱婉姗，当我已经成为一个乳腺癌病人后，我要做一个最坚强并宽容的我，不管之前我怎么软弱怎么小心眼怎么纠结怎么担忧。

六、挣扎

　　年少时，都曾经对爱情有过玫瑰色的幻想，再朴素的女孩子，也有公主梦，再憨实的男孩子，也会在某一刻将自己当做了英雄，给予自己心爱的女子以力量。即便渐渐年长，也会因这样的幻想，而让自己在睡意里偷笑。那的确是一种美妙的境界，无法忘怀。但这也许不是真正的爱，或者说这种爱是不能真正支撑我们走下去的东西。凡常人间容纳不了所谓的纯纯的爱，真正的人世之爱也许更接近一种人与人之间的淡淡情意，它不是为了让你心如死灰，也不会让你欲火焚身，更不会让你风光无限，而是让你知道身而为人的悲伤以及那来之不易的小小欢愉，会感激那个在身边抱着自己的人，也会怀想那些匆匆离开的人。所谓在爱里得到成长，就是在爱里学会面对属于自己的真正的人生——起起伏伏的，说不准的人生。学会了，便是褪尽了青涩，非常宝贵的青涩，既而，走进意想不到的辽阔空间。

1. 坚强与怯懦，有得选择吗

　　病人实在是太多了，重症室已经没有床位了。护士长来征求意见，将两间普通病房开辟成小重症室，也有护士二十四小时值班。等三天后自动变为普通病房，也就不需要再换房间了。

　　大家都没有意见，听凭护士长安排。

我与岳明姐、上海老太太还有林阿姨一起被转换到其中一间小重症室。

我的病床号是18，挨着窗子。病床摇起，我便可以看到外边的街景。这间病房又正好处于角落，视野可以拓展到三条大马路。那是本市最拥挤的十字路口之一。已经十点多钟，车辆仍旧很多。往常，看到这样的拥堵，我会烦躁，甚至会骂上一句——NND。此刻，我竟然是一种悠然欣赏的状态，似乎觉得那样的嘈杂拥堵都是一种可贵的生存状态。这是不是病人的心理——对一切都看不够？觉得一切都是弥足珍贵的？

重症监护期间，只有固定的时间才可以探视。我们四个病人统统挂了引流瓶，胳膊已经用绷带架起。活脱脱受伤的匪兵形象。

岳明姐和两位阿姨都被我的形容逗乐了。

中午，是林阿姨的家人先来的。我才弄清楚，年长的老者自然是林阿姨的老伴儿，而一直在陪护她的，中等身材、三十几岁的敦敦实实的男人，不是儿子，竟是女婿。

林阿姨是秦皇岛的，女儿是公务员，请假比较难，而女婿跟林阿姨的老伴做生意，时间灵活，便亲自开车护送老人住院手术。

上海老太太羡慕地说："一个姑爷半个儿，侬这姑爷比儿子都孝顺呢。"

林阿姨很知足，说："是呀，我这姑爷真是没话说，这几天都累瘦了。"

林阿姨的姑爷乐呵呵地说："瘦点好，省布呀。"

小伙子真不错，细心地帮林阿姨擦脸，洗手，喂饭。然后说："小林一会儿就到，她说您这儿病房都是女的，我跟爸总晃荡着不方便。"

岳明姐笑着说："没事没事，就因为都是女的，所以屋里晃荡的都是男的。"

话音刚落，左杰和岳明姐的老公老赵就一起走进了病房。

病房里笑成一片。

左杰看我们情绪蛮好，脸上也露出笑容，说："大家心情不错呀，就得这样，手术也做了，想什么都没用，就高高兴兴地养病。"

我瞅瞅他，从不爱在外多言多语的他怎么摆出了演讲的架势了呢？

左杰附在我耳边，小声说："刚才在外边，老赵跟我说了好多，岳明姐的病情似乎比较严重，他的心情很不好，我怕他把坏情绪带进病房，影响了你。"

"是吗？"我紧张地瞥一眼岳明姐，低声对左杰说，"你一定要多劝劝老赵，凡事都不好说的，什么叫严重？岳明姐那么坚强，一定会没事的。"

"嗯，我知道。"左杰摸摸我的脸，说，"你也是，你也一定没事的。"

我点头，说："不是安慰你，我自己的感觉——住院前，我真的觉得自己不妙，但是手术后，我醒来的一瞬，我能感觉到，我没事了。"

左杰亲了亲我的额头，我又感觉到他脸上热乎乎的湿。于是，我故意说："别亲了，脸脏极了，快给我擦擦吧。"

左杰"哦"了声，拍拍头，说："我这笨手笨脚的，真是不会照顾人。"

"所以你是大笨熊呀。"我打趣他。

左杰一边给我擦脸一边仔细地端详我，说："我没想到，之前你那么怕，现在这么坦然，你很坚强，这是我没想到的，你再一次让我刮目相看。迷糊，我会永远在你身边，陪着你，尽管我会把小米粥熬糊了，可能还会忙手忙脚地为了做一顿饭打碎好几个碗碟，甚至在帮你擦脸的时候像擦玻璃一样用力。但，我会永远陪在你身边。"

我侧头，半边脸倒在他的大手里。

很多时候，坚强与怯懦，有得选择吗？

没有，必须坚强。

2. 我最爱的大熊

中午，我的女友们呼啦啦陆续来了好几个——大彤、冬冬、静辉和秀美。

一个个往我嘴巴里塞水果，往大熊手里塞钱。

哎，很多时候，钱，这个很俗的东西，也的确是一种最真实最直接的情谊的表达。

大彤、冬冬和静辉又帮我洗洗脸，梳梳小辫。一边梳一边暗笑大熊给我编的辫子七扭八歪。终于，三个人把我收拾得稍微整齐了些。

大彤长舒了口气，说："哎，还算好，昨天你刚出手术室的时候就比别人清醒，今天看来，状态不错，刚问了林医生，她说你那眼睛，亮晶晶的，神采依旧，一点儿不像刚做过大手术的。不幸中的万幸，咱发现得早。你很快就会好起来的。"

冬冬和静辉互相看看对方，再看看我，都有些伤感，又尽量不流露出来。冬冬说："能做保乳，说明你这个肯定是最轻的，想吃什么就告诉我，她俩又上班又带孩子，我只需要一早一晚带孩子，白天，我随时来。”

“想吃你做的酱牛肉。”我想起冬冬用老汤做的酱牛肉，直咽口水。

“现在能吃吗？”冬冬问大熊，“朱朱现在可以吃酱牛肉之类的东西吗？”

大熊点点头，又摇摇头，说：“医生说这种手术不忌口，什么都能吃，就算她吃不下，还有我呢。你每次拿来的酱牛肉，一大块，朱朱尝一小口，就说不爱吃了，都让我吃光。我还怨她口太高了，那么好吃的酱牛肉都不爱吃。现在才知道，她是舍不得吃。”

几个人一起望着我，眼里全是怜惜。

我眨眨眼，说：“你们现在给我的感觉，我就快成烈士了，就该歌功颂德了。靠。”

冬冬第一个笑喷，吐沫星子都喷我脸上了，静辉忙帮我擦擦。又把辫子给我放到前边。还取出镜子让我照照，说：“依然是青春美少女。还记得吗？十几二十年前，你就爱弄这个造型。”

我点头。怎么会不记得？那时候，我总是长发梳成两个麻花辫，垂在胸前，长及脚踝的白色连衣裙，飘飘逸逸，没事儿就冒充琼瑶小说《我是一片云》里的女主角。静辉也是长发披肩，白色长袖 T 恤配浅灰色背带裤。我总抢白她是为了掩饰腿比较短。静辉大咧厚道，每次被我揶揄都笑个不停，不会像一般的姑娘那样，听不得反话，开不得玩笑。我跟静辉一样，都是右侧有明显的酒窝，俩人同时笑起来，便像是同时开了两朵小梨花。静辉很漂亮，比起另外两个孩儿妈妈冬冬和大彤，在证券公司做经理的她要时髦得多。我不禁赞道：“静辉，你是咱们中身材保持最好的，还是那么苗条。倘若熨平眼角的鱼尾纹，基本上看不出岁月的痕迹了。”

大彤嘿嘿乐着说：“我放心多了，你又能吃又能喝还能找乐子，你现在随便拿我们开玩笑，我们保证不翻脸。”

我们笑成一片，唯独秀美不说也不笑。她们都是我的朋友，彼此也认识很多年了。冬冬、静辉和大彤也成为非常好的朋友，所以大熊才把我们四个称为“四人帮”，又因为总在一起寻找美食，交流治家之道，故在“四人帮”前加了“贤良淑德”四个字。

而秀美却很少与她们交集。

小男人事件发生后，大家都劝过她，但她面上呼应，实则串皮没入内。反倒更疏远了静辉三人。她常说不需要朋友，有我一个顶十个用。岂不知，我分身出来的那九个，不过是那些朋友们的潜能罢了。

朋友，这也是一笔丰盈的财富。

秀美虽然孤僻自我，做事常常让别人无法接受，但我一直相信她是把我当做唯一的朋友的。冬冬她们三个走后。秀美又留了会儿。却惹怒了大熊。

冬冬三人刚走，大熊去刷碗筷。就剩下我们俩，秀美握着我的左手，就哭了。越哭越伤心。

我不住地安慰她："没事的，我真的觉得我手术后就好了。"

但，没用。还是哭。

我琢磨着，可能是自己自作多情了，丫估计又想起了小男人，而不是担心我的病。

"我很怕。"秀美一副小女人的样态，她在经历了小男人的挫败后，从自信满满的都市时髦女，变身为低眉顺眼的怯怯小女子，"你是我唯一的朋友，你可别有事，没了你，我更孤独了。我真的很怕你有事，毕竟你得的是癌。"

我的脑子"嗡"的一声。还没有一个人用"癌"这个字眼跟我阐明过我的病。我自己似乎也有意识地回避，总是很书面化地说是乳腺恶性肿瘤。

"尹秀美！"左杰刚进病房，听了满耳，气得叫出秀美的全名，"你跑这儿添堵来了是吗？"

"我，我……"秀美愣怔怔地说不出话来了。

左杰几步走到秀美面前，说："如果你还是这样，就请你以后别再来看朱朱了，她现在是关键时刻，情绪很重要。我不奢求你怎么帮我们，但是请不要给她负面影响。说句不好听的话，现在谁让她不舒服，我就对谁不客气。"

左杰温和又随和，与我朋友们相处融洽，更是从未说过重话。

秀美整个人傻在了一边，惨惨然的脸上一阵红一阵煞白，好半天才挤出一句话："我是真的很担心。"

"秀美。"我叫她到我床边，"人各有命，或长或短。我们从小一起长大，但也各有各的生活，就算同年同月跟这个世界拜拜了，也不可能陪对方度晚年。你怕孤独，就好好对老方，未必立马复婚，至少给彼此机会。我们都四十岁了，应该明白什么是最重要的，最重要的就是那个肯陪你到老的人。"

"行了。"左杰有些埋怨地望着我，低声说，"现在不是你为朋友分忧解惑的时候，劝了那么久，都不管用，这么大的手术后，就先省省力气吧。"

秀美低着头，像个犯了错的孩子。

左杰对秀美是有一些成见的，但也从未这样不留情面。

在秀美最抑郁的时候，我为她担忧，成天愁眉不展。左杰为了替我分忧，答应我从男人的角度跟她好好聊聊。就在我家，我做饭，他俩聊。左杰硬着头皮苦口婆心。说到最后，秀美竟然说："我知道你们为我好，但是我就是讨厌老方，他对我再好，我也没兴趣，更何况他还是一点不懂得浪漫。我都四十了，我不能再苦巴巴自己了，我得找一个给我感觉的人。就像左杰你，朱朱的朋友们都觉得你挺好，安稳顾家又高大俊朗，可我就看不上你，我就喜欢小男儿那样的。"

秀美说到小男儿俩字儿眼放光，丝毫不顾及我们的感受。我撂下刚炒好的醋熘白菜，走过去，压了压火气，尽量用玩笑的语气说："你稀罕他，也别贬低我老公呀。再说那种小白脸，就知道放长线钓大鱼，小恩小惠后花你钱的男人，有什么好？"

秀美看看我，张张嘴巴，说："反正咱俩一辈子都不可能成情敌，左杰这种经济适用男，再好，也走不进我的视线。"

"哎哎，你……"我刚要说她，却被大熊制止，丫竟然乐了，说："别说她了，没关系的，其实我倒真心感谢秀美这类的女人们，因为她们看不上我，才让我遇到更好的女子——美女作家朱婉姗。"

我与大熊相视一笑。秀美竟然也跟着笑。我们心里都明白，她多多少少还是有些病态，不然怎么可能不懂好歹地说出那些话。

可当秀美对着病床上的我，又说出这些不合时宜的话，左杰真生气了。他冲着低头不语的秀美说："也不早了，一会儿护士就要来轰人了，你还是先走吧。"

"哦。"秀美一直低着头，说，"明天我来送午饭。"

"谢谢你，不用了。"大熊态度稍稍缓和了些，"我们都定好了，中午是兄嫂送饭，晚上是姐姐姐夫，你照顾好自己吧。"

秀美满眼是泪，点点头，往外走。

秀美刚走，老方进来了。

"你没看到秀美吗？她刚走。"我问老方。

老方挠挠头，尴尬地说："我送她来的，知道今天肯定还有别的朋友在，她不许我跟她一起进来。所以，所以她出去，我才进来，怎么也得看看你。"

"老方。"我很是感慨地说，"秀美这辈子能遇到对她这么好的你，真的应该很知足了。你不要怪她，她现在是还有些病态，等她全好了，肯定会明白——兜兜转转的还是你是最适合她的人。"

"我差远了。我不浪漫不会说话不懂得打扮，一身毛病，素质不高，快五十岁了，满头白发，秀美说我简直就像是建筑工地上的民工大爷，而不是项目经理。"老方倒背如流般地说出自己一堆的不是。

男女之间就是这样，一个愿打一个愿挨，这些都是秀美历数过的老方的不足，老方竟也深记在心。且，没有一丝委屈。

"谁最后不会成大爷大妈？大熊四十三岁，不也很多白发了吗？"我宽慰老方。

"哎呦哎呦。"老方一副老实样儿，不停摆手说，"我跟我们左兄弟没法比，昨夜里我们哥俩聊了很久，老左说了很多让我这种糙爷们都感动的话。朱朱，现在像我兄弟这么好的男人不多了。"

"你们聊什么了？"老方走后，我问大熊。

大熊望着我，满眼的血丝写满煎熬。

"说一些以为这辈子都不会跟别人说的，很娘们的话。嘿嘿。"

我们俩紧紧握着对方的手，无语凝噎。

其实，我已经有了自己的想法，已经准备下午写好邮件发给他——我最爱的大熊。

3. 有一种爱叫做放手

中午的探视时间过后，小重症室恢复了宁静。

很快，岳明姐和林阿姨又鼾声大作，睡得那个香。我是又羡慕又嫉妒，好在没有恨。

旁边床的上海老太太是翻来覆去睡不着。嘟囔着："不要这样吵呀，我精神衰弱呀。真的是太吵了。朱朱，朱朱，我要换病房，你要不要跟我一起换，太吵了，我们怎么睡觉呀。"

我笑着摇摇头，想劝劝老太太，但是忍住了。都这个岁数了，是很难听得进去别人的劝告的。很多人，真的是一辈子也不可能明白，凡事谦让，不去较真，很

好地适应新的环境和周围的人，可以最大程度地品味人生的曼妙。但，老太太已经七十多岁，还是按照自己的意志去做事吧，那样她会开心点。很多人活一辈子学一辈子，但，我不那么认为，我觉得成长是有年龄段的，在我们这个年龄，每天对自身的反省其实是一种最好的修行。而到了老太太的年龄，随心的生活才是重要的，即便有些不通情理。人一旦已老去，需要的是旁人的理解，而对老年人的理解，也是对自己的一种锤炼。

我在岳明姐和林阿姨的鼾声陪伴下，在老太太的唉声叹气的映衬下，左手拿着手机，右胳膊被绷带驾着，垂直放在胸前，在保持着臂膀不动的前提下，右手的几根手指在手机屏幕上划动。智能手机的确有好处，三星的识别率也是相当高，这真不是为三星做广告（不过，五个月后雅安地震，三星捐了很多钱，我便更爱我的三星手机了）。很多字写得我自己都不认识，但也识别出来了。可我写的不是一句两句，几根手指很快就僵硬了，酸酸的，麻麻的。我估摸着写完这个邮件，我可以去表演布袋戏了。

大熊：

今天是 2012 年 12 月 6 日，下午两点多，我躺在重症室的病床上，给你写这封信。

到今天，我们认识有三年七个月了，我们在一起生活也有三年六个月了，呵，看着这个数字，我不由得笑了。我们真的好闪，但我们闪得很真实很理智。

我有时候想，两个人的缘分真的很奇妙，玩了命的想在一起的，未必可以在一起，也未必合适在一起，非常无意中相遇的两个人，上天注定了的合适，就挡不住在一起的可能。我们便是那样的。我们俩真的是非常合适，性格既互补，又有共性。你遇事不爱着急，我偶尔比较急躁；你凡事比较粗线条的，我却是心细如丝的；你是很实际但也浪漫的，我是很浪漫但也实际的。你常说你是典型的男人，大大咧咧也懂得尊重别人，我是典型的女人，很体贴温柔也很任性爱吃醋。我们是上帝安排的绝配，在四十的不惑之年成就青春年少的欢乐感应。在对的时间遇到的对的人。

三年半了，我们也争吵过。因为琐碎的事情，我也伤心过，甚至怀疑你对我的感情。而你则不同，每次吵架后，你很快就跟放了个臭屁似的，恨不得立刻散尽味儿。说好听了，是你不爱记仇，不揪住冲动的时候说的那些伤人心的话不放。说难听了，你真的是没心没肺的主儿。很多次，任凭你怎么道歉哄我，我还气得鼓鼓的，而你，在我稍微缓和后，便呼呼大睡，脸上仍旧是带着笑意的酣畅的大睡。我从最初看到你这种样子，想把你踢到床下，到后来的无可奈何，再到现在的会心一笑。这是一种充分的磨合的过程。是呀，你是对的，没有不吵架的夫妻，为什么每一次吵架非得弄出一个针尖对麦芒？更没必要上纲上线弄出一个是非曲直。家不是讲理的地方，是讲情的地儿。情就是你原谅我，我原谅你，你对我好，我对你更好。

我承认，这几年，我真的是被你感染，心胸越来越开阔，不再过于尖锐。平和是你给我的妙处。因为你的平和，我逐渐平和，因为你的存在，我更加平和。所以，在别人眼里，你是一个经济适用男，还不是这个范畴中条件最好的，但是在我眼里，你是跟我最投契的人，我们总有说不完的话，我们分别安静地做着自己的事情时，又是那么踏实地感觉到对方的存在，融入血液的存在。这比钱物更无价。

我知道，在你心里我是一个很善良真诚热情的女人。所以即便有时候我没控制住脾气，对你发作，甚至说出狠话，你还是在最后的关键时刻控制住自己的脾气，关键时刻的服软，都是你做的。当然，我每次都以本来就是你错了，来掩饰对你这种姿态的肯定，但，打心眼里，我是承认了你对我的宽容。

人生本来就是一场梦，每一段路和每一件事都是这场梦中的一个个枝桠——梦中梦。我很庆幸，你我有过一次清新温暖美好的梦境。

过往的生活，让我很难相信男人，多年来，我更重视朋友之间的感情。但你并不是一个爱呼朋唤伴的人，你很顾家，只想守着老婆过安稳的日子，再平淡也会开心。其实，这真的是你极其可贵的地方。在我们第一次产生比较严重分歧的时候，我曾经对大彤和冬冬说，大熊最大的优点就是顾家，你是这个时代太难得的安稳的男人。说到底，不管什么样的女人，能遇到一个安稳的男人都该是一种幸福。真的，我很知足，尽管一些客观原因，让我偶尔对你也会有非议，其实，我很幸福。有时候嘴上说着不信任你的狠话，心里却是非常清楚你是值得信任的。

以前，我搞不清楚对你有没有那种刻骨铭心的爱，总想会不会就如你最初说的，这个年龄了，就是找一个合适的人一起做伴度过余生。后来，我搞清楚了，在不知不觉中，早已经非常爱你。而你是不是也如我爱你一样，我有过怀疑，因为毕竟你是有女儿的人，我觉得我永远都不会成为你生命中最重要的人。直到昨日，我从手术区域走出来，你紧紧抱住我的刹那，你痛哭号啕的刹那，我明白了，我这辈子很值得了，你也像我爱你一样爱我。

我们在一起这几年，我只见你流过一次泪，那是我们刚在一起不久，你因为王佳佳无故不让你看孩子而手足无措。你不停地发短信，给王佳佳，给孩子，但是都无音讯，谁都不回复你。你靠在沙发一角，低头不语。我坐到你身边，握住你的手劝慰你，告诉你一切都会有办法。你抬起头，竟然流了泪。你像个孩子似的，委屈地望着我。我既心疼又失落，心疼你为了孩子不想与前妻撕破脸，失落的是你会不会对我这般用情。而后来，我们每次吵架，我也有伤感流泪的时候，而您老人家从来都不会掉一滴泪，甚至有次我都要跟你分道扬镳了，我自己哭得稀里哗啦，你还是无动于衷。我当时就想，在你心里我没法跟你女儿比，你不会为我流泪。

现在，我彻底明白了，因为那时你觉得我们根本不会分开，根本没必要流泪。

患难见真情，我是一个多么敏感的女人，短短几天，我体会到了我们之间的感情，我们是想一起到老的伴儿，我们更是相爱的知己伴侣。

遭逢如此大的打击，我能如此从容，那是因为我觉得很多事情必须面对。我就是这样的，没病，肯定不希望有病，嘀咕、害怕，呵，简直就是胆小鬼。有病了，怕也没意义。我知道你比我承受的压力更大。我不会给你增加更多的压力。

写了这么多，我想说的是什么？

那就是，大熊，我最爱的大熊，我了解你，了解了我们之间的感情，我很知足了。但是，我不能拖累你。过往的日子，我是你最需要的人，可以说很多时候，我都沉浸在被你需要的小小得意中。但是现在我病了，我不知道我能否痊愈，我不想刚刚过了几年幸福生活的你，陷入到照顾一个病人的日子里。

写到这里，我真的很难过，如果这辈子必须有场大病的话，我多希望迟几年，让我们多过上几年安稳健康平静快乐的生活，再让我得病。我还年轻呀。我不是怕死，我是真的舍不得你，舍不得我们一起的美好生活。

但，我更希望你拥有顺畅的人生。所以，在我出院后，我们分开吧。

我现在才体会到那句话——有一种爱叫做放手。

4."李大仁"也比不上左大熊

傍晚的时候，起风了。

透过病房的玻璃窗户，依然可以清晰地看到灰尘混合在西北风中。这是属于北方的凛冽，透着焦躁和狂乱。

左杰还没有给我回信，这不符合他做事的风格。我们俩都一样，从来不会不给对方回复短信，更不会不回这种长信。我想，或者他觉得没有必要回信了吧。

我自己兀自笑笑。半路夫妻，有情又能怎么样？既然是自己做的决定，就不必怪别人狠心。再则，体会到了他对我的珍视，也不能说接受了我的建议就是狠心。

上海老太太如愿换了病房。

新进来的病人竟然是舒清，那个咋咋呼呼，坚信自己是良性，结果出来无法承受，推迟一天才手术的年轻女子。

舒清醒来后就一直流眼泪，一会儿耿耿地出声哭，一会哑哑地低声抽泣。

我虽然对她没什么好感，但，还是能够感同身受。理解她，是最起码的善良之心。这大约就是同病相怜吧。

舒清的老公是警察，却与我们传统印象中的警界人士很不相同，非常斯文，甚至腼腆，这与舒清在等待室说的并不吻合。后来才知道，舒清之前是夸大了老公的能力，真正关系面很广的是舒清老公小孙的爸妈，小孙是师范大学法律系毕业后考取了公务员，才进了警界的。文职，纯坐办公室的。怎么说呢，就是家庭条件太好了，父母不指望他怎么发展，安排一份安稳的工作，过无忧的生活。

陪着舒清进来后，护士说家属都出去吧，小孙就听话得出去了。不像大熊和老赵，总能找各种机会再进来或者干脆偷着进来。

听着舒清的哭声，我一时竟然不知道怎么安慰她。或者我也深陷在个人的悲哀中。

倒是岳明姐，非常耐心地劝说着："这个妹妹，别哭了，哭也没用的，你们肯定都比我病情轻，我这都耽误了好几年了，你们都没有耽误，发现了，就做了，不会有太大的事儿的。我都不怕，你们就别怕了。从今儿起，咱们就一起抗击病魔。"

"你们年纪都比我大多了，你们都有孩子的，我没有孩子，我还想要孩子的，现在，我怎么要孩子呀？"舒清说的是真心话。

"怎么不能要？"岳明姐的声音气若游丝，但字字真诚，"就算你得吃五年药，五年后，不就能要了吗？再说了，现在科学多发达，男的想生孩子，都有可能，更何况你呢？"

我跟林阿姨都被岳明姐逗乐了，没想到岳明姐还真是幽默。

舒清还在抽泣。但情绪明显好转。

我从手机里调出大彤的儿子小白熊的照片，请小护士帮我拿给舒清看。

"这是谁？你的儿子吗？好可爱。"舒清的声音里难得有了欢喜。

"是我好朋友的儿子，现在一岁半，他妈妈就是四十岁才生的他，你往下边翻，有他妈妈的照片。"我怕舒清不相信我，急于让她看到事实。

"看见了。"舒清不再哭了，"你朋友看着不像四十多的呀。"

我笑了，说："现在的人，有几个跟实际年龄相吻合的？这还是她生了孩子后的照片呢，之前更显嫩。"

"是啊。"林阿姨也附和道，"你看朱朱，哪里像四十岁的，说三十都有人信。"

"我就更别提了，最喜欢老黄瓜刷绿漆了。"不经意的，我又恢复了自嘲的一面。

笑声是病房里的异数，但我们就那么真真实实地笑着。舒清还是有些不解，问："你们竟然都能笑得出来？"

岳明姐长叹一声，说："高兴也是一天，难过也是一天，本来咱们就得病了，已经很惨了，为啥不让自己高兴些？咱们高兴，咱们身边的人就不会更难过了。"

"嚯。跟我们家朱朱做病友，岳明姐说话也有点情感专家的味道了。"岳明姐话音未落，左杰已经进了病房。

岳明姐连连点头，说："我还真是说实话，别看没几天，朱朱对我影响可大了。朱朱，你是我们女性的骄傲。"

岳明姐姐的"骄傲"的"骄"字还说成了二声，带着二人转的味道，我抿嘴笑，说："看来，我不学董存瑞炸个碉堡什么的，就对不住岳明姐的夸赞了。"

"你现在真炸碉堡，肯定会按破坏古迹罪给法办了。"左杰一贯的慢条斯理地说。

这回，连舒清都乐了。

"朱朱姐，你跟姐夫真好，多默契呀。我们家那位就不会这些，从来不知道幽默是啥东西。"舒清的话音拐到了小孙身上，一个劲儿地盯着病房门。可进来的是老赵和林阿姨的女儿小林。

老赵乐呵呵地对左杰说："你也提前溜进来了？"

左杰点头，说："趁着护士站的护士走神儿想着刘德华，我就冒充了下，就进来了。赵哥，你冒充的谁？"

老赵一腆肚子，特正经地说："曾志伟呀。"

小重症室的值班小护士都扑哧笑了，说："你们就别得便宜卖乖了，这距离探视时间还有十多分钟呢，一会儿被发现了，我也得挨批评。没赶你们走，是不合理的。"

老赵也越来越幽默，说："不合理，合情呀，合情就行。"

说说笑笑的，探视时间终于到了。一分不多一秒不少，小孙匆匆走进病房。舒清立刻收敛了笑容，气鼓鼓地说："你干吗来了？这都几点了？"

小孙一边擦汗一边说："我一直盯着时间呢，正好到点儿。我在楼道里待了半个多小时了。外边冷极了，可这医院里暖气太足了，忘了脱羽绒服了，弄得一身汗。"

"哼。"舒清仍旧不依不饶，"人家那两个姐夫怎么就能先进来，怎么就你死心眼？你怎么那么死心眼。"

小孙愣怔怔的，不知如何是好。

老赵赶紧打圆场，说："我们是不守规矩的，按律当赶，就别怪小孙了，大不了，明儿我教他怎么不守规矩。"

"啧啧啧。"岳明姐不禁叹道，"我们家这块榆木疙瘩，咋变得这么会说话了呢？"

"老婆，"老赵竟然十分深情地说，"以后你老公我，总这么会说话，不让你生气着急，不让你总在我后边收拾残局。天塌下来，不再怨地不接着，我给你顶着。"

岳明姐眨巴眨巴眼，竟满脸绯红。她尽量将头压下去，下巴向上扬，让眼泪润进眼眶，融入身体。好半天，岳明姐才稳定了情绪，说："瞧我这病得的，换来一个嘴巴甜的老公，知足呀。也不枉我当初选了一个中学体育教师，选了一个文化人。"

"什么文化人呀。"老赵还谦虚了起来，"教体育的，头脑简单四肢发达，这么多年，你们岳明姐帮我照顾老的教育小的，我还总觉得是天经地义的，一句感激都没有。那天朱朱对我说了个道理——最该对自己的老伴儿好，跟自己老婆说甜言蜜语的男人都是好样儿的。我一下子就明白，我是一个特别不合格的丈夫。"

"哟。"左杰摸摸我的头说，"我们家迷糊在电视上，声波里为观众听众当情感专家，这在病房里也不错过表现的机会，逮着人就教育，想把大家都培养成我这样。"

"你什么样儿呀？"我瞥他一眼，心想，估计他还没有看到我的信，丫不是一个会伪装的人。

左杰清清嗓子，说："集厚道真诚善良宽容美丽，哦，不，美丽是你，我是英俊潇洒，于一身。"

"你当你是'李大仁'呀。"我嗤笑他。

"少跟我提'李大仁'，就是李大爷，他能跟我比？就会暗恋，那事儿我可不干。"

病房里的众人彻底被我俩搞糊涂了，面面相觑，不知道李大仁是谁？老赵还以为跟李大钊有点关系呢。

谁能想到我这个文艺女中年也是 2012 年台湾最著名的热播偶像剧《我可能不会爱上你》的拥趸。有阵子，总是卷了舌头对左杰嗲嗲喊出"李大仁"三个字，气得左杰插了腰站在屋子中间愤愤地说："狗屁，我是左大熊。"

"网上不是说千年修得'李大仁'嘛，那就是万年修得左大熊。"左杰对'李大仁'还真是耿耿于怀，丫曾表示'李大仁'是第一个让他吃醋的人物。

小孙满是愁容的脸上露出了笑容，小声说："万年是龟。"

我跟左杰带头笑了起来。而舒清却厉声呵斥小孙："你会说话吗？不会说话别出声。"

小孙便真的闭了嘴。

我跟左杰相视一眼，无奈得撇撇嘴巴。左杰在我耳边说："这种女人就该休了。"

"人无完人，小孙能承受，舒清必然有她的好，或者说他俩有他俩的合适之处，稍有不如意就休了，那等同于不负责任。"我话锋一转，更加压低了声音，问，"我的信你看了吗？"

"什么信?"

"我下午发了邮件给你,是我写给你的一封信。"

"什么李大仁李小仁,谁也比不上我妹夫左大熊。"未等我俩细说,病房门开了,司令"拍着马屁"走了进来,她胖胖的身子带进来一股子风,呼呼的,就是辨不清风向。的确,司令是十足的性情中人,翻脸比翻书快,风向也总变。但,她始终对左杰吹的都是和煦的春风。

5. 还能是他心目中那个最好的我吗

司令是我姐,这个颇有气魄的绰号也出自左杰之口,因为她脾气不好,说一不二。

司令比我大一旬,已经五十多了。但三十多年前,她可是三千多人的大型国企的厂花,并占据那个位置一直到工厂效益不好,工人纷纷下岗。

只可惜她在十年前做了妇科手术,摘除了子宫和卵巢,并用了大量的激素,从此整个人都变了形,从身高一米七二,体重一百二十几斤涨到了将近二百斤。曾经一张巴掌大的瓜子脸依然还可以看出当年的俊俏眉眼儿,但也出现了不折不扣的双下巴。

一个人会有这么大的变化,情绪无常也是必然,更何况她因手术的缘故,过早步入更年期,并且症状明显且延续时间很长,喜怒无常,甚至情绪失控便常有之。

有一次,她打来电话,呜呜地哭,原来是在超市购物时被两个小姑娘指指点点,她觉得人家是在笑话她胖。

左杰当时就在电话里劝说:"您怎么非往坏处想,没准人家还是惊讶您虽然有些胖,但是五官还是很漂亮呢。"

司令虽然没有听信左杰的劝慰,却从此认定左杰的好,常常说:"左杰才像是我亲弟弟。"

这亲弟弟也的的确确在关键时刻管了用。

2012年的大年初七,左杰刚出门去上班,我便接到我姐夫的电话,我姐姐把自己关在小屋里,怎么叫门也不开,后来姐夫觉得不对劲儿,就踢开了门。就那一瞬间,看见她用一个锋利的剃须刀片割了自己的手腕。血是喷涌而出的。曾经当过兵的姐夫都吓傻了。一只手紧紧按住那个所有的血管都断了的伤口,一只手拨打了

120，之后便给我打了电话。

我正在洗漱，立马觉得眼冒金星，腿脚发软。

拨了左杰的电话，我已经急得语无伦次了。

左杰叫我下楼等他，立刻回来接上我去司令家。赶到时，120 已经到了，做了简单处理。

而一片慌乱中，120 竟然独自离开了，没有带上司令。

看着地上大片大片的血，我哭得眼前一片模糊。还是左杰当机立断，开车送司令去了骨科医院。原本以为门诊就可以解决的问题，其实没那么简单。司令下手太狠，手腕处的血管全部断开。医生连连说："立刻手术。再晚一步，后果不堪设想，就有生命危险了。"

司令并不是真的想轻生，更年期抑郁症，自己是很难控制的。这次的危难，让她产生变化。而这个变化的前因，是她的行为给自己找了罪。这个变化的推动者，则是左杰。

司令住院的那段时间，左杰让我每天做好饭，他下班接上我，就奔医院去，给司令一家三口送饭。每天，我俩饿着肚子，等着司令吃饱喝足后。左杰便会坐到床边，耐心得劝慰她。说一不二的司令像个小孩子似的，乖乖地听着他的分析讲解。

我听到的最多的是："大姐，活着是最重要的，活着就可以跟亲人在一起。您才五十出头，还得抱孙子呢。"

就这样，在左杰循循善诱的劝导下，司令的眼中越来越多了平和，而不再是怨天尤人的刻薄。

姐夫看着手腕打着石膏，已经没有了一丝愤懑气焰，躺在病床上，软弱无比的司令，不禁感叹："要是经过这么一遭，你能明白左杰说的话，咱这罪就不白受。"

司令不住地点头。望着左杰，望着我，望着自己的丈夫和儿子，充满了依恋。

至此，司令跟左杰的关系更铁了。

而我，也因此，更加体会到左杰对我的情感。爱一个人，就会对她（他）的家人和朋友好，所谓爱屋及乌。

记得司令出院前一晚，我们在医院留得比较晚。

司令拉着左杰的手说："我不仅有个好妹妹，还有个好妹夫。"

左杰竟然点头，说："司令，你的确有个好妹妹，其实这点劝人的话，都是跟朱朱学的。朱朱待人的方式是——先做好自己，再看别人的表现。我们俩就是这样的，我们在一起两年多，她事事为我着想，而我一个人生活的时间太久了，很多不通人情世故的地儿，难免惹她不满，她耐心包容我，真心待我，对我的孩子父母甚至嫂子侄子都非常好。不瞒您说，朱朱每个月都给我的女儿存五百元的教育经费，她说虽然抚养费应该给到十八岁，但十八岁后就该上大学了，更需要钱，不可能不管，现在就存，到时候将存折交给她，是一个父亲对不在身边的女儿的爱。大姐，你说这个世界上有几个女人能做到这些？这不仅说明她善良，还说明她很爱我。她做到了，我能感受到，那我再做得不好，不就是没良心的坏男人了吗？所以，司令，你跟朱朱流着同样的血，你肯定能像她一样，为别人着想，为自己而活。"

我不知道司令听懂了没有，我倒是深深地感动了。

爱一个人，会用心去了解对方。左杰总是稀松二五眼的，很少向我如此表白。甚至有次看一部电视剧，里边的女主角就为老公与前妻所生的儿子每个月存五百元的教育经费，我惊讶于相似的情节，一拍左杰的肩膀说："嚯，这编剧不是学我吗？"左杰也仅仅捏捏我的脸蛋。如此，我以为他并不真的了解我。却原来，我的好，他都看在眼里，一清二楚。

回家的路上，饿得我俩都能听到对方的肚子在咕咕叫。但，我们很开心。不仅因为司令就要出院了，还因为我们的心更加靠近了。

车子在快速路上飞驰，到达一个高点，便可看到周边的万家灯火。

我情不自禁地大声喊道："万家灯火，寻常生活。让我们珍惜吧珍惜吧。"

不可否认，因为司令的事情，我跟大熊的感情更好了。

想到这些，我的眼泪掉进了饭盒里。

如果我不生病，我跟大熊一定会幸福地共度一生的。

但，我病了……我还能是他心目中那个最好的我吗？

6. 最难的时候，他在……

病房里的时间如同沙漠中的行走，不管心里多想快些，却总觉得很缓慢。

熬到了晚上探视时间，又是呼啦啦的一帮子人。

一通忙乎，我们四个女病人就像是被困在原地的小动物，被嘘寒问暖着，被哄

骗着多吃上一口。我们配合着，但是只有我们彼此才了解我们的心——食欲好也是为了安慰照顾自己的人们。

想想，谁能吃得下呢？

晚饭是我哥哥嫂子送来的，还有我那个身高已经一米八五的大侄子。

我哥哥被左杰称之为老大，因为他剃着高平头，身材健壮，五十岁的他，年少时为了帮父母养家，很早辍学，现在开出租车为生，但在一帮出租司机中是核心人物。

老大小时候很疼我，我第一件连衣裙就是在他十五岁辍学后，靠卖冰棍积攒下来的钱给我买的——粉色的的确良的绣花连衣裙。那年我只有五岁。

晚上七点，家属们被轰出去了，病房里又恢复如常。

岳明姐和林阿姨仍旧保持着手术前的嗜睡状态。

听着她俩的鼾声，我既羡慕又无奈地笑笑，怀疑她俩血粘度高，不然怎么能沾枕头就睡着呢？

舒清跟我一样，大眼瞪小眼，我俩彼此听着对方的翻来覆去。

忽然，声音中出现异样，我听到舒清的抽泣声。

我侧身望去。舒清已经满面泪花。

"你怎么了？"问完了，我就觉得多余了，肯定是又想起自己的病，心里难以承受了。

"婉姗姐，"舒清平躺着，艰难地向我这边挪了挪，"我想跟你说点心事。"

此时的舒清没有了嚣张，虚弱得犹如一只受伤后躲在角落里，生怕猎人发现的小兔子。

我也艰难地向她那边靠了靠，这样我们俩似乎就近了很多。

"婉姗姐，我心里真的很怕。"舒清此话一出，又开始抽泣。

"别哭了，哭也没用。"我不知道怎么安慰她，其实我理解她所谓的怕，但我必须对她说，"我们这个病，不要命的，真的！我好朋友三年前也得了这个病，现在活得好着呢，到处游走。这个病属于恶性肿瘤里边最轻的，你没见那些抗癌明星里都没有乳腺癌吗？上世纪最伟大的女性之一宋美龄就 1976 年身患乳癌，但是人家活到了这个世纪。"

"真的吗？"舒清不哭了，就剩下惊讶。

"嗯。"我点头，心想这还得感谢阿兰，丫这一天给我发了无数短信，都是在向我宣传那些典型案例。临了还说一句——抗癌明星里边，乳腺癌都不带玩。为啥？不够级别，也就相当于重感冒吧。

"更何况，咱俩都做得保乳手术，虽然大病理还没有出来，可既然保乳，原则上说就是比较轻的。"这句话其实也是在劝慰我自己。

这一天，几个家属都在说半个月后才能出来的大病理的事情。准确地说就是只有大病理出来，才能确定病人患病的级别。岳明姐说她搞不懂也不想搞懂了。林阿姨更是瞪着眼睛，一问三不知。舒清心事重重，就没走这根弦儿。而我，我属于没有医生明白，但比一般病人知道得多点的。这全靠百度帮忙。但知道得越多，心理压力越大，于是，我才是唯一一个为大病理结果担忧的。

舒清听了我的话，低头瞧瞧自己的手术部位，舒了口气，似乎心情有所缓解。可我心里直冒冷气，我也怕呀。

"其实，我不仅是因为病情难过。"舒清似乎是鼓足了勇气，"婉姗姐，我的情况特殊。"

她这么说的时候，十分黯然。我却笑了，这话实在是熟悉不过，这不是我常说的吗？

人就是这样，每个人都觉得自己的情况尤为特殊，苦难或者幸福都比别人更突出，而实际上，这些都仅仅是针对自己以及与自己有关系的人。越觉得自己情况特殊，越让自己沉浸在更大的悲苦中，就越发失去了幸福的机会。而幸福应该是比出来的，跟自己最不好的时候比，就很容易获得幸福。

我刚要把这个想法与舒清分享。

她眼巴巴地望着我说："我对你撒谎了。我跟小孙还没有结婚，我们的婚期定在明年五一，可是我病了，还是这么个病，婉姗姐，你说小孙他还会留在我身边吗？就算小孙不会离开我？他爸妈呢？"

"这样呀。"一下子，我倒真觉得舒清的情况极为特殊了。短暂的观察，小孙是个非常善良朴实的小伙子。言行间，也看得出对舒清疼爱有加。但——我想到左杰。我都不能确定左杰会否陪在我身边，我怎么可能给舒清一个肯定的答案呢？

于是，我对舒清也是对自己说："不管怎样，在目前，最难的时候，他在你身边，那么就应该感谢他。"

舒清又哭了。哭声越来越大。也吵醒了岳明和林阿姨。

7. 我的心脏有点超负荷

我、岳明和林阿姨平躺着，静静地听舒清讲述她跟小孙的故事。

两个人是大学同学。

漂亮的舒清，是那些年，小孙等一干男同学追求的那个女生。

尽管小孙算是富二代，但舒清并没有选择她，而是倾心于一个高大英俊，极为帅气而家境一般的外省男生。

可惜，现代社会的充满现代感的戏码就在他们身上上演。毕业了，开始奋斗。舒清跟那个帅哥租住着廉价屋，精打细算地过日子。一点点存钱，期望能靠俩人的力量付个首付买个婚房。可首付还没有影儿，那个男生被打工的私企老板的女儿看上。决裂了爱情，踏上了捷径。

在舒清痛不欲生的时候，小孙仍旧在她身边。

舒清的手慢慢伸向了小孙。可阻力又来了。小孙的父母——他们无法接受一个让自己儿子痛苦了多年的姑娘。

于是，小孙便带着舒清开始了独立的生活。失去了父母的捐助，小孙的公务员的收入毕竟有限，而舒清那时候还在一家私企当文员，更是杯水车薪。

但，小孙很坚持。

一个从小就没有吃过什么苦的富二代，过起了捉襟见肘的日子，但是他很开心。

小孙经常对舒清说："只要能跟你在一起，吃炸酱面配大蒜胜过牛排通心粉。"而这炸酱面通常都是小孙做给舒清吃的。

与帅哥屌丝在一起的时候，舒清是常常把头发挽在脑后的煮饭婆。可与富二代一起生活，她果然成了公主。小孙甚至不让舒清洗碗。小孙的观点是女孩子的手最是娇贵，怎么能被洗洁精浸泡得失去柔软度和细滑感呢？

"哎呀，舒清妹妹，你还担心什么？"岳明姐姐听到这里已经沉不住气了，"人家小孙这样的贵公子能对你这么好？你还有什么好哭的？我们家老赵，别说洗碗，上完厕所，我不帮他冲，他都不知道按下马桶的按钮。朱朱，林阿姨，你们说是不是？"

　　林阿姨缓缓地说："其实，我跟舒清差不多，我老伴儿对我特好了，从年轻时候就处处让着我，我们家就是他做饭。后来又换成我姑爷，都做得好吃极了。等以后你们去秦皇岛，就去我家，让他们做给你们吃。"

　　气氛一下子喜庆了很多。

　　舒清似乎有所缓解，但仍旧眉头紧锁，她喃喃地问："你们说，小孙还会跟我如期举行婚礼吗？"

　　"当然会。"我们异口同声地回答。

　　"可是，可是……"舒清还是满腹心事，"你们有所不知，前年，小孙出了车祸，我一直守护着他，他爸妈这才同意了我们俩的事情。我承认我比较任性，平时总是对小孙颐指气使，我未来的公婆并不是很喜欢我。我怕，我怕……我怕他们会再次从中作梗。"

　　舒清的话不无道理，但难得的是她能知道自己的问题所在，于是我很真诚地说："听了你俩的故事，我相信小孙对你的感情，之前他能为了你，跟你去过寻常百姓的生活，现在也不会因为父母的阻挠，因为你病了，就离弃你。但，小孙会做出怎么样的抉择，我觉得在于你。"

　　"怎么在于我呢？我还能怎么样？得病是不争的事实。我现在只有任人宰割了。"舒清的声音里透着慌乱的挣扎。

　　而我，非常理解她的挣扎。

　　我在劝慰舒清的时候，真的就是在劝慰自己，我说："如果你相信小孙是爱你的，你病了，小孙就是这个世界上最有压力的人，也是最担忧你的人。那么，你该做的就是不要再任由自己骄纵，这一天你对他的态度，一点儿都不像希望他能留在你身边的感觉，相反，你对他的斥责和不满，足以表现出你不希望他再来。这些远远比他父母对你们的阻挠更可能导致他的离开。"

　　"朱朱说得太对了。"岳明姐连声附和，"舒清呀，我们都比你大，都是过来人，真心说你一句，男人也不易，尤其是乳癌病人的男人，咱们自己倒很可能豁出去了，可是他们不同，他们承受得更多，咱们就不能再给他们压力了。你对小孙的态度得变变。"

　　"我怎么变呀？"舒清迷茫地说，"跟他在一起，我一直高高在上，就算他父母帮我安排了现在的工作，给我们准备了高档的婚房，可我仍旧被他捧在手心里。我习惯了他对我的言听计从。说白了，我们俩之间从来就不是平等的，都是他在付出，

我在享受。难道让我一下子变成付出的那个吗？"

"男女在一起，不平等本身就是错误的。"我这么帮舒清，更多的是因为同病相怜，我不希望这个仍旧如花的女子失去真心爱她的男人。说实话，一个女人在这样的年纪得了这样的病，倘若跟小孙分手了，是否还能成就一段情缘真的是比较渺茫的，我希望自己的人生经验能给予她一些好的建议，"别再说你怎么高高在上了，那种状况不是美好的感情该拥有的。两个人在一起，本来就该彼此付出，付出了才知道珍惜。你今天因为自己境遇变化，才会堪忧，而在之前却可以随性而为，就是不懂得珍惜的表现，因为你付出得少，而每个人珍惜的都是自己的付出。上帝给了你一个机会，让你认清这一切，其实，就是想在小孙受不了你的时候让你学会做一个好女人——善良温柔真诚，学会去感恩。你遇到这么爱你的男人，你该怎么去感恩？你想过吗？如果我是你，我会更真心地去爱对方和对方的家人，更爱身边的人们。"

一直听我们说话的林阿姨也开腔了，说："小舒，就算他父母又反对你们，也别去嫉恨，为人父母，谁不为自己孩子着想。"

舒清的眉头渐渐舒展，丫毕竟是大学老师，领悟能力不会太差。

于是我打趣她说："这世界有奇迹，这个奇迹就是爱情的存在，你这么个靓女让我们这些已经不相信爱情的开开眼。我保证不会羡慕嫉妒恨。"

"婉姗姐，你还用羡慕嫉妒恨？"舒清的思路又开始清晰，"我看姐夫比小孙强多了。"

"停。"我制止她，"又开始比？什么时候，你能非常自豪地说小孙真的是你心中最好的男人，就是你懂得珍惜的开始。"

"嗯。"舒清使劲儿点头说，"我一定努力。"

她这么说的时候，特别的实诚，天真得如同孩子，反倒比她平时的自以为是的劲儿可爱了许多。

女人的天真永远都是美丽的武器。而只有遇到一个好男人，女人才可以永远天真地生活。所以说，男人和女人，永远是相辅相成的。

那么我和左杰呢？

我把头侧向左边，我没有手术的一面立刻承重了我所有的分量，而左边是心脏。

我的心脏有些超负荷。

病了，想不拿自己当病人，行动上容易，心理上难。

8. 我的心也碎了

将近晚上九点了，左杰仍旧没有给我回信，我想也许他觉得没必要回复了吧。

我努力让自己在幽暗中笑笑。既然是自己的决定，就不要再去纠结他的回应。

我忽然特别想念茹新。

我住院前后给她打了无数个电话了，都是关机状态。她怎么了？会不会？我不敢想了。他那个无情无义的眼镜男前夫说过的一句话回荡在我脑际——你得了这个病，还有痊愈一说吗？不知道哪天可能就病情加重了，难道让我跟你一起承受那种苦痛吗？

茹新。茹新姐，你不会有事吧？你可知道你疼爱的妹妹也得了这个病？我是多么需要你的鼓励呀，你究竟怎么了？

我给茹新发出了这样的短信后，有种精疲力竭的感觉，虚弱地慢慢调理着呼吸。

我想茹新只要看到这个短信就会立刻回复我的。

又等了好久，还是没有茹新的回复。

我的心里更慌了，我怕茹新出事。

她不是一个性格开朗的人，凡事不是迫不得已也不会对任何人说。如果她病情加重，她很可能就自己到一个安静的地方。

我拨通了秀美的电话，她与茹新住得近，我想她能够立刻去趟茹新家，探个究竟。

秀美懒懒的声音，透着不情愿，说："太晚了，明天再说吧。"

"让老方陪你去，好吗？秀美，算我求你了。我真的很担心。"记忆里，我很少这么求人。

但秀美的病态暴露无遗，她非常坚决地说："我心情不好，不想去，我连自己都管不好，我不想管别人的事情，你自己病着，更没必要管别人。晚了，睡吧。明天我去看你。"

"你别来。"我也很坚决，冷冷地说，"你再也别来看我，我没想到你经历了这么多，没明白很多生活的本质，反倒更加冷漠了。你忘记了在你被小男人抛弃的时候，茹新姐怎么陪你说话请你吃饭关心你爱护你了吗？"

"她那是因为你的关系，并不是真的对我有什么感情。"秀美已经到了不可理喻的地步，一点儿都不觉得自己有任何的不妥。

我气得伤口隐隐作痛，用手按着自己的痛处，我稳定下心，说："好，不麻烦你了。也真的不需要你再来看我。我可以容忍你很多缺点，可绝对不承受你的极度自私和冷漠，即便你找了患了心理疾病的借口。"

"好，那我就不再去看你了。"秀美的话像针一样扎了我的心，"得了抑郁症后，我的自尊心很强，换做以前，如果你说这样的话，我明天还会厚着脸皮去看你，而现在绝对不会了，我现在就是这样，在单位也一样，如果 A 请客，让 B 叫我，我肯定不会去，除非 A 亲自叫我。你虽然得了绝症，但是你身边还有一个爱你的男人，我不同，我什么都没有了。我跟你比，还是弱者，我受不了你的指责。"

我被她说得哭笑不得。一直搞不清楚她是不是真的患上了抑郁症，但是这通没头没脑的话，足以说明——丫不正常。

我挂了电话。懒得再与她理论，而心情也跌落到谷底。毕竟我跟秀美认识三十二年了，我对她的情意是真的。在我心里，她就像大彤她们一样，如同家人。尽管我跟她为人处世极为不同，如果不是那么多年的情分，肯定不会成为朋友。各种意见的不一致，我俩平素没少争吵，但就像是一对鸡吵鹅斗了一辈子的老两口，臭嘴不臭心，总该是有感情的。我从来没有放弃过她，也从来没有想过她会在我遭逢噩运的时候如此待我。丫白天的眼泪难道是假的？或许也不是，或者真的是她的病态，不是说抑郁症如同精神癌症吗？

我和她都是病人，我是身体，她是精神。这就是步入中年的现实吗？

还好，就在这时，大熊来电话了。

"睡了吗？早点睡。"大熊的声音温柔中是无尽的伤感。

"你哭了？"我问他。

"嗯，不知道为什么，我特别没用。"他说着，长长地叹了口气，说，"刚给我爸妈打了个电话，总得告诉他们你生病了。刚说了一句，就忍不住哭了，我以为我这辈子都不会这样哭的，可我这两天就哭了很多次了。现在才知道，每个人都有自己的柔软点，而你，就是我的柔软点，那一刻，我特别不像个男人，我特别想扑在我妈妈的怀里，不为别的，就是心太疼了，我的眼前总会出现你从手术区出来时的样子，穿着宽宽大大的病号服，那么无助的眼神，找寻我的眼神，我太心疼了。"

说到这里，大熊在电话的那端又哭了。

我不知道如何回答他，我的眼泪吧嗒吧嗒斜着落在手机屏幕上，我咬了嘴唇，只落泪，不出声，我不想让同室的病友们感受到我的悲伤。她们都有自己的不易。

"宝宝。"大熊缓了缓，继续说，"现在，我躺在咱们的大床上，顺着卧室的门向外望去，漆黑中，都可以感觉到空荡。家里没有你，太孤单了。我一个人在外地过了那么多年，从来没有这样的孤单感，而现在，我孤单得心里没着没落。你一定要快快好起来，我一刻都不想跟你分开。"

我的眼睛在黑暗中陷入完全的模糊中。

人与人之间的感觉是一样的，我能感受到大熊的真心真意。我又何尝不是？我更是，我更渴望早日回到家中，渴望与大熊在我们有些凌乱的家中吃饭睡觉上网看电视。就是那种最简单的生活，真的已经成为我们最美好的状态。充满了无限的惬意。

可是我病了，用秀美的话说，还得了绝症。

手术是第一步，后边，我将经历什么，我能活到哪一天？我能否幸运地痊愈？我不知道。我什么都不知道。这真的不是说有信心就可以遂愿的。

也或者，秀美的话刺激了我；也或者，是我在稍加清醒后，内心的复杂情绪凸显了。

我使劲儿抹一把脸，又把手机屏幕在床单上擦了擦，不然，泪水足以会让它死机。

我控制住了因流泪而有些鼻塞的声音，问："你看到我的信了吗？"

左杰沉默了，过了好一会儿说："别提那封信了行吗？你想我的心疼死吗？我好不容易遇到了你，好不容易过了几年幸福的生活，你根本不知道你对我有多么重要。我难过我痛哭，只是因为疼惜你。我只想以后更疼你爱你，我不忍心看你受苦。"

左杰又哭了。

我四十年的人生中，体会到了男儿泪的淋漓。并且是从那个总是漫不经心的大大咧咧的乐天派的左大熊的身上体会到的。

"别哭了，大熊。"

我的心也碎了。

七、承受

多数人都会有过迟到的经历，不是因为我们喜欢姗姗来迟，而是由于人生是一次没有回返的旅途。如此的可贵，我们便会太过于用心去感受生命驿站的每一份的快乐情趣。也许我们由于山高路滑不得不停留下来，也许是由于在大风大浪中去飘摇在那一望无际的江湖，不小心就碰撞到江湖的暗礁，将我们搁浅，将我们击伤。实际上，人生的风帆没有不受伤的，痛定思痛，我们还需要去前行，而没有一个人乐意踽踽独行，我们需要的是——有人去携手走完生命的全程。这样的渴求会成为人们追求到底的执念。倘若在这个问题上洒脱了，那么，人生也就失去了属于"人"的快裁。有血有肉，有情有念。显然，我们所有的努力和之前受尽的苦难，都是为了这最后的携手并肩而充斥的标准的 220 伏电压。

1. 都这样了，还拍照呀

手术三天后，重症监护解除。

我们也在医护人员的建议下，用绷带吊着胳膊，把引流瓶挂在裤子上，上下午两次，拖着虚弱的身体，与其他病房的病友们来到走道的尽头，开始学习一套术后恢复操。

这套术后恢复操，是针对乳腺病人的康复而创的。

　　进入二十一世纪，乳腺恶性肿瘤的常见度并没有随着红丝带公益活动的如火如荼而缩减，但，好在，它的可怕程度也随着日益精进的医疗技术手段而降低。乳腺癌的治愈率已经非常高，于是，术后恢复便成为进一步提高乳腺病人生活水平的必须。也就是说，现代医学，会让很多乳腺癌患者，不仅可以保命，还可以通过锻炼，逐步正常生活。

　　这套肿瘤医院自己创建的康复操说简单也简单，但是对于清扫了腋窝淋巴结的我们，简单的，也成为我们需要付出很多努力才可以跨过的沟渠。

　　小护士面对着我们，耐心讲解。

　　大家先解开绷带，手臂自觉成九十度角。

　　第一节操，是平举手臂。依照个人的情况，逐渐锻炼到可以举到垂直的地步。而能够达到这个水平，至少需要几个月的时间，其间，伤口的疤痕的紧皱必须慢慢扯开，每一次撕扯都是痛心的。

　　第二节操，是按肩，向内向外摆臂。如果做到位，撕扯度会在上一节操的基础上达到进一步的效果。

　　第三节操，是摸耳朵，如果能自如地摸到另一侧耳朵，不能侧身，不能歪脑袋，也需要几个月的时间。

　　第四节操，就是经典的"爬墙"了。所谓爬墙，就是面对着墙壁，把好的一只胳膊垂直放在墙上，手术的手臂像壁虎爬墙那样，一点点往上赶。能够轻易与另一侧手臂爬到同样的高度，手臂也就恢复得差不多了，但这至少需要大半年的时间。

　　这一套操，至少要坚持练习一年，早晚各一次。即便如此，手术后的胳膊是不可以提重物的，否则，肿胀便是最常见的标签了。

　　小护士教了一遍操后，额头竟溢出汗。她抹一抹，笑笑说："别小看这套操，做到位，还是挺有强度的。不过，大家不要着急，要根据自己的情况慢慢来。过急会扯坏了伤口，过于懈怠，也会让紧皱的部位更难抻开。"

　　我试了一下，竟然是抬头容易抬臂难。

　　我咬咬牙，正打算再试一下，发现大熊拿着手机在给我录像。

　　我忙遮住脸，一个劲儿摇头说："别录了。"

　　大熊走过来，揽着我的肩膀向病房走去，说："你们刚才的画面很美，那种凤凰涅槃的美。"

　　"行了，别涅槃了，再涅槃，我也不想你录下来，搞得跟'见证奇迹'似的。"

我说的是实话，"这是我只能面对的状况，'爬墙'是我生命中的意外，我不想这个意外用某种形式保存下来。"

"朱朱，你的心态不像前两天那么好了。"左杰帮我把引流瓶挂在床边，"现在，心态最重要，坦然面对这一切，都以一种'乐呵'劲儿去应对。这对康复才有利。"

左杰说得没错，但是我就是不想留下丑的样子。

大熊捏捏我的鼻子，说："你怎么可能丑？你怎么样都是漂亮的。"

有时，女人的自信会源自男人的阿谀奉承。

在大熊的逢迎声中，本就是自拍狂的我，坐在病床上，穿着蓝白条的病号服，亮出了我的招牌式表情——抿了嘴，扬了下巴，睁大了眼睛，露出一侧酒窝。

大熊咔嚓咔嚓，将焕发自信的我的影像装进手机里。

也就在这时，一个刺耳的声音传来。

"嚯，朱婉姗真不是一般人，都这样了，还拍照呀。"

2. 疼爱老婆的男人最愿意看到的场面

来者不善，善者不来。

来的这位是大熊的嫂子——魏月红。

我讶异地望了大熊一眼。我叮嘱过他，不要将我生病的消息告诉这位总是苦大仇深，觉得所有人都对不住她的大嫂。

三年多的相处，我了解她，她是不会给予我温暖的。

又或者，生病的人也有一种比较特殊的心理，对别人给予的一丝一毫的关爱都会感恩，同时也更容易受伤。当然，受伤的过程便是锤炼的过程。是否能炼成一块好钢材，就要看自己在这个过程中的造化。

不可否认，魏月红的这句话让我受伤了。

但，她并不想就此罢了，继续说："怎么还不告诉我呢？就算我是一个普通的下岗再就业的小会计，你是美女作家，咱们毕竟是妯娌呀。"

"不是什么好事，也不想给大家添麻烦。"我勉强对她挤出笑容。

"嗨，一家人说什么添麻烦。"魏月红一屁股坐在床边，侧目望着我的胸部，

"全切了吗？"

"没有。"我摇头，淡淡地说，"做的保乳手术，我的病不重。"

我有意强调。

"嗨。"魏月红继续操着她的口头禅说，"你真是多余，全切了省事。"

"你是谁呀？你是来探病的还是来添堵的？"还没等我和左杰说什么，舒清竟然帮了腔，"全切了省事？你怎么不全切了去呢？"

魏月红被噎住了，好半天才缓过味儿，转过头，望着舒清说："我跟我弟妹说话，有你什么事？"

"路见不平，拔刀相助。"舒清靠在床帮子上，用自如的左手随意拨弄着长发。

"呵呵。"魏月红乐了，"多好的头发呀，一化疗就该掉光了。"

舒清也乐了，说："掉光了，我跟婉姗姐也是美女，都说光头是检验美女的唯一标准，哎呦，我倒是很期盼。不管怎么着，总好过一张鞋拔子脸的没有光彩。"

"你！你说谁鞋拔子脸？"魏月红气得站了起来，再又一次口出不逊前被左杰连哄带拉弄出了病房。

我第一次发自内心地微笑着望着舒清，这个在等待室让我反感，在重症室与我同病相怜的姑娘，尽管有很多毛病，但，刚刚的一幕，让我体会到了她的义气。

义气，一般都属于男人，但如女人也具备了义气，那么，它会为这个女人平添一份帅气。

感受到了舒清的这种帅气的不仅有我，还有小孙的父母，舒清的准公婆。

刚才的一幕被恰巧走到病房门边的小孙的父母看了个满眼听了满耳。

而当舒清看到准公婆的时候，脸色大变。

我深知舒清的担忧，就像我不希望魏月红知道我生病一样，她也不希望她的准公婆来到病房。

而我们的男人性格差不多，且还有一些男孩的本质，这么大的事情不可能不给家人诉说。

"叔叔，阿姨。"舒清刚刚的伶俐劲儿瞬间褪减，慌乱而怯懦。

而她面对小孙父母时的慌乱和怯懦足以说明一件事情——其实，她是非常爱小孙的，她害怕失去，就是在意。

于是，我陪着她紧张。我的大近视眼都可以隐约看到小孙父母的气度非凡。

"爸妈。"小孙托托眼镜，急乎乎地为舒清解释，"因为婉姗姐很照顾小清，所以她才对那个出言不逊的女人发飙。"

"嗯。"小孙的妈妈与年龄相当不符的，非常甜美的声音，"舒清说得没错，都是女人，谁也不能保证自己不得病，谁也别笑话谁。"

"阿姨。"小孙妈妈的一句话已经让舒清泪流满面。就像左杰说的，每个人都有自己的柔软点，可能舒清的柔软点就是小孙父母的理解。这是她这两天最揪心的，她的婚礼，她的未来，她的幸福，她怎么能不担心？她只有三十岁呀。

"舒清，你就好好治疗，再多的困难，叔叔阿姨小孙，我们与你一起扛。"小孙妈妈的声音真的非常好听，"我是刚出差回来，你叔叔一个大男人不方便自己来看你，不然，你手术的时候，我们就会在你身边，你千万不要因为这一点而怨我们，你知道我们俩都是工作狂。"

舒清使劲儿摇着头，噙着泪花，说："您能对我说这些暖心的话，我只有感动，怎么会有怨言？以前，我有很多不懂事的地方，你们不跟我计较，还对我这么好，我又怎么能不感动？"

舒清说的是真心话。

当一个人真心的时候，她的表达便可以得到对方的感应。

小孙妈妈舒了口气，说："以前的事情也说明你不是一个贪图享受的孩子，只是从做父母的角度，我们肯定偏袒自己的儿子。我们只是心疼他，不是不认可你。舒清，这个病，手术阶段倒没什么，尤其你还做了保乳，基本上跟切除一个乳腺纤维瘤没有什么太大区别。但，之后的治疗会很辛苦，你一定要乐观坚强，我们全家都是你的后盾。"

"阿姨。"舒清扑进小孙妈妈的怀里。

胖乎乎的小孙站在一边，也低声啜泣。这个场面，大约是所有疼爱老婆，同时又希望做个好儿子的男人渴望看到的。

3. 丫在为魏月红的事情自责

舒清的心头大石一落，又恢复了她的略带张扬。不过，经过了与魏月红的对垒，我对她的张扬也不再反感。相反，我反思了下自己，也许这样的她就是她这个年龄特有的，我三十岁的时候很可能有过之而无不及。

后来，当我们抗乳癌凤凰涅槃"四人帮"聚会的时候，茹新姐就总说："要是没有舒清的百灵鸟般地飞舞，我们三个就剩下圣母玛利亚的光芒了——平静祥和。真得多谢舒清小妹经常让咱仨接地气。"

看着舒清与小孙一家的温馨感人，我暂时忘却了魏月红的不可理喻。

托着腮，微笑着看着他们。

接受美好，体会美好，自己便会越来越美好。

"对了，婉姗姐。"舒清像是想起了什么，眉飞色舞地向我这边探身，"我给你介绍一下，我的叔叔，他是很成功的企业家呦。"

我冲着小孙爸爸微笑点头。

"更要隆重介绍我的阿姨。"舒清拉着长音，特别骄傲地说，"别看小孙长得不咋地，阿姨可是林青霞那般的大美女，曾经还是知名的电台主播，现在是电台——一个频道的——台长。对了，阿姨，您是哪个频道？嘻嘻……我很少听广播，记不住这些正经的事情。"

"喂喂。"还没等小孙妈妈回话，小孙已窜到舒清床边，插着粗壮的腰，假装生气地说，"有你这样的吗？夸我妈妈，贬低我。我妈妈再美，也不如她有我这么一个杰作更值得吹嘘。"

大家都笑了。

轻松能让人焕发本属于自己的快乐天性，小孙终于不唯唯诺诺小心翼翼了，属于八零后的率真为他平添可爱。

看着憨厚朴实的小孙，我对他的父母更加另眼相看。如此成功人士，儿子成为纨绔的可能性远远大于成为一个善良真诚的人，李天一不是个例，而小孙才是奇迹。

舒清，她是多么幸运。

如果不是这场病，她可能永远不知道自己有多幸运，不会清楚她遇到了一个多么可贵的小伙子，一个多么难得的家庭。

或许，也不会懂得珍惜。

"别挡着我，别挡着我。"舒清指挥着小孙闪开一些，又可以看到我，"叔叔阿姨，我也要向你们隆重介绍这位姐姐——美女作家朱婉姗。对了，婉姗姐，把你的书送给阿姨一本。"

舒清八零后的自顾自又表现无遗。而我，真的已经可以用一种非常宽厚的眼光去看待她的自我。其实，无论是异性之间还是同性之间，都不要去力求改变别人，而是要改变自己看待别人的角度。最大的善念就是宽容，而最真的诚意就是换位为对方思考。

这么想来，我有点后悔昨晚对秀美的针尖对麦毛。她的心理本来就有问题，我何必对她要求？

好吧，丫今天要是来看我，就当什么事情都没有发生了。

我正想着秀美的事儿，小孙的妈妈转身来到我的床前。

"你是情感作家朱婉姗？"她很惊讶地问。

"嘻嘻……"我学着舒清嬉皮笑脸的样儿说，"算不得什么作家，但是我是朱婉姗。阿姨好，我是该叫您阿姨还是姐姐呢？您真是太年轻了。"

离近了，我看清了小孙妈妈的样貌，别说，舒清没吹牛，发型和身形，甚至五官轮廓都有些林青霞的影子，尤其是那种知性温婉的气质，更为相似，年龄也相仿。

"婉姗，"小孙妈妈这么一叫，一下子就拉近了我们的距离，"我是生活台的，我们的《法律与生活》节目元月一号开播，早就定了你是每周四'麻辣三人行'环节的情感嘉宾。大隽还不知道你病了吧？前几天，她还跟我说你这边没有问题。"

小孙妈妈这么一提，我便想起来了，不久前，电台的女主持人隽隽给我打过电话。

隽隽诚恳地说："婉姗姐，这档节目是我们台2013年重磅推出的，是我们台长退休前想为老百姓做的一档接地气有实效的节目。而其中的一个栏目更是为您量身定做的，请你来做我们的情感嘉宾，聊一聊情与法，并且是直播。"

隽隽在主持名人访谈的时候，给我做过一期节目。她也是三十岁，是一个待人热情而又比同龄的八零后姑娘更为成熟懂事的女子，我很喜欢她，也很喜欢这档节目定位，便欣然应允了。

我心想怪不得这两天总觉得有件事情没处理，麻药的威力真的很恐怖，让我的记忆力迅速减退。

"原来您是武台，我应该早些告诉隽隽，我病了，好让他们再找别人，别影响了节目的安排。"隽隽提起过，他们的台长姓武，真没想到就是舒清的准婆婆。

"节目重要，你的身体更重要。"

左杰刚好进来了，忙搬了把椅子放在我床边，请武台坐下后，说："朱朱后边至少要有六次化疗和二十多次放疗，可能真的不能胜任了。"

"嗯。"武台点点头，很是理解，"这样吧，婉姗，回头我告诉隽隽，她肯定也要来看你的，你们再商量下，你先帮着找个女嘉宾替班，如果你情况允许了，这个节目永远等着你。"

"哇，真是太好了。啊——"舒清竟然在一边鼓掌，这样剧烈的活动抻了下她的伤口，丫又龇牙咧嘴了，但仍旧说，"原来婆婆跟姐姐是认识的，真是太好了，这个世界真的是圆的，怎么走着，都能遇见。"

"你叫我妈妈什么？"小孙瞪大他一对小眯缝眼儿，"你叫了婆婆就得认，不能再跟我耍性子说什么无限期推迟婚期的话了。"

"就是。"岳明姐早就吊着胳膊凑过来了，"我的病情严重，估计得在这边治疗半年多，可得让我参加你们的婚礼，沾沾喜气。"

欢声笑语。这个词儿在此时属于乳腺癌患者所处的病房，难道不令人感动吗？

只有左杰比较沉默，我知道丫在为魏月红的事情自责。

4. 最大的恶人

换做以往，我必定跟左杰一场争吵。

就像司令当初割腕自杀的时候，左杰让我看到了他的善良和诚意，却也让我体会了心智的欠缺。

丫在第一时间也把司令的事情告诉了我婆婆，尽管按住了为人热情的老太太，没有前往医院探望，可老太太存不住话，竟然跟魏月红念叨了。

当我们在婆婆家遇见的时候，只有我是梦中人，还不知道其实大家都知道司令割腕的事情了。

魏月红的冷嘲热讽还让我好生奇怪。丫何出此言？

"都说神经病是有遗传基因的。同胞姐妹，一个得了病，另一个也悬了。"

她那么说的时候，我还以为她在说自己。还想安慰丫，想告诉她，她仅仅是因为突然失去了爱人而变得如此悲观愤世。

魏月红与左杰的哥哥感情甚笃，左杰的哥哥是在一天早上，俩人刚刚道了再见后，向相反的方向走开不久，出车祸身故的。

从此，魏月红仇视所有人。

我本想劝她只要好好调整，去体会周围人的好和自己所获得的爱，就会好起来的。

结果丫又说："朱朱，你说你姐姐因为更年期抑郁症自杀了，你到了那个年纪会不会跟她一样呀？"

我没有反驳魏月红，而是恼火地看了左杰一眼。

从婆婆家出来后，我就跟他吵起来了。

"为什么告诉她？司令的事情谈不上光彩，但也不需要别人评说。"我的气愤已经到达了脑袋顶。

"我真没跟她说，你看我跟她有话吗？"左杰急着为自己开罪，却更惹怒了我，"以前她跟王佳佳关系就很差，但，王佳佳也的确很过分。现在我根本不奢望你跟她相处好。"

"哈。"我站到左杰的正对面，仰着头，跟他四目相对，"你的意思是，我还不如你前妻，所以你连奢望都没有了？"

"不是不是。"左杰连连摆手，"我这是越乱越说错话，我的意思是她现在才越来越病态，我不想委屈你去就乎她和跟她交好，别理她就是了。司令的事情，我真没跟她说，可能，可能，又是我妈妈。"

"你明知道你妈妈虽然对魏月红有很多意见，但是她们毕竟相处了那么多年，也感恩于魏月红对你哥哥的感情，她们之间其实更亲密，基本上什么都交流，你为什么还告诉你妈妈？"我最烦的就是左杰的这点，"你难道没反思过，你以前的婚姻失败的原因之一就是你总活在父母眼里，不知道善意的隐瞒，而平白制造了一些不必要的事端吗？"

"我这人跟你不同，我没想那么多。"左杰的一个毛病，就是在明知道自己没理的情况下，他会选择舌尖嘴硬，死不认错，直到彻底激怒我。

"你的意思是我事儿多是吗？"我的毛病则是总被丫这种态度刺激，而暂时性口无遮拦，"是我事儿多，还是你妈妈和你嫂子事儿多？我姐姐的事情，用她们评说？"

"我妈妈没评说，她还想去探望呢。"左杰看我真怒了，又开始疲软，"我死活拦着了。我知道你不想声张。"

左杰是了解我的，声张得分跟谁，跟大彤冬冬静辉她们，我们几乎就没有秘密，但是对魏月红，我真的不想她知道我病了。丫除了幸灾乐祸，真的不知道还会有什么良善之举。

魏月红对我的敌意，除了自身突变后的扭曲，还得怪我婆婆。

我婆婆个子不高，不胖不瘦，一头卷曲的短发趁着一张圆脸，显得很精神。别看她都七十出头了，但是精力很旺盛。

其实，婆婆跟我还是挺投脾气的。很多时候无话不谈。

她会跟我聊左杰的前妻王佳佳，关于王佳佳的很多事情，我都是从婆婆口中得知。她也会跟我聊魏月红。

婆婆对魏月红的情感比较复杂，一方面，相处了十多年，并且较之王佳佳多年不登门，这娘俩天天一起吃喝，感情要深厚得多。另一方面对于现今的魏月红，对谁都充满了咬牙启齿的怨恨感，小学校长出身的婆婆难以接受。就是这种矛盾中，我便成为她的听众。而这个听众身份本来就招来了魏月红的嫌恨。又一件事发生后，我在魏月红心目中就成为最大的恶人。

5. 凭什么找你这么一个老姑娘

凡事都得有个度，即便是善良和热情。

我承认自己有时候也把握不好这个度。心血来潮也容易做出后果自负的事情。

就像婆婆恳求我帮着给魏月红找对象的事儿。乍一听，我就明白——坚决不能管。魏月红的事情，管好了，未必落好，管不好，得，我就惨了。

但婆婆一把一把地抹泪，诉说着魏月红的不容易。我被老太太的真诚打动，便头脑一热地答应了。

而我这个人，一旦答应别人的事情，就特别认真。

立刻向我的一众好友发出指令——帮魏月红找对象。

大彤代表大家说出心声："这魏月红四十二岁了，样貌一般，也没个正式工作，还带着十多岁的男孩子，有套房子，你婆婆舍得自己儿子留下的房产归了别人吗？你让我们上哪给她找去？"

我连连点头，谁说不是呢？

可我婆婆催得紧，好像我是开婚姻介绍所的。老太太把我当做了救命稻草。

我一把就抓住了静辉。

静辉把自己认识的男人，熟悉的不熟悉的，统统过了一遍脑子，突然，她笑了，说："别说，我不久前遇到一个老客户，他离婚了，哎哟，不错不错，这个男人经济条件相当不错，人性也特好，我们认识也有十几年了，从我进入证券公司就认识，离婚是因为女的有了外遇，他说他不挑长相不挑女方的经济条件，他有钱呀，不在乎那么多，就想找一个安分守己的女人，跟她好好过日子。"

"太好了。"我兴奋得不得了，立刻就给我婆婆打去电话，就像是魏月红明儿就能出嫁了似的。

魏月红纵然有百般缺陷，但丫肯定是一个过日子的人，就看她对左杰哥哥的痴情，就知道丫不是那种朝秦暮楚的风流女人。

可我忽视了一点——左杰的哥哥有着台湾老牌影星秦汉一般的儒雅俊朗外表。真的，当我婆婆给我看他的照片时，我真以为是拿了秦汉年轻时期的明星照呢。

在婆婆的好说歹说下，魏月红跟静辉的客户见了面。我与静辉作陪。那个男人还请我们去吃了顿狗不理。

但，当魏月红看到那个男人的刹那，我就知道，大事不好，我惹祸了。

魏月红对男人表现出"狗不理"的架势，拉长了脸，只一个劲儿地吃，不顾形象，也不顾别人的感受。看她恶狠狠地面对那个蟹黄馅的包子时，我不禁打了个哆嗦。丫肯定把那个包子当做我了。她用力把一双筷子直戳进包子褶子的中间，然后两个筷子分别向两个方向扯开，包子被大卸八块了。

因为嫁了一个好男人，永远不需要成熟的静辉竟然没有看出状况，还一个劲儿撮合，任凭我怎么向她使眼色。

好在，那个男人也没看上魏月红。

那男人得有五十五六岁了，人家不是毛头小伙子，历经沧桑，阅人无数，一眼就能看出魏月红不是善茬。人家是找老婆，不是找麻烦，便权当这顿饭是与我和静辉的朋友间的小聚。

要说魏月红长得并不难看，中等身材，不胖不瘦，在同龄女人中，从后边看，还算得上姣好。

只是她脸型比较长，又总是拉着脸，本来挺漂亮的一双深陷的欧式眼，却总带着苦大仇深的感情色彩，一下子，一张脸就成苦瓜状。配上暗黄的肤色，总是打不起

精神的感觉。

我的判断没错。

我惹祸了。

魏月红的反应超出常人所想。丫竟然闹起了自杀。她无限夸大了这次相亲的负面影响，把我说成了十恶不赦的利己主义者。说我跟我婆婆联合起来想把她赶出左家，才给她找了那么一个又矮又胖的老男人。

我就为自己辩解了一句："嫂子，你得现实点，又年龄相当又英俊潇洒的男的，他们的要求也高呀，咱总得选择合适自己的去择偶呀，那样成功率才高呀。"

魏月红第一次与我撕破脸，毫不客气地说："那你凭什么找我们家左杰这样的大帅哥，你怎么不跟那样的老家伙去？我魏月红哪点比不上你了？你会写书，有什么了不起，现在有几个人还看书？我们家左杰连二十出头的小姑娘都找得到，凭什么找你这么一个老姑娘？"

6. 人活着，就该屏蔽了一些人和事

跟明白人可以讲理，跟糊涂人，真的没办法说话。

所以，我宁愿跟明白人争吵，也不想跟糊涂人浪费唇舌。

但，丫似乎把我的沉默当做了懦弱，从此，就真把我当病猫了。

而我婆婆和左杰在处理这件事件上，都极为不妥。婆婆两头劝着劝着，就成了两头传话。左杰出于对哥哥的尊重，不想对魏月红有过多苛责，还埋怨我多管闲事。

只有当时才十二岁的左晓峰，非常贴心。

那时，左晓峰正值小学毕业。每次见面，我都会帮他修改作文。孩子有心，一口一个"婶婶"地叫着，像是在替自己的母亲道歉。

我会轻轻摸摸他的头，说："没事，婉姗阿姨没事。你妈妈的确不容易，你要好好学习，考一个好的中学，让你妈妈开心。"我并不喜欢晓峰叫我婶婶，总感觉那称呼像是对一个卖鸡蛋的大姐。但孩子的心我体会到了。

可惜，晓峰最终考得不错，但是语文成绩并不拔尖，只进了二类重点中学，而同年的左杰的女儿左晓晴却以全校第一的成绩考上了全区最好的中学。

当年，魏月红和王佳佳几乎同时生产，就开始了处处相比。

俩人的撕破脸的唇枪舌剑远超于我。毕竟我对魏月红还有同情，便总会让着她些，让她处于一个巴掌拍不响的状态。

可王佳佳觉得婆婆对长子长孙尤为疼爱，对自己的女儿差强人意，再加上魏月红与老公恩爱有加，她与左杰却总是别别扭扭背道而驰，各种纠结，王佳佳不挑衅就不错了，更何况谦让？

在我之前的死对头的女儿比自己的儿子考取了更优秀的中学。

我辛辛苦苦的付出，付之东流。

魏月红直接把晓峰语文成绩一般的罪责加在了我身上。丫甩着闲话："真不知道一本本书都怎么写出来的，给晓峰修改的作文反倒拉了后腿，我们娘俩真是倒霉，怎么什么人都信呢。"

这就是魏月红，好歹不分的魏月红。

可这个左杰，又一次因为守不住秘密，给了魏月红攻击我的机会。

"宝宝，都怪我。"左杰试探着跟我说，"你手术当晚，我心里特别难受，就打电话给我爸妈了，我还叮嘱他们别告诉魏月红，但，我忘记了每一次叮嘱基本都没用，我妈妈老了，存不住话。你千万别生气，生气对你病情恢复不好。我主要是担心你的身体。"

看着一脸内疚的大熊，我忽然就释然了——生病是不争的事实，而我们的周围，什么样的人都会有，会说什么话的都有。如果我不能突破这个难关，那么，我怎么可能拥有一颗战胜疾病的心？

我闭了眼，深深地呼吸，让自己的心仿佛在宁静的水面感受微风吹来的舒缓。至于窗外的西北风，就让它屏蔽在距离我十米之外吧。

人活着，本就该屏蔽了一些人和事。

7. 能看得起病，就是福气

重症室改为普通病房后，家属就可以值夜班了。

第一晚，我们的病房成为拥挤的鸽子窝。四张从医院租来的简易折叠椅子打开，

别说挂着引流瓶子的病人，就是身轻如燕的，也得拿出点蜻蜓点水的功夫。否则想走到门边的洗手间，就得把大家全都招呼起来，把椅子收起，方可让出路来。

肿瘤医院的情况就是这样，病房狭小，寸土寸金，谁让现在是肿瘤病呈喷射状爆发的时代呢。要怪就得怪日益严重的环境污染和食品的危害性。病人多，再多的病房都是供不应求的。原本三个人一间的病房，有的便直接拼成四人间。

第二个晚上，我跟舒清商量，不再让左杰和小孙陪夜。我们俩做的保乳手术，创伤面小，引流已经很少，只是主任们为了让我们的引流更彻底些，不然都可以拔掉引流瓶子了。

再说他们白天得在医院照顾我们，晚上放着家里的大床不睡，一起挤在这里，弄得病房的空气质量都很糟糕，他们也睡不好，真是得不偿失。

舒清对我的提议表示赞同，亲了亲她家孙小胖的脸蛋说："老公，跟姐夫一起走吧，回家睡个好觉。"

孙小胖如喝了蜜一样，摸摸被亲吻的面颊，那个心花怒放呀，说："咱妈说我多陪你几个晚上，熬一熬，没准还能减肥呢。"

"咱妈真好。"舒清的喜怒都在脸上。

"才知道呀。"孙小胖还来劲儿了，"要不是你让我苦追那么多年，咱妈早把你当亲闺女了。"

"哼。"舒清又撅起了嘴巴，"少揭短。"

孙小胖便又愣怔在一边，不停地搓着一双胖乎乎的大手。

左杰忙给这对活宝打圆场，说："现在当亲闺女也不晚，但天色已晚，咱哥俩先撤吧。"

左杰正要跟老赵托付几句，岳明姐开了腔："老公，你跟两个妹夫一起走吧，回出租屋洗个热水澡，睡个好觉吧。守在这儿，也没啥事。"

于是，三个大男人将我们托付给林阿姨的老伴儿后，连同林阿姨的姑爷一起走了。

越来越感觉同病相怜了。

一个病房里，就像一个大家庭。大家都是那种没有一点私心的顾念别人。

林阿姨的老伴儿帮我们每个人的水杯里都倒满了开水，连位置都摆放在我们最容易拿到的地方。

我们便又开始羡慕林阿姨了。

这个世界上，最美好的感情，不就是这种一起变老后的相携相伴吗？

林阿姨望着自己的老伴儿，也是一脸的满足。但，忽然，她又叹了口气。

"你们林阿姨我呀，真的是该知足了。"林阿姨这么说着，却摇摇头，"我真不怕得病这事。我这一辈子，从二十四岁嫁给老头子，他对我真是好。说真的，你们林阿姨挺享福的。可是……"

每个人的生活都有缺憾。

林阿姨道出她的缺憾，原来她的女儿和女婿虽然是高中同学，但是女儿是公务员，并且发展很不错，已经升职到处级，并且还有上升空间。

而女婿仅仅帮着老丈人一起做生意。俩人之间的差距越来越大。

几个月前，林阿姨的女儿提出离婚。除了儿子，其他都可以不要。

女婿默默收拾了自己的衣物，什么都没要就走了。

"哎。"林阿姨叹了口气，"我这病多半也是这半年来为这事着急上火的原因。"

"呦。"岳明姐说，"那您这个姑爷可真不错，这都离婚了，还这么天天来医院伺候您，就是连儿子都做不到。"

"谁说不是呢？"林阿姨的老伴儿连连点头，"我们这个姑爷，是不算精明能干，但是人可实诚呢。在他俩离婚的问题上，我们不护短，我们向着姑爷，姑娘不要人家了，我们要，不当姑爷，当儿子。这不，从打你们林阿姨一发现病，姑爷就辞了工，全程照顾。他俩一闹离婚，姑爷也不跟我干了，自己找了工作。你们说这个岁数找个工作容易吗？人家就这么舍了。"

在林阿姨和叔叔的描述中，我把林阿姨的姑爷跟老方联系了一下。看来，这个世界上，相同的戏码真的存在。只希望林阿姨的闺女能通过妈妈生病的事看到很多问题的本质。男人最可贵的不是挣多少钱，或者说多少甜言蜜语，而是看他能不能跟你共渡难关。

俗话说患难见真情嘛。

"不过，昨天我跟我闺女又谈了。"叔叔松了口气说，"我让她擦亮眼看看，一个能这样不计得失照顾伤害自己的人的妈妈的男人，打着灯笼也难找了。她也有点松口了。"

"要是我这场病，真能让他俩和好，我也算病得值呀。"林阿姨和老伴儿互相望着对方，眼里是一种叫做父爱和母爱的伟大。

我真想把这一幕录下来拍下来，给秀美看看，让丫也清醒清醒，可她自那日，便再没音讯。要知道，平日里，用左杰的话，秀美也是属于跟我早请示晚汇报的几个人之一。

"叔叔阿姨。"岳明姐也是直肠子，说话不拐弯，"是不是你们家姑娘有外遇了？说实话，你们家姑娘看着是比姑爷时尚，可什么都比不了心眼好重要呀。她再找一个未必比这个更懂得疼人。女人就该跟一个懂得疼自己的男人在一起。"

岳明姐说到最后有些黯然。多半是又联想到老赵。

接触多了，人身上的弱点就表现出来了。老赵真不愧是体育教师，实在是比较粗线条。

岳明姐手术后喉咙一直不舒服，他总是束手无策地望着频频咳嗽的岳明姐，却不知道想办法。还是我叫左杰给岳明姐买了一个大柚子，一杯杯白开水，一个大柚子，去火又排毒，岳明姐的嗓子才舒服了很多。

其实，我明白岳明姐心里还有另一重忧虑。

至今，舒清的准公婆已经帮舒清卸下了大包袱。而我也能不在意魏月红的冷嘲热讽。林阿姨的女儿女婿也有复合的希望了。可岳明姐的婆家人，却没有一点消息。

岳明姐怕老赵有压力，老赵怕岳明姐心里难过，俩人都避讳这个事实。

临睡前，岳明姐喃喃自语："我啥都不怕，也不怕死，就怕给老公添麻烦，让闺女伤心。照目前看，这病花不了太多钱吧？我可不能因为我看病，把家里的钱都花光了。大人没关系，孩子可不行。"

岳明姐的担心不无道理。平常百姓人家，小病还成，大病的治疗费用可观。能看得起病，就得知足。

而几个月后，岳明姐的确因为治疗费用而陷入困境。

8. 乳房，对于女人意味着什么

还有两天就要出院了。

秀美没再出现，老方倒是又来看过我。吞吞吐吐地替秀美遮掩，自告奋勇地帮我去茹新家探寻究竟。

结果是茹新家的大门紧闭。茹新不见踪影。

终于，我的电话铃声想起，来电人是茹新。

"你去哪里了？我怎么都联系不上你，可担心啦。"我劈头盖脸就是一通。

电话那端是茹新柔缓的声音："我去了趟澳洲，这个季节欧洲天气比较好。想清静，就没开通漫游，所以接不到你的电话。今早刚回来，看见你的短信就马上给你回电话了。住在乳腺几科？我这就过去。"

"跟你一样，乳腺一科。"跟茹新也没什么好客气的。我特别渴望她的拥抱。多年朋友，如今成为病友，这种缘分还真是强大。

"呵。"茹新笑了，说，"再熟悉不过的地方，等我。"

三年前，茹新就住在乳腺一科，一年前，她又在这里做了右乳再造手术。

对这里，可谓熟门熟路。

不到一个小时，她已经出现在我面前。

我们姐妹都含了泪，给予对方一个深深的拥抱。

茹新还轻轻拍拍我的背，说："别怕，别怕，看看我，我就是最好的例子，一切都会好起来的，只要自己有信念。"

我一边应着一边打量茹新。

毫不夸张地说，茹新越来越漂亮了。尽管因为药物的作用，原本十分苗条的她胖了不少，脸也比以前圆润了很多，但是那种祥和而从容的光彩使得她呈现出一种近乎圣洁的气质。

茹新从化疗结束后就开始练瑜伽，每天的饮食也非常规律，严格按照食物的酸碱性去搭配，尽量多吃碱性食物，让自己的体质变为碱性。另外，早晚还会吃一次灵芝孢子粉，这有利于提高自身的免疫力。

只可惜，我生病前却没有听取茹新的建议，还是由着自己的口味儿，想吃什么就吃什么，而我是典型的食肉动物，餐餐无肉不欢，而所有的肉类都是典型的酸性食物。癌细胞只有在酸性体质内才会滋长。

人就是这样，只有撞了南墙才会回头。很多时候造成恶果，便悔之晚矣。

茹新自从生病后，常常去旅行。邀约过我好几次，可我不忍把大熊一个人抛在家中，便总是支支吾吾。茹新是善解人意的，笑笑，不再勉强我，一个人，去了多好地儿。

"大病理出来了吗？"茹新问我。

"那个说得半个月。"我一片懵懂。

"有时候五六天就能出来，只是病理科都是统一的，未必发送。等等吧，大病理出来看看怎么样。如果淋巴结没有转移，你这个手术就相当于割个阑尾。"茹新多少明白点，"有转移也不怕，这家肿瘤医院的乳腺科在全亚洲都算先进的，治疗乳腺癌的手段很多。只是……"

茹新忽然站起来，望向大家，说："姐妹们，乳腺癌真的不可怕，2011年的2月5日，我就住在隔壁，我做的还是根治术，淋巴结转移了两个点，眼看就快三年了，我很好。只是治疗的过程的确痛苦，无法描述。但，想一想，只要咬牙挺过去了，能够好起来。那些苦痛就不算什么了。"

茹新的举动让我大吃一惊。

她是一个相对内向的女人，平素我呼朋唤伴，招呼一帮朋友聚会的时候，她都是角落里安静地微笑的那个，自己的事情更是甚少对别人说，现在如此的表述，竟透着几分洒脱。

洒脱一向都不是茹新的标签呀。

茹新看出了我的心思，笑了，说："很惊讶？不认识我了？"

"我没征得你的同意，都没敢跟她们说，一会儿来看我的朋友也是乳癌患者。我以为你不想别人知道你的情况呢。"我实事求是地说出心里话。

茹新微笑，非常凛然的微笑。

她重新长出来的头发竟然变成"自来卷"，尽管夹杂了白发，但比美发厅打理出来的卷发多了一份自然的灵动，为她平添了些许俏丽。

"从去年做完再造手术后，我就加入了肿瘤医院的乳癌志愿者的行列，帮助患了乳癌，各方面需要帮助的姐妹们。定期都会来医院的康复中心，协助医生指导病友如何康复，也会去心理咨询室与有各种心理压力的姐妹畅聊。我早就不怕别人知道我身上的一个部件已经没有了，也不怕别人知道我一生病，老公就离开我了。我要告诉大家的是——我活得更好了。生命无常，唯有珍惜。"茹新清晰道出。

她未做再造前，带着义乳，穿上衣服，外表看不出来太多不同，但，因为心理缘故，她总是弓着背，就像女孩子在青春期发育的时候，面对着悄悄丰满的乳房，很少有敢于抬头挺胸的，都会佝偻着含着胸，似乎，那里有不能说的秘密。

我真的没有注意她是从何时开始打开自己的，让自己可以如此轻松地面对病患和伤痛。

我张大了嘴巴，为自己对茹新的关心不够而愧疚。

我总是想方设法给她介绍男友，岂不知，她需要的是更广博的领域更有意义的作为。

"婉姗，不要怕。"茹新更加坚定地对我说，"我相信你不会有大碍，好好治疗，这将是你人生中一段宝贵的财富，没准，还能让你写出不一般的作品。"

"茹新姐，你也太棒了吧。"我由衷地说，"我找不到你，还以为你想不开，自己跑个清净地儿避世去了呢，弄得我好难过。却原来，你内心如此强大。不能了解朋友，就是不称职的，也是自私的，我现在，简直对你充满歉意。"

茹新帮我重新整理下绷带，脸上始终保持着微笑，说："傻瓜，你对我已经够好了，当时如果没有你的陪伴，我可能还需要走很长一段路，至于我的心思，是我没有对你说而已，毕竟你不在其中，未必能够完全理解这个特殊的群体。乳房，对于女人意味着什么？"

9. 活着的每一天都是赚的

茹新这么一问，我倒不知如何回答，只想静静听她说。

病房里只有孙小胖，舒清撒娇地说："你去超市转转，给我们买点过两天化疗要吃的苏打饼干和止恶心的话梅之类的小零食，我们姐妹要说说女人的私房话。"

孙小胖那个乖呀，立正敬礼说："得令。"

就剩下我们五个女人，茹新姐娓娓道来："乳房是女人，女性特征的一种独有的母性魅力的标志。是最能展现女人完美身材的地方，百分之八十以上的男人第一眼看到女性的时候，目光都会先注视女性的乳房，是本能，也是吸引。失去它会……其实，人生有些东西失去与割舍的确会让我们不完美。但，如果它是要夺走我们绽放的生命，那么也一定要割舍。因为只要有生命，我们仍旧有机会去创造另一种完美。"

"茹新姐。"我讶异地问："你怎么比以前更自信了呢？"

别看茹新事业发展得相当好，但性格过于谦顺，便总是缺少了一种自信，但，眼下的茹新不同，可以让人感受到她每个汗毛孔都散发出来的自信和坚定。

　　"因为我给自己找到了重生的理由和我生命存在的最大价值。从我生病后，是，我遇到了最无情的人，眼镜男离开了我，但，还有更多的感动和恩情，比如你和你的朋友们，我公司的同事们，我的亲人，其实，这个世界上十恶不赦的坏人很少，大多数人都有同情人，诚恳的同情就是关爱。"茹新说着，眼中是充满了满足的笑意，"还有就是我的一帮病友们，当我们一起面对苦难的时候，我们的血肉不需要太多刻意的交融，便自然而然得融合在一起了。那份真情是只属于纯真年代的。这些带给我的都是美好，让我没有理由不去生活得更好，而我生活得更好的方式就是照顾好自己的同时，去帮助别人。于是，我能感受到活着的每一天都是赚的。"

　　活着的每一天都是赚的——这句话冲击了我心房内所有的细胞，让我感受到一种莫名的张力。

　　一下子，我能够体会，那种自信的源泉了。

　　而我，也觉得自己浑身充满力量。

八、出口

倘若有一天，我们能够冷静清晰地用科学理论或实践来指导或解析我们人类的情感困惑，或许有人会叫好，因为可以减免一些人与人之间不必要的矛盾和纠纷，或许也有人又会反对，因为既然是情感问题就是感性加感情的结果，如果太理性了就成了一项事业周旋，少了彼此相处不可言传的柳暗花明般的乐趣，也缺少了一种特殊的情绪表达及宣泄的一个通道。

情感不是盲目的，恰恰相反，它需要我们用耳朵侧耳听，用全身心去感受、思考。活着就不要欺骗自己的感情，对这种率真的活法，我们永远都要感到自豪。情如粪土，不过是一种反话，事实是人类离开情感，便缺少了活着的最佳养分。即便所有的梦想和希望都成泡影，只要我们不放弃对情感的追求和释放，我们总能找到出口。

1. 你很有钱吗

又是周三。

手术后整整一周了，明天就要出院了，但这医院里的最后一天，却成为之后常出现在我脑际的画面，每次隐约看到，都是上下牙齿磕碰打战，甚至条件反射般地干呕。

没错，这天，我跟舒清都要进行第一次的化疗。而林阿姨因为有血栓，还不能

进行下一步的治疗。岳明姐虽然跟我都是老主任的病人，但是因为她的情况很可能要严重些，老主任决定她的大病理出来后再制定化疗方案。

茹新姐每天都会来看我们，对，她不仅是来看我，也看大家。

她很细心，看出岳明姐家的经济状况一般，老赵又比较粗拉，每次，都会给岳明姐买很多必需品。

对于舒清，茹新姐不止一次说："你真得知足，像小孙和他的父母这么善良重感情的人，是可遇不可求的。"

舒清吐吐舌头，满脸幸福地说："打着灯笼都难找。"

我也教训她，说："知道就好，以后要是欺负小孙，我们姐妹就先不饶你。"

"知道啦。"舒清跟我们撒娇，"我现在可知足了，得了一场病，感受到真爱，还能收获几个姐姐的疼爱，哎呦呦，我幸福极了。"

欢声笑语还停留在半空中，我跟舒清就即将体会无法言语的痛楚。

如果不是亲身经历，我真的不知道什么叫化疗。

其实化疗也是输液，只不过，输进身体里的是剧毒而已。乳腺癌患者都会输进一种俗称叫做"红药水"的药物，它负责杀死体内的癌细胞。

连癌细胞都能杀死，可想而知，它有多厉害，它又能杀死多少体内好的细胞？会对身体产生多大的危害？

但是，没办法。

医学上的问题，我不是特别明白，以我浅显的见地，大约这就是置之死地而后生。明明有伤害，但是为了杀死那些要命的东西，也只能先给自己一个莫大的伤害了。

小薇一早就来了。

某种意义上，小薇算是我的救命恩人了。她让我体会到，无私地帮助别人，真的可能在自己需要帮助的时候得到更多的回报，尽管在帮助小薇的当初，我并没想要任何回报。

我住院前最后一次复查，是小薇催促我去的。

尽管我一直对自己的身体担忧，但是每到要复查的日子，都特别不想走进肿瘤医院的大门。

小薇在 QQ 上问："姐，距上次快半年了，你该去复查了吧？"

"嗯。"我应着，说出我的矛盾，"可我不想去，每次路过肿瘤医院，我的浑身就不舒服。"

"姐，你别这么想，既然医生说半年复查一次，那就得遵医嘱。"小薇拿出当班主任雷厉风行的劲儿，说，"这样吧，不久前我们中学同学聚会，才知道我当年的同桌就在肿瘤医院的乳腺科，都是主治医生了。我们上中学的时候关系好极了，高中不同校，才渐渐少了联系。可同学的感情就是不一样，这一联系后，没一点生疏感。"

小薇的同桌就是老主任的助手林洁儿。

第一次化疗，小薇不放心，倒了课，先来看看我。

小薇和林洁儿一起走进病房。

林洁儿脑后的马尾随着她说话的节奏，一甩一甩的。

"朱朱姐，现在是八点刚过，九点钟护士就来给你打化疗了。要放松心情，不去多想，就当做感冒了，输个液一样。"

一看到林洁儿和小薇两张干练中仍旧青春盎然的脸，我的心情就无比畅快。

我微笑点头。

左杰却又叫住了就要查房去的林洁儿。

"林医生。"他向前了两步，来到林洁儿面前，"老主任的化疗方案都是这样的吗？有没有哪种药物，可以不掉头发？进口药物会好一些吗？"

看着紧张巴拉的左杰，林洁儿耐心地说："老主任会根据术前检查和术中判断，病情较轻的都是这套方案，药量不是特别大，费用也相对便宜，办了门特，大约每次自费的部分也就是两三千元。进口药物跟国产药物疗效差不多，但费用会贵很多，也不能确保就不掉发。这种化疗药物副作用之一就是伤毛囊。简单说就是不管什么药物，化疗的反应都会有。既然疗效一样，老主任从不允许我们组推荐病人用进口药物。"

林洁儿的话音未落，老主任带着蒋怡小陈已经进来了。

老爷子总是精神抖擞，灰白的头发梳理得非常服帖，腰板挺直。面上总是温和中透着坚决。

他上下打量了下左杰，说："你很有钱吗？要是很有钱，赶紧用进口药，多贵的都有。如果就是普通工薪阶层，按我的方案办。头发肯定在第一次化疗后一周就会脱落，两周就会大把大把地掉，最好先剪短，甚至剃光。省得自己看着闹心。不过，头发掉了，还能长，长得会更好。我，和我的学生……"老主任意味深长地看了看林洁儿、蒋怡和小陈，说，"我们不主张病人用贵的药物。当然，那些自费的药物，医

生的提成很高，可我们不稀罕挣。得病了，已经很倒霉了，能为病人省点钱就省。你听明白了吗？"

左杰被老主任的直截了当惊呆了，木木地点点头。

蒋怡帮我打开伤口处的绑带，麻利地帮我换药，说："要坚强，相信你。"

她柔和的声音传颂出的就是白衣天使的纯洁。

我与左杰对视，我们俩的心里都充满感激。

都说现在社会有几大黑——学校的教师黑家长，医院的医生黑病人，公检法黑罪犯家属……其实，哪都有好的，也都有坏的。

像老主任这样的医生大有人在，他们秉承着救死扶伤是医者本分的原则，承受着社会的舆论的误解。

后来林洁儿跟我说："我从不辩解，毕竟害群之马是有的。我只按老主任教我的凭良心和责任去做事。"

所谓幸运，是什么？

2. 他会在适当的时候给你一个答案

有一种幸运是，当我们遭逢不幸的时候，我们体会到更多的真善美。

我觉得，我很幸运，有爱人亲人朋友们，有这么好的医生，还有在我今后的人生中隆重出场的病友们。

我婆婆说："朱朱，那是因为你平日对别人好，所以才会换来这些好。"

我不否认，但也不完全赞同。

社会越来越现实，人们越来越疏离。

不是对每个人付出过，都会得到回馈。甚至恩将仇报的也大有人在。所以，当我付出的时候，真的没想过有朝一日让大家回报我。

我的一切获得，都觉得是此刻的收获。

收获更真的情感——友情爱情亲情。

瞧瞧我的亲友团，就足以明白我有多感动。

贤良淑德"四人帮"和茹新就不必说了，肯定是必到的。而手机短信上，则是众多朋友发来的鼓励的话。

珍惜并感恩所有肯为自己说出美好话语的人，这是让自己越来越美好的前提。

冬冬向我展示了新版的《甄嬛传》，说："今儿，我陪你到化疗结束，为了不影响你休息，我跟甄嬛好好学几招，然后教给你，怎么对付左大熊。"

大熊被冬冬这么一打趣，紧张的神经松弛了些，又恢复了贫嘴的本色，说："不能教我家朱朱怎么对付我，得教她取悦我，我的要求不高，把汤煲得更好，菜炒得更香，哦，这些已经做得不错，要是能把擦地的活儿从我手中抢走，那就堪比甄嬛了。"

大家笑得前仰后合之际，大彤不忘回击："你长了长胳膊长腿干什么的？擦地的。"

"得。我错了。"左杰自己憋着笑，说，"我一直以为我长胳膊长腿是负责玉树临风的。"

短短住院的这一周，我最好的朋友们与大熊的关系更为融洽了。

其实，之前，为了我，她们跟左杰也算有过争执。

那还是我刚跟左杰在一起半年的时候，也就是三年前的元旦。

那天，本来一切安排得挺好——上午去婆婆家，吃了午饭，我在婆婆家休息，左杰去附近和左晓晴见个面，或者逛逛书店或是逛逛超市，晚上再去我妈妈家吃晚饭。

但，因为左杰的一句话，所有计划流产，也造成了我们俩在一起后第一次吵架。

我们正要出门的时候，左杰表现出没头没脑的烦躁。

他性格相对温和，的确很少烦躁。

而他的烦躁多半来自左晓晴。

拿着手机，他死死盯着屏幕，愣愣的。

我坐到他身边，关切地问："联系不上？"

"嗯。"他仍旧死盯着电话屏幕说，"左晓晴的电话关机，王佳佳不接电话不回短信。不行，我还得给她打。"

他刚要拨打电话，我按住了他的手，说："你要不要听我一个建议？"

"什么建议？"左杰竟有些不耐烦，那时候，他还从来没有对我表现出过不耐烦。或者说我们还没有老夫老妻到可以肆意表现不耐烦的地步。

"别再给她打，因为……"我本想说她要是打定了主意刁难你，你越是给她打，

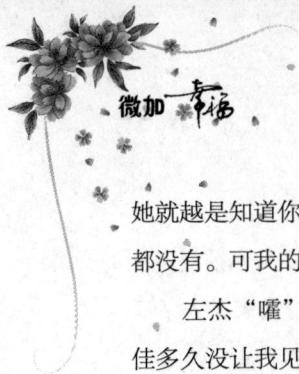

她就越是知道你的短板，绝对不会接你电话，结果，还是你着急生气，人家什么事儿都没有。可我的话还没有说完。

左杰"嚯"地站了起来，对我大声指责："你凭什么管我的事情？你知道王佳佳多久没让我见左晓晴了吗？我没跟你在一起之前，至少两周见一次，现在，得有一个半月了。"

"见不到左晓晴，是我的原因吗？"我也"嚯"地站了起来。

左杰比较了解王佳佳的性格，一直小心翼翼不让她和左晓晴知道自己再婚的事情，怕她会制造麻烦。尽管他俩属于离婚后绝对陌路的一类，从无联系，更无情感。但，因为王佳佳与那个男人并没有再婚，左杰怕她心里不平衡，而会生出事端。可事情又出在魏月红身上。丫偷偷告诉了左晓晴。左晓晴自然就告诉了王佳佳。打那以后，左杰想见左晓晴一面就难了。

有理不在声高，但是我比左杰更高的声音还是让丫冷静了下来。可丫嘴硬，死不认错，说："我见不到孩子，心里烦闷，情有可原。"

"左杰，如果你没有说'凭什么管我'那句，我可以理解你所有的情有可原。但你说了那句，咱俩还有什么好说的？"的确，那句话把我从佳偶天成的美丽童话中拉了出来。原来，我们再彼此中意，也抵不过孩子在他心底的位置。

我越想越委屈，觉得他很陌生。我的悲观情结一下子都显现了出来。我，决定离家出走。

房子是我的，我不能赶他走，那样缺乏道义，但，我可以走吧？

我先出走到冬冬家。冬冬竟然皱着眉头数落我说："多大点事儿呀，以后比这更严重的狠话还有的是呢，两口子是什么，就是成天吵吵闹闹撂狠话发脾气，但有一点儿好就立刻想到对方，有一点难，也会使劲抓住对方，臭嘴不臭心的一对儿。你们之前那是热恋，还不是真正的夫妻。现在，恭喜，你们修成正果了。"

得不到冬冬的支持，我又出走到大彤家。丫跟冬冬如出一辙的话让我彻底没了脾气。

大彤最后还不忘狠狠批评我说："你都多大了，还为一句话就闹成这样？怎么经营家？朱婉姗，我跟你说，你要是不改变你用小说情节去套用生活的方式，你再具备多少优点，男人也是不买账的。男女之间彼此喜欢，是因为能够看到对方的优点，但随着柴米油盐，优点蒸发，成为习惯，可这时候也不能平生缺点，做好自己是本分，不是为了别人，是为了自己。为了自己，就别觉得冤。"

忠言逆耳利于行。幸好，我跟秀美不同，我听得进去劝。分得出好歹。最关键，我已经学会了反思。大彤说得没错，做好自己不是为了别人，是为了自己，即便别人不买账，而自己可以得到属于自己内心的纯净和美好。

恰好左杰在多次拨打我电话失效的情况下，给大彤打来了电话。

大彤立刻变了一种态度，对他说："左杰，作为婉姗的朋友，我说句你不爱听的话——你的前妻还有女儿，都是你一个大男人该去搞定的，搞不定，迁怒于别人，是你的无能。"

左杰理亏，态度很好，连连称是。

我对大彤的掷地有声佩服不已。

"做朋友的，看着你跟左杰能这么情投意合，都希望你们永远过得好，那就得说话两边，劝你，也不能纵容他。"大彤说得明白无误，"即便为此他对我有意见，只要你们过得好，我就觉得值得。事实就是事实，你选择了一个有孩子的男人，今后还会有很多困难。但，只要你耐心去真心对待他们，我相信左杰不是一个没有良心的男人，他会在适当的时候给你一个答案。"

3. 受罪的滋味才刚刚开始

我们在电影电视里常常会看到一些情节，当一个人遇到危难，不知道能否过得去那个坎的时候，或者当一个人陷入某种困境，不知道能否脱离得了的时候，往往，喜欢闪回画面，过去的种种会成为支撑的力量。

其实，这是真的。

这不是编剧的冥想，也不是导演的主观，而是多数人会有的可能。

反正，我是那样的。

想起过往，我有点难受。

与大熊三年多来，有太多的努力和付出，日渐稳定的生活得之不易。

当我与大熊渐渐被朋友们誉为成功的再婚范本时，疾病打乱我们固有的步伐。

我有些伤感。却不敢表现。周围都是我最真的朋友，每天都会抽时间来医院陪伴我，她们肯定只希望看到我笑的脸和从容的状态。我不想她们为我担心。

最先觉察出我的心理的竟然是大大咧咧的左杰，他伏在我耳边问："心里难受了是吗？别难过，我会一直陪着你。"

冬冬也对众人说："咱们这么多人在这儿也没多大用，一会儿，你们几个职业女性就回去，去好好工作，留下我这个家庭妇女跟大熊一起陪着婉姗。"

早就不再从事唱歌事业的冬冬，是我们中最合格的贤妻良母，论照顾人，她最在行。有她在，其他人就放心地走了。

于是，我最惨烈的一幕，只留给了冬冬和大熊。

冲洗血管后，护士就开始给我输进"红药水"。鲜红的液体渐渐流进我的身体。

护士看看时间说："'红药水'的输进不能超过五分钟，否则药效就没了。所以咱们必须输得很快。病人要放松心情。"

起初，我还蛮好奇地盯着。

渐渐的，我感到眼睛乏力。

按理，药物的副作用没有那么快，但，我真的感觉到了眼睛乏力。

我将目光移开那鲜红的流淌过程，飘向窗外，我感觉自己的瞳孔放大，可以虚弱得看到很远，但，是非常虚弱的看到，如同在死亡的边缘，在生死之间的游离。

我不敢说出这个感觉，我怕吓到同样在输进红药水的舒清，更怕吓到大熊和冬冬。

但，我真的感受到了生死之间的游离。

于是，这成为我的一种条件反射，之后的五次化疗，每一次，都会在开始的时候，就进入一种生死游离状态。

当然，我游离到了生的一边。

这种感受也足以说明化疗的痛苦。

无法形容，不是亲身经历过的人，即便是在我身边握着我的手的冬冬和大熊，也无法体会。

除了虚弱感，还有一种身体被液体膨化了的感觉。

想一想，至少七大袋子液体进入身体，能没有膨化感吗？就像一碗熟面条，用水浸泡着，半天下来，就能变成两碗，而面条也失去了嚼头。

一上午过去了，已经四袋液体输了进去。我的身体就像面条一样了。软软的没有力气，甚至很可能轻轻一碰，就会断开，像被水泡软，毫无嚼头的面条。

舒清毕竟年轻，在我已经感受到难以支撑的时候，她还在跟孙小胖打情骂俏，任意嬉戏。

直到中午时分，我只勉强喝了点粥，而舒清还能大快朵颐，丫几乎吃下了一条红烧鲫鱼。

左杰看着好胃口的舒清，一个劲儿劝我多吃点。

我不敢对他说，我的胃口里已经开始翻江倒海。可能，我属于药物作用非常明显的。但我真觉得自己一张口一晃头，就可以吐出来了。

可到了最后，舒清竟然比我先哇哇大吐了。

都是左杰的肉包子惹的祸。

舒清饱餐后，看到左杰在吃包子，又砸吧了下嘴，说："姐夫，我闻着好香。"

"嗯，那就吃。"左杰递给她一个。

舒清几口就吃了。吃完，还抹抹嘴巴，特别满足的样子。

而我，看着她吃，就想吐了。

我的胃开始翻江倒海。舒清已经脸色大变，丫属于变幻莫测型的，刚还是欢实的梅花小鹿，片刻呈井喷式吐了出来。

后来我们分析，是她吃的东西太多了。

像我，胃里没什么，再吐，也不会吐成那样。当然，我是把胃液都吐出来了。

我跟舒清交替难受，这个刚消停会儿，那个就开始干呕。

病房里的人看着受难的我和舒清，再说不出笑话了。

所有人的行动都是蹑手蹑脚的，生怕一点动静，触及了我们俩的某根神经，又会掀起新的一轮的欲生欲死。

熬到快四点钟，终于，所有的液体都进入了身体。

我跟舒清的第一次化疗就算完成了。但受罪的滋味才是刚刚开始。

4. 谁也帮不了我们

很多人以为，化疗的痛苦就是在过程中，其实，那仅仅是刚刚开始。

每次化疗后，都会有将近十天的时间，身体像泡软的面条，非常无力，浑身苦苦的，饿，却吃不下，胃里留不下一滴水。但不是像吃减肥药物后口干舌燥、毫无饥饿感，而是任何的东西到了喉咙，便对胃口形成刺激，让胃里仅有的一滴水也必须吐出来。但，很可能，一滴水都没有了，有的，仅仅是有一滴水的感觉。那，也必须吐出来。吐，已经成为一种条件反射。

一点点异样的气味，都会成为呕吐的根源。

茹新说她那时候不能闻油烟味儿。

而我，最怕闻的就是所有洗涤剂的味道。

那种有些疑似化学药物的味道，会让我浑身每一个细胞都想逃离。可以想象一下，一身的细胞，玩命逃，挣脱开自己的身体，那是怎么样的痛苦？

以前，每每看到志士大义凛然，不畏酷刑毒打的镜头。都会咧咧嘴巴，心想，真是太伟大了，换了我，受不了，估计就招了。

现在，只想说，我宁愿被毒打，也不想承受这种让五脏六腑都感觉到苦不堪言的治疗。

总是笑意盈盈的冬冬双眉紧皱，甚至到了不停跺脚的地步。我知道她心里急，她不知道怎么才能帮帮我。

谁都帮不了，身边的人只有干着急。

冬冬不知道如何安慰我，就说："你想我们十月怀胎的时候，不是也吐不停的吗？"

我苦着一张脸，心想：你们十月怀胎，还生下个娃娃呢，再吐也是幸福的。更何况，化疗副作用的呕吐，它的难受程度还不仅仅在于吐，是吐与不吐的时候浑身上上下下内内外外都是拧巴的，苦涩的，像是很多很多的小虫子在身体里游走，并不叮咬，但走的过程中足以让人觉得身体时而膨胀时而紧缩，让人烦躁抓狂。

左杰守在我身边，一只手握着我的手，另一只手摸着我的脸，就那么眼巴巴地看着我。

我勉强挤出一丝笑后，便又毁坏了一个食品兜。

舒清已经开始嘤嘤抽泣。小孙也成了热锅上的蚂蚁。

我咬咬牙，对舒清说："我们努力转移下注意力，想想高兴的事。"

我这话提醒了左杰。

他忙拿出手机，一通按键后，他脸上显出一丝微笑，说："宝宝，快看这个。"

那是一段段录像，是九月底，我们俩去九寨沟的时候留下的影像。

我跟左杰每年都会出去旅游，一趟远途一趟近路。

9月底本想去埃及的，但是当时那边比较乱，我们便改去了人间仙境九寨沟。

我们俩整整在九寨里边走了九个多小时，避开人群，走了很多小路，看遍了九寨的每处绿树清水。

来到珍珠滩下，大熊指着那一片洁净见底的碧水，学着小沈阳的调调说："知道不？西游记就在这里拍的。"

之后，他就学起猪八戒的样子来，罗圈了腿，使劲儿腆着肚子往前走。

我在后边笑得不行了。丫停下来，说："上来，俺老猪要背媳妇了。"

第一段录像，就是在这之后，我追打他，他边跑变躲闪我的拳头，便摄录下来的。

丫还故意说："要不，你当二师兄，我当大师兄。"

我更加追打他。

我插着腰，站在小木桥上，怒声说："我才不是猪八戒呢。"

不成想，后边上来一队人马，也进入我们的镜头中，其中一个人大声对我们说："郎才女貌呦。"

看到这儿。我一咧嘴，哭了。

大熊抱着我，我倒在他的肩头。

如此，尽管流了几滴泪，但胃的敏感度似乎真的好了些。

小孙在给舒清看郭德纲相声专场的视频。

舒清脸上的泪花还没干，就咧嘴乐了。

小孙也舒了口气。

痛苦与欢乐。

如果上帝非要给予我们痛苦，那么，就让我们用我们的心去体会可以搜索到的所有欢乐吧。

5. 我好舍不得岳明姐的呼噜声

转天就要出院了，我坚持让大熊回家睡觉。

我的伤口恢复得很好，引流瓶也拔了。没必要让他跟着我在医院继续受罪。

大熊多少有些不放心，说："我怕你夜里还是会吐。"

"那你也帮不上什么呀，这种痛苦别人真的很难分担，这不是一起去还什么债务，总是有形的，这是无形的。"我说的是实话，"多一个人在，病房里就多一份拥挤，反倒不利于我跟舒清活动。"

我口中的活动就是迅速捂住嘴巴奔向厕所。

那恶心劲儿来得很快也很猛，我们需要一条畅通无阻的道路，否则，很可能就吐手里吐身上了。

当然，也可以先吐到食品袋中。

但，我跟舒清共同的问题是——食品袋的那种塑料味儿也成为刺激我们胃的主要物件。

所以，不是实在来不及，我们俩还是会狂奔到厕所。

"那好吧。"大熊拗不过我说，"那我就晚点走，多陪陪你，反正回去我也睡不着。"

我望望大熊，伸手摸摸他胡子拉碴的脸。

我也很心疼他。

丫平时可臭美了，再加上我的极力打造，总是干净清爽帅气的，很少这么邋遢。

大熊还特别嗜睡，尤其是冬天的晚上，吃了晚饭，他就一句话："我先歇会，一会儿再洗碗。"

得，这碗多半是洗不成了。

他只要身子一沾沙发，就能呼呼。有时候靠着有时候躺着有时候坐着，姿势不重要，重要的是丫就那么睡着了，而且不是我将他摇醒，基本上可以睡到深夜。

现在，嗜睡的大熊睡不着了。

我仿佛看见他躺在大床上，一只手臂伸展，放在我平时睡觉的位置上，侧着头，盯着那里，眼神里都是落寞。

为了让他早点回去休息，我假装入睡。

但，他并没有走，就那么一直握着我的手，静静地守在我的床边。

直到十点钟，再不走，住院部的门就要锁了。他才又跟小孙托付了下，轻手轻脚地走了。

后来，林洁儿还跟我说："婉姗姐，你老公对你真挺好的，我们在医院，见过的无情无义的男人多着呢，老婆躺在病床上，小三就登堂入室了，连孩子都不管。可你俩没孩子，姐夫这般任劳任怨，还舍得花钱，就挺不错了。"

　　我没有告诉林洁儿，我跟大熊不仅没有孩子，还是半路夫妻。也没告诉林洁儿，大熊并不是一个舍得花钱的人，相反他非常勤俭。有时，那种勤俭甚至会让我恼火。

　　我曾经揶揄他说："你就是一个财迷不会过的人。"

　　是的，财迷曾经是大熊身上，我最不能接受的毛病。但，我生病后，财迷的大熊什么都舍得给我买，当然，对自己仍旧抠门。

　　记得是第二次化疗后，我就想吃车厘子。大熊每天都会买给我。一百元一斤。洗好后，丫像捧着珍珠似的捧到我面前，说："全部吃掉。"

　　而他自己，我怎么都塞不进去一颗。

　　这个社会很现实也很残酷，半路夫妻，左杰能这样陪伴我，我很感激。

　　夫妻之间就不该有感激吗？不，人与人之间就该懂得感激彼此。如果都能有一颗真正的感恩的心。这个世界就会更美好。

　　不过，我在医院见到的，真的没有林洁儿说的那种男人。

　　看看小孙，多好的小伙子。

　　小孙仍旧留下来陪伴舒清。小伙子一周下来，就瘦了不少。

　　"小孙，你也得注意休息。"我对正帮我倒水的小孙说。

　　"我没事。"小孙绷紧了自己的胳膊，向我展示他的强健后说，"只要她能好就行。"

　　"她爸妈怎么不来帮着照顾她呢？"我还真是从没见过舒清的家人。我妈妈和公婆是我执意不允许她们来医院的。都那么大岁数了，帮不了什么忙，跟着瞎操心，反倒影响他们的身体。可我兄嫂姐姐姐夫几乎天天都来。

　　小孙和舒清交换了下眼色，舒清说："婉姗姐姐不是外人，你跟她实话实说吧。"

　　小孙点点头，又道出舒清的一个秘密。

　　原来，舒清的父母早年离异，各自再婚。舒清由奶奶一手带大。而父母几乎对她不闻不问。

　　舒清住院后，小孙倒是通知了他们，但他们都以各种各样的理由推诿了。甚至，没有说来医院看一看这个女儿。

　　"怎么会有这样的父母？是亲的吗？"这远远比舒清与小孙尚未成婚的秘密更令我震惊。

　　我侧头望着舒清，多了一份心疼。

难怪，难怪这个本性很好的女孩子，偶尔会有些虚荣和任性。

想想，我还一度因为她在等待室的口无遮拦，而对她心生嫌隙，竟有一些内疚。

"舒清，你要是信得过，以后就把我当姐姐，可能我帮不了你什么，但是会真心对你。"我由衷地说。

"太好了。"舒清的声音有些虚弱，没了平时里的脆声脆气，"姐，以后我就有姐姐了。"

我忽然就流了泪。

我并不是林黛玉式的人物。也绝不是因为这场病让我变得脆弱，而是这场病真的让我更体会到了生命的不易。

人活着，真的太不容易了。还有什么好计较的？

"婉姗姐，那以后舒清欺负我，我就可以向你告状了。"小孙像是遇到了救星。

"嗯，没问题，姐姐给你撑腰。"我虚弱地微笑，继而对舒清说，"舒清，作为姐姐，倒真想对你说，你以后要好好的爱小孙，爱他的父母，结婚后，做个贤惠的妻子，孝顺的儿媳。因为他们对你的好，是你这辈子最大的财富，他们对你的好，是太多人做不到的。尤其是小孙的父母，他们真的具备最高贵的品格。少一点任性和坏脾气，多一点宽容和理解。像现在这样，即便在最难的境地，还可以内心充满爱，脸上带着笑。"

这些话，是说给舒清的，也是说给自己的。

没错，不论在生活或者工作环境里，女孩子不自私，不懒惰，不患得患失，不怕吃亏，多为身边的人着想并能付诸行动，不以自己是个女孩子就认为理应受到谦让，落落大方，自然坦白地承认自己的缺陷，再有点自嘲的能力，即便脾气不太好性格不太温柔，依然会被明白人喜欢，会得到自己想要的。

没有人是完美的，但，每个人都可以完善自己。

一阵恶心汩汩上涌，我立刻跌跌撞撞地奔向厕所。

我这么一折腾，吵醒了病房里的所有人。

我满怀歉意地自嘲："哎呦，好在明天我就出院了，再不会吵你们了。但，我好舍不得岳明姐和林阿姨的呼噜声。"

我们在黑暗中，虚弱地轻声偷笑。

6. 兀自笑了

2012 年 12 月 13 日。

极冷。那种穿透了心房的冷。

可我的心，是热的。

我终于要回家了。

大熊特意带来了我新买的橘红色羽绒服。那件羽绒服有非常温暖的毛毛领子。上身较合体，下摆稍宽，是韩服的款式。

如此宽大，正好适宜我受伤的胳膊伸进去。我的胳膊还不能过于垂直，袖子便不能太窄。

大熊帮我穿上翻毛的长靴子。我焕然一新的站在病房中央。

岳明姐啧啧赞叹："我们朱朱妹妹哪里看得出是病人。还是那么年轻漂亮。"

我伸出左手，摸摸岳明姐的脸，说："有事情一定要给我打电话。林医生让我三四天来换药，下周一，我来看你们。"

岳明姐的脸倒在我手掌里，说："还真是舍不得，可舍不得也希望你快出院。我跟林阿姨还得多住一段时间。我们俩的体质还都不能化疗。"

"岳明姐，别难过。"舒清勾着小孙的脖子说，"等我明天出院后，就叫小孙常来给你们送好吃的。"

"你快算了吧。"岳明姐含泪笑了，"人家小孙不上班不眠不休地照顾你还不够呀？我们可不能再给小孙添麻烦了。"

"没关系。有我呢，我会经常来看你们的。"说话的是茹新，她已经走了进来，"左杰，我把车子停在了住院部的门口，让婉姗上我的车，今天天太冷，你车子放在前边的小区里，太远了。现在，她免疫力低，尽量别受凉感冒。"

肿瘤医院车位紧俏，关键是在门口等待停车的时间太长，没有半个小时，是进不来的。左杰一般都把车停在不远处的小区里。所谓不远，也得走上十多分钟。丫停在那里，还有一个原因，就是一天下来存车费得好几十元。我说过，丫是相当节俭的。

我感激地望着茹新，她就是那么细心那么为别人着想。但，为什么这么好的女人却遇到眼镜男那种人渣？

这几年，我到处给茹新姐找对象，发动所有朋友和亲戚，可是，一提到她的病，那些比她质素要差很多的男人便都却步了。

我总是会狠狠地骂上一句："都什么东西。"

左杰总是无可奈何地望着我，说："人家的想法也正常呀。"

丫这么一说，基本会换来我的白眼。

但，他仍旧很理直气壮地说："我不觉得现实一点是恶劣，不能要求一个根本不认识的男人去承担茹新患病并仍在康复期的事实。"

"那如果我病了呢？"我承认他说的是对的，但还是不依不饶地质问。

"你怎么那么乌鸦嘴？乱说什么？还总怀疑我？"左杰也是习惯了我的偶尔疑似多疑。再说了，哪个女人没有一点点婆婆妈妈的疑心病呢？他并不生气，故意操了天津话说，"你这总怀疑我，用郭德纲的话形容下我的心情就是——我这心碎的，跟饺子馅似的。再用老郭的话跟你表达下本帅哥的忠心——我多想一不小心就与你白头偕老呀。"

我笑喷，也以郭德纲的经典名句回复："别逼我，否则我伟大起来，一发不可收拾。"

我在这样的回忆中，兀自笑了。

7. 心间开起花一朵

让我没想到的是，左杰也把车子开进了医院。

丫趾高气扬地说："哼，我节俭也分时候，能让你现在挨冻吗？你这帮子娘家人，总怕我委屈了你。不过，茹新一番好意，而且她说带了司机来，车子一直在发动，是热的，你还是上她的车吧。"

我冲着左杰做了一个"ok"的手势。

从住院部出来，我却找不到茹新的红色宝马车。她指了指正门口的奥迪A6说："上这辆车。"

发动机一直在响，车内非常温暖。

我以为是茹新单位的司机，还客气地说："司机师傅，给您添麻烦了。"

随后进来的茹新脸带红晕，说："这位是霍建军，你叫霍大哥吧。"

"霍——大——哥？"我睁大了眼拉长了音，显出我的八卦本色，"你什么时候认识的？我怎么不知道你身边还有一个霍大哥？"

"你好，婉姗。"霍大哥的声音成熟而有磁性。

我对说话声音好听的人有最基本的好感。对这个霍大哥也不例外。怪不得，怪不得。茹新生病后，确实难得的坚强而平和，但这几日来，所表现出的自信和阳光却是我意想不到的。原来症结在此——这个霍大哥。

"我们是在去美国的飞机上认识的。"茹新自然没想隐瞒我。

"太好了。"而我，所表现出来的喜悦感简直就像个疯子，"茹新姐，我太高兴了。霍大哥，你不知道，茹新姐是一个特别特别好的人。"

"我知道。"霍大哥一边开车一边稍微侧下头，冲我微笑。

原来，茹新此次去美国是公私兼顾。但公事很快就办完了。之后，她开启了全美国的旅行。

而霍大哥和他的女儿霍可欣则成为她这次旅行中的意外旅伴。

霍可欣只身在美国留学，霍大哥去探望，与茹新姐在飞机上比邻而坐。

飞机飞到途中，乌云翻动，滚滚的，似乎要把飞机吞没。那不是一般的遇到气流后造成的不平稳，是真的有遇到危险的可能。

飞机上陷入一片紧张之中，人心惶惶。空中小姐用广播告诉大家，系好安全带，准备好降落伞。真的是做好了最坏的预警。但，霍建军的座位处怎么也找不到降落伞，他想难道这次美国之行，本想的父女相聚，会成为生死别离吗？就在他最焦虑的时候，茹新把自己的降落伞递给他。

霍建军坚决不要。他怎么可能接受一个女人的割舍。并且，很可能会是生命的割舍。

茹新特别平静的一句话让霍建军刮目相看："我得了乳腺癌，不知道哪一天就会是生命的尽头，所以，我愿意把生的机会留给更健康更能开心生活的人。"

当然，最终是一场虚惊。

而霍建军与茹新却成为非常好的朋友，并带着霍可欣，进行了将近十多天的仨人全美游。

已经二十二岁，在美国留学四年的霍可欣看出老爸的心思，极力撮合。而茹新实在不敢去想，这个拥有上亿资产的私企老板会追求一个乳腺癌患者。

茹新不敢接受，也坦陈前夫的离弃。

霍建军摊摊手，说："乳腺癌在现在根本不算什么，我们人生来就会死去，这是定律。要在活的时候充满质量才对得起我们的活着，而我觉得只有跟你这样的人一起生活，我的生活质量才会高。"

霍建军在创业失败的时候遭逢前妻的遗弃。事业成功后也遇到过无数投怀送抱的女人，甚至有的跟他女儿差不多大。但茹新姐是他唯一一个"一见钟情"的女人。

"你身上有一种豁达而隐忍的气质，那么平顺而坚韧，但我想让你今后的人生多一些阳光和笑语。"这是霍建军直白的表述。

"我太开心了。"我的表述更直白，"霍大哥，你比那个眼镜男不知道强了多少倍，那货本来就配不上茹新姐，还搞小三，玩移情别恋落井下石，丫就差小三给他戴绿帽子。"

茹新姐和霍大哥都笑了。茹新对霍大哥说："你瞧，婉姗比我还激动还仇视。"

"嗯。"我点头，"那货，我是见一次想打一次，现在我胳膊残了，估计打不过他了，就别再见了。"

霍大哥和茹新姐都被我逗笑了。

这真是我出院的意外礼物——我亲爱的茹新姐，我把一个个歪瓜裂枣带去与之相亲，都被拒绝的茹新姐，恋爱了，而对象是标准的高富并气宇不凡。虽然要比茹新姐大了将近十岁，但是幽默风趣，成熟得体。

我高兴得忘记了难受，竟然唱起了歌——你是我心内的一首歌，心间开启花一朵，你是我生命的一首歌，想念汇成一条河……

8. 安静入眠

相信，茹新姐的故事会给很多人带去信念。

我们生存于世，很多东西无法掌握，但是，我们完全可以掌握自己的行为和思想。做一个善良真诚的人，上帝总是会垂青眷顾的。

茹新姐的病，让她彻底看清楚了眼镜男。这是因祸得福。

而生病后并遭逢婚变的茹新姐，没有消沉，她更加积极明朗地生活着，就在那一拐弯的地儿，遇到了钻石王老五。

相信，有霍大哥的陪伴，茹新姐会越来越好。

左杰却没有我那么开心，丫犯了小心眼。

"我没有霍大哥的本事，恐怕不能给你最好的生活。"他小声嘀咕。

我凑到他面前，说："有你的陪伴，生活还不够好吗？"

"对呀。"左杰最大的优点就是，不开心永远不会超过五分钟。

我们俩鼻尖对着鼻尖，静静地聆听自然的声音。

"你回家了，这个夜晚，我终于可以握着你的手睡觉了，这就是我的幸福。"左杰竟有几分煽情地说，"你住院这阵子，我有一个感受，去年你跟文联去狼牙山三天，我不觉得空荡孤独，而你住院时，我却觉得这个房子那么空荡，这颗心无比孤独，我终于明白了，你外出开心的游玩，我对你没有什么可担忧的，而住院则不同，那种牵挂会让我寝食难安。我现在才理解了什么是感觉快要失去时才明白原来很爱她。当麻醉师告诉我，还是恶性的时候，我不知道是什么感觉，好像就要失去你。我很后悔五六月份的时候没有重视你的检查，没有坚持让你做手术，真的很后悔。希望通过这件事情，我们的心会更紧地在一起。"

"会的，一定会的。"我更紧地回握住大熊的手，"其实，我早就知道你是爱我的，但，我不愿意承认，也不愿意相信，因为我怕我过于相信和沉浸在你对我的爱里，如果那不是真的，我会很受伤。这些年，感情路的不顺利，让我变得缺少了敢爱敢恨的勇气。于是，我总是会说你不够爱我。好像这样认定了，自己就不会有失望的一天。"

"你太傻了。但我懂得你。"大熊紧紧地将我搂在怀里，"我真的懂得你，你总是认为我粗线条，不能明白你的细腻，其实，你所有的心思我都懂得。包括你所有的好，我都心知肚明。有的人是因为别人对自己好而觉得对方好，有的人是因为别人的好而觉得对方好。我既能清楚你对我的好，又能感受你自身的好。只不过，我也有孩子气的时候，偶尔，面对你的口是心非，我会跟你赌气。但，都过去了，一切都过去了，一切会更好的。我们都要成熟要改变，要更加相亲相爱。你养病期间，化疗期间，可能因为难受会影响心情，我会承受你发脾气，但，如果我做得不够好的时候，你只要相信——不是我不想做好，更不是故意的，千万别跟我生气，这就够了。"

"嗯。"在大熊的怀里，我能清晰地听到他的心跳，与我的心跳组合成生活的平凡小调，每一天都会响起的小调，"我知道，我们今后的生活还会有很多小插曲，甚至磕磕绊绊，但，那都不算什么。住院这些天，我想了很多，也更懂得你了。不是说懂得是要比爱更深刻的境界吗？病房里的家属们看似都比你会照顾人，甚至毛头小伙子小孙都无比细致入微，但我一点不羡慕。我知你的心里有，你的心里只有我，那满满的爱，我都能体会。有你的陪伴，我真的知足了。我常想，如果是认识你之前，我孤苦伶仃的一个人，却得了这么一场病，得有多惨？可现在我有你，我什么都不怕，真的。"

或许，就像阿兰说的——上帝制造灾难，让你跟左杰更清楚，彼此，有多么的相爱。

那一晚，回到家的第一晚。

我竟然没有呕吐没有多梦。

我与大熊，手拉着手，安静入眠。

9. 我只是更爱他了

回家的感觉真好。

特别是大熊上班后，接了司令和妈妈来照顾我。

我们娘仨多年没有这样黏在一起了。

这样的机会竟然是因为我的一场病。

司令拿出她做长姐的范儿，给我安排饮食、作息，盯着我吃药，帮我接待来探望的朋友。当然，还一展身手，做起饭来。要知道，她手腕受伤后，就没再做过饭。

司令异常骄傲地说："比你大了十几岁，却一直被你照顾，终于可以照顾你了，这辈子也不白当你姐姐。"

于是，我家总是出现这样一幅画面：我七十多岁的妈妈腿脚不是特别轻便了，走路稍微有点辛苦，总习惯性扶着大腿；司令右手腕的伤并没有完全康复，还不能自如，于是，她总是举着右手，用左手摘菜洗菜；而我，右臂吊着绷带，完全的伤兵造型。

我们娘仨互相看着对方，会不禁笑出声来。

而左杰下班回家后，看着我们仨，丫会说："日本鬼子见了你们都得吓跑了，一个比一个厉害。"

司令和我妈更笑得不可支了。

人生只有善于自嘲才能过得轻松。

我们选择自嘲。

但，随着我的长发大把大把掉落，妈妈、司令、大熊的脸上笑容越来越少，更多的是担忧和紧张。

她们总是小心翼翼地藏起我掉下的头发，假装若无其事地把我捡起的那一撮一撮长发拿过去。

她们以为我承受不了这样的现实。

我及腰的长发跟了我三十几年。

静辉前一段还建议我变换个发型，别总是清汤挂面的。但我没有接受，我喜欢我的清汤挂面，我心想除非我老得再也不能飘动一头长发，否则，我会一直清汤挂面下去。我的发质还特别的好，光滑柔顺，上中学时，就被同学们誉为是可以拍洗头水广告的秀发。

而事实是，化疗让我的头发枯竭干燥。轻轻梳理，就会带下一大把。掉了发的头皮干净得像是用肉色橡皮泥涂抹过，平滑而质感，用手按一按，像是有弹力的胶皮，一点发渣都没有。

一周后，头发掉了大半。

我看着满沙发满地可见的发丝，做了个决定。

"大熊，帮我剃光。"我的声音不大，但很决绝。

我跟大熊来到洗手间的镜子前。我最后看了看自己长发的样子。虽然干枯、稀少了，但两鬓垂下，遮住脸颊，显出我的大眼睛。我忽然就笑了，说："很多事情真的很奇特，我一直舍不得剪短一点头发，不敢去尝试新的发型，结果就偏偏给我一个痛快，让我必须从头开始，尝试光头、板寸、极短发、短发……似乎从走了一遍人生。"

大熊拿着剃须刀的手在抖。

　　"别抖了。"我自嘲，"一会儿再刮到我的头皮，头皮刮了，回头头发再也长不出来了，我就真成小和尚了，只能在头顶点上七个点儿了。"

　　我冲着大熊龇牙咧嘴。

　　大熊没有笑，他认真地帮我剃发。

　　额头彻底光了，两鬓也秃秃的了，后脑勺也空荡荡了。最后，头发极其稀疏的地儿感受到了剃须刀的凉意。

　　我注视着镜中的自己。我成了一个脑袋圆圆的光头女子。长发飘逸的时候，我是鹅蛋脸型，现在光脑袋了，才发现，我的头好圆。

　　我愣怔在镜子前，没有伤怀也无焦虑。平静，是那一刻我最直接的表现。

　　大熊让我稍微弯下腰，用淋浴帮我冲洗脑袋。

　　第一次，水流那么直接地冲击头皮；第一次，大熊的宽厚的手掌那么直接地触摸着我的头。没有头发的阻挡，一切都是那么近距离。

　　他帮我擦拭干净。

　　我长舒一口气说："轻松了。原来真是三千烦恼丝。掉了，真的好轻松。"

　　说完，我就准备进屋睡觉去了。

　　司令和我妈妈一直在洗手间外静候。看着她俩屏息凝神，生怕触动了我的脆弱的紧张劲儿，我冲她俩吐吐舌头，就进屋了。

　　我静静地躺在床上。没有头发钻进我的衣领，也没有长发散落枕头上。我光光的头使劲儿压蹭着枕头里的荞麦皮，感受着最直接的真实。

　　大熊用胳膊肘支着床，伏着身，面对着我，说："宝宝，别难过，等六次化疗结束了，头发就会重新长出来的，并且会比以前的头发还好，真的……"他说到最后带了鼻音。他靠在我的身边，呜呜地哭了。

　　这是除了手术当天外，我再一次看到大熊像一个孩子似的哭泣。

　　当真的发生一些事情的时候，男人往往要比女人更脆弱，不是因为他们不够强，而是因为他们需要承担得更多。

　　"你怎么了？"我帮他擦擦眼泪。

　　"我心疼，我知道你特别爱美，怎么能受得了长发大把大把掉落？我看着你掉下的每一根头发都心如刀割。"大熊越说越难过，他扬了头，尽量让自己平静，但努力了半天，却换来他更深的痛哭，"为什么？为什么老天爷要让你受这样的苦？你是那么好的女人。为什么？我心太疼了。"

我的眼前也有些模糊，但却没有如他一般的哭泣，我长叹一声说："大熊，别哭了，真的，我能承受，因为这是我可以想到的生病后最浅层的痛苦。不是吗？我爱漂亮，但是没有了生命，漂亮也就是别人心底偶尔的记忆。我不是张国荣，也不是梅艳芳，我不要永恒的绽放，我要最自然而然的人生。生老病死的人生。其实我现在什么都不怕，不怕受罪不怕吃苦，甚至不怕死亡，我就怕不能好好陪你活，所以，我必须坚强。"

大熊捧住我的脸，眼泪落在我的面上，他深深地亲了下我唇，说："对不起，是我不好，是我没能控制住自己的情绪，是我太软弱了，你的内心远比我想象的强大。这场病，让我看到你身上又一品质，你是那么的坚强。这让我对你更加刮目相看。"

我突然鼓起了嘴巴子，圆睁了眼睛，故意很豪放地说："哼，老娘让你佩服的地儿还多着呢。"

我的灰色幽默没能彻底把大熊从忧伤中解脱出来。

他的头深深地埋进我的臂弯。高大的身躯如同一个巨型大婴儿，充满了不想长大的恐惧。就像很多个夜晚，他于酣然熟睡中扎进我的臂弯一样，寻求的都是一份安定。只不过，曾经，我可以给他的安定是平稳，如今，我可以给他的安定是——我面对病患的决心。

我怎么会怪他？怪他对我的心疼？怪他对我生病事实的不甘吗？

我不怪他，我只是更爱他了。

10. 她们陷入困顿之中

没错，我发自内心地觉得掉发是最浅层的痛苦。

活着是最重要的。

所以，我日渐强大的内心也有隐隐的恐慌，不是为了乱我心房的青丝，而是……决定我病情等级的最终的大病理。

舒清她们跟我的心思是一样的。

眼看又一个星期过去了。无论是岳明还是舒清，每次通电话，都会提到这个大病理的结果。

舒清出院后，直接住到了小孙家。小孙家有两个阿姨，一个做卫生，一个做饭，完全可以照顾舒清。

我们总是以为有钱人多半是坏人，而实际上，很多有钱人更加豁达而充满善意。小孙父母便是典型的例子。他们所表现出来的修养和品性足以证明一点——他们成功是有原因的。

后来，我重出江湖去电台做节目，才听隽隽道出另外一个因由。小孙的妈妈——薛台，十年前患过宫颈癌。其顽强对抗病魔的精神和对生活的认知能力让周围人无不钦佩。

乍一听，我真是倒吸一口气。

薛台真的看不出曾经患过那么严重的病。她超凡脱俗的气质，淡定平和的心态，还有常在脸上、随时让人可以体会到的亲和。比太多自始至终拥有健康的人更加完好。

也可以说，薛台对舒清的爱护，除了自身的善良，还有感同身受的理解。

理解，是永远站立在人与人相处的制高点上的情愫。理解是一切的基础。

舒清也是渐渐懂事，小孙一家人越是对她好，她越是担心自己的病情。她说："姐，你别数落我，我不是怕别的，我就是怕倘若我病得很重，不能给孙家生儿育女，那我就太对不起他们一家人了。"

"我怎么会数落你。"我深深地吸气，"你这是进步了，懂得感恩，为别人着想了。但，不管结果是怎么样的，都得面对现实。阿兰说她们小区合唱队的队长奶奶七十多了，十六年前乳腺癌晚期，淋巴结转移了十一个点，现在不是活得好好的吗？老奶奶可洋气了。"

"真的呀？"舒清的声音立刻就高昂了，"那我就不怕了。"

我真是羡慕三十岁的姑娘，她们总是有一种未被雕琢的洒脱，我随口一说，舒清就可以焕发愉悦，而我的心，其实还揪着呢。

岳明姐在电话中透着伤感："婉姗，我的情况不容乐观。"

"瞎说什么呀。"我安慰她，"最后病理没有出来，别给自己定性，这可不像是那个从容淡定的超级煮妇岳明。"

老赵总跟我们炫耀岳明姐做饭好吃，于是我们叫她超级煮妇。

"我跟林阿姨问过好几次医生了，她们都说我俩情况类似，从肿块大小看，也不属于早期。"岳明姐幽幽地说，"我就是惦记我家丫头。"

岳明姐说到这里，抽泣了。我还是第一次听见她哭。

"你别笑话我脆弱，别的都没关系，就是不能提我家姑娘。"岳明姐在电话那端擤了擤鼻涕，继续说，"我生病一直瞒着丫头，可她最近来电话开始怀疑了。这段时间她在奶奶家，她奶奶总说你妈妈给我们老赵家带来的是什么？就没带来一点儿好。昨天，我姑娘在电话里哭，问我究竟得了什么病，什么时候能回去，她不想住在奶奶家。我死了不要紧，我家姑娘咋办呀。"

大约，这就是左杰所说的每个人都有柔软点，不可触碰。岳明姐的女儿就是她的柔软点，让看淡生死的她难以平静。

任何的劝解都是站着说话不腰疼，事情没发生在自己身上，没办法真正去体会。

"岳明姐姐，一切都好起来的，真的。"我只能说些冠冕堂皇的话，"我们这个病，是癌症里面最好治疗的，只要改变以前的不良生活习惯和饮食习惯，就是治愈的前提。等治疗结束后，我们一起制定一套合理的生活计划。癌细胞的天敌是有氧的环境、适当地锻炼，还有就是愉快的心情。偶尔难过是正常的，但，一定不能让那种悲观的情绪在内心积压。至少，要释放出来。姐，婉姗就是你的'垃圾桶'，有什么不开心尽管往这里倒。"

岳明姐终于破涕为笑："婉姗，你真是个好妹妹。"

挂了岳明姐的电话。我乏力地躺在床上。

我哪里敢告诉她，昨夜我还梦见自己的大病理结果出来了，一梦还就是两次。一次是林洁儿告诉我淋巴结有转移，她清亮的声音都变得黯然。一次是蒋怡告诉我，淋巴结没有转移，大病理结果相当好。

胡思乱想之际，大熊的电话打进来了："怎么一直占线呢？跟谁聊呢？你养病期间少聊电话。电话辐射太厉害。"

"哦。"我应着，丫最近已经数落遍了我的朋友。凡是电话超过十分钟，他就会抢过去说，"你们都关心她，我知道，也很感激，但是她真的不能长时间讲电话。"

而被数落过的冬冬大彤小薇静辉等人还都一致地态度奇好。冬冬说："他这是疼你，数落得越狠越疼你，我现在每天跟你打电话都定时，九分钟，提示铃一响我就挂。不可能天天去看你，但，每天不打一个电话，我心里放不下。婉姗，我们知道你很坚强，出乎我大彤静辉意料之外的坚强，但是毕竟一场大病，这个时候最需要的就是朋友们的关怀，真心的关怀，哪怕在你难受的时候，你可以有几只手紧紧握住，我

们可以给你全部的力量。谁都不是圣人，你不要对自己要求太高，也要适当释放。对左杰，我们几个只有感动，因为我们对你再好，都不及他的十分之一重要。"

如此的互相理解，都源于对我的情谊吧。

想想，我是最幸福的。

这种幸福感让我更珍惜每一天的生活，也希望自己能更健康地生活。

"我急着给你打电话是告诉你一个好消息。"左杰的声音平和了很多，"我刚才给护士站打了电话，你的大病理结果出来了，淋巴结没有转移。知道吗？你这几天晚上睡不着，我知道你就是担心这个了，而我跟你一样，也担心害怕得很。还好，结果真的还好。"

"真的？"我并没有像左杰那么放松的感觉。我觉得丫有可能在骗我。因为前两天我听到他跟大彤通电话，大彤叮嘱他如果我大病理结果不是特别好，也要隐瞒我。

"当然是真的了。"左杰再次强调，"明天去换药，咱们就可以去打印大病理了。我是想骗你的，如果不好的话。但，结果就是很好。你不了解我吗？最不会骗人了，真不好的话，我能这么兴高采烈吗？"

这倒是实话。左杰是不善于伪装的。

可我还有些不放心，就决定问一下蒋怡。我知道林洁儿这天有手术，接不了电话。而蒋怡，明天就要回广西了，最后一天的学习期，就没有再跟进手术室。

"婉姗，我接到你的短信，就去护士站了，没错，你老公没有骗你，大病理结果很好。"蒋怡温柔却不失热情的声音，会让人想起广西的风光，总是充满了生机的绿色为主，没有北方的萧瑟。

"真的吗？"我这才迸发出真正的喜悦。

"嗯，没错的，我拍下来微信给你。"很快，蒋怡把照片发了过来。

出院后，大熊帮我安装了微信，让我可以在朋友圈尽情地表达。

"我明天就要回家了，以后我们微信联系，你要好好调养，尽快康复呦。"听着蒋怡发来的微信，我几乎可以看到她白皙的脸颊上一对总是笑眯眯的眼睛。这才是医护人员该有的范儿，总能给病人带去温暖。

我的一颗心算是落定了些，而与此同时，还在住院的岳明姐和林阿姨也看到了"大病理"。

她们陷入困顿之中……

11. 好，我听你们的

玛雅预言的世界末日那天，我来到医院，换药拆线。

林洁儿脸上的灿烂，总让人看到希望，属于青春的希望，属于生命绽放的希望。

在我之前，竟然是上海老太太在换药。

好久不见，老太太看见我特别热络："哎呀，朱朱呀，我好想侬呀，侬滴伤口怎么样了？我的伤口长得不好的呢。"

老太太的女儿冲我苦笑，说："什么都不听，林医生说过，伤口不能捂着，可我妈妈总是怕自己感冒了，穿得可严实了，结果，伤口都有些感染了。"

林洁儿一边给老太太换药一边说："奶奶，你得听话呦，不然，就恢复得慢呢。"

老太太撇撇嘴巴，任性得如同一个孩子。

换好药，老太太跟我道别，在女儿的搀扶下出去了。我跟林洁儿对着耸耸肩，说："真是老小孩，你们当医生的也不容易，收入相对算高，可是要应付各类病人。"

"可不是……"话音未落，我们已经听到楼道里的吵闹声。

林洁儿开门看了看，无可奈何地说："家属又在跟护士发脾气。病了，一家人都可能情绪不好，但也不是我们的责任呀，就像是被我们治出的病似的。就你们一个病房的那个岳明的老公，昨天看了大病理就大闹了护士站。"

"什么？"我知道林洁儿在说老赵，"为什么呀？老赵人是粗鲁了点，但是不坏的，很热情很实诚，岳明姐更是温厚纯朴的女人。"

"大病理的结果出来，淋巴结转移了七个点，那个男的就急了，怪之前的检查有误。可她前边两年也不是在我们医院检查的。"林洁儿瞧了瞧我的伤口说，"你自己看看，老主任这伤口缝的，真是精细。"

我机械地摇摇头，不敢看。

我还从来没有看过我的伤口，哪怕是医生换药的时候，我都是闭着眼的。

林洁儿拿过一面镜子，说："看看呗，总得面对的。你这就不算什么了。"

我咬咬牙，向镜中望去。

真的非常感谢医生们。他们的崇高都在病人的身上体现了。就像这伤口，匀称

的针脚，整齐的线条，医生的认真，带给病人的可能就是痛苦的减少。

"很好吧。"林洁儿放下镜子，示意我躺下，说，"我们也很难的，像你这个，钼靶检查都是良性，我们能面诊认定恶性吗？但结果不好呀。医生也是遗憾的。可你能理解。"

"这都是自己的命。"我在惦记岳明姐，"难道淋巴结转移了，就难治愈了吗？"

林洁儿不假思索地回答："其实每个人情况不同，原则上自然是没有转移比较好，但是很多有转移的病人生存年限也非常高，所以我说句不专业的话——人的意志力是非常重要的。像你那个朋友茹新那样的志愿者就非常必要。病人针对病人最有说服力。"

"连你都知道她？"我惊讶地问。

"当然。"林洁儿长长的眼睫毛上翘，说，"她在我们乳腺一科可有名了，这两年总会来，帮助了很多病人。刚刚那个上海老太太就得交给她。那老太太淋巴结也转移了四个点，需要做满放化疗，可她死活不肯。她的身体各项指标还不错，完成所有的放化疗对她的治疗很有好处。茹新姐会给这些上年纪的病人讲宋美龄的例子。医生说的话，病人未必接受，可她一说，病人多半都相信。一方面是病人之间的感应度，另一方面就是她的说服力很强。她很真诚，对方能感觉到。"

林洁儿说得轻描淡写，而我却仿佛已经看到茹新面对着一个个病友，用情相待用心相助的画面。我的茹新姐，她比我想的还美好。

"婉姗姐，我看你治疗结束后，也可以当我们的志愿者。"林洁儿笑着说，"你是情感专家嘛。"

我不知道林洁儿是在认真说还是随口一说，但在我心里，我已经决定，我会像茹新姐那样，在真正调整好自己心态后去帮助别人。

而眼下，岳明姐是当务之急。

于是，我换了药，跟林洁儿道了别，就去病房。

远远看见左杰跟老赵从反方向也向病房走。

"我陪老赵去外边抽了根儿烟。"左杰对我说着，向病房里努努嘴，"去劝劝岳明姐，她不想治疗了。"

"啊？"我三步并作两步就进了病房。

岳明姐靠在病床上，在看我的《墙外花枝》。

"岳明姐、林阿姨，我来看你们了。"我佯装不知，尽量表现得轻松自然。

"朱朱宝贝儿来了。"岳明姐放下手中的书，一脸的欢喜，"我这几天天天看你的书，朱朱，你写得真好。你真的是我们女人的骄傲。"

岳明姐的状态比我还轻松，让我看不到因为大病理的结果给她带去的焦虑和悲观。

我一时倒不知道如何应对。

林阿姨的话让我找到了缺口，她说："朱朱，你来得正好，你快说说岳明，她不打算治疗了。"

"为什么？"我仍旧假装不知情。

"我大病理结果不好，淋巴结转移了七个点，我不想治疗了，治也治不好，还不如把钱留下来给孩子上学用呢。"岳明姐说的时候，脸上照样是平静和笑意。

我鼻子发酸，却睁大了眼睛，仰着下巴，嗔怪道："你听谁说治不好？淋巴结有转移点就治不好吗？茹新你见过吧，她也有转移点，怎么样？活得好好的吧？得，不说她，你肯定回想她转移的少。再说左杰他们单位的一位大姐，七八年前了，转移了十三个点，人家现在那个精神呀。对不，左杰。"

"谁呀？"左杰也睁大眼，望着我。

我靠，我差点气倒。

我承认，偶尔我会说些善意的谎言，并且可以睁大眼睛不眨一眨的说。但有些时候总好过左杰这样愚蠢不知变通的真实吧？

在我的一通挤眉弄眼下，左杰明白了，连声说："哦哦哦，对对对，就是那个刘姐刘姐。哎呦，我这没打麻药记性也不好了，都是被朱朱气的，提前患上老年健忘症。"

"行了行了。"岳明姐苦笑，说，"你俩别变着法儿哄我了。我接受得了，住院前我就想好了，要是病情还算轻，我就治，能多陪老公孩子些年，要是严重，就不治疗了。白花钱。"

"你别操心钱的事儿。"老赵有点急赤白咧，"都告诉你了，钱，我去想办法，你就好好治疗。你看看人家林阿姨多配合，很听闺女姑爷老伴儿的话。你就什么都别想，全都听我的。"

"你能想什么办法？就会跟人家医生护士瞎吵，那之前的检查也不是在这里做的，吵什么呀。"岳明姐有些惆怅，"再说，我不想你再去求你爸妈和姐姐们了。"

"咱家的积蓄，放化疗需要的费用还应付得了。"老赵这个从来对家里情况不

摸门的大男人，忽然变得十分缜密，"左杰刚帮我算了算，真的差不多。这点钱，算什么呀。你跟我们爷俩一起好好活着才重要。"

老赵哭了。一把鼻涕一把泪。

岳明心疼地递给他纸巾。

老赵擤擤鼻涕，继续说："你别怪我昨天冲动，我就是不知道上哪撒火。我憋闷。"

"不怪你，不怪你。"岳明安抚着老赵。

男人真的都像个孩子，即便他们想并可以承担很多责任的时候，仍旧在某个间隙把自己还原成一个孩子。

"岳明姐，放化疗的费用并不算昂贵，你大可不必这么在意，有命就有钱。"左杰把最后一句说得很肯定，"而且，我建议你们都别瞎研究自己的病情，朱朱这点做得也不好，再研究，是医生吗？解决得了问题吗？人家寒窗苦读了十几二十年都没搞清楚的问题，你们上网查查就搞定了吗？"

"我就是觉得我这都中晚期了，还能治好吗？治不好，家里就那几万块钱还不如给闺女留着上学呢。"岳明姐姐也进入了一个死扣，"我就没上过什么学，我不想自己的女儿跟我一样，我希望她像朱朱舒清她们那样。"

"钻牛角尖了吧？"我坐到岳明姐姐床边，"那个刚刚说上网查询没有用的左大熊，前两天上网看到一则新闻——在美国，一个四十八岁的妇女，十年前患了乳腺癌，十年后又患了结肠癌，医生判了死刑，都不建议治疗了，于是，她将所有的积蓄拿出来，与家人进行欧洲游，享受最后的人生。越玩越带劲儿，几个月后回来，再检查，癌细胞没了。"

"对对对。"左杰附和，"这个新闻是真的，我看到后告诉朱朱的。"

左杰的语速和表情足以说明他没有撒谎。

岳明姐活动了心思，说："自己的意志很重要，是不？"

"太是了。"我不假思索地回答。

"好，我听你们的，积极配合医生治疗。"岳明姐的心结终于被打开。

老赵又哭了，这个有些大男子主义，并不谙浪漫的男人竟然当着我们的面，拥抱了他的妻子。

老赵不是完美男人，但一个对妻子真心实意的男人，仍旧让人尊重。

九、花开一春

无论是破土而出的，还是含苞待放的；无论是慢慢舒展的，还是缓缓流淌的；也无论是悄无声息的，还是莺莺絮语的。只要季节老人把春的帷幕拉开，它们就会用自己独特的方式，汇演出自然神奇的活力。于是，开始在春天漫游。披着柔媚的春光，让略带甜意的风，从身边掠过。就会领悟到春的气息里，其实包含着最令人感动的柔情。也会觉得大自然就是一位奇特的母亲，她竟然选择在万物萧条的冬的尽头，将千姿百态的生命孕育而出，让它们踏着那最为柔媚的第一缕春光，相拥而至，把无限的生机带给人生。

春天来了，春天真的来了，不管2013年的春天怎么带着寒意，在冬末的几场大雪后，那些新绿仍旧大摇大摆地兹兹偷袭。仿佛在告诉人们，花开一春，此刻开始。

我和我的病友们的春天便也在这样的寒冷和花开的复苏里交替。

1. 心中生出疑惑

我爸爸去世的时候，我记得非常清楚。

那是六年前。他是糖尿病并发症引起的肾衰竭。从浑身插满了管子，到离开这个世界，也就是四五天。

从此，我体会到了生离死别。而爸爸临终时候的笑意让我明白——死亡并不可

怕，只要心中充满了幸福感和满足感。

他对我说的最后一句话是："我什么都不怕，你们都在我身边，都相亲相爱，很好，这很好。"

爸爸的离去没有太多痛苦，安详是我每每想起他都会定格的样子。

而我生病后，更深刻地体会到——活受罪恐怕比死亡更难受。

没错，我们的治疗近乎活受罪。并且不会因为春天的到来而停歇，也不会因为春节的喜气而跳过。

我在大年初五，也就是情人节那天，继续我的化疗。

而大年初一，我戴着静辉寻遍各大商场假发专柜，为我买的，跟我之前的头发一模一样的长假发。齐齐的刘海儿，垂直及腰的发，让我重新找到了属于我的气息。而小薇送给我的大红色羊毛围巾一下子就拉近了我与春节的距离。

我画了个精致的妆容，与大熊一起去参加他家一年一度的初一大聚会。那是他家全体亲戚的聚会。但魏月红从老公去世后，就没再参加过。这几年都是我们带着公婆和左晓峰一起去。

接上晓峰和公婆，我保持着我的喜气洋洋。

晓峰凑近副驾驶的椅子背，轻声问："婉姗阿姨，这头发是假的？"

我侧下头，微笑，默认。

晓峰已经是初中三年级的大孩子了。个子很高，样貌很像他过世的父亲。小小年纪，斯文中透着帅气。

晓峰与我的感情很好，听说我生病了，瞒着魏月红经常去看我。青春期的少男吐露出属于男孩子的特性，为我失去的头发可惜不已。他若有所思地说："我就喜欢像婉姗阿姨这样的长头发的女孩子。"

我警觉地盯住他，问："晓峰，你不会是早恋了吧？"

"没。"晓峰眼神躲闪，冲我一个劲儿眨眼睛的同时顾左右而言他，"奶奶，是不是婉姗阿姨生病的事情，不能跟亲戚们说？"

"对。"婆婆应着，却又问我，"婉姗，要不，咱们今天告诉大家吧，我们这个大家庭，每家有事情都不瞒着。"

"妈。"我深深地呼出一口气，"生病不是见不得人的事情，但总不算好事，我不希望在这种喜庆的日子告诉别人。毕竟，我来到这个大家庭时间并不长，仅仅逢年过节才跟大家见上一两面，没有必要平添大家的负累。您说呢？"

还没等婆婆说话，公公就应和了我："对，婉姗说的对，如果说，就等都好了再说，那时候可以告诉大家，我们的儿媳妇在承受着这么多的苦痛时有多坚强，老伴儿，我们的婉姗是不需要同情的。"

公公的话让我有些感动。老爷子性格偏内向。平时很少说话，没想到，一语就说中我的心思。

我不需要同情，也不会刻意去寻乞同情，但是我感恩给予我，哪怕仅仅是同情的每个人。尽管我并没有把自己当病人，我仍旧如前几年一样，一手包办了公婆妈妈左晓峰左晓晴，当然还有左杰的新年新衣。不能去逛商场，就在淘宝搞定。现代的一些设置完全可以让人们一卡在手，足不出户，日子照过。

"婉姗阿姨，情人节那天，我去医院陪你好吗？"左晓峰竟然记得我第四次化疗的具体日子。

我特别认真地说："晓峰，你今年初三了，别为任何事情分心，你是小孩子，我不需要你陪伴，我跟你叔叔两人在医院过情人节呢。"

"哦。"左晓峰稍稍有点不情愿，嘟囔着，"那我也找个女孩子过情人节去。"

"胡说什么呀。"婆婆嗔怪地在晓峰的肩上打了一巴掌。

我看着晓峰躲闪的眼神，心中生出疑惑。

2. 情人节快乐

每次化疗间隔二十一天，最长不能超过二十八天。并且白细胞升到四千到一万之间才可以进行。还好，我的白细胞升得很快。用大彤的话就是——看来你身体素质不错，那以前逛街怎么总懒洋洋呢？我看你那会儿就是娇气。这场病后，连我以为的你最不可能改变的娇气劲儿都改了。

大彤说得没错，我的娇气劲儿都没了。所以，我按正常时间去化疗，并没有因为大年初五还是情人节而改动。于我，生活中的每一天都是一样的，都是值得珍惜的。

不过，说来也好奇特，我化疗的时间总跟节日冲撞，第二次是元旦放假时，晓峰就想去医院陪我，但是被魏月红呵斥禁足，他便给我发来让我和大熊哭笑不得的短

信：婉姗阿姨，让叔叔帮我好好照顾你。

晓峰跟我关系越好，魏月红越讨厌我。

但我并不在乎魏月红的看法，我还有那么多关心我的人。

大彤是第一个发来短信的，她孩子才一岁半，很难带，晚上总是很晚才睡，一到休息日，才有多睡会儿的可能，但那个早上不到七点钟，我就收到她的短信：今天早早就醒了，睡不着，知道你要化疗，就好像心里有感应似的，于是在被窝里给你发短信，你就这么想，每经历一次痛苦，就意味着离美好的未来更近了一步，我的好妹妹，我们的心也是跟着你一起疼的，要坚强。

我看着她的短信就哭了。我们认识也有二十年了，她从来没有叫过我妹妹，她就不是那种会说煽情话的人。

看来，我真的跟大多数人想法不同。平素门庭若市，总得提前好多天才能预约到床位的日间病房，空无一人。

左杰又去跟吴明明接头了。留下我一个人，在病房里整理床位。

吴明明是门诊的星级护士，是静辉的客户的老婆。出院后我要在门诊进行放化疗，静辉总是不放心，无意中跟客户吃饭的时候一念叨，竟然有熟人。

明明确实帮了我很多忙。

特别是化疗期间，开药取药定床位，明明都包揽了。渐渐的，我们俩也成为无话不谈的朋友。

明明比我小两岁，齐耳的短发，护士帽边卡着一个紫蝴蝶型的小卡子，趁着她粉嘟嘟的圆圆的脸，无比娇俏。她总会说："婉姗姐，等你头发长出来，我给你买这种小发卡，咱们得把装嫩进行到底。"

她说话的时候总是笑意盈盈。别以为明明就对我这么好，她对病人都好着呢。每次，我看到她对咨询或就诊的病人都面带微笑，不厌其烦，就由衷地感动。

明明努努小嘴，说："没办法，都多不易呀，上这儿来看病的，不是确诊的，就是心里打鼓担心极了的，理解并同情，别管远近亲疏，都是活生生的人。"

明明说的没错，其实人与人之间需要的便是明明所说的这种理解和同情。

我又想到秀美，她再也没有来看过我。甚至，除夕之夜，她都没有给我发一个短信，倒是给大彤静辉都发了。

大彤和静辉礼貌地回复了下，她们无法理解她对我的态度。

我也不理解，我跟她是三十二年的发小，在她最难的时候给予我所能给予的一切。

算了，我摇摇头，望一眼输液杆。我又要受难，一切杂乱的东西都不必多想了。十个手指头伸出来都不一边齐，人怎么可能都是一样的？

左杰和护士一起走了进来。护士推着一个小推车，小推车上放了满满的药物，我在心里咧咧嘴。

我又开始了第四次的炼狱之旅。

刚把空荡的病房照片发到微信朋友圈里，我就开始翻江倒海，并持续到输液结束。

病房的空荡安静与我和大熊的忙碌繁杂形成鲜明的对比。

这一次，我很有经验，一口东西都没有吃。我心想：看还能吐出什么来。

结果是照吐不误。胃液吧？该是把胃液都吐出来了。

当我拖着无力的身体，依靠着大熊走出日间病房，那种相依为命的感觉让我忘记了情人节的存在。

两个人，只要能够在一起，就是幸福的。

不是吗？

但大熊还是给了我情人节最大的惊喜。

我蜡黄的脸上，一双水肿了的眼睛再也不能演示我的闪亮亮。但，大熊打开后备箱的一刻，我的眼中还是闪出了光彩。

一大束玫瑰花，一共十九朵。

大熊抱着我，抱着虚弱无力的我说："我选十九朵，就一个想法——我们俩要永久在一起。"

"嗯。"我更深地靠在大熊的身上，强打了精神玩笑，"是永远在一起，永久牌是自行车。"

"还有呢。"笑点极低的大熊并没有笑。上了车后，他又从后车座拿出一个手提袋——黛安芬的内衣，一套紫色黛安芬的内衣。

"我看了你平时内衣的尺码买的，哎哟，女人的内衣太贵了。"财迷的大熊大煞风景地说，"穿在里边的东西怎么会那么贵呢？但，我还是想给你买最贵的内衣，它代表着我对你的永远的呵护。情人节快乐。"

我与大熊深深的拥抱。像朋友像爱人更像彼此的一部分。

3. 第三件礼物

没有想到的是，大熊送我的情人节礼物不止鲜花和内衣。

还有第三件。

我昏昏沉沉地躺在床上，并不冷，却死命抓着棉被。

呕吐后的虚弱不仅仅表现为无力，还有就是浑身被液体浸泡后，自己可以感觉到的水肿。

我的眼睛像是被注了胶，睁不开。其实就是水肿得有些超负荷了。

大熊怕影响我休息，关了卧室的门在客厅里轻手轻脚地不敢出声。

窗外，夜色笼罩，大约十点钟了。

我稍微向左侧靠了靠，脸颊碰到一个信封。

这就是大熊送我的第三份礼物——两封他曾经写给我的信，或者可以说是情书。

大熊说他四十几年没有写过情书，而这两封是他以前写好，却没好意思送给我的。

几张 A4 纸张上，分别印着我与大熊的合影，有在马六甲海峡前的轻声低语，有在三亚南天门生态城嬉笑。是啊，我们俩有很多合影，每一张都是一个记忆。

还记得在南天门。旅游车一停，我就迫不及待地跑下去。我喜欢海南，喜欢被那湿润的气候包裹。可全车的人都下来了，大熊还在车上磨蹭。我那个气呀，叉着腰，冲着车上喊："你快点行吗？没见过比你更慢吞吞的男人了，真是大笨熊。"

"谁是大笨熊呀，我的拖鞋找不到了，只剩下一只，怎么都找不到。"

他在车门口着急，一只脚趿拉着蓝色塑料拖鞋，一只赤足。一只手里拎着我的一只红色拖鞋，喜感十足。

我本能地低头一看。立刻笑得蹲在了地上。我这个急性子为了能快些亲近美景，忙中穿错了拖鞋——我的一只脚上竟然是大熊的拖鞋。

我俩换好了鞋子，大熊杵着我的额头说："你这个小迷糊，鞋子那么大，没被绊倒便宜你了，还好意思对我喊叫，叫我大笨熊，我看你是不折不扣的小迷糊，我是可爱熊，哼。"

我躲着他的手指，绕到他身后，没理搅三分地踢他的屁股。

想起这些画面，我哑言而笑。

如果不是生病，如果不是这么毫无力气地躺在床上，真没有这么认真地想过——我与大熊之间竟然有那么多快乐幸福的点点滴滴。

我努力睁开肿胀的眼睛，打开第一封信——这封信就是在我们第一次吵架后，也就是三年前那个元旦，他因为见不到左晓晴而对我发脾气后写给我的。

宝宝：

想起自己现在还像小孩子一样写肉麻的情话觉得很不可思议，我已经四十岁了，本以为我会像大部分人那样，工作、结婚、生孩子，然后就这样过完自己的一生。但生活有太多的不确定性，当我拿了离婚证，站在大街上，我很茫然。虽然不像有些人一样认为天要塌下来，但一想到自己今后就要一个人了，想到孩子，想到不可知的未来难免有些酸楚，甚至认为生活真的没有意思。我常听你说，为什么不能忍受一个人生活，为什么不能忍受寂寞？是的，我们都一样，都无法忍受一个人的寂寞和孤独。我们都需要关怀，需要爱。当我遇见你，当你拿着一大兜水果向我走来的时候，我觉得这真是个温柔体贴的女人，好久没有人这样关心过自己了，虽然当时对你说自己病了想让你来看看只是随口说的一句玩笑话，并没有当真。这么多年了，我已经习惯了自己照顾自己，但真的有女人来看自己的时候，心中的那份感触还是很强烈的，甚至有感激。

自然而然的，我们生活在一起了，我又开始正常人的生活了，一切都像做梦一样，竟然有了我想象的生活，有了我需要的日子。一切都不太真实的样子，但这一切又都是真的，那个上班时在门口要我路上小心，下班时对我说辛苦了的女人让我感受到了四十年来最被人疼爱的日子，我很幸福。

我是一个内心其实很放不下的男人，孩子，我那可怜的孩子，一想到她胖嘟嘟的脸蛋，想到她沉默忧郁的样子，我就想哭，有时候在梦里哭醒，我放不下。我小心翼翼的，怕对孩子的惦念会让你别扭，这也是人之常情，换位思考，我也希望一个人全心全意地对我，哪怕是和他的亲人分享。但真没想到，你竟然是一个非常懂事的女人，每次都默默为我准备好孩子的零食，提醒我带着。我真的很感动，一个女人能像你这样通情达理真太难得了，我真的很感谢你。

　　每个人都有过去，甜蜜的、痛苦的，我们也常因为过去的一些事纠缠着。我常说，过去的都过去了，我很珍惜和你在一起的日子，我没有你脑子这么好，但生活中的那些细节，那些你默默地为我做过的事情，我都记得。你总说付出了，未必得到。不付出，不可能得到。你不会白白付出的，我会对你好，让时间来证明吧。

　　男人是粗线条的，我是一个没有情趣的男人，不会搞一些小手段讨女人的欢心，有时候不屑于去做。但我知道了，女人是需要这些的，尤其是像你这样非常感性的女人，我会改善。我也想让你知道，即便我没有做什么，但我是爱你的。这个没有情趣的男人想和你过完剩下的日子。

　　宝宝，就让我们这样相互称呼到老，到我们互相搀扶着的时候还这样叫着。日子还很长，让我们继续相爱吧，我的女人，我的宝宝。

永远都会与你相守的大熊
二零一零年元月二日

　　另一封信，其实算是回信，就是我在医院时，给大熊写的那封信的回信，他是在世界末日前一天回复好的。

老婆：

　　明天就是人们嚷嚷了很久的世界末日了，距离你手术也有半个多月了，而我们在一起的时间也快步入第四年了。时间过得真快，是不是因为我们的日子太过快乐，才会感觉那么快？

　　闯过了世界末日，就是圣诞节了。这几年的圣诞节，你总是会把单身的女友们招呼到家里来，其实，我并不喜欢那种聚会，但你惦记她们，我便理解了。

　　记得去年的时候秀美是带着那个小男人一起来的，今年小男人已经消失了。物是人非，想想发生的许多事，让人唏嘘不已。如今的社会，如我们这般相识、相爱的真是不多，不好好珍惜，真的对不起上天赋予的缘分。

　　即将过去的 2012 年，我们基本每天都在一起，除了你住院的几天，我们没有分开过，而那几天，我更是觉得无法承受与你的分开，我希望我们可以这样永远不分开。

　　我们吵架也有，但想了想次数越来越少了，我们都在努力地适应对方，适应这种生活。你的脾气好了很多，遇事不那么急躁了，这让善良的你更加美好光彩。而我，也更能放开自己了，就像我对阿兰说的话——我没什么朋友，现在就跟着朱朱混了。

　　和我在一起的日子也许给你一些拘束，毕竟两个人了，以前一个人能做主的事情，现在多了一个人商量，和自己的想法也许统一、也许相左，想法不一样的时候就会有点别扭，这一点我知道。我也在努力地让我们许多事情上尽量达到统一，毕竟过日子没有什么大是大非，彼此都互相体谅下就能避免许多矛盾和不愉快。

　　我们刚在一起的时候，许多人并不看好，包括你自己，但这么长时间了，我们还是在一起。陶然亭公园我们去了，那里葬着你的偶像——风流才女石评梅。你说你会带着你的终身伴侣去凭吊你的偶像。说实话，我以前都不知道石评梅是谁。但，为了你，我傻乎乎的跟着你在大雪天去祭奠一个不相干的亡魂。这有多疯狂，连我自己都难以相信。天涯海角我们也去了，尽管飞机几个小时就到，但那也是"天涯海角"，预示着我们永远在一起。本来，我们定好开春去普罗旺斯，去看醉人的薰衣草，我们新房子客厅的墙画都是满满的薰衣草，但，现在可能很难成行了，不过，没关系，我们总会去的，还会去很多地方——美丽的爱琴海、充满神秘色彩的古埃及……人生苦短，再多的金钱换不来时间的停滞、岁月的流逝。现在回想幼时，仿佛还是在昨日。我们都不再年轻了，还好在不太老的时候碰到了彼此，让我们还能在一起还有未来的几十年可以过。我多希望，我们可以恩爱地到老啊。海边、黄昏、夕阳，一对相依的老人。这样的情景，总在我的脑海里呈现，特别是你不在家的这几天，都是这样的画面伴着我入眠后，并在我梦中持续的。

　　真的，我相信，我相信你的病一定能治好。

　　那天，魏月红的事情，我一直想跟你说声"对不起"。我真的很恨她，但是，对我哥哥的那种情结让我无法对她反目。她以前真的不这样，她也是个可怜的女人。但，我怪自己没处理好，怪自己在脆弱的时候将你生病的事情告诉了我妈妈，怪我妈妈口风太松，又告诉了她，让你受到伤害。

　　可喜的是，你那么轻易地就消化了那些，我看到更加坚强而豁达的你。特别是，在这样的情况下，你还会去真诚地帮助别人。我只是一个平凡的男人，

但，我很骄傲，我有一个不凡的爱人。

是不是上帝为了给我一个更加出色的妻子，才会让你经历这个苦难？现在的你，除了爱，还让我钦佩。化疗的时候，我真的很心疼，但又不知道该怎么办，我可以跟你分担一部分就好了。

当我们在手术区外边等候的时候，我很有感触——什么都比不上两个人健健康康地在一起过日子重要。

不要再说什么放手的话，我处处都不如你，你是想借机会甩掉我这个包袱吗？我相信，你不是那么绝情的人。

后边的康复的路会很漫长，但我会陪着你，我可能做不了太多，但是陪伴你渡过难关，陪伴你看晨曦日落，是我心里唯一的念头。

每次给你打电话，就想你能迟些接，因为那个铃声是《最重要的决定》，你说过跟我在一起，是你最重要的决定。而我，亦然！

圣诞节到了，新的一年又要来了，相信我们会有一个好的来年。世界末日的传言不要信，即便是真的，和你在一起，最后一刻，我也是微笑的。

深爱着你的老公

2012 年 12 月 20 日

二零一三年的情人节，我承受着欲将我吞噬掉的化疗的痛楚，却也收到分别代表着浪漫、实际和情义的三份礼物。难道苦难中的幸福不是更为可贵的吗？

"文笔不错。"我用浮肿的眼睛勾画出月牙弯状，调侃的话语表达着我的感动。

我知道，大熊能懂。

4. 不如定个十年之约

谁也没想到，左晓峰那日的话并不是玩笑。

情人节，他真的跟一个女孩子一起看电影吃肯德基。

而没过几天，春节长假后，大熊去上班了，晓峰竟然带着那个小姑娘来看我了。

我戴着齐耳的短发造型的假发，望着长长直发的小姑娘，再望望左晓峰。

我有点哭笑不得。

"婉姗阿姨，这是我同学顾优优，她是不是很像你？"晓峰一说话，脸竟然有些红，"她喜欢写作，最喜欢看郭敬明的小说，自己也偷偷写呢。"

顾优优轻轻揉一把晓峰，娇羞地望着我说："阿姨，我常常听晓峰提起您，一直想看看您呢，他很崇拜您。"

"你们今天不上课吗？初三不是已经提早开课了吗？"小薇就是初三毕业班的老师，她刚还发来微信抱怨学校早早开课。

"我们——我们——翘了半天课。"晓峰吞吞吐吐地说，"我们只能找叔叔不在家的时间来看您，不想他见到优优，他不会理解我们的，还可能告诉奶奶和妈妈。所以周末肯定不行，便只好翘课了。"

我望着这两个少男少女，问："难道我就能理解你们吗？"

"您是作家，有丰富的情感，您肯定能理解我们的。"顾优优显然比晓峰更成熟一些。这个年龄段的女孩子总是比男孩子早熟，她一脸自信地说，"我跟晓峰要考入同一所高中，再上同一间大学，我们都说好了。"

"那我可以给你们定位为早恋吗？"面对这样无所畏惧的孩子，我干脆直接了点。

"婉姗阿姨，不是早恋，纠正您一下下呦。"优优稚嫩娇俏的脸上没有丝毫的躲闪，"是——恋爱。"

晓峰欣赏地望着优优，竟然拉住小姑娘的手，也十分坚定地说："对，是恋爱。"

我差点晕倒，大脑短路两分钟。镇定了好一会儿，我点了点头，说："嗯，恋爱。你们知道恋爱意味着什么吗？"

"她喜欢我，我喜欢她。"俩人竟然异口同声。

"也对。"我肯定了他俩，但话锋一转说，"你们今年只有十五岁，你们能保证永远喜欢对方吗？你们能保证长大以后不会遇到更喜欢的人吗？"

这一次，俩人的回答不是很积极了。彼此对视了下，又望向我。

"十五岁，到二十五岁，还有十年。"我耐心地说，"你们能保证这十年不会喜欢上别人吗？如果喜欢上别人的话，那么，你们俩会因为今天的彼此喜欢，而失去做朋友的机会。也就是失去了曾经最好的朋友。你们不觉得可惜吗？"

趁着俩人面面相觑，多少有点听进去我的话了，我继续说："还不如，现在就做个好朋友，定一个十年之约，十年后，果真一起高中一起大学，一起走向社会，那

你们就可以把现在的这段友情发展下去。那时候，才是靠谱的。"

不是我多管闲事，"四人帮"多次说我多余管魏月红的闲事，但，我心软，一想到魏月红自己带着晓峰生活的辛苦，就会忘记她对我的各种挑衅。

而此刻，看着这两个孩子，我仿佛看到了魏月红在他俩身后怒视我。翘课来看我？心事对我说？我罪过大了。

"晓峰，这要是你妈妈知道了，后果不堪设想。"我的话音未落，门铃响了。

我以为是快递，并没有多问，就开了门。

天呀。魏月红。

这是她第二次来我家。以前只在我和左杰刚刚在一起的时候来过一次。

当我婆婆啧啧赞叹我一个女子在市中心拥有一套蛮舒适的百平米的房子时，魏月红就愤愤不平了。所以，从那以后，她再没来过我家。

魏月红看看我，再看看左晓峰和顾优优。她紧闭了双目，屏住了呼吸，似乎要努力将快进射出来的怒火压下去。

"朱婉姗，你生病了，我不想跟你多计较，不为你，为了我那个亲弟弟般的小叔子。他恳求过我，不要说让你不开心的话。但，你是不是太过分了，鼓动我儿子翘课？"魏月红那个委屈呦。

我也不想跟她理论，只摊摊手，说："我做任何解释估计你也不听，所以，就请赶紧把孩子带走吧，我也希望他们好好学习，考一个好的高中。"

魏月红带着左晓峰和顾优优走了。

重重的摔门声，让我心房猛颤。

努力调节自己，不能让这种奇怪的音符打乱我心底舒缓的小夜曲。

而更为奇特的音符却直击我心而来。

5. 为了她，你也不该失去生的希望

这个奇特的音符来自岳明姐。

我刚送走那三位，将跑步机调到比较缓慢的速度，开始简单地恢复性慢走锻炼。

手机铃声就响了。

"婉姗阿姨吗？我是可心。"

可心是老赵和岳明的女儿，是一个十六岁的瘦瘦高高的清秀丫头。可心的脾气秉性有点像岳明，柔和，偏内向。

我只在医院里见过这个小女孩一次。但却记住了她善感的眼神。她强压下去的忧伤换做脸上勉强却坚定的笑容对自己最爱的妈妈说："我上网查了，您这个病，现在根本就不算什么。老师听说您病了，还号召全班同学为我捐款，我知道他们的好意，还是拒绝了，我告诉他们我妈妈没得什么大病，很快就好了。"

她那么说的时候，紧紧握住岳明的手，死死盯着岳明，好像要从妈妈的眼中找到她需要的答案。

岳明姐簌簌泪流，我知道，她是因为女儿的懂事和贴心。那一刻，虽悲苦，却也令人羡慕。我都想如果我也有个女儿就好了。那份属于自己生命的延续的温暖，会让一个女人产生超越一切的承重感。

"可心呀，怎么是你给我打电话？有事吗？"我一边慢走一边呼哧呼哧地说。

可心语速不快，语气中是万分的焦急："我妈妈今天喝安眠药自杀，被我发现了。我现在很怕，不知道该怎么办，想着妈妈说你懂的事情很多，就给您打电话了。"

"什么？"我这一惊，差点从跑步机上滑下。

岳明姐是在我出院后二十天，才进行的第一次化疗，医生建议他们留在肿瘤医院做满后边的六次化疗，因为得根据治疗效果调药物。

老赵便决定向单位请半年的长假，在医院门口租上一个小独单，好好进行治疗。

春节前，我们还见过面，一切还好。过年这几天忙，便没有联络。

没想到就出事了。

原来，大年初六，老赵接到医院的电话，岳明姐的免疫组化的结果也出来了。

得一场病，真能成半个专家——乳腺恶性肿瘤级别的判定要看大病理的结果，主要从肿块的大小和淋巴结是否有转移来确定。而后期治疗的方案还要结合免疫组化的情形。而免疫组化最好的结果就是 ER 和 PR 为阳性而 HER2 为阴性，也就是俗称的两阳一阴，这样，放化疗后吃五年的调节内分泌的药物——枸橼酸他莫昔芬片，抑制雌激素。而乳腺的毛病多为雌激素过高所致。我的免疫组化结果就是这样的。我在一切治疗后要吃五年的药物，这也终于把我犹豫不定的是不是要做母亲的想法给了一个必然的答案。五年后我四十五岁了，连刘嘉玲成天吃海参的主儿都难以在四十五六

岁的高龄生育，我就更别想了。幸好，我并不是强烈地追求"女人只有成为母亲才完美"的观念。所以，这个事情就没在我心里掀起任何波澜。

但，如果HER2为阳性，就要接受靶向治疗，而这个治疗的费用就比较昂贵了，不仅要耗时一年，还得花费将近二十万。二十万再加上前期治疗的七八万，这个数目对于一般家庭而言真的较难承受。

而岳明姐姐的HER2就表现为阳性。

什么叫雪上加霜？

一个小镇上的普通工薪阶层，老赵的薪水还远比不上大城市的教师的薪金，而岳明姐没有正式工作，常年打零工，放化疗的费用勉强能应付，但这靶向治疗无疑是把他们推向了深渊。

我曾经看过蒋怡发在微信朋友圈里的文章，就是详解靶向治疗的说明。她指出如果淋巴结没有转移，并且可以吃内分泌的药物的话，那么未必需要做靶向治疗，但，如果淋巴结转移超过四个点，而HER2的表达为阳性，则应该进行为期一年的靶向治疗。

显然，岳明姐姐是需要做靶向治疗的。

"钱的事情，还可以找大家想办法，为什么她会这样想不开？"我十分不解，甚至有些怨怪岳明，我觉得自杀对自己和家人是最不负责任的一种方式。

"不怪我妈妈，我理解她，我妈妈太难了。"可心的懂事让人心碎，"为了给我妈妈筹钱，我爸爸去赌博了，不仅没赢来钱，还输了很多，并且被人家打了一顿。我奶奶大骂我妈妈是丧门星。我妈妈便更觉得她拖累了我们。婉姗阿姨，我该怎么办？我一步都不敢离开妈妈。"

"你妈妈现在在你身边吗？"我急急地问。

"嗯。"可心应着，"我一只手拉着她，一只手拿着手机给您打电话。"

"好，可心真是大姑娘了，真的很了不起，能够承担这么多，阿姨都为你妈妈有你这样的女儿而欣慰。"我夸奖了可心后说，"你把电话给你妈妈，我跟她说话。"

"喂，喂……"我连着说了好几声。

岳明姐姐都没有回话，我只听到电话那端的呜咽声，透着绝望。

"岳明姐，我知道你在听。"我坐到椅子上，让自己的上半身挺直，似乎这样，我便更有力量，"知道吗？我刚认识你的时候，你让我自愧不如，说白了，一个农村女子，那么淡定从容。那种简单和纯朴是我们在都市里生活多年的人早就消失殆尽的，而你，就那么全部都具备着。让我朱婉姗明白了，不是我们这种成天端着咖啡杯扬着下巴聊着时装和文学的人才是高贵的，真正的高贵是内心广博而纯正，坚韧而柔软。就是岳明姐你这样的。"

"婉姗妹妹，你能一口一个姐姐地叫我，我真的很知足。"岳明终于开口说话了，"好死不如赖活着，我不是一个不惜命的人，你说的对，我们活着是为自己还是为自己所爱的人和爱我们的人，但是如果我的活儿，让我最爱的两个人受罪，那么我的活儿就是罪过。"

"你在胡说什么？你真的这么走了，姐夫和可心就好过了吗？你这不是糊涂吗？"我有些急了，尽量屏息，让自己整理了下思绪继续说，"你给我几天时间，看看我们能不能想出一个更好的办法。"

"我不想给别人再添麻烦了。"岳明无力地说。

"别说这种话了，岳明姐，我们也算是共过生死的。"我这么说的时候，内心空旷得如同在一片蔚蓝色的海面上，虽然飘移却很有方向感，"急事缓办，先把眼前的治疗完成，到时候总会有办法的，相信我，相信意念。这不是迷信，是一种旨意。相信所有的难关都能度过，相信车到山前必有路，相信我们的病不会让我们走向绝路。岳明姐，一定要有这样的意念。看看可心，看看她，你不觉得你是非常幸福的吗？为了她，你也不能放弃生的希望。"

6. 众人拾柴火焰高

安抚了岳明，我静下心来，才发现，自己的能力真的有限。

我能帮岳明姐什么呢？

我们财力有心，也不可能帮太多。

我拿起电话，开始骚扰我的朋友们，让她们帮着想办法。

人多力量大。竟真的解决了一些问题。

首先是大彤，她哥哥是运动员出身，周末会去体育馆做兼职，当陪练，收入还颇丰。大彤说："现在人们都挺喜欢锻炼的，特别是有钱人，都不惜重金聘请陪练，让我哥哥给老赵介绍一些活儿，怎么也能把房租钱挣来。"

这是一条路，虽然解决不了实质问题，但可以发挥老赵的特长，算是补贴了家用。

茹新姐给了更好的讯息，她说："医院附近的房子，一个月的租金最便宜的也得两千，就让岳明住在我空着的那套房子里吧。"

"那套房子，眼镜男不是一直放着东西，死活不腾吗？"我有些不敢相信地问，"上次我说要带人去把他的东西都扔出去，你还不让呢。现今，你难道会强制搬迁？"

"对，强制。"茹新姐从未有过的干脆，"你不是说过吗？对值得的人付出情谊那叫爱，对不值得的人委曲求全那叫犯贱吗？那房子是我的，没用的话，他爱放就放，懒得跟他计较，有用的时候，没有任何余地，腾房。"

"哇。"我激动得不得了，"茹新姐，我认识你快二十年了，才发现你原来这么酷。这是不是遇到真爱的结果？你早这样，那个眼镜男敢那么待你吗？"

"我早这样，万一被眼镜男缠上，还怎么可能遇到生命里最好的那个人呢？"茹新姐这么说时，我都能感觉到她脸上洋溢的幸福。

谁能否认男女之情的重要？很多人会说我们要学会坚强独立，要清楚一切都是为了自己，为自己而完善而美好而奋斗，与别人无关。其实，这样的宣言是过于矫情的，最愉悦的人生是有爱人相伴的，哪怕一个馒头两个人分，未必能够果腹，却可从中感受到彼此的心与心的交融，那种力量远比一个人的吃苦耐劳坚忍不拔要强大多了。我不得不承认，如果没有大熊，我在生病后，也不可能这般阳光明朗，把患病当做轻描淡写的一个经历。而茹新姐在遇到霍大哥后，她的坚强变为真正的魅力，而不是咬紧牙关的虔诚。

我还在忙碌着拨打电话，大熊已经下班回家。

他换好衣服来到我身边，我放下手中的电话望着他。

"对不起。"他的一双大手放到我的肩上。

"怎么了？找小三了？"我不知他所云，就开起了玩笑。

他惊讶地上下打量了我一番问："魏月红没气到你？你没生她气？"

"嗨。"我恍然大悟，原来他已经知道了魏月红的无理取闹，"我都没放在心上，我宁可跟明白人吵架，也不跟糊涂加神经的人过话。"

"可你以前总因为她气得鼓鼓的，甚至还迁怒于我。"左杰还没完没了了。

"所以我病了。"我振振有词地说，"为了不再生病，我改了，向左大熊学习——没心没肺。"

"太好了。"左杰捧住我的脑袋晃了晃，"你终于发现我最大的优点了，真的，没心没肺方能长生不老。"

"没心没肺可不是无情无义。重情重义，但看淡得失，方为圣贤。"我继续晃着脑袋，"知道不？"

"这个真知道。"大熊嘻哈着，忽然想起了什么，"我下午给你打了好几个电话都打不进来，你是不是又不听话，猛煲电话粥？"

"嗯。"我理亏地点点头，将岳明的事情与大熊细说。

大熊想了想说："我们公司不是有乒乓球队嘛，以前外聘的教练移民了，可以介绍老赵去。"

"真的。"我喜出望外。

大熊点点头，但又说："即便大家这么帮忙，但是治标不治本，我们能力有限，解决不了实质问题。"

是呀，我们解决不了实质问题，或者，我们解决了岳明姐的问题，这个世上又有多少个岳明，又有多少个比岳明更加苦难的人？

茹新在筹备静雅社，是这个城市的女企业家女老板和一些总裁夫人们一起做公益的一个团体。一个只做实事，从帮助身边的人开始做起的不与任何机构挂钩的慈善团体。而小孙的妈妈薛台也是积极的策划人之一，她即将退休，退休后做公益是她的理想。

茹新让我放心，她会很快与岳明姐联系，会把岳明姐姐列为她们社团帮助的第一个人。

这个世界虽时而极为纷繁，但却又在这样的纷繁下有太多的灯影绰绰，照亮四方，赋予人们希望和方向。

大熊伸了个懒腰说："这就好了，有钱出钱，有力出力，现在我需要打起精神去给小迷糊做牛尾巴汤，好升白细胞。"

"浮油撇干净点。"我故意严肃地说。

他白我一眼，一扭屁股，很妖孽地说："太浪费了，浮油我喝进肚子里。"

7. 周围充满了爱

能够真正帮到自己的，最终还是自己。

就在岳明姐和老赵准备来本市，接受治疗前一天，老赵在岳明的劝说下，还是带着可心去与爷爷奶奶辞行。

岳明苦口婆心地说："老赵呀，毕竟那是你父母，他们对我没啥感情，帮咱们是人情，不帮，也怪不得。但咱们做子女的可不成，一走那么久，可心周末从学校回来也得去奶奶家小住。怎么也是给老人添麻烦了，于情于理咱们都该去道别感谢。"

"妈，我周末就留在学校。"可心在上边的一个小城市就读高中，是住校生，"我可以去做小时工，补贴家用。"

"那怎么行？"岳明有点急了，"你奶奶很疼你，每周不回来，她看不到你，会伤心的。"

"哎呀。"老赵皱着眉头，又怜又怨地说，"你就别再为别人着想了，现在你顾好自己，是正理。我妈妈真心疼可心，就不会对咱们这么无情。我大姐二姐都准备好了钱，就是她不允许借给咱们的。"

"哎。"岳明叹气，"咱们的情况，她很清楚，可能觉得二十万，咱们根本还不上。"

"我大姐二姐并不需要咱们还呀。她们生意做得那么好，都说就当提前给可心嫁妆了。"老赵是个没什么心机的男人，有什么说什么，"我大姐说再昂贵的嫁妆也比不上给可心一个疼爱她的妈妈活下来的机会。"

"老赵呀。"岳明苦笑说，"就冲大姐二姐这几句话，咱们更应该去跟你父母道别，我念书不多，但是道理却懂得，百善孝为先，你为了我违背他们多年，现在又顶撞他们。咱们并不占理。听我的，去吧。让我安心去治病。"

于是，岳明一家三口去与老赵父母道别。而老赵的妈妈就在那时候脑溢血突发。是岳明用自己的身体顶住了差点跌倒的婆婆。脑溢血就怕那一摔，如果岳明没有死命用自己残疾的左臂支撑住婆婆胖胖的身体，真的摔下去，猝死的可能性就大了很多。

岳明一边用力支撑，一边冲着老赵喊："快打 120。"

老赵的妈妈得救了。是这个她一辈子都看不上的儿媳妇救了她。

这是命运吗？

命里注定，让人们清楚自己的所作所为是否合乎天意。

但不管怎么说，岳明姐家的事情解决了。

老赵给自己的大姐二姐写了借条，借款分期而还。而公婆拿出来十万元，真心实意地说："岳明，你嫁到我们家那么多年，我们没给你花过一分钱，你要是真的原谅我们了，把我们当父母就拿着，好好治病好好活着。"

人心都是肉长的。还有什么比亲人之间的真心换真情更暖人的呢？

岳明姐的善良和忠厚终于换来了赵家人的认可，尽管这用了十多年，但一切都还不晚。

老赵的脸上有了笑容，可心的眼中也充满了希望。

岳明对茹新说："你们那个静雅社就去帮助更需要帮助的人吧。我得到大家的帮助已经太多了。我真希望下辈子还能遇到你们，还跟你们做姐妹。"

茹新姐笑着说："这辈子咱们先好好珍惜吧。因为咱们这辈子还长着呢。"

茹新姐和薛台的创办的静雅社公益团体成为这个城市的慈善风向标。

而我也接受了电台的邀请，去做《法律与生活》节目的情感嘉宾。

主持人隽隽说："婉姗姐，咱们是每周四下午四点到五点的直播，我两点半来接你，下了节目就把你送回来。"

我点头，笑着说："那就辛苦你了。我把后边化疗的时间改在每周五，这样，每期节目都不会耽误。"

"婉姗姐，会不会太辛苦？尽管我们很希望你尽快来加入这个节目，但是你的身体最重要。"隽隽甜美亲和的声音总让人觉得是在听一档亲民的广播节目，透着温暖和诚意，"实在不行，刚化疗完那期，还让肖亮亮继续替您。"

肖亮亮是我推荐去的代班嘉宾，是周报写情感专栏的八零后女记者，几年前为我做过专访，至此便成为我的好妹妹之一。她刚刚生完小孩，还在哺乳期。我帮着节目组找到她，请她代我先去做两个月的节目，亮亮便一口答应了，她说："婉姗姐，你什么时候需要我去，我就会去，并且会努力做好，你什么时候自己可以去做节目了，我就撤下来。总之，肖亮亮随叫随到。"

我是幸运的，我的身边充满了爱和富有爱心的人们。

8. 常常忘记自己是个病人

一切都是那么祥和而安逸，我快忘记自己是病人的事实了。

每天都会去家对面的堆山公园里走一走，去体会春天的气息。

有时候，舒清和岳明姐也会去公园找我。我们一起慢慢爬上那座城市里唯一的人造的山。

这山比不上蓟县的叠起的一座座峰峦，却有着属于它的独有的气质，不雄伟但轻灵，不险峻但葱郁。像我们这样慢慢地边爬边休息，最多二十分钟，就可以到达山顶。

山顶不大，不足一百米。有一个亭子，周围有一圈垒砌的岩石。外围便是茂盛的树木。向下望去，几乎看不到太多的缝隙，全部被树木遮挡。若是远眺，则可看见周围的建筑，有着城市标志的高楼大厦尽收眼底。深深地呼吸，那属于春天的气息，感受花开一季的风采。生命的涌动在这样的力量下会充满节奏，像心跳一样，带着频率，发出存在的精彩。

我还着迷上了做各种美食。

大熊从淘宝给我买了个长帝牌电烤箱，从当当网买了两本美食书籍。还开车带着我去烘焙店采购材料。简简单单买一大兜子，就得几百元，每样食物都在五六次的失败后呈现绝妙的状态。

我望着自己做的食物，乐不可支。

大熊则摇头叹息："哎，浪费的食材就别提了，够买一个新的烤箱了。以后别说我财迷，财迷还支持你祸害东西。"

我抿着嘴巴乐。的确，我浪费了很多东西，足以让会过日子的大熊心疼不已，但为了让我在家有点事做，心情放松愉快，大熊豁出去了，血拼了。

我竟然可以做比萨蛋糕面包饼干意大利肉酱面等等了。

我的朋友们经常在微信朋友圈里秀出我给她们做的食物。

阿兰是最捧场的。一次竟然吃下了六个两发面的小白菜虾米粉丝馅的馅饼。

我用烤箱烤出的馅饼，少油，香脆。特别是玉米经过烤箱烘焙，有一种属于春天的清香。

阿兰便也买了同款烤箱，她说："就算了，一周只见孩子一次，我也想给他们做着吃。"

除了做食物，阿兰也对我和大熊敞开心扉。

"我想找对象了。"阿兰坦坦然然地对我们说，"以前，我觉得男人都没有好东西，与其再找一个给自己添麻烦，不如自己带着女儿过。但从婉姗生病后，我看到大熊的真心……"

"你看到我的真心有什么用？"还没等阿兰说完，大熊就打趣她，"你不是信奉再婚就是一场掂量再三的合作的开始吗？你不是怕自己没有很好的砝码无法与别人在这场合作中获取平衡吗？"

这的确是阿兰以前的观点，经过了离婚的波折，女人多少都会对自己的人生有一点点恐惧，对男人有一些担忧。阿兰并没有错，她只是觉得该学会保护自己了。

所以，以前很多次聊天中，大熊对阿兰这种观点提出质疑，阿兰都不为所动，认定如果在新的情感中会吃亏的话，不如自己度过人生。

阿兰望着大熊，眨眨眼睛，不好意思地笑了，说："左杰你抢白我。不过我能接受，我以前说话是比较绝对。我看到你对婉姗的真心，才明白婉姗常说的话——付出了未必得到，但不付出一定得不到。婉姗付出很多，她也得到了。我想做婉姗这样的女人。懂得付出，肯于付出，因为我也想遇到一个能真心对我的男人。我相信，这种男人一定还会有。不止你左大熊一个。"

"你看看茹新姐。"我继续鼓励阿兰，"就是因为做好了自己，幸运才会降临。"

"可我没有你和茹新姐漂亮有才能。我还有一双儿女。"阿兰是个实在人，说话永远是直接明了的。

"阿兰，你做到自己的最好，就会有属于你的最好。"这是我的心里话，不是每个人都会有茹新姐那样的运气，但每个人都会有属于自己的好运，只要能够做最好的自己。

小薇就得到了属于她的最好。

自从那次将郭文宇和女同事堵在车上后，小薇没有对郭文宇哭闹逼问，而是选择了相信他理解他。郭文宇越来越感受到小薇的好。渐渐地她家里的两个人的格局在改变。通常都是小薇在外，郭文宇电话询问，几点回家？需要去接吗？早上上班的时候，也非常殷勤地拐弯去送小薇。

小薇就在这样的状态中又变成了郭文宇手心里的宝儿。

小薇深有感触地说："男人是自私，你任性坏脾气，还不爱做饭收拾屋子，他嘴上说没关系，心已经远离了；而你宽厚温和，贤良淑德，丫可不傻，立刻感受到了。并且当他确定自己的感觉不是昙花一现后，如果没有第三者，两个人的缘分便又回来了。就像我跟郭文宇这样。当然，我最感谢的还是婉姗姐，是你教会我怎么做个贤妻，是你在我已经丧失了继续这段婚姻的勇气时鼓励了我。是你在我以为自己已经对他失望透顶时点化了我——很多时候，夫妻之间会有一种假象的审美疲劳，怎么都入不进去彼此的眼了，只要过了那个阶段，一切就会好起来。现在，我们终于真的好起来了。我真的很感谢你——亲爱的婉姗姐。"

一头短发，非常干练的小薇脸上透着率真，说话总是条理清晰，毫不掩饰。

跟这样的八零后在一起，最大的好处就是不必太过思索繁复的东西，可以直截了当，于是我说："如果我不帮你，哪里能认识你，没有你的劝说，并且给安排好的一切，又怎么能积极来医院复查看病？不积极看病，便会贻误病情，所以说，你算是我的救命恩人了。"

这个丫头也不客气，径自点头说："这就叫好人有好报，婉姗姐，你热情真诚地帮助萍水相逢的我，所以，老天都帮你。"

看着她神采奕奕的，我便开玩笑说："嗯，现在你算是志得意满呀，后边再要个小宝宝，你们一家三口就剩下美好生活了。"

"哇。"小薇惊呼，"太神了吧？你不是猜到了吧？我真的怀孕了，预产期是明年一月底，是一个跨年的宝宝。郭文宇可开心了，我们全家都很期待。"

"真的吗？"我惊喜得睁大眼睛，"我真是随口而说的，哪那么神呀，我没那么神，算是我对你的祝愿成真吧。这真是太好了。有了孩子，你们的人生会过完满。"

"那婉姗姐，你不后悔自己没孩子吗？"小薇小心翼翼地问。

我笑着摇头说："不后悔，这些都是缘分，我拥有的已经很多了，很知足。小薇，只要有一颗满足并感恩的心，就会走近并最终走进幸福。"

是呀，很多东西都是注定的。尤其是人与人之间的缘分，是我们摸不到的规律。尽管摸不到，但全部会按照既定的程序行进。只是这个注定的前提是我们虔诚而平静地过好每一天。就像2013年的春天，尽管雾霾天气常见，尽管忽冷忽热变幻，但，当一切安稳，便可见满眼春色，百花盛开。方知，不论怎么无常的天气，属于春天的一季仍旧花开。

十、松绑

惠特曼有句话：当我活着，我要做生命的主宰，而不做它的奴隶。不做生命的奴隶就不会对命运束手无策；不做生命的奴隶就不会颓废地生活。

属于人的生命，也只有一次。在这短暂的生命历程中，交织着矛盾和痛苦，充满着求索和艰辛，遍布着荆棘和坎坷，这正如那不为人知、寂寞生长的野草，只有异常沉重的付出，才能换来无比丰硕的甜美。渺小与伟大、可悲与丰富、失意与重塑、挫折与幸运……只有珍爱生命，把握自己，才能抛弃渺小、可悲、失意和挫折，拥抱伟大、丰富、重塑和幸运。要知道，生命是这样的可贵，连小草也在不断挑战极限、完善自我呵！这时，便会真正拥有生命长河。

在生命的长河，我们追求真实而又虚渺的单纯，追求洋溢着一抹无邪的梦幻。湛蓝的天空，深幽的碧水。给灵魂开一扇天窗，给心灵松绑……

1. 不错过任何一个机会

随着化疗的次数的增加，化疗后的反应便愈加明显。

最后一次化疗是在3月底，愚人节的前夕。

我不知道自己怎么挺过来的，就记得还没有开始输液，我已经开始呕吐。

吴明明给我拿来了好多干净的塑料兜，悄声问我："吃止吐药了吗？"

我像一个刚刚被灌了辣椒水的革命志士，艰难地说："吃了就吐了。"

明明瘪瘪嘴，鼓动她圆润的脸蛋说："真的是有些条件反射了，好在很快就要过去了。再缓一两周，咱就可以大鱼大肉了。"

"不。"我轻轻摇头，"我就是太爱吃肉了，体质才是酸性的，以后我得多吃蔬菜水果，你们也是，防患于未然，让身体尽量呈碱性。"

说着，又是一阵猛吐。

左杰刚好去打水，明明自己真有些手忙脚乱。好不容易我停了呕吐，她拎了塑料兜去扔掉。我就瘫软得靠在床上。

"来，漱漱口。"一个五十几岁的老大哥将我的杯子递给我，又打开一个塑料兜让我漱口。

我感激地冲他笑笑。看到他身边的那位大姐竟然是一起在等待室等待手术的那个老大姐。她是在乳腺二科做的手术，所以之后我们再没有见过。

老大姐的床位刚好在我边上。

"结果你也是恶性的？"老大姐问。

"嗨。"老大哥一边帮她弄好床的靠背，一边说，"都躺在这里了，还这么问？傻不傻？"

老大姐白了老大哥一眼，像个孩子似的说："我病了，我做了手术，我就是傻了。"

老大哥笑了，帮她取下假发，戴好一个纯棉的布帽子，说："傻了不要紧，只要认得我是谁就行。"

病房里是一片笑声。

而一天下来，我们也见识老大姐一家人的团结和友善，弟弟妹妹都来看她，即便就是中午抽空来的，仅仅待上几分钟。老大姐满足地说："这一病呀，开始还心里不平衡，天天为娘家婆家，两大家子人付出劳作，毫无怨言，还是病了。后来，就剩下感动了，到现在，我看病的钱都是两边弟弟妹妹们给的。他们对我真的没话说。"

老大哥在一旁补充说："还不是你平日对大家好，大家都有心，记着呢。"

"哼。"老大姐嗔怪，"就你不记着，就你对我不好。"

"嗯，我不好，我有罪，我接受改造，等着您痊愈后拿鞭子抽我。"老大哥异常幽默风趣，"不过现在你得好好听话，不然，恢复不好，没力气拿鞭子。"

大家又是哄笑。

左杰跟老大哥一搭讪，才知道，人家已经六十四岁了，只是注重锻炼，体格样貌都显得非常年轻。我们赶紧改口叫叔叔——孟叔。

孟叔热心而健谈，病房里谁有事儿都帮忙。

老大姐总是嘴巴上数落他，心里边美滋滋。

我们也改口叫老大姐为孟婶。

左杰说："孟叔人格魅力超乎一般人，孟婶您就将就点，退居幕后吧。"

孟婶看着缓缓流淌的液体，一边憋着笑说："你们都看出来了？以前我在家里是幕前，大事小情总怕他弄不好，我这一病，发现，人家什么都行。"

"就是她总嫌我洗菜时间短。"孟叔假装委屈地说，"这菜得泡多久呢？都是化学药剂，越泡不是越进到菜里边去了？"

"狡辩。"孟婶白他一眼，说，"你就会没理搅三分，其实就是懒。不过老伴儿……"

孟婶话音一转，眼里晶亮说："我挺感动的。"

孟叔是一个热心肠，对朋友很仗义，谁家有事都请他帮忙，这么多年，他经常是家里的事情没做，就去帮别人了。孟婶拿他没辙，可自从孟婶病了。那些孟叔帮过的人都想尽办法来帮这老两口。

孟叔虽然早就退休了，仍被一家私企聘请去做顾问。平日也需要上班，所以他很担心孟婶自己在家的时候胡思乱想，不利于养病。于是亲戚朋友家的女眷就自动排班，轮流来家里陪孟婶，让她每一天都是开开心心的。

孟叔的确是一个热心肠，在病房里，数他岁数大，数他眼手都快，哪个病友液快没了，家属还没有反应过来，他已经提醒叫护士了。

孟婶看着他，嘴巴里虽然没有好听的，眼睛里全都是柔情和满足。

阿兰下午的时候来陪我，看着孟叔所做的一切，悄声说："谁说女人一病，男人就都变成混蛋了，这里老老少少都是模范病人家属。不行不行，我必须要找一个——老来伴儿。"

孟叔竟然听见了阿兰的话，说："我们单位有个适龄的工程师，四十八岁，人特别好，离婚好多年了，前妻早年出国，为了拿绿卡，才跟他离婚嫁人的。这么多年，他怕女儿受委屈，没有再找，现在女儿上大学了，打算找个伴儿了。"

阿兰的眼中放射出迷人的光彩。

她看看我，我用力点点头。

阿兰整理下自己的长头发，冲着孟叔认真地说："那就请您给安排了。"

我忘记了难受，又喷出一口，不是因为恶心，而是被阿兰逗的。

阿兰不笑，更加严肃地对我说："别笑，追求幸福就该像追求生命的激扬一样，不错过任何一个机会。"

2. 可怜之人必有可恨之处

直爽是阿兰的本色，而两天后，她不错过任何一个追求幸福的机会的态度激励了我，让我在与魏月红的交锋中，第一次，放下对她的同情和不忍，直截了当地表达了自己。

那是愚人节的前一天，也是周日，魏月红跟我开了一个愚人节前的超级愚人的玩笑。

阿兰和工程师在中午见了面后就来了我家。一切感觉都很好，彼此对对方都满意。

阿兰的嘴角一直上扬，抑制不住地开心。

左杰本来没打算出去，我最难受的几天，他会一直陪着我，但，见阿兰在我家，便出门去了。

我以为他去看女儿，也没有多想。有阿兰的照顾和陪着，没必要将左杰留在家里。因为我生病，他已经减少了很多看孩子的次数。

阿兰点头，一个劲儿地说："对对，咱俩在家也很好，你不舒服了就休息，要是好受点，就跟我聊天。我今天就想好好跟你取经，这再婚的家庭怎么经营。左杰在，倒不方便。"

"别管再婚头婚，都别发昏就行。"我懒懒地笑答。

两个人在一起如果有明确的规则，那不是感情的范畴了，而是游戏了。其实，最深刻的感情就是两个人的心里都有一种感觉——怎么那么有缘分？

缘分是天注定的，最有缘的两个人，就是最合适的。

像我跟左杰，像小孙跟舒清，像茹新姐和霍大哥，当然，希望阿兰和工程师也成为这样的有缘人。

这么想着，我的脸上是最祥和的笑容。

可就在这时候，电话铃声响了，是左晓峰。

"婉姗阿姨，你能立刻到我家里来吗？"晓峰的声音很是急躁。

"怎么了？"我以为他又和他妈妈吵架了，并不想过多参与，省得惹火上身，"我前天刚化疗，现在很不舒服呢，应该没办法出门。"

"婉姗阿姨，你还是来一趟吧。"晓峰都要哭了，"她太坏了。"

"她是谁？你妈妈？你不要这样说你妈妈，她管你也是为你好。"我本能地劝慰晓峰。

"不是。"晓峰听了我的话，更焦急了，"她是对你，对你坏。"

"晓峰，我跟你妈妈井水不犯河水，她对我有意见，我不计较，不会对我怎么坏的。"我仍旧没有意识到问题的严重性。

"婉姗阿姨，你快来吧。"晓峰终于说出实情，"她对叔叔说晓晴在我家，说晓晴好像有心事，这样把叔叔骗来了，其实，其实，她是给叔叔介绍了一个女人。"

"什么？"我愣住了。

手机一直是免提状态，阿兰全部都听见了，她也张大了嘴巴，继而愤愤地说："她脑子没病吧？你怎么她了？少帮她了吗？她怎么那么缺德呢？难怪是寡妇。"

我从来没有听过阿兰如此刻薄地说任何人。

我静坐在沙发里，让自己的心定了定，一字一句地说："阿兰，左杰开走的是单位的车，我家的车在楼下，你开车带我去趟魏月红家。"

"好。"阿兰应着，"要是动手打架，你别上，你身体虚弱，我豁出去了，试试打架是什么样的。"

我微微一笑说："我们有必要跟她动手打架吗？我很信任左杰，我相信他不会对不起我，经历了这次患难与共，如果连这点信任都没有，不是我悲哀，而是他太悲哀了。但，我不能对魏月红一再忍让了，那是纵容她。"

"我就是怕你生气，要不，我自己去吧，你留下，等着我把左杰带回来问话？"阿兰将我拦在门口。

我摇头，说："放心吧，我不会生气，现在的我，好像没什么能把我气倒。还是那句话，我信任左杰，但是我得面对一些事情了，不然，它总会成为我生活中的怪音，即便把琴弦拨断了，都赶不走的怪音。"

看我如此坚持，阿兰只好听从。她早就拿了车本，只是一直没舍得买车，但也经常开单位的车，故而车技不错。

但，这次阿兰有点紧张，从车位中倒出来的时候，油门踩过了，差点撞到对面的车子。

"稳住。"我气定神闲地对阿兰说，"左杰爱车如命，你要是把车撞烂了，丫非得把你的对象搅黄了不可。"

阿兰笑喷了，问："婉姗，你还能开玩笑？真的没往心里去？"

"往心里去了。"我诚恳地说，"因为我真的不理解魏月红为什么会这样做，这对她有什么好处？叫她一声嫂子，我就该让她明白明白，她这么为人处世，倒霉的永远是她自己。"

是不是就应了那句话——可怜之人必有可恨之处。

我对魏月红是同情的。她深爱的丈夫刚与她道别，就永远天各一方了。她的脾气有些古怪也可以理解，甚至她仇视一切幸福的人，我也可以理解。但，凡事有限度。我觉得就是因为我对她的一味的谦让，才会造成现在的局面，让她为所欲为。

同时，我对左杰和公婆也有一些不满。是他们的不明朗的态度让魏月红变本加厉。

这么想着，我有些烦躁，眉头皱了起来。

阿兰时刻关注着我的表情，看我皱眉，立刻说："别生气，千万别生气，不是说最高境界就是别人生气了，自己不生气吗？"

我被她逗笑了，说："那样的人也够可恶的。我不是没本事让别人生气而自己不气，是不会去那么做。为什么要那么做呢？阿兰，这场病后，我更加明白了一点——人与人之间真的没有必要有太多的针锋相对。对别人好点，就是对自己好，刻薄别人，尤其是无缘无故地刻薄别人，自己就能快乐吗？我得问问魏月红她这么对我，自己就很快乐吗？"

3. 太过自由的表达自己对别人是一种伤害

原来所有人都是有底线的。

我误会了左杰和公婆。当我和阿兰赶到魏月红家的时候，我的公婆已经到了。晓峰直接把爷爷奶奶找来了。

　　左杰听说左晓晴在魏月红家，便没有多想，立刻赶去了。而实际上，左晓晴的妈妈根本不允许她跟魏月红她们有联系，晓晴怎么可能在？但，左杰是一个不会撒谎的人，于是很容易被谎话骗到。

　　当左杰看见端坐于魏月红家的女人时候，差点晕倒。他冲着女人尴尬地笑笑，拉了魏月红到一边，悄声问："嫂子，你想干什么呀？我老婆还在家呢，你就给我找女人？"

　　魏月红还很得意说："从我跟你哥哥结婚，做嫂子的我对你怎么样？可以说是处处为你着想吧？当初王佳佳多欺负人，每次不是我出面摆平？你结婚了跟没家的一样，不是做嫂子的天天叫你来吃饭吗？你在外地工作那么多年，每次回来，王佳佳不给你好脸色，不是嫂子为你讨回公道？也就是你离婚瞒着我们了，要是我早知道，能让你净身出户吗？结果找了一个有房子有车子有能耐的朱婉姗，哪点配得上你？"

　　"哪点都配得上。"左杰忍无可忍了说，"如果不是因为你对我对我爸妈，甚至对我哥真的非常好，嫂子，我早就因为你对婉姗的态度跟你势不两立了？她怎么你了？你至于那么恨她吗？你恨王佳佳，我理解。可你凭什么恨婉姗呢？"

　　魏月红没想到左杰会对她这么不客气，眼里竟噙了泪，说："就冲你这么说我，她能好吗？如果她好的话，如果她不是总在你身边说我坏话，你能这么说我吗？我就是讨厌她，看见她穿得光光艳艳的，就来气。都差不多岁数的女人，怎么她就能找一个你这么好的男人，还总是上电视上广播，咱妈一让我看她做的节目，我就更生气。这也太不公平了。"

　　左杰无语，便说："算了，嫂子，我也不跟你理论了，就告诉你一句——婉姗没对我说过你什么不好，所有一切都是我自己看到的。"

　　"哼。"魏月红也不理会左杰，自顾自说，"现在好了，老天爷终于公平了，她病了，得了这么重的病。"

　　左杰真的惊呆了，他看着魏月红眼中的幸灾乐祸，终于爆发了，说："我看你比婉姗病得还重，应该把你关到精神病院去。"

　　"喂喂，你怎么说话呢？"魏月红愣怔怔地问。

　　左杰已经走到那个女人面前。那是一个看上去将近五十岁的女人，后来才知道是魏月红想去打工的律师事务所的办公室主任，已经四十六岁了，比左杰还大了两三岁。魏月红原本打工的单位裁人，她被解聘了。经人介绍去这家事务所面试，认识了这位大姐，魏月红从介绍人处知道这个大姐离异单身多年，便动了帮左杰觅求佳偶的

念头。

"您好。"左杰惯有的诚恳地说,"这件事情是个误会,我有老婆,并且很恩爱。"

那大姐站起身,看看左杰看看魏月红,脸色大变,沉了脸说:"你们一家子都是神经病吧,有这么耍人的吗?"

说完,没等左杰解释,人家已经摔门而出。

魏月红追到门口,没追回来女人,反倒看见了自己的公婆。她有些心虚地喊了一声,便退回去,一屁股坐在了沙发上。

而就在这时候,我跟阿兰也到了。

"婉姗,你千万别生气。"我婆婆急得紧皱了眉头,"我怎么也没想到你嫂子能做出这种事儿。"

"她是我嫂子吗?"我回复着婆婆,但是目光直逼魏月红,"对,你是嫂子,我一直这么尊敬地叫你,但是从今天起,我不会再那么叫,因为你的所作所为不能让我尊重。"

"你?"魏月红噌得站了起来,但一下子又瘪了回去。

她再能胡搅蛮缠,可万事总有个理儿。给我的老公介绍女人,这说到哪里都没有理,如果没有神经病的诊断证明,都能算她犯罪了。

"从我跟左杰在一起,我朱婉姗怎么对不起你了?"我仍旧直视她,"现在,我是病了,可我还活得好好的,你就要给我老公找对象了,你真那么闲,就多看看书,懂得一些做人的道理。"

"用不着你教训我。"魏月红下巴一扬,又来了不讲理的劲儿,"以前你处处比我强,是文化人,有骄傲的资本,现在,你已经病了,这么重的病,真能康复吗?别总拿宋美龄举例子,人家吃的什么用的什么怎么保养的?你的条件还不能那样吧?那你凭什么缠着我弟弟,让他后半生活在你生病的阴影里?"

"闭嘴!"还没等我说话,平时沉默寡言总是慢声细气的公公大喝一声,"你说的什么话?还是人话吗?这么多年,我们把你当亲生女儿,心疼你照顾你,虽然你脾气越来越不好,但我们总觉得你不容易,也没有坏心眼。就是我们把你宠坏了,你看看你自己今天做的什么事说的什么话?简直是没有人性。"

公公的表现出乎我们所有人的意料,我们都还在茫然状态。阿兰已经扶着老爷子坐了下来,边帮着公公拍后背顺气,边劝慰:"您别急,别生气,有的人就是喜欢做损人不利己的事情,主要是自己境遇不好,对别人就羡慕嫉妒恨了。"

"你说谁呢？你是谁呀？"魏月红一下子就来了神儿，冲到阿兰面前说，"我有什么好羡慕嫉妒恨的，有什么比病了更惨的？啊，别说什么患难夫妻，我弟弟干吗非得跟别人患难呀，我们完全可以过得开心快乐。"

阿兰也不着急，娓娓而说："左杰跟婉姗，就是彼此患难见真情，爱情经住了考验。"

"哈。"魏月红冷笑，"是呀，用命来考验了，真够可以的。"

"魏月红。"左杰终于按捺不住了，他尽量让自己的声音平稳，但还是有些发颤，"你要是再说这种混账话，从今以后，我跟你就没有任何关系了。"

魏月红白了阿兰一眼，又坐了回去。

我走到她面前。自始至终，不管她嘴巴里怎么胡说八道，却没有敢看我一眼。

我不打算再退让，但这绝对不是咄咄逼人，我说："没错，我是病了，但谁又能保证自己不生病呢？你能保证吗？生病不是最可怕的，甚至死亡都不是最可怕的，最可怕的你知道是什么吗？"

她终于抬起头与我对视，虽然躲闪，但在我直视下却难以躲藏。

"最可怕的是少了一颗懂得感恩和满足的心，那样，便只有痛苦，所以，别以为自己的痛苦是别人造成的，一切都只能怪自己。"我还想说单身带着孩子的女人有的是，怎么就你这么变态，但我忍住了。关键时刻我还是觉得太过自由地表达自己对别人是一种伤害，"请你记住，左杰他是我老公，他幸福与否是我的职责。而我会做一个称职的妻子，就算我病着，也会让他感到幸福。"

我的嘴角上扬，我竟然露出了笑容。

左杰走到我身边，搂住我的肩膀。

我们相互注视，继而微笑。

4. 她偶尔也会惦记我吗

距离最后一次化疗已经过了十天了，感觉着身体的各项机能都在恢复，尤其是食欲。

每次化疗前，我就吃成一个胖子，化疗后，又吐成一个"黄脸婆"。

化疗的副作用之一就是浮肿发胖，我还算好，一直没停了锻炼，也没有玩命吃玩命补，但至少也胖了七八斤。

终于不用再化疗了，尽管一个月后还得接受二十三次的放疗，不过蒋怡告诉过我放疗比化疗的痛苦要少很多。所以我对放疗没有任何恐惧，我想凡是经过化疗的人真的是可以承受敌人的严刑拷打的。

"四人帮"早就定了要为我庆祝，庆祝第一阶段治疗结束，这小半年来，"四人帮"总是以各种名义聚会，有时候是为了我下一次化疗打气补身体，有时候是庆祝上一次化疗结束。总之，她们三个人变着法儿的要带我吃点好的，好像吃了她们带我去吃的东西，我的病就好了。

这一次，"四人帮"去吃"金钱豹"。

每次吃饭，都是大彤做专职司机，负责接送我。

我戴了一个黄色的向内卷曲的齐肩短假发。这是我自己选的发型。我是很注重发质的保养的，所以从来没有染过发。既然有机会尝试各种假发，那么就让我来一个大胆点的。

果然，我刚一下楼，就听见大彤的惊呼："哎呀，简直是太不一样了，你从没这样过，真的特别时尚，哈，我看以后你可以考虑染成这个颜色，咱也四十岁的人了，不必总走玉女路线。"

"我现在是玉婶。"我嬉笑，"瞧我这儿胖的，腰都找不到了。"

大彤仔细打量，默默点头说："还是有些肿，没关系，咱不着急，等所有治疗都完成后，再通过锻炼减肥，还可以练练瑜伽。"

"嗯。"我摸了一下额前的假发的刘海儿，天气越来越热，戴着假发，总会一身汗，"这些都在我计划之中，但最重要的计划是，我要写新书了。"

"现在就开始写吗？"大彤惊讶地问，"身体吃得消吗？又做节目又写书？"

"没问题。"我点头，"每周去做一次直播，其实也是散心，写作是在帮助我表达，会让内心更加豁达，更谈不上累了。而且，这本书会是我至今最有意义的一本书——一本写乳腺病人的书，一本写给乳腺病人家属和朋友们的书。"

"婉姗，这么多年，尽管你的书在我家书柜里摆了一溜儿，但我从来没有像现在这么以你为荣。你让我觉得很骄傲。"大彤由衷地说，那认真劲儿让我不由得挺直了脊梁。

我扑哧笑了，说："你丫平时都是蹲马桶时才看我的书，这都给左杰留下话把了，说我的书属于厕所文化。"

"对，还有左杰。"大彤长舒口气说，"我真的很感谢他。"

我点头，又摇头："其实还应该感谢你们，真的，你们给予我的也很多很多，你们让我觉得被爱包裹。"

"没有他，我们再关心爱护你，也不可能天天陪着你，他做的是我们无能为力的。"大彤总是那么客观。

"是呀，这个话倒是没错。"我靠在车背上，放松了身体，看似漫不经心地说出心里话，"你说从我生病后，左杰为我做了什么？开药取药陪我去治疗？这些似乎很平常，似乎他并没有做什么特别的事儿，但，他又真的为我做了很多很多，因为他一直陪伴着我。"

"嗯。"大彤应着，不无感触地说，"我这个人虽重感情却很理性，我总是担心你过于感情用事，总怕你与他这种再婚的家庭不够稳固，怕你付出得多而伤到自己。现在看来，你的付出得到了回报，左杰对你是真心实意的，你们之间有真挚的感情。"

"所以我更得写这本书了。"我望着前方，我们的车子开到高架桥的最高处，向前，可见蓝天白云，分外明朗。

这样的画面中，忽然出现大熊的影像，叉着腰，撇着嘴，二乎乎地对我说："我要做你书中的男主角，类似当年刘文正那种。"

我瞥他一眼，不屑地说："现在的小说都得写得另类点，男主角一般不是花痴就是神经病。刘文正是不可能了，高凌风还差不多。"

丫笑喷了，但很快就气定神闲地纠正我说："没文化真可怕。花痴是神经病的一种，神经病包括花痴，两者不是并列的关系。"

我给"四人帮"讲述大熊诸如此类的段子。三个人都笑得前仰后合，静辉说："左杰还真幽默，心理年龄永远二十八的大男孩嘛。"

冬冬将橙汁放在我面前，坏笑着说："正好配咱们永远二十四的装嫩小姑娘嘛。"

我忽然就眼睛湿润了。

"啊？这是怎么了？"冬冬睁大眼睛问。

我光挤眼，一时说不出话来。

冬冬又故意操了天津话，自答道："原来是三文鱼蘸芥末蘸多了，我还以为是被我们夸得感动了呢。敢情我是自作多情了。"

"四人帮"在一起，永远是开心的。更何况正如左杰所言她们都是那么贤良淑德，她们都在帮忙茹新的静雅社，都愿意无私地去帮助别人。

芥末反应一点点没了。我才缓过劲儿，就请服务员帮我们拍合影——静辉和大彤在中间，我和冬冬在两边，这是我们固有的合影模式，因为相比较而言我和冬冬的脸盘小。为了显得静辉和大彤的脸不那么大，我俩便只好在距离镜头更近的两边。

真正的朋友就是我们这样的——一起笑过一起哭过一起吵过，却会一辈子的。

大煞风景的是，我想到了秀美。

可能我太贪心了。我有这么多自身优秀待人诚恳的朋友，却仍旧会时不时想到秀美。

不知道她跟老方是否有所迈进，不知道她会不会也有点惦记我？

5. 我是真的释然了

一直认为，一个人想完善自己，就要学会反思。

记得在秀美刚跟小男分手的时候，我常常去找她吃午饭，开解她，帮她分析内外因。

当她对我说："我没办法接受老方，你看看我所处的环境，都是白领，大家找的老公都是又有钱又有风度的，我看到老方一脑袋白头发就无法忍受。"

我特别不爱听，一时没有控制自己的情绪，劈头盖脸地说："你没少白头吗？你不染发，不都是一头白发，是灰发？有钱又有风度就是好吗？你懂得什么叫好男人吗？好男人就是无论什么时候都可以守护你的人。你好好反思下自己吧，你就该学会厌恶过去的自己。"

"我凭什么厌恶自己，我哪点需要厌恶？"秀美特不服气地反驳我。

我毫不客气地说："你为了小男抛弃老方，这样的行为难道不该厌恶吗？别说你，就连我自己，我有时候都会厌恶自己，当我回想到一些过去，怎么那么蠢，我还仅仅是蠢，不能算对错是非，我都厌恶自己呢，你不该厌恶自己吗？你那是道德问题。"

秀美睁大了眼睛，盯着我，忽然，就哭了。

我吓坏了，忙道歉："是我说话过分了，我只是想让你明白，路都是自己走的，谁都不能怨，要怨就该怨自己，想要一切顺畅了，人必须要反思，自省后方可转角遇见该遇见的缘分。"

"没有没有。"秀美竟然号啕大哭，"你说得不过分，我是一下子明白了，你说得对，我就是总不知道自己有问题，总觉得无论老方还是小男都是他们不对，没想过是自己有问题。"

"你真的明白了吗？"我盯着她，不相信她能顿悟，但又特别希望她真的明白我说的话。

现在看来，秀美当时并不是真理解我的话，又或者从那时候起，她对我就有怨言，怪我太不留情面，赤裸裸地指出她的问题。

而我，与她三十二年的交情，让我忘记了中庸和委婉。

"可能就是我当初对她说话太直接了。"我对"四人帮"说，"你们说说在秀美这件事情上，是不是我有问题？若我有问题，你们就明说，我现在吾日三省吾身。"

"你的问题是你太拿她当朋友了。""四人帮"又是异口同声，"她跟你思想完全不同，很多时候点到为止吧，不然，反被她怨怪，没有必要的。"

"难道我们之间也要曲意迎合吗？不能表达真实的自己吗？"我钻了牛角尖。

"我们跟她一样吗？"冬冬苦口婆心，"这么多年，你不了解她吗？她是可以听得进去忠言逆耳的吗？"

"算了。"大彤放下刀叉，说，"婉姗，你给她打个电话吧。是，你病着，不该主动联系她，但是你在乎你们之间三十二年的友情，那么面子算什么？你不是说最大的善念是宽容吗？那就彻底地对她宽容点。"

"对。"静辉附和大彤，"如果她不在乎你们之间三十二年的友情，那么你给她打过电话后，就可以明了，那对于这个人，就再没什么可留恋的了。她也不会再让你心里有什么牵挂了。"

我想了想，看了一眼她们仨，就拨通了秀美的电话。

"婉姗？"秀美的声音有些幽幽阴冷，"我这几天好怕，老方的妈妈肝癌，刚去世，从发现到离开才三个月，我还真想到你了，你没事吧？"

我挤了半天都没有挤出一丝笑容。

"四人帮"都听到了，全部拉下脸。

"你放心，我一时死不了。"我尽量平静地回答。

"不是不是。"秀美不再抽泣，似乎是坐正了身子说，"你知道我以前最讨厌的就是老方妈妈了，可是当我走进她的灵堂，还是掉眼泪了。生命太脆弱了，我不想再浪费每一天了，决定跟老方凑合了，虽然我不爱他，但是他会在我生病衰老的时候照顾我。"

"好，祝福你。"

我挂了电话。

四个人面面相觑。

不管怎么说，这个消息对秀美是好事，至少她给自己选了一条正确的路。不管这条路是因为她参透了人生的一些东西，还是因为她被生活的一些本质吓到，继而从更为自私的角度为自己筹谋，但，对她而言总是一个好的选择。

"这个人，从此与你无关，朱婉姗。即便她仍旧抑郁，但为自己打算的时候不是很精明吗？为何对你说话的时候就口无遮拦？这么口无遮拦至少说明她太自私了。我不能接受任何一个人提到你的病的时候是这样的态度。"冬冬正颜厉色。

"也没有必要很决绝，有事就联系，没事别刻意了，顺其自然吧。"大彤淡淡地说。

"不是每个人都会因为一些突发事件而茅塞顿开，不要这么去奢求，有些人还是会混沌，但那是属于她的人生。她不配合，别人再怎么想纠正都是徒劳。就选择尊重吧。"静辉的话让我频频点头。

而我的心中，那个偶尔堵塞的角落，豁然开朗了。

人与人之间的缘分，不会因为年头的久远而永远存在，随着各自对生活的认知不同，缘分很可能就没了。

秀美，这个多年来在我生命中常常出现的名字，随着我的一场病，便渐渐隐匿了。

"就是老方太可怜了。"阿兰听说后，愤愤不平，"老方这样的淳厚的男人应该有个真心待他的女人。"

"在情感中，人往往很贱，所谓一个愿打一个愿挨。老方虽可怜，但，那是他期盼的，也算是属于他的圆满，也算是一件好事。"

我是真的释然了。

周围还有那么多人关心爱护我，也还有那么多人需要我去关心爱护，就让秀美沿着属于她自己的人生轨迹去行走吧，好或不好，都是造化。

6. 未来就是一天又一天

脱离了化疗的摧残，更觉得每一天都是明媚的。

我、舒清还有岳明姐，再加上茹新，组成了新的"四人帮"，左杰叫我们凤凰涅槃"四人帮"。

茹新姐把她所有有利于身体恢复得好的方法都传授给我们，还在岳明姐姐化疗反应稍减的时候教她练习初级瑜伽。

当然，养成习惯是需要毅力的。

这一点上，舒清做得最不好。小孙经常会打来电话向我告她的状，比如又狂吃甜食了，晚于十二点睡觉了，偷喝饮料了等等。

小孙在电话里一通历数，边儿上是舒清嗷嗷地撒欢抢他电话的声音。

小孙避到一旁，用他粗壮的手臂阻挡着舒清飞舞的两只手，幸好，舒清的受伤的手臂还很不得劲儿，于是，无法达到协调，也就不能完全用上力。而小孙这时候才体会到他较为敦实的好处，一只胳膊足以抵挡舒清，小孙大喊着："婉姗姐姐，姐夫，这个孩子不听话，还不允许别人说，现在为了抢电话还抓破了我的胳膊。幸亏我皮糙肉厚，不然就见血了。她打算血溅津门。"

我跟大熊相对着摇摇头，这对儿活宝永远都是这样，一会儿打一会儿好，一会儿耍花枪，一会儿扮甜蜜。

如果我们在这种时刻对其中一个进行了批评帮助，另一个便立刻改口为对方说话了。

所以，我们乐得看他俩耍。

果然，没过多久，舒清就发来一张照片，照片上是两只手，大手握着小手。舒清还备注了下：这是我跟小孙的两只爪子，他的是熊爪子我的是母老虎的爪子。

这大约就是年轻的好处吧，永远有演绎不完的乐章。

把生活的点滴都汇成乐曲，不断地演奏，也是在享受属于自己的生活。

小孙如此疼爱舒清，让舒清永远可以保持着孩子般的天真。而舒清也在这样的美好生活中完善着属于她的明丽。

舒清将小孙父母给她用来买首饰和衣服的十万元全部捐给了静雅社。

这倒的确让我刮目相看。

舒清还执意婚事从简。但这件事小孙的父母亲并没有答应。不大操大办，但总要请亲朋好友吃个饭。

薛台说得好，办喜事办喜事，以后就全都是喜事了。

舒清感动不已。

不过，因为舒清跟我一样，做的是保乳手术，也必须做满二十三次放疗，故婚礼不可能在五一如期进行。那时候她还没有做完放疗，但他们并没有推迟太久。婚期改定在 6 月 30 日。

我们都在期盼，用岳明姐的话就是你们办喜事我们沾喜气。

先让我们沾到喜气的是林阿姨的姑娘和姑爷。

"朱朱呀。"林阿姨的声音里透着喜悦，"告诉你一个好消息呦，我那个姑娘跟姑爷复合了。我这病得的值得。"

"太好了。"我并不觉得意外，住院的时候，就看出林阿姨的姑娘不是无情无义之人，每每看着前夫对自己的老妈细心用心，眼中就会显出感激。多年的情感本就有一定的基础，此时的感激便不仅仅是感激，还是对一个人新的认知。当一个女人发现一个男人身上新的光环，那么情愫便自然而生。

我很为林阿姨高兴，还有什么比自己女儿的幸福更重要的呢？我的声音充满喜悦："这真是太好了。说明您家姑娘是个聪明人，最终明白什么才是重要的。不过，也说明他俩有感情基础，因为那些基础，您姑爷才会把您当亲妈妈对待照顾。所以说还是您成就了他们的幸福。林阿姨，你很伟大呀。"

"真的吗？"林阿姨笑开了花，这么久，她还是第一次笑得这么畅快，"我算伟大？我伟大啥呀，我就是认准了我这个姑爷，我这一病，我更认准了，亲生的也不过如此，姑娘不跟姑爷复合，我也把姑爷当亲生的。"

林阿姨的乡音上挑，有种可爱的渲染。

就要进入 5 月了，就要进入夏季。

一季一季，一天一天。

未来是什么，未来就是一天又一天。

7. 它的最高境界是亲情

临近五一，我感觉自己的体质恢复得很好了。

再次去到医院，验了个手指血，白细胞升到了九千六。

吴明明看着化验单子，不禁笑问："你都吃什么了，补得这么好？比我这没生病的人白细胞都高，我才六千多。"

我认真地想，还真没吃什么特别的东西，就是家常便饭而已。于是我得出结论，我从不间断地锻炼和始终保持的良好心情才是主因。

既然都恢复得不错，那么就进行第二阶段的治疗了。也就是放疗。

舒清为了能有更充裕些的时间准备婚礼，比我提前一周去做了放疗。她颇有经验地说："姐，你要做好五个星期不能洗澡的准备，再臭也得忍着，再痒也不能抓。每次治疗前要抹一种药膏，这样可以防止皮肤被烤坏。还要喝酸奶防止喉咙干涩。衣服要穿得宽松点，不然不好脱。并且得是纯棉的，否则也会磨破伤口。"

听着她头头是道的说，我仿佛看见小孙在一边摇头晃脑。两人在一起久了，越是恩爱越是相像。不知道究竟是谁影响的谁，总之，这小两口举手投足、说话做派越来越像了——热情得有点婆婆妈妈，却是那么亲近友善。而他们表现出来的阳光气息足可以媲美即将到来的盛夏骄阳。

做放疗要先画线，这需要放疗的医生根据病情找准点位。

躺在冷冰冰的床上，双手抓住脑后的把手，胳膊肘最好放到边上的旋涡里。而我的右胳膊还不能达到那个位置。使劲儿下压，便是撕扯的疼痛。咬紧牙关，忍着。生怕一动，位置搞错，我就白白被"炙烤"了。我的眼珠随着仪器的移动而转动。仪器定位后，医生便开始在我伤口处画线。红色的线条非常粗，好像陷入皮肤里了。很快，我的胸部就是印痕斑斑。我低头看看，不禁笑了，这辈子真是什么事情都经历了，包括在自己身体上画线。

大熊在外等我。我一出去，丫就恶狠狠地说："画线的是个男大夫。"

"嗯。"我点头，翻翻眼睛说，"从打我住院，遇到的男大夫还少吗？我已经见怪不怪，熟视无睹了。我看人家这些男大夫也不把我们当女人看了，胸部如白布，

啥感觉都没有。"

"哼。"大熊气哼哼地说，"我可没熟视无睹，等咱治疗完了，我逐个去灭口。"

我狠推他一把，俩人笑作一团。

猛抬头，正好看见孟叔和孟婶。

我奇怪地问："叔、婶，你们不是前几天已经画线了吗？怎么又来了？"

孟婶温厚的脸上流露出伤感，指了指身边的一个胖姐姐说："朱朱，你不记得这个妹子了吗？跟咱们一天手术的。"

我仔细一看，才想起来，的确有那么一位胖姐姐。只是，化疗让她的头发也都掉光了，她没有戴假发，而是直接光着头，有些悲壮的样子让我一时没有认出来。

画线的医生叫到了胖姐姐的名字，孟婶便陪她进去了。

孟叔与我和左杰在一边的椅子上坐下。

"是熟人吗？"左杰指的是胖姐姐跟孟叔孟婶。

"就是一起等着手术的病友，今天碰上了。"孟叔感叹着，"你们这位傻乎乎的孟婶没弄清楚人家情况，就跟人家一通乱说，说什么自从生病后家里人朋友们都太好了，两边的弟弟妹妹们都给钱，看病都没用完。结果这位胖姐姐就哭了起来。"

"怎么呢？"我跟左杰有些迷惑，听到这些为什么会哭呢？

"还不是想到自己的处境了呀。"孟叔是满眼的同情，"这个女人很不容易呀，老伴儿前几年得了肾癌，要说肾癌不算癌症里边最厉害的，可听她说从得了病，他老伴儿整个人精神就垮了，足不出户，天天躺着，唉声叹气，不到一年就没了。就一个儿子，胖妹妹苦撑着给他买了房子娶了媳妇带足了孙子到两岁，自己病了，一个人苦巴巴的，看病都是自己来。听你孟婶那么一说，心里就难过了。"

"儿子儿媳不管她吗？"我心里揪得疼，这个世界上有太多不幸的人，而我们的力量却微小得不能顾及到所有。不管是茹新姐她们的静雅社，还是我潜心而为地为遇到的每一个人尽一点点绵薄之力，都是有限的。

"不知道呀，反正是没陪她来，她说儿子儿媳都忙，孩子又小，不想给她们添麻烦。"孟叔挺直的腰板又向上拔了拔，长舒了口气说，"你孟婶一听就跟着哭了起来，说什么今天都得当一天胖妹妹的亲姐姐，陪着她画线挂号排队找医生。"

"孟婶真好。"我的眼睛也湿润了，"孟叔，你跟孟婶都是特别令我尊敬的。你对孟婶的无微不至，你们对别人的热心肠，都是这个世间最难得的。"

"哎。"孟叔更加正襟危坐，"你们孟婶不容易呀，女人就是不容易的，当年我当兵在外，都是她自己带孩子照顾一大家子，后来我转业回来了，又特别重视事业，她又做出牺牲，等我退休了，还不闲着，终于，把老伴儿累病了。"

孟叔说到最后哽咽了。

"跟您没关系。"左杰安慰他，"以前都说生气是得这个病的最主要的原因，现在可不一定了，大气污染，食物毒素，一切一切，我们就是活在非常危险的人类。"

"不管怎么说，我从五一后就彻底退休了。"孟叔接过我递给他的纸巾，擦擦眼睛说，"好好陪陪老伴儿，到处走走，我跟你们孟婶说了，月球是没可能去了，但地球上，想去哪，这个老家伙都陪着。"

我再也忍不住了，眼泪簌簌地落下。

左杰吓得低头盯着我问："你这是怎么了？"

"感动。"我也盯着他，"你不感动吗？孟婶这辈子肯定是幸福的，有孟叔的理解和爱。"

"什么爱不爱。"孟叔竟然说，"其实到了我们这个年龄，爱不爱，早就不去琢磨了，就是亲人，老伴儿，跟自己身体上的一部分一样，没法失去。"

"嗯。"我明白孟叔的意思，但是我更明白人世间倘若有爱情，那么它的最高境界便是亲情。

8. 顺流逆流，还有什么不平衡呢

孟婶陪着胖姐姐出来了——一个高高大大更年长些的阿姨搀扶着一个胖胖的稍微矮一些的病友，这个画面很久都在我脑海里浮现。

放眼望去，人头攒动，都是来放射科治疗的病人。且这几个诊室大多都是乳腺病患者。

她们或是光着头，很无所畏惧地自由说笑；或是戴上帽子，掩饰着她们内心的伤感；或是戴着假发，给自己心理一个非常明媚的未来展望。

没有真的走进这个环境，真的走近这个人群，不会体会到那种对生命的珍惜和对危难的无惧。

"您这怎么都画成这样了。"我走过去，帮着扶着胖姐姐坐下，看着她连脖子

都画了一道道，便关切地询问。

"我的病情很重呀，我的情况不好，很严重。"胖姐这么说时，眼中虽无恐惧，却充满无望的平静，更让人心疼。

"婉姗婉姗。"孟婶连连叫着我的名字说，"你快给她讲讲，讲讲你认识的谁？还是十多年前呢，还没现在的医学水平呢，都晚期了，但是心态好，活得硬朗极了。你快给她讲讲。"

胖姐姐望着我，眼神中是淡淡的笑意，仿佛是要告诉我——不用骗我安慰我，我已经可以接受这些了。

我一时无语。

我不是医生，我说不好病情，也不想谈论那些。左杰说的对，病友之间最好别谈病情，一知半解的讲给一无所知的，越讲心里越嘀咕。

"你快说说，朱朱，你快说说。"善良的孟婶巴望着我可以分解胖姐姐内心的伤感。

我仰起头，静了下心，说："其实，人都得死，既然是必经的，到了那个关头，就像是完成了一件事情一样，做了一个了结。所以，死，也没什么可怕的。还是活着的每一天比较重要，我是想只要活着的每一天都很有质量，就是最好的，而我活着的质量，就是好好爱，爱家人朋友伴侣和自己。"

"嗯嗯。"孟叔立刻点头附和，"朱朱说得真好。"

左杰也走到胖姐姐身边说："您要是心里不痛快，就找她，跟她聊聊，她特别能理解别人，也很会开导人。"

我惊讶地望着他，丫还很少这样明目张胆地夸我。

从医院出来，我们俩没立刻回家，而是去了水上公园。走在湖边，微风吹来，那种通透的清爽顿扫近夏时分的干燥。

走到湖边的凉亭，我们坐下小憩。不是周末，又值上午，园中，便只有三三两两的老人。看着他们颐养天年的自在，我的嘴角轻轻扬起，还有什么比自然地生老病死更美好的事情呢？

为了陪我做检查画线，大熊又请假了。他在公司的分厂上班，很远，早上去不了，这一天就不必去了，因为来回路上的时间就得三个小时。

我握住大熊的手，说："五一节后开始的二十三次放疗，你不用陪我来，我自己能行。你好好上班吧。舒清说放疗没那么痛苦，我的身体状况也很好，我能感觉没问题。"

"那我每天早上先送你到医院，然后再去上班。"大熊应着，又有些担忧，"可是现在又冒出禽流感了，我特别担心你天天往医院跑。"

我从包包里取出一袋子一次性医用口罩，侧着头，轻松地说："你不是给我买了这个了吗？我也整点明星范儿，成天戴口罩外出。"

大熊坐到我身边，认真地对我说："从去年12月5日到现在，我看到了一个更好的朱婉姗，她没有因为生病而怨天尤人，没有因为病痛而肆意发泄，更没有因为这个灾难，让周围的一切混乱，相反，她让一切更好，就像她自己说的她生活的每一天都很有质量，因为她给予我们更多的爱，我们也更爱她。"

我静静地聆听，嘴巴鼓起，两腮红晕，眼睛潮湿却无泪。

"知道吗？"大熊说出心底更真实的话语，"当初我们刚在一起的时候，我其实很自卑，我不过是一个普通的国企的中层，而你是样样出色的女子，还是文化人，我觉得我是高攀了你。你病了，我真的特别害怕，却不敢说出来，怕给你一丝一毫的压力，我不是怕照顾你怕吃苦，而是怕会真的失去你。很多时候，我独自在办公室的时候，会翻看我们过往的照片，不断地掉眼泪，跟个娘们似的。可是，是你自己，你让我感到一切都充满希望，你一定会好起来，我们一定会有更美好的明天。真的是你，是你的坚强你的善良你的坦荡荡，让我更加有信心有信念。特别是看到你这种情况下，还乐于去帮助别人，哪怕就是给别人一个微笑的温暖，你都不会放过，总是那么发自内心地表达，让我觉得很骄傲。"

我靠在左杰的肩上，我仍旧微笑着透过湖面，望向远处，难得的属于这个城市的蓝天白云，与公园栅栏外因修地铁而造成的乱杂纷繁交织成极为不和谐的画面，而这样的不和谐中，却凸显生活的本质——没有太过平坦的路，也没有一帆风顺的人生。

顺流逆流，我想起那首歌：

不知道在那天边可会有尽头 / 只知道逝去光阴不会再回头 / 每一串泪水伴每一个梦想 / 不知不觉全溜走 / 不经意在这圈中转到这年头 / 只感到在这圈中经过顺逆流 / 每颗冷酷眼光共每声友善笑声 / 默然一一尝透 / 几多艰苦当天我默默接受 / 几多辛酸也未放手 / 故意挑剔今天我不在乎 / 只跟心中意愿去走 / 不相信未作牺牲竟先可拥有 / 只相信是靠双手找到我欲求 / 每一串汗水换每一

很多老歌写得真好，总会在某一刻让人们找到共鸣。

有的人觉得你好，是因为感受到了你对他的好；有的人觉得你好，是因为体会到了你的好。即便是前者也是很难得的。而我的大熊，他既感受到我对他的好，也体会到我自身的好，这难道不是让人更为喜悦的吗？

祸福相依，上帝也真是公平的——它虽让疾病折磨了我的身体，却锻铸我更为坚强的意志，并让我收获了身边的真情真意，如此，还有什么不平衡？

9. 我有种预感

如此大好时光，如此清幽心境，我与大熊准备荡舟湖中。

正当我们兴冲冲要去租船，大熊的电话铃声响起。

大熊看了一眼，就挂断了。脸上流露出不悦之色。

"谁呀？"我开起了玩笑，"小三追上门？"

"老大。"大熊捂了一下嘴巴，做了一个怕极了的姿势说，"比小三可怕多了。"

是魏月红。从大熊哥哥的那边论起，一般大熊都称她为老大。从打上次魏月红在我休养生息期间，便开始为大熊保媒拉纤后，大熊就不搭理她了。有时候她还会打来，但大熊都坚决挂断，不接。去婆婆家也找她不在的时间段去。魏月红现在闲在家中，婆婆怎么请求大熊，让我们帮着她找份工作，大熊都以沉默应对。我也没有阻拦，也该让她清醒点，别人不是没有原则的没有底线的。

但，这一次魏月红很执著，又继续打。反复了好几次。收到她的短信：好弟弟快接电话，我急死了，晓峰离家出走了。

大熊望着我，拿着手机愣住了。

"快打给她吧。"我没有再犹豫，"晓峰就要中考了，现在却离家出走，不赶紧找回来，很多方面都会受影响的。"

还没等大熊打过去，魏月红又打过来了，丫这次真着急了。

我们没有多说，放弃了划船的计划，匆匆离开水上公园，直奔魏月红家。

魏月红看到我，多少有点不自在，但儿子的出走让她顾不得面子了。

给我们打开门后，愣了下，便转身痛哭起来。

"我也不敢告诉爸妈，晓晴就常看不见，晓峰可是他们的命根子，这要是再也找不到了，他们可怎么活儿。"魏月红对公婆倒一直不错，"大杰，我只能依靠你了。现在该怎么办呢？"

大熊皱着眉，一时也想不出好的办法。

"你能告诉我们事情的前因后果吗？"我问魏月红，只有知道事情的来龙去脉方可知道大概意向。

她看看我，目光有些躲闪，也有些怀疑。

我很坦荡荡地说："你放心，不管你怎么对我，晓峰的事情我们一定尽力，但是你总得告诉我们究竟是怎么回事？"

魏月红瘪瘪嘴，哭着诉说起来。

原来，最后一次模拟考试，晓峰的成绩有所退步，作为班里的尖子生，老师对他非常看重，便请魏月红去学校商谈。想弄清楚晓峰退步的根源。

魏月红没有觉得晓峰有太多的不对劲儿的地方，便请老师说说他在校的情形。老师踌躇了下，说了一个事儿，就是晓峰与顾优优的事情。老师并不能肯定俩人就是在早恋，但怕有这个苗头，影响了彼此的学习。

魏月红一听就急了，对老师说："你别管了，这事儿我知道了，成天上学放学都一起，下课也往一块凑合，不是早恋是什么？你放心吧，我一定管教他。"

老师劝慰说："也别这么就认定了，青春期的少男少女并不定性，关系好，也不能定位早恋，咱们这么认定了，他们没准还一下子就往这个方向发展了呢。所以，这事儿先别提，就针对学校的退步谈一谈，看看怎么把成绩再追上去。"

"您别管了，我心里有数，我的儿子，我知道怎么管。"魏月红已经听不进去任何劝告了，绿着一张脸就走了。

而她管的不仅仅是自己的儿子，还连带上了顾优优。

魏月红在学校门口等着，果然见左晓峰和顾优优一起走了出来，还有说有笑。丫气疯了，疾步上前，先是一把把晓峰抓过来，一米七八的半大小伙子被她拎到自己身后，再凶巴巴地瞪着顾优优，劈头盖脸地一通指责。

顾优优哭着跑走了。

可人家父母不干了呀。又找学校评理，又质问魏月红凭什么指责人家孩子，同时还警告左晓峰别再跟顾优优来往了。本来没有多大的事儿，因为魏月红的处理方式，演变出一场连环闹剧，并一下子全年级尽知。

顾优优也不再跟左晓峰说话了，看见他，就是一副厌恶的表情，好像他有那样一个很泼妇的妈妈，自己也不会好到哪里去。

晓峰很失落，回到家，魏月红还不依不饶，老三篇地把你爸爸没了，我自己拉扯你，我容易嘛，历数无数遍。

左晓峰摔门而去。

魏月红也没追，以为就是赌气出去走走，但却是一夜未归，手机关机，也联系不上。

"他身上有钱吗？"我拧了条毛巾给魏月红，她的脸都哭肿了，"他身上有钱的话，就可能走得远。没钱，倒不是坏事。"

魏月红第一次没有充满敌意地望着，说："他身上不会超过二百元的，平时不会带太多钱。"

"那就好。"我的心也放下来了，"这样吧，我跟左杰先去找趟小孙，他就在这个区的分局工作，看看他有什么办法。"

"我跟你们一起去。"魏月红急急地起身，要跟我们一起走。

"嫂子你就先别去了。"我心想，舒清最讨厌她了，她跟着去必定不给她好脸色，但我还是很婉转地说，"万一晓峰回来，家里没人，就碰不上了。"

"可是……"

"别可是了！"没等魏月红说完，左杰不耐烦地打断她，左杰也是第一次用这么生硬的态度对待她，"还嫌事儿不多吗？要不是你找人家女孩子胡闹，能发展到今天吗？晓峰不是一个不懂事的孩子，你为什么不能跟他好好说，你怎么连自己的儿子都这么苛责？"

"我我……"魏月红的脸呈苦瓜状，一咧嘴，又哭了。

"嫂子，我求您了，别添乱了。"左杰压压火说，"我们现在得去找晓峰了，他又没带多少钱，电话再没电了，怎么联系？能尽快就尽快。再说，婉姗这还病着，过两天就得去放疗了，我也不能让她太累了。"

左杰拉了我的手说："我们走吧。"

我俩刚要走，魏月红又喊了一声："等等。"

左杰运了口气，说："嫂子你别再添乱了行吗？"

"左杰，"我拉拉他，"你别这样，先听嫂子说。"

魏月红感激地看我一眼，低声说："晓峰自己有点积蓄，在他写字桌的抽屉里，我想看看，他是不是带走了。"

"嗯嗯。"我跟着魏月红一起进了屋，打开了抽屉，空空如也，我说，"看来晓峰还是有准备的，钱都带走了。"

"那怎么办？"魏月红一把抓住我的手臂，还是我受伤的右臂。

我哎呦一声，她才放开。

我揉一下臂膀说："也没别的办法，还是找小孙帮帮忙吧。但愿晓峰想通了，能跟我们联系。"

我有种预感，晓峰会跟我联系。

10. 我们打道回府吧

幸亏魏月红没跟我们一起去找小孙，不然舒清的伶牙俐齿绝不会轻饶了她。

舒清叉了腰愤愤地说："哼，她魏月红也有今天。姐，你就不该管她，随她去，你管完了她，回头她又妒忌你朋友多。她这个人就是脑子不正常。"

小孙扯扯舒清的衣袖，低声说："你能不那么直接吗？姐夫在呢。"

舒清翻翻眼睛，摇摇头，嘟嘟着嘴巴说："不能。她对婉姗姐都做了什么？姐夫早该给她点颜色了。现在怎么还都想办法帮她？"

"不是帮她。"我一边回答着舒清一边不住地看手机，"晓峰是你姐夫的侄子，是我公婆的宝贝孙子，跟我也很亲近，能让他流浪在外，耽误了中考吗？"

舒清无可奈何地叹口气说："说的也是，晓峰是个好孩子。那还等什么，孙胖子，怎么办？"

别看小孙老实巴交的，办事能力很强，很快就沟通了魏月红家所属派出所，并联系了火车站的片警，查询晓峰是否已经离开本市。

现在火车票都是实名制，真的买了动车的票，那就肯定能查出来。

很快，有了消息，左晓峰昨晚就到了青岛。

小孙非常专业地说："现在就盼着他能给你们打个电话或者能开手机，那样可以根据讯号查询到比较具体的位置。否则大海捞针，一时就不好找了。"

总算有了眉目，我跟左杰又赶回了魏月红家。左杰心软，虽然对魏月红诸多埋怨，但毕竟那么多年的一家人，不忍她自己瞎琢磨。我了解左杰，便主动提出去给魏月红报信去。其实，也是为了陪陪她。

"他为什么去青岛？"我不解地问左杰。

"我也说不好呀，是不是身上的钱就够去那？"左杰又反问我。

"我知道。"这一次，魏月红没有哭，但她脸上是比哭更加沉重的悲凉，"以前，我爱人活着的时候，他喜欢大海，每年我们一家三口都会去青岛海边游玩，那时候，晓峰最快乐了。我也是最快乐了。"

我的眼泪差点下来。一时，忘记了魏月红对我的所作所为。我站在她身边，揽住她的肩，让她靠着我，而不觉得孤单。

就在这时候，我的电话响了。

是晓峰。我的预感没错，晓峰真的给我打电话了。

"喂，晓峰吗？你在哪里？"我忙不迭地问。

还没等晓峰回话，我的电话就被魏月红抢了过去："晓峰，你快告诉我你在哪里，我担心死了，你快告诉我。"

"啪。"晓峰挂了电话，电波中只剩下"嘟嘟"的声音。

我跟左杰顾不上埋怨魏月红，忙于小孙联系。

小孙让我们放心，通过这个电话，很快就可以查出晓峰的具体位置。

不到半个小时，小孙来电话，告诉了我们晓峰的位置在青岛市南区的一个招待所。并且已经与当地的派出所联系了，民警可以立刻找到晓峰，暂时带回派出所。

但，我觉得晓峰被带去派出所，并不妥，还是应该请民警帮着密切关注晓峰的动向，等我们赶去把他带回来。我说："晓峰自尊心强，如果被带去了派出所，怕他自己心里有阴影。"

"对对对。"魏月红连连应声，"婉姗你想的周全，我这就赶去，这就去把他接回来。"

"我们陪你去吧。"我看着慌乱中的魏月红，心又软了。望了望左杰说，"咱们快去吧。"

左杰迟疑了下，问："你身体状况能坐火车吗？"

"动车条件多好呀，有什么不能的，没事，走吧。"说完，我就先出了门。

我决定的事情就会去做。

再说晓峰既然给我打电话，那么就可能听得进去我的劝说。我去接他，多少他会能接受些。

几个小时之后，我们出现在晓峰面前。

我第一次听到魏月红说出"我错了"这句话。我的眼眶湿润了。一个母亲能对儿子承认自己错了，该有多么爱他呀。

晓峰还有些执念，表现出对魏月红的拒绝。

我示意左杰带魏月红先出去。

房间里就剩下我跟晓峰了。晓峰也如释重负地呼出一口气。

"行呀，晓峰，你还玩起浪迹天涯了。"我递给他一瓶子水，晓峰嘴唇发干，显然这一天一夜没怎么喝水。

晓峰不好意思地接过水，微低了头。

我继续说："有本事，你就该浪迹到美国去，等浪迹好了，婉姗阿姨也好去投奔你。"

晓峰扑哧笑了。

"你还笑得出来，你知道我们都急成什么样了吗？尤其是你妈妈。"我搡他一把。

"她？她巴不得我永远别回去呢。成天跟我吵架。"晓峰又有些气鼓鼓地说。

"你这么说话对你妈妈很不公平。"我觉得应该把晓峰当做一个成年人去交谈，"她要是想你永远别回去，能向你认错吗？你睁大了眼睛看看她的脸，都哭肿了。你知道这个世界上谁是你最亲的人吗？不是我，也不是你叔叔，而是你妈妈。"

"婉姗阿姨，"左晓峰抬头望着我，"我妈妈那样对你，你怎么还为她说话呢？"

我微微一笑说："不是我为她说话，我不过是说了一个事实。不管她怎么对我，但，她肯定是非常爱你的，这个世界上没有比父母更爱自己的人。父母的爱是最无私的。你妈妈她是有很多地方做得不够好，但是你换位思考下，晓峰你不是小孩子了，再过几年，你都该承担起照顾你妈妈的责任了。还是那句话，你妈妈很不容易。你爸爸去世前，她是现在这样的吗？很多人待人接物不尽如人意，甚至做人有问题，不是因为别的，而是因为自己的境遇不好。虽然这不是不尊重别人不体谅别人苛责别人的借口，但真的是很重要的一个原因。你是她的儿子，都不能理解她，那么她不是更惨了吗？"

晓峰看看我，话听进去大半。

无论大人还是孩子，能听得进去别人的话，是非常好的一种德能。晓峰还是具备的。

"再有，"我话锋一转，对晓峰说，"你也算个小男子汉了，一个男子汉遇事就一走了之，这是不负责任的，而男人不懂得负责人，是最不可取的。你说呢。"

晓峰垂下头，继而又点头。

我舒了口气。打开门，对门外的俩人说："我们打道回府吧。"

十一、 心在微笑

人生本就是充满了大起大落的，谁也不会知道下一刻会发生什么，也不会明白命运为何会如此安排。只有在经历了种种变故之后，才会褪尽最初的浮华，以一种谦卑的姿态看待这个世界。而什么样的变故又比得上危及生命的健康更触动人心呢？真正的谦卑是怀着莫大的感恩的情怀，不把自己看得太重，委屈了，无奈了，想哭了，都是生命中不可或缺的一部分，没有什么大不了，包括疾患。

上帝创造了自然规律，无论今天怎么努力，明天的落叶还是会飘下来。既然很多事情无法提前预知，不如活在当下，感受着清新的夏日晨曦，似火的夏季骄阳，宁静的夏夜静好……如此，便会得到最大的幸福，那就是因为满足和感恩，而感受到自己的心在微笑。

1. 这世上没有太多的对错分割

踩着春的尾巴，迎着夏的渐进，敞开了胸怀，拥抱着可能的一切——无论是喜悦的还是忧伤的，都是属于自己生命进程中的点点滴滴。回望的时候才会发觉，即便是那一池的感怀都是那么值得珍惜。

我没有把历时五周的二十三次放疗当做一件苦事。相反，当我穿着宽大的 T 恤，足蹬着平底鞋，拎着个大包去医院的时候，我觉得心里很畅快——这个阶段的治疗结束后，所有治疗就告一段落了，会越来越好起来的。

就像冬冬对我说的话："你就想做完一次少一次，不要想还有多少次，这绝对不是阿Q精神，这是一种豁达的自我修复观念。"

"嗯。"我痛快应允。

如此，我永远是挂着微笑的。

没错，不要吝啬微笑，不管是对自己还是对别人。对自己，便可给自己增加力量，对别人，便可为别人带去暖意。

肿瘤医院在扩建，周围还在修地铁，正门周围已经禁行。大熊只好把我放在一片大兴土木的壮观场面外。而后，我独步过去。走上十多分钟方可到达医院侧门。

大熊怕我走这么久后再做放疗会吃不消。

我抬起一条腿，示意他摸摸我的腿肚子。

"好家伙，梆硬呀。"大熊摸到的都是肌肉。

半年来，我都坚持利用治疗修复期，身体能承受的时候去进行亲近大自然的"行走"锻炼。以前竹竿似的两条腿粗壮结实多了。

目送着大熊倒车远去，我大步流星地直奔医院。

放疗是在靠近医院另一个侧门的一排平房处，需要穿过好几座楼才可以到达。

一如往昔。

一早，肿瘤医院就是人流不息。

我早已经习惯了这样的人来人往。也没有第一次来这里做检查时的恐惧感。于是发觉，迎面的每一个人，便也都不是那时候感受到的惶惶然。人们的面上都是自然而然的表情，不激越也不惆怅。

因为做了保乳手术，所以我每天的放疗要在两个诊室分两次进行。我得先去第二诊室。

舒清和孟婶胖姐已经都到了。

"婉姗姐，这边。"我刚一进大门，舒清就看见了我。

"你们都这么早呀。"我笑着走过去。好像我不是来被各种射线照射的，而是来参加一个朋友聚会。

"婉姗来了。"我刚坐下，孟叔从外边进来了，手里拿着两份煎饼皮和豆浆，分别递给孟婶和胖姐，说，"快吃吧，今天机器没有坏，估计十多分钟就可以论到你们做了。"

"机器还总坏吗？"我好奇地问。

"是呀。"孟叔幽默地说，"一般五天一小坏三天一大坏，主要是用的频率太高了，看看这一天下来多少人次，它也想休息下呀。"

"孟叔，你总是能用一种乐观的态度去看待问题。"我冲着孟叔竖起大拇指。

"哼。"孟婶假装嗔怪，"他这叫没心没肺。"

"没心没肺好呀。"舒清乐颠颠地说，"我就没心没肺，我家孙胖子说'没心没肺，活着不累'。"

大家都被舒清的话逗笑了。

胖姐一边抿着嘴巴笑，一边掏出钱给孟叔说："孟大哥，给您早餐的钱。"

"啊？"孟叔向后退了几步，假装生气地说，"胖妹，一两餐早点，你老哥哥我还请得起，干吗分那么清？"

"那怎么行？我家远，一早治疗，顾不上买，您帮我代买就很感激了，怎么还能让您出钱。"

"嘛钱不钱的，乐呵乐呵就完了。"孟叔也会学《杨光的快乐生活》中的杨光的台词儿。他执意不要胖姐姐的早点钱，说，"你呀，就缺乏没心没肺的精神，老哥老嫂子给买了早点，尽管吃。"

"好，"胖姐用力点头，笑着说，"好，那我就没心没肺了，甩开腮帮子吃了，回头，我给大家包我最拿手的茄子馅饺子，用搅碎了的花生碎调的茄子馅，可香了。"

"哇。"舒清伸出舌头舔舔嘴巴说，"口水就要流出来了。"

又是一阵笑声响起，温暖快乐的笑声，犹如华丽的彩虹，把病友们内心的阴雨隔绝在了心门外，将略显陈旧的放疗室的大厅映照得绚丽多姿。

"别说笑了。"一个冷冷的声音，是当天负责放疗的三十几岁的瘦脸女医生，"光顾了说笑，叫名字都听不到了。鞋套都穿好了吗？别一会儿进去又都没准备好。"

大家暂时停滞了下。等着瘦脸女医生带着一个病友进入放疗室后，便又雀跃开了。

舒清冲着女医生背影一会儿嘟嘴卖萌一会儿咬牙切齿，说："就她最凶，总是数落大家。"

"小声点，别让她听到。"孟婶紧张兮兮地阻止她，"万一她听见了，不好好给你照，罪白受了不说，效果也差了。"

"她敢？哼，我怕她？没有同情心！"舒清还来劲儿了，"都是女人，女人何必为难女人。"

"你呀。"我一把将已经站起来气鼓鼓的舒清拉下，"都要做新娘的人了，还是冲动的性子，大庭广众下别贸然评价人家，你只看到了一些表象，却不知道真实的内在，也许她虽然态度不好，但是工作认真呢？只要有可取的一面，就不要对别人太过苛责。"

舒清歪了头，眨眨眼睛，看看我，说："好像说得有道理呀。"

"那当然。"我递给她一个酸奶，说，"康复不仅仅需要治疗，还有很多方面的调理，比如说脾气性子，让自己内心越来越平和对我们康复才有利，其实那个瘦脸女医生说的也不为过，就算真的是态度很差，也尽量去理解，理解别人就是宽待自己，省得让自己生气。"

我一边说着，一口就吸干了一小杯酸奶。

我跟舒清看着彼此瘪了的酸奶杯，又咯咯乐起来了。瘦脸女医生正好出来，皱着眉头，瞥我们一眼。我赶紧收拢了笑，假装认真等待。舒清学着我的样儿，憋着笑，冲我挤挤眼。

是呀，生活中很多时候，看好的一面，就豁然开朗，非往坏的一方去想，那么就剩下不忿了。其实，这世上没有太多的对错分割，只是立场不同，多想想自己的问题，就会慢慢忘记别人的过。

2. 就是这个理儿

吴明明跟我说过，这个平房里的医护人员，待久了，白细胞都会下降，免疫力就会很低，身体会受到很大影响。当白细胞低得厉害时，只好调岗了。所以，没有人愿意来这个放疗楼，尽管有一点点可怜的补贴。

医生也是人，尽管救死扶伤是他们的天职，但每个人也都有自己的情绪，尤其是明知道这里工作对身体有危害。偶尔地释放一下，真的可以理解。

终于到我了，我随着瘦脸女医生往放疗室里走。越往里走越冷，我不禁打了个寒战，自言自语道："太冷了。"

"不冷机器就坏了。"瘦脸女医生冷冷地说。

"你们天天这么冷，真是够呛，很辛苦。"我发自内心地说。

瘦脸女医生侧了下身，看了我一眼，脸上的温暖稍微升高说："难得能有体谅我们的，何止是冷，冷可以多穿点，关键是每天都是辐射呀。"

"是呀。"我点头，"都不容易。"

进了摆放放疗机器的最内间，如同进了冰窖。如此的寒冷，需要脱光上衣，让肌肤赤裸裸地接近寒气。

我进来了，放疗床上的病人才起身下来。

那是一个非常小的女孩子，个子不高，一脸稚气，看上去最多二十岁。

小姑娘的衣服帽子和包包摆满了两把椅子，我得等她都穿戴好，才能放下我的衣物。

"每次都告诉你，东西尽量放一把椅子上，怎么总不听呢。"瘦脸女医生又有点不耐烦了。

小姑娘瞥她一眼，委屈得要哭。我忙说："没事没事，你慢慢穿。"

"什么慢慢穿。"瘦脸女医生更不高兴了，"你能等她慢慢穿，外边那么多病人了，每个点儿都有很多人，时间不是可以浪费的。"

我运了口气，差点变成刚刚的舒清。想想自己刚才教育舒清的话，还是把就要脱口而出的不满咽了回去。努力温和地说："她年级小嘛，多告诉几遍吧，辛苦你了，辛苦了。"

小姑娘白了瘦脸女医生一眼，一扭蹶子，出去了。

我脱掉了宽大的上衣，走到床边，向瘦脸女医生双手奉上我的铅模。我是来治病的，不是来怄气的，没有必要非得与之逞口舌之快。

瘦脸女医生倒是一个直爽人，将机器对准我后说："你看你是第一次，就挺配合的，好多病人真的不配合，鞋套不套好，动作迟缓。刚那个小姑娘的妈妈，死活不告诉孩子得了什么病，都二十岁了，自己上网一查就清楚了，掩耳盗铃有用吗？这个小姑娘被她妈妈宠的，能力特差，每次进来都得有点事儿。"

我闭上眼，一边等待着将要被照射的强力凝聚，一边说："互相理解吧，大家都不容易。那么小，就得了这个病，已经很可怜了。最难过的就是她妈妈，宠一些也正常。"

我发觉自己的脾气真是越来越好，要是以前，我肯定会是另外一番话，什么你不能换位思考下吗，都是女人，不能体谅些吗？并会伴着五官挪位。

但是现在，我好像失去了战斗力，并非缘由我失去了原则，而是觉得生命中有更多的东西值得去关注，不应纠结着一些不能带给自己美好的小节。

瘦脸女医生出去了。

硕大的仪器在上空运行，发出吱吱的声音，与室内的冰冷辉映到了极致。运行到右胸的伤口处，便向下而移，大约间距一手掌那么远，便停了下来。

"嗞嗞嗞嗞嗞嗞嗞嗞。"我数着呢，也就是八下，这个诊室的治疗就算结束了。

瘦脸女医生的脚步声响起，我不敢有半点拖移，连忙起身，尽量利落地穿衣服，拿了铅模出去。

还好，没有什么反应就过来了，这比化疗时的感觉好了千倍。我一下子又浑身是劲儿了。

舒清已经去了第三诊室进行下一步放疗，我拿了自己的病理报告过去找她们。

老远，就看见一个熟悉的身影——上海老太太。

"阿姨。"我兴冲冲地跑过去，"您来放疗了？"

"朱朱呀。"上海老太太的精神明显好转，眼中都多了几分神采，"我现在要做个听话的病人呢。医生让干什么就干什么。"

"哇，这么乖了？"我笑了，表示了下我的惊讶。

"多亏了你那个朋友。"上海老太太的女儿感激地对我说。

"茹新？"我问。

"对，就是茹新。"老太太抢着回答，"她来看过我好多次，给我讲了好多例子，我也不是没有文化的糊涂老太太，接受了，果然，没那么难受。"

"我妈妈做了四次化疗。"老太太的女儿跟我说，"医生根据她的情况酌减了，还好，不是特别难受。这不，又听茹新的劝告，继续治疗来了。现在呀，我妈妈最听茹新的了。"

"茹新她懂得我心思。"老太太白了女儿一眼，老小孩本色毕现，"不像你，什么都管着我，什么都不让我吃不让我做。"

"老太太，您这是谁管您多，您对谁意见大呀。"孟叔打趣地说，"回头把姑娘得罪了，不管您了，怎么办？"

"她才不会呢。"老太太一脸得意地笑，"我的姑娘，从小教育大的，孝顺得很的。"

大家哄笑。

一个短发戴眼镜的女医生正好从诊室出来，看着热闹场面，竟然说了句："大家这么高兴呀，对的，病了归病了，生活还得是开开心心的。好好治疗好好吃饭好好睡觉好好活着。"

我惊讶地望望她，又看看大家，说："是这个诊室的医生吗？好亲切呀。"

孟婶连连点头说："这个女医生特别好，另外几个年轻的男医生也很好，态度和气，对大家都很照顾。"

该到上海老太太了，眼镜女医生很自然地走过来，帮着老太太的女儿一起扶着老太太走了进去。

我有种说不出的感动。

对于患病者，还有什么比得到这样的理解和关爱更容易满足的呢？

第二天我特意把我春节时候出版的小说集送给了眼镜女医生。

"病友们都说您最好了，对大家都特别好。"我一边脱衣服一边说。

女医生并不催促我，还帮我拽了拽右胳膊袖子，说："别着急，别拉伤了胳膊。"

我真想脱口而出，怎么都是医生，这么大的差别呢？所以说很多时候不是职业的问题，是人本身的缘故。人的性格和品德指导着行为，跟职业无关。

"您真是好人呀。"我由衷地说，我没有说是好医生，而是说好人，因为我觉得人的范畴更能代表社会的层面。

"我就是普通医生。"眼镜女医生轻描淡写地说，"干了一辈子医了，见了太多的病人了，尤其是乳腺病人，都是女人，都是姐妹，想想都心疼，能不对大家好点吗？不就是多点笑容多体谅下吗？"

"我一定要把您写进我的新书里，一定要让更多的人看到您这句话。这话对于病友们而言就是一句不普通的话了。"是呀，对于乳腺恶性肿瘤患者而言，这样一句暖心的话，还出自医生之口，能不是一股很强大的力量吗？

"可别。"眼镜女医生微微笑着说，"我可不求什么名利，都要退休的人了，就是觉得做人得有基本的善心。哎，终于要退休了，这么多年，见得太多了，可每次看到一些病人绝望伤心的眼神还是受不了。像你这种心态的真不多。"

"嗯。"我点头，"我希望所有的患者都能正确面对这些，有一个好的心态，因为活着最重要，活着就要有活着的质量，何必愁眉苦脸？上帝不会因为我们的泪水和哀伤而改变它的主意，所以，我们只能靠自己把握好每一天。"

"说得真好，就是这个理儿。"眼镜女医生边说着边帮我摆好姿势，这一次的治疗有点难度，需要右手臂抻开，并至少保持五分钟。但重重困难都过来了，这点又算什么？

3. 夫妻间的恩爱

放疗使得病友们有更为亲近的机会，即便是一个新来的，初始还心事重重，没过多久，就融入到我们的轻松畅聊之中。

用孟婶的话："大家要快快乐乐地受罪，这样苦中作乐，就没有谁敢难为我们了。"

孟叔立刻响应，说："对，神鬼怕恶的，你就是个恶婆娘。"

老两口那一通嬉笑，十足的打情骂俏，羡煞旁人。

我发觉了一个现象，放疗期间，多数病友都是自己来去，最多就是爱人送到医院就走了。而几位阿姨都有老伴儿相陪。

孟叔挺挺胸脯，意味深长地说："等你们到了我们这个岁数，就会知道老伴儿的含义了。再说年轻些的得上班，他不挣钱，怎么给你们买营养品？不过我这个还在发挥余热的，为了陪老伴儿终于舍得彻底退休了。"

"我用你？哼。"孟婶一副不买账的表情。

孟叔也不生气，说："你为我付出了大半辈子，你不用我，我也得为你付出。"

"鼓掌。"舒清边说边带头鼓掌，"瞧孟叔这境界，我得让我们家孙胖子好好学习。"

"你们家孙胖子已经很不错了，别不知足。"岳明姐也开始放疗了，她对舒清说，"你还小，这人世间的冷暖体会的还少，我们冷眼旁观，像小孙一家人这样的是万里难遇的。"

"别理她，岳明姐，她呀，心里明镜似的。"我�笑舒清。

舒清勾住我的脖子，跟我头靠头，乐颠颠地说："还是姐最了解我，其实呀，我真的觉得孙胖子特别好。可能是我年少时候没人疼吧，老天便派了一个这么疼爱我的人来。"

舒清掉光的睫毛已经长出来了，仍旧非常长而浓密。化疗伤皮囊，身上所有的毛发都会掉光，但睫毛和眉毛自然比头发长得快，因为它们本就没有多长。

三十岁，在这个时代，就是非常年轻的女人了。舒清眼睛一忽闪，特别的明亮，就像天上的星星，令人心生喜爱。一个女人凭什么会被男人爱，自然有她的原因。舒清年轻漂亮，性格率真，也很有同情心，小孙爱她，也是必然。

"咯咯，"看着眼前娇俏可人、活泼热情的舒清，我不禁想起半年前在等待室里那个有些飞扬有些自我的她，笑着说，"你知道我刚认识你的时候多烦你。"

"没看出来呀，我觉得你特疼我。"舒清就是这么鬼精灵。

在她一再要求下，我把她当时的表现讲了一遍。我杵着她的脑门说："我当时心里都怕死了，你在那还大言不惭。"

"哎哟，"舒清憋着笑说，"其实真正的原因就是我自己嘀咕上了，我害怕呀，就用自我暗示法，大声说我肯定就是纤维瘤，以为这样能躲过一劫呢，结果这方法不灵了。"

"最搞笑的是你在手术室的一声声喊叫，刚好我跟林阿姨和上海老太太去厕所，听得那个真切呀。"不知道从什么时候开始，我们已经可以这样笑对我们的病，笑对我们曾经经历的艰难。

"姐，你听清楚我喊的什么了吗？"舒清的眼睛睁得更大了，眼里是一点点的小狡黠。

我摇摇头，说："就听你那大嗓门了，给学生上大课上惯了吧？嗓门超级大，但实在含糊不清。"

"那我自己接着婉姗姐姐的话茬继续讲。"舒清挺挺腰板正襟危坐，假装严肃地说，"我喊的是'快告诉我，我还能活多长时间，我还好多事没做呢，我要见我老公'。"

岳明姐口中的柠檬水直接喷了出来。

我笑得弯了腰。

舒清忍了会儿，自己也大笑起来，自嘲地说："谁没个过程，现在的我，什么都不怕。"

说着，舒清还摆了个胜利的手势。

我冲她竖起大拇指说："你现在可是我们最喜爱的小妹妹了。"

岳明姐的状态也非常好。老赵很勤力，每样工作都做得很好。隔几周，逢周末，老赵大姐的儿子会开车带着可心来看他们。每次来，公婆和两个大姑姐都会给准备很

多东西，财力物力全部跟上。

一切渐渐好起来，老赵和岳明非得给茹新房租。茹新拗不过，就象征性地收五百。之后又都用在给岳明姐买营养品上。岳明姐看上去蛮壮实，竟然白细胞总是升不上去。茹新常常去给她煲牛尾巴汤。

老赵是个急脾气，一看岳明姐白细胞又低了，就着急，怕影响后边的治疗，就想打升白针。

幸亏我帮着问了问林洁儿。林洁儿说得非常明白："化疗后两周是白细胞最低的时候，这时候验血，一般人白细胞都不会够，别害怕别着急，等到下次化疗前两天再验血，多半就合格了。"

如此，岳明姐才没受打升白针的痛苦。嗔怪老赵说："知道你担心我，可别总瞎着急。"

老赵很听话地点点头，望着岳明姐，满眼都是依恋。

有多少对夫妻，因为妻子得了这个病而呈现出不一样的状态。

有像茹新前夫那样的，甚至更过分的，林洁儿就曾经给我讲过她亲自经历的一个事儿——病人手术中死亡，不是因为乳腺癌本身，而是突发心脏病。医生们都做好了家属要大闹医院的准备，结果，那个男的长舒了口气，连声道谢。原来小三早就登堂入室。

当然，也有太多的男人在这样的关口表现出一个男人该有的担当。像孟叔老赵小孙，还有大熊……

夫妻间的恩爱，不在花前月下时，而是大难临头时。

4. 一个多好的男人呀

凤凰涅槃"四人帮"小聚。

庆祝茹新跟霍大哥领了结婚证。

我们在一家粤菜馆，选了临窗的位子。

茹新姐脸蛋光滑滑，当年化疗的副作用而产生的斑斑点点已经没有了，眼中洋溢着幸福。

“怎么样？茹新姐，要不咱俩一起办婚礼？”舒清的提议不错。

茹新微笑摇头说：“我们都一把年纪了，还是二婚，不跟你们大姑娘小伙子凑热闹了，而且，我们俩商量好，把要用于办婚礼的费用用在乳腺病人身上。”

我热得摘下帽子，一头黑黑浓密的绒绒的二茬短发显露出来。起初，我有点难为情，但茹新舒清和岳明姐一致地赞叹：“简直就像《小街》里张瑜饰演的那个女主角。”

“真的？”我取出手机自拍一张，果然还不错。于是我信心大增，用手抿下鬓角，侧了头，斜了眼，扮了个酷。

茹新笑了，说：“难怪你家大熊叫你黑社会，看这派头，把我们全部震住了。”

“哎。”我故作失落说，“可惜，我这个假的黑帮老大没有钱呀，不能像霍大哥那样大手笔地给你们静雅社捐款。霍大哥没少捐吧？”

茹新姐一边将那条清蒸多宝鱼分了，一边说：“是给我们捐了，但是他还有一个非常好的新的建议。我们的婚礼费用就打算用在这上边。”

“什么建议？”我跟舒清异口同声地问。

“这个建议还得舒清来实施。”茹新笑望舒清。

“我？”舒清指着自己的鼻子，有点不太相信，“我能干什么？我心情正郁闷呢。”

“怎么了？”岳明姐打趣她，“小孙欺负你了？不可能呀，你不欺负他就是谢天谢地了。”

“当然不是他了，是我们学校。”舒清噘着嘴巴说，“我生病前，学院就定了6月份由我带队去德国学访交流半个月。我病了，去不成是肯定的。”

“关键是你6月底还得结婚。”我赶紧提醒她更重要的事情。

“我知道，我没有对去不成德国心有不甘，我是对改派的人很气愤。”舒清的嘴巴撅得更高了，直接可以放上边一双筷子了，“那替我的女人是一个明目张胆的小三，给一个老头子当二奶，成天开着辆宝马迷你拎着LV，特招摇，一点都不以为耻。”

“你呀，这脾气跟我以前还真是像，对所有看不惯的事情都有一种打抱不平的冲动。”我给舒清夹了块牛仔骨说，“来，多吃点，消消气。其实呀，我现在就跟以前的想法不同了。这个世界上很多不公平也让我们觉得不平衡的事，既然存在，就有它的道理。如果我们让自己精疲力竭却无法改变，那不如就无视它，当然前提是这个事

情这个现象不能对别人产生伤害，属于她个人的行为，还是让她自己去领悟吧。"

"她碍着我们了。"舒清生气也不耽误吃，边大快朵颐边说，"总扭搭着去学院院长那里告我们的状，她那个老头还经常请校长吃个饭什么的，估计也没少送礼。我们是大学，老师要为人师表的，这样的人，不仅没被解聘，还被重用，对学生有什么好处？学生可都是已经成年的了，有样学样，都跟她学，那不是丰富了小三市场吗？"

挺严肃的话题，一下子又被舒清给弄得笑成一片。

茹新姐先缓过劲儿，说："舒清，咱把这激情用在可以施展的地方行吗？"

"对对，你刚才说让我做什么？"舒清是风一阵雨一阵，什么事情都很快过去，茹新姐一提，她又立刻专注于茹新的话题。

"我跟几个我当时的病友想组建一个千人的群，只要是病友，都可以加入，全国各地的，请医生在群里解答，请婉姗做心理疏导，请舒清和孟叔帮着管理。孟叔已经答应了。不过，这个管理的活儿看着没什么，其实真得花费不少精力。当然了，组织活动的时候，费用由你们霍大哥出。所以说我们婚礼钱先投入这里了。以后，他定期会拨给我们。"

"霍大哥真好。"舒清的五官挤到了一起，"钻石王老五还这么有爱心，在古代就叫霍大善人了。"

"去。"茹新姐搡了一把舒清，笑着说，"什么话到你嘴巴里就变味儿了，先说做这个群的管理工作能做好吗？"

舒清歪了脑袋，笑眯眯地说："算你有眼光，我可以二十四小时在线。"

"你以为你开网店呢？还二十四小时在线？"我嗔怪地说，"我都说过你多少次了，别太晚睡觉，你听一天忘六天，几乎每天都能在微信朋友圈看到你在凌晨时分的出没痕迹。"

"我改，我一定改。"舒清知错地低下了头。

岳明姐有些失落地说："哎，看看你们，都那么能干，我好像帮不上任何忙。"

"你现在的任务，就是养好身体，好好治疗。"我们三个异口同声地说，"等你渐渐恢复了，有的是可以做的事。"

"可我家老赵也做不了什么，我跟姐妹们比，心里真是愧得慌。光接收帮助了。"岳明姐这么说时竟有些难过。

茹新递给她一张纸巾。我却没有顺着她，反倒数落她道："岳明姐，你瞎说什么呢？

有什么好愧得慌的？每个人情况不一样，只要有心就行。也别拿老赵跟别人比，老赵对你好，就是他最大的好。以老赵的为人，要是他有钱，也会像霍大哥那样的。"

"嗯嗯。"岳明点点头，"老赵对我是真好。你们不知道，我这全切的，怎么着，心里阴影更大些。洗澡的时候都不敢低头看，自己都怕呀。老赵就帮着我洗。我问他你看着那伤疤不害怕吗？你们猜怎么着，他摇摇头又仔细看看说这刀疤还挺有艺术感的，很漂亮。我又说以后你就得跟一个缺失了一个乳房的女人一起睡觉了，你们猜我们家这个土鳖又怎么说？他竟然特别幽默地说我又不是需要吃奶的孩子。"

岳明姐说完，兀自而笑。

我们三个却没有笑，我们的眼中都是泪花。

男人的好，不在于他给你什么，而在于他把能给的都给了你。

老赵，是一个多好的男人呀。

5. 遇事见人心

茹新姐她们创建的乳腺癌病友群取名字叫——同病相连。

是"连"而不是"怜"。

这是舒清的准婆婆薛台的建议，她说："要心相连而不是同悲怜。"

舒清万分崇拜地转达了婆婆的话，得到了大家的一致认可。她的治疗已经全部结束，茹新姐让她先忙自己的婚礼，"同病相连"就由孟叔多管一些。而我的朋友全职太太冬冬也会帮忙的。可冬冬以什么身份进群呢？冬冬的理由很简单："我是病人家属的身份呀，婉姗跟我不是亲人吗？"

蒋怡和林洁儿成为群里的答疑医生，两个人怕自己资历浅，林洁儿帮着请了她的师兄张主任一起来做患者们的知心人。

这个张主任我住院时候见过，高高大大，戴着一副眼镜，斯文而可亲。用舒清的话就是："未必眼镜男就都是坏人，还有很多像裴勇俊的呢。"

张主任手术也很多，但是他几乎每天都会有一个固定在线时间。而蒋怡在广西，还成立了患者沙龙。她柔柔的声音里充满热情地说："我真的不是为了名利，而是想为那些遇到我的患者做点什么。不是每个病人都像婉姗你这样的心态，她们需要我们更多的关心。"

直抵人心的是什么——真！蒋怡是这样的，我们都是这样的。

在"同病相连"群里，茹新要求大家都不可以用红色的字体，因为太多的病友一见到红色就会想到"红药水"，继而产生强烈的条件反射。

舒清并没有听茹新的话，她对这个群投入了相当大的热忱，似乎这件事比她结婚更为重要。她偷笑，说："这结婚的事儿，好像没有什么需要我管的，我就是负责出个镜，拍套结婚照。"

舒清发给我看她的结婚照。我彻底惊呆了。这个丫头竟然拍了一组光头的。一个光头的白纱女子，有着不服输的明亮眼睛。

"如果上天非要给我这样一个凤凰涅槃的机会，我干吗不留个纪念？"半年的时间，舒清已经不是在手术台上大喊大叫要见老公的女子。我的鼻子一酸，我常常为这些姐妹面对病患的行为而感动得落泪。从无法承受到坦然面对，其中艰辛，没有亲身经历是不会明白的。

舒清不无感触地说，"孙胖子跟摄影师说明了我的情况，摄影师当场就把这组光头的婚纱照送给了我们，拍摄过程处处照顾，那叫一个小心翼翼呀，哎呀呀，不提了不提了，提起来眼圈红，这世上还是好人多。姐，我们生病后是不是更感受到好人很多？不仅仅是我们的爱人亲人朋友，即便无意中遇到的陌生人。"

"是呀，还是好人多。"我深深的同感。

"不过，肯定也有奇葩另类的，若是平时对咱们有些羡慕嫉妒恨，看见咱病了，多少会有点幸灾乐祸，比如我们单位那个当小三的。不过没关系，姐，我记着你说的那话——常反思自己的言行，修正完善自己，感恩一切对自己好的人，但不要求任何人，对于对自己不好的人，既不怨恨也不非得逼着自己去祝福，不为难自己。"舒清就是聪明，活学活用，几天前我说的话还真铭记于心了。

而我之所以说出那些话，是因为收到了秀美的一个短信。

自上次我与她通话后，她又给我打过一个电话，说："看你微博，左杰对你不错呀，大彤她们对你也不错呀，还结交了很多新朋友，你总是能有很多朋友围绕着你，这病还病得挺值得，验证了你跟左杰的爱情，跟大彤她们的友情，充实了你新的朋友圈子。是不是我也该请你吃个饭了？"

我很平静地回答："秀美，咱们认识三十多年了，不必那么刻意，有机会就一起吃饭，没有机会就顺其自然。"

她"哦"了一声，就挂了电话。

没过多少天，我竟然收到她一个短信，而这个短信不是发给我的，是她误发到我这里的：

"知道吗？那个骄傲的朱婉姗病了，得的还是乳腺癌，从我跟你在一起，她就不看好咱们，如果不是她总对你颇有微词，也许我们不会分开。"

这短信显然是要发给小男的。

我只给她回复了一个字"呵。"

从此，她与我再无关联，我对她既无怨恨也无祝福。

"我当初就劝你，帮朋友有限度，她跟你骂小男，历数小男对她的薄情寡义，你就帮她出头，结果呢？她恨你。"左杰看了短信，并不奇怪，他一直都说秀美会把她跟小男的恩怨挂靠在我身上，"就是那么不懂好歹的人，只要你不生气就行。"

我望着左杰，瞪大眼睛，终于还是流下眼泪。

我跟秀美那么多年，我一直以为她就像我一个家人，很多时候，对她，比对自己的哥哥姐姐都要好。竟然是这样的？或者那么多年的友情只不过是我一厢情愿的认为而已。

大熊把我抱在怀里，轻轻抚摸着我的头说："别难过了，朋友也是缘分，缘分尽了，不要再想她了。你有我，她算什么？你还有那么多朋友，他们都是真心真意待你的。"

我点头。其实我已经可以放下秀美了，只是我不愿意相信，生病后，给我伤害的不是别人，竟然是与我一起混了三十多年的秀美。

贤良淑德"四人帮"说得很到位——朋友是需要清理的，遇事见人心，见证了，就立刻清除掉吧。

6. 又有多少人能够做到坦然面对生与死呢

好久没有小薇的信儿。

平时每天都会在微信里跟我说上几句，问问我的身体情况，再说说自己的肚子变化，当然，还有郭文宇的种种好处。不经意间，竟然有一个星期没有联系了。

我在等待放疗的间隙给小薇打了个电话。

小薇接通后就呜呜哭了起来。

"姐，我爸爸得了肝癌。"原来，小薇这些天都在忙老爸的事儿，"我看你病着，就没跟你说。爸爸明天就开始化疗了，我怕他受不了。"

"就在肿瘤医院吗？"我的心真的有些沉重。

常听小薇提起她的老爸，百里挑一的孝顺，身为长子，年轻时候照顾弟弟妹妹，现在又承担起照顾老人的重任。一个六十多岁的老人长年照顾另一个八十多的老人——小薇的爷爷。爷爷的脑瓜已不算灵光了，实在老小孩子，很累人。

"小薇，你别着急，我一会儿放疗后就去看你爸爸，我给他讲讲化疗的注意事项。"我生病，小薇那么关心我，现在她家里有事，我责无旁贷。

"姐，其实我挺想让你给我爸爸做做榜样，医生说这类病心态很重要。"小薇吸吸鼻子，继续说，"可我不忍呀，你还是病人呢。"

"没什么不忍的，我都好了，我明天放疗就结束了，所有治疗都完成了。我经常帮着病友们调适心理，跟你爸爸去聊聊就更应该了。"我说的是实话。我特别愿意把自己好的心得与大家分享。

小薇的爸爸远比我想的坚强。老爷子非常坦然地说："谢谢你来看我，我没事，有心理准备，这阵子一下子瘦了二十多斤，就知道不好。我心态没问题，小薇怀孕了，小郭对小薇对我们老两口都特别好，这要是一年半前，俩人闹得不可开交，我还真是不放心。现在不了。该怎么治就怎么治，姑爷说了花多少钱都不用管，他负责挣。有孩子这句话我知足。"

我望向小薇。小薇摸摸自己微微腆起的肚子，冲我点点头说："郭文宇真是成熟了，现在是我可以依靠的人了。"

"也是你这一年多努力的结果。"这世上没有免费的午餐，任何时候，能做的都是先做好自己。

"也是姐一点一滴帮我走过的。"小薇是个实在孩子，从不会说漂亮话，"我跟我爸爸还说呢，是朱朱姐姐在我跟郭文宇关系最不好的时候，鼓励我帮我找自己的原因，才会有后来的我。"

"是呀。"小薇爸爸瘦得有些嗫腮的脸还是那么慈祥平静，"所以我现在可以毫无后顾之忧地治疗了。即便真的治不好也没关系，人这辈子关键是活着的时候对得起自己和别人。人一生最难过的就是风烛残年，能躲过那样的晚景，也未尝不是好事。"

"叔叔。"我有些哽咽。不知道为什么，现在的我，越来越容易被感动，不是因为我老了，而是因为我更加珍惜周围的一切了。这老爷子哪里需要我去做思想工作？他分明可以笑对所面临的人生困境。因为他心里充满了爱。我忍了下泪水说："怪不得小薇那么真诚质朴，原来是您言传身教得好。"

是啊，这就是人生，人生总是充满了离奇，想象永远追不上真相的脚步。如果有人怀疑电影小说里的故事，那是她还没有参透人生的玄机。再离奇的故事都会有上演的角落。而只有像小薇爸爸这样的态度才能让自己起落的人生仍旧保持滑行，永不降落。

但，又有多少人能做到呢？

7. 是的，要微笑

最后一次治疗，我利用间歇的时间去了趟 b 楼的门诊，这天，老主任有门诊，我要给他送去点我亲手做的小饼干。对于我的医生们，我心里一直充满感激。

敲门进去，老主任刚好为一个病人做完检查，他非常冷静地对我微笑："状态不错，我的病人都能像你这样，我会很开心。"

我还未开口，对面的助理医生噌得站了起来。

是，小陈，那个非常温和的年轻医生。我手术后他就去学习了，一直没再见过。

"这是？"小陈差点没认出我。

"那个美女作家呀。"老主任赶紧提示。

"哎呀呀，你也太精神了，比刚入院的时候都精神，还带着一股子帅气。我都认不出来了。"小陈啧啧赞叹。

"真的？"我又欣喜又怀疑，"不是因为胖了，还有戴着假发，才认不出来？"

"不是，是太精神了。"小陈是个乖乖的大男孩，不会撒谎，说话时的真诚劲儿足以让我相信。

我连声道谢，美乎乎地继续完成最后一次放疗去了。

终于，所有的治疗都结束了。

　　我站在放疗楼大厅的门口处，放眼望着这个送走一拨又来一拨的所在。在这里，似乎永远就没有冷清的时候。

　　我深深呼出一口气，刚要转身离开。胖姐向我跑过来。她比我放疗的次数多，还得坚持几天。

　　"婉姗，婉姗——"几步路，胖姐就有点气喘吁吁，"你能不能迟点走。"

　　"舍不得我？"我嬉笑着，"您可以随时给我打电话，也可以参加'同病相连'的聚会呀。"

　　"嗯嗯，那些我知道，不是我，是那个小孙。"胖姐指了指诊室外边等待的一个白白净净非常柔弱的女人，"哭了半天了，我们实在都没辙，我琢磨着你最会劝人，你去劝劝吧。"

　　"怎么了？"我跟着胖姐走过去。

　　那是个看着比我稍微年长些的女人，而实际上她比我大一岁。

　　"郑姐，有什么想不开的吗？"我选择了直截了当。

　　郑姐一边擦眼泪一边说："不好意思，你都要走了，又把你喊回来。"她看我的眼中充满希望，好像我真的可以给她驱散郁结。

　　"婉姗妹妹，"郑姐怯怯地说，"我们俩去那边好吗？那边人少，我不想别人都听见。"说着，她又抽泣。

　　我陪着她走到人比较少的地方。郑姐再也抑制不住，又放声哭了起来。

　　原来，郑姐在三十六岁的时候，因为前夫嗜赌成性，输光了家里的财物，还动手打人，便离婚了。离婚后，婆家不放手孩子，女儿便由前夫的爸妈照顾。在大家的劝慰下，郑姐很快就通过相亲认识了后来的丈夫。第二任丈夫工作稳定，也比较本分顾家，虽然带着个女儿，郑姐觉得正好弥补了自己女儿不在身边的遗憾，便视如己出。从单位下岗后，便没有找正式的工作，就是打打零工，主要的任务就是伺候爷俩吃喝穿用上了。转眼，六年过去了，现任老公的女儿上大学了。郑姐以为生活会越来越好了。没想到，老公的女儿与亲妈联合起来了，亲妈要回归。

　　"靠，拿自己当香港澳门了，还回归？"我都有点不淡定了，"那你老公什么态度？"

　　"他就和稀泥，不敢惹他闺女，但，也不想接受前妻跟我分开。"郑姐擦擦眼泪，"可是后来他闺女公开跟我打闹了，往我水杯里倒生水，害得我拉肚子，她还告诉我是她干的，就是想气走我。我也没沉住气，就暂时搬回来我妈妈家。"

"你就不该搬走，等于自动把阵地留给了敌人。"我对郑姐充满同情，也很理解，曾经我也有过这样的怀疑，问过大熊："你这么在意你家姑娘，要是有一天，你家姑娘执意让你回来她和她妈妈身边呢？"

大熊不可思议地看着我说："你胡思乱想什么呀，我再爱女儿，也得尊重自己的心呀，我跟你的感情是别人拆不开的，能拆开彼此只有彼此。"

我的头脑稍微短路了下，郑姐碰碰我的胳膊说："婉姗，是不是我很傻。"

"郑姐，说实话，你做得不聪明，自己辛苦付出的家，不能轻易离开。"这是我的想法，我觉得凡是付出的感情，就不能轻易说放弃。

"可就在这时候，我病了。"郑姐又开始哭泣，"我赶紧找他，我以为他会担心我，把我接回去，结果，他避之不及。"

正当郑姐痛不欲生时，胖姐过来叫她了，轮到她了。

"婉姗，你再等我会儿好吗？"郑姐可怜巴巴地望着我。

我冲她点点头，让她放心，我会等着她。

郑姐出来后，我没有陪她再回到那个人少的地儿，我说："郑姐，敢于打开自己，不怕周围人的眼光，是最基本的勇敢，现在，你该做一个勇敢的人。这里都是我们的姐妹，她们不会笑话你，却可以给你一个锻炼勇气的机会。"

郑姐踌躇了下，点点头，坐了下来，接着说："我就是不明白，我那么多年的付出，像个保姆似的伺候他们爷俩，他们怎么能这样对待我，我一想到这些，就吃不下睡不着。"

"郑姐。"我沉了下，说了句非常实际却很难听的话，"温饱才思淫欲，咱们现在是保命的阶段，干吗还去想一个根本对你不关心的男人？"

郑姐愣怔怔地望着我，眨眨眼："那我后边可怎么办呢？我对他还有感情。"

"感情是互相的，勉强永远没意义。他对你有感情，你对他没感情了，他也不会离开你，反之亦然。"我说的是真理，这是两性差异。

"那我现在怎么办呢？"郑姐是真的茫然了。

"我觉得您现在最该做的，就是让自己忘记那些不愉快，好好治疗，让自己心情好起来，等治疗结束了，带着老娘去旅游，多跟自己女儿见见面，弥补下自己的缺失，这比琢磨那个男人为什么这样对你强多了。"我帮郑姐擦干眼泪说，"我们今后的生活就得用摒除法了，不好的都规避掉，只留下美好的东西。"

"小孙，你听婉姗说得多好。"胖姐也频频点头。

我忽然颇有感触，生病后的姐妹们，得有多少遇到类似的情况？背信弃义的未必比孟叔老赵小孙大熊他们这种不离不弃的少。我若有所思地对郑姐说："没有人会陪你走一辈子，所以要自己找到快乐的源泉；没有人会帮你一辈子，所以要建立起强大的内心，去面对一切，接受一切，并且永远微笑。我们是生病了，但我们更不能让别人看扁了。我们要活得更好，让那些离弃我们的人惊叹去吧。"

"婉姗，真的谢谢你，跟你这样聊聊，听你这么说说，我心里舒服多了，我觉得我手臂上都有劲儿了。"郑姐仍旧苦着一张脸，但不再流泪了，"以后我能跟你常联系吗？"

"没问题，不开心了，找婉姗。"我拍着胸脯说。

郑姐住在汉沽，需要坐长途汽车，我把她送到车站。路上，还帮她注册了QQ号，加进了"同病相连"。

车来了，我冲着匆忙上车的郑姐挥手，微笑。

是的，要微笑，不管天气如何，是阴雨还是晴朗，只要我们的心里是充满阳光的，一切都是明媚。

8. 王佳佳要与大熊复合

我没有想到的是，类似的事情真的很快就发生在了我身上。

但，我是朱婉姗。除了健康，其他都可以自己去把握的朱婉姗。

而对于健康，即便我无法主宰我的五脏六腑，却也绝不放弃有利于健康的任何一件事情。

放化疗都完成了，新书也在6月初全国上市了，朋友们为我进行了一系列的庆祝。

阿兰竟然携工程师一起请我吃饭。看着丫一脸的满足，我知道她离幸福不远了。

我的朋友们都越来越幸福，这是我很开心的一件事。

贤良淑德"四人帮"更不必说了，以前，因为大彤和静辉很忙，我们一两月会聚会一次。这半年来，一周？二周？最多二周就会聚一次。不聚的日子，她们都会给我打电话，大彤在家的时候要照顾孩子，她会利用上下班的路上跟我通话，非常准时。

跟我同龄的冬冬总是像姐姐般地说："我们知道你越来越强大，这是我们特别欣慰的，但是，作为朋友，我们有我们该做的，就是关心你。即便你再强大。"

每每，我都会使劲儿咽下眼泪，挤出笑容说："靠，不要太煽情了好不好，再把我的脆弱整出来。"

超级实在的静辉就会说："该脆弱就脆弱，我们都会是你的后盾。"

当然，为我庆祝的，还有大熊。

我们选了青年餐厅。是银河国际那家。

途经四楼，看到的是溜冰场，很多人在自由自在地玩耍，有的做大鹏展翅，有的双手背在后边滑行，有的小心翼翼地扶着周边的栏杆。每个人的走向都不可能一模一样。有的摔跤有的自如。但，一切都是活生生的，一如我们的人生轨迹。

我们选了临窗的位子。我越来越喜欢临窗，仿佛只有开阔的视野才能让我的心更敞亮。

我不否认，我曾经说过的话——病了，不拿自己当病人，行动上容易，心理上难。心理上，总会在不经意间有一丝异样。尽管很少，但，肯定会有。

就如那一刻，我想着这半年来得不容易，多少有点感伤。

大熊见我忽然变得沉默，便说："咱这都过来了，以后就剩下好日子了。"

我笑笑。康复的路是漫长的，能算过来了吗？但日子还得往好处过。

于是我要了一瓶啤酒。

"能喝酒吗？"大熊有点紧张，"医生说不能喝酒呀。"

"一杯。"

"好。"

大熊有个优点，他从不会试图改变我。

我举起酒杯，望着大熊，笑中带泪地说："谢谢你，一直陪在我身边。"

大熊伸出手，抹去我脸上的泪痕，却突然变了一副无厘头的样儿，操着天津话说："瞎客气嘛。我要是病了你敢不好好照顾我，我就打烂你屁股。"

我笑喷，泪花溅出。丫总是这样，浪费掉我的情趣，却给了我快乐。

我们俩正投入地吃喝，大熊的电话响起。

他看了一眼，愣住了。

"是王佳佳。"

"前妻？"

"是呀。"大熊异常迷惑，"她从没给我打过电话。"

"会不会是左晓晴有什么事？不是快中考了吗？"我猜测着，示意大熊接电话。

我看着大熊屏住了呼吸，接通了电话。丫对王佳佳竟然仍心存余悸。

"她说找我有事，要见个面。"大熊将电话移开，轻声对我说。征求我的意见。

"那就见吧，还能吃了你？"尽管有些疑虑，但怕是跟左晓晴有关的事，还是痛快答应了。并叮嘱大熊如果王佳佳是谈上高中的学费，不要太计较，能答应就答应。

我始终认为一个女人带着孩子生活是很难的，条件允许的情况下，男人不要跟女人计较太多。任何一个女人在嫁给一个男人的最初，都是奔着幸福去的。最后的不幸，归根结底给女人的伤害都会更大些。因为男人本身比女人的情感修复能力就强很多。

大熊把我送到大彤家，便去见王佳佳。

我正好去看大彤的儿子小白熊。我生病后就没怎么见过孩子。

小白熊已经两岁，可爱的酒窝，大大圆圆的眼睛，嘟嘟的小嘴，十足小帅哥。

我想抱他，右胳膊却不给力。只要作罢。

想到以前总会抱着他转圈，如今却不能了。淋巴结的清扫，让我成为肢体残疾人。我只好耸耸肩，表示一下遗憾。

大彤怕我多想，便转移话题："前些天老海归给我打电话了。问你是不是病了，说看你的微博了，想看看你，被我制止了。"

"你做得对。"我平静地说，"大哥不算坏人，但很多事情是没必要的，各自好好过生活吧。"

"嗯。"大彤很赞同我的想法，"我是觉得你跟左杰经此一遭，感情更稳固，就不要有什么岔头出来，生出误会。"

"不会有误会的，就算我见了老海归，也不会有误会的。"我很自信地说，"左杰非常了解我，也很信任我。"

"你信任他吗？"大彤随口问。

我眼前出现大熊和我在手术区域外见面刹那相拥而泣的画面，略一思忖说："以前，我不是不信任他，是我不信任男人，现在，我很信任他。"

因为信任，大熊回家后，我没有追问他与王佳佳的谈话内容，丫竟然也没有跟我说，仅仅敷衍性地自顾自地念叨说王佳佳说了说左晓晴的学习情况。

起初我仍旧没有多想，但之后的几天王佳佳天天给左杰打电话。左杰便神色慌张地踱步到阳台去接。我能感觉到左杰在跟她争执。

终于，左杰向我坦白了。

"王佳佳跟那个男人分手了，她想跟我复合，我告诉她不可能，她说以后别想再见到孩子，还说要找你。"左杰烦躁地搔搔头说，"你不知道的，这个女人很难缠的，我怕她说到做到，不让我见孩子，更怕她会来找你，给你添堵，她已经去找过我爸妈了，跟他们也表达了要跟我复合的意愿。我妈妈跳着脚跟她闹，她面不改色心不跳，摆出左晓晴作为威胁。我爸妈也应付不了她了。"

这个事实是我没有想到的，我立刻想起了郑姐，我的嘴边是浅浅的自嘲的笑。

"那你怎么打算？"我竟然仍可心平气和。我自己暗自笑笑，如果是在半年前，不管左杰什么态度，我肯定会迁怒于他，一定会将不满全部发泄在他身上，甚至会痛斥他懦弱。但现在，我是发自内心的理解和信任。左杰是一个有些懦弱的男人，而懦弱某种程度也是他善良的表现。并且，我很明白一个道理——男人对女人的感情不是靠吵闹换来的。是你的，永远都是你的，不管你是生病了还是穷困潦倒；不是你的，怎么争抢，也不会属于你。情在，怎么都好，情不在，怎么都是溃败。

不勉强任何人是我生病后自修成的一门功课。

"我有什么打算呀？我是你老公，如果没有孩子，跟她没有任何瓜葛。"左杰说得很肯定，并不出我所料。

"那好，她要找我，就找吧，我不会怕她的。"我淡淡地说。

"我怕呀，你不知道她，动不动就会跳楼的，什么事儿都做得出来。我怕你被她气着，我不想你沾一点气。"我知道，左杰是怕我的身体受到影响。

9. 做最好的自己

怕归怕，该来的总会来，王佳佳竟然有我的电话，丫真的约我了。

左杰死活不同意我跟她见面，但是我执意要去见她。所有的事情总得面对，面对了，难题都会简单些。

　　不可否认，王佳佳是个漂亮女人，只是，她冷酷的脸太缺乏温度了。一张没有笑容的脸，再好看也仅仅是漂亮，而不是舒服。

　　"听说你病了？"王佳佳的声音也是冰冷的，并伴着烦闷。

　　我有些疑惑，难道是左杰告诉她的？如果是那样，我对左杰的信任会大打折扣。

　　"别奇怪，那个家里不是有个魏月红嘛，她什么不说？告诉了我女儿，我就知道了。"王佳佳并不是一个玩心计的高手，她很直接。

　　我耸耸肩，笑笑，说："对，我生病了。"

　　"既然生病，就没必要拖累别人。"王佳佳咄咄逼人，"我女儿希望我们一家三口团聚。你可以成全吗？"

　　"你在跟我商量吗？"我并不示弱。对于没有同情心的女人，我不会退让。

　　"算是吧。"王佳佳又有些不耐烦，皱了眉说。

　　"那我就明确地告诉你——我尊重自己的内心，也尊重我老公的内心，我们彼此恩爱，成全了你，就是伤害了我们自己。这样的事情我不会做，也请你好自为之。"

　　"你！"王佳佳霍地站了起来，冷冷地盯着我，"说，你当初是不是第三者？"

　　"你现在才是第三者。"还没等我说话，一个声音直刺入王佳佳的心里，"不不，你现在是想当第三者，但是我弟弟绝对不会让你当成。"

　　竟然是魏月红。

　　"嫂子，你怎么来了？"我看着风风火火的魏月红，很是吃惊。

　　"婉姗，我惹的祸，我来平。"魏月红竟有点女中豪杰的劲儿。

　　她一屁股坐下，先喝光我面前的柠檬水，喘喘气，瞪着王佳佳说："那些年，你欺负我弟弟还不够吗？现在自己被甩了，又想重新回来这个家？你让我弟弟净身出户的时候你怎么不好好商量呢？"

　　"你算老几，跟我这么说话？"很显然，这两个人过去该有多次的针锋相对，此时，彼此对抗起来竟没有生疏感。

　　"你算老几，找我们家婉姗。"魏月红的气场更足。

　　我差点笑喷了，丫竟然用"我们家婉姗"来称呼我，算我没白真心对她。人心都是肉长的，丫的心终于被焐热了。

　　俩人痛快地吵了起来。互不相让。

　　魏月红多厉害呀，什么难听的话都说。

王佳佳被气哭了。

我拉了已经站起来的魏月红坐下，帮王佳佳倒了杯水果茶。我非常诚心地说："人与人之间，是需要缘分的。你跟左杰有孩子，但是你们的缘分尽了，我跟他没有孩子，可我们的缘分存续着。我也是女人，我也有很多单身的女朋友，我真的很理解一个女人带着孩子生活的艰辛，可是你有没有想过，这是你自己的选择。我们不可能陪着你去纠正你人生的错误。"

王佳佳突然就起身，试图打开窗子，嘴巴里喊着："不能给我女儿一个完整的家，我就不活儿了。"

我赶紧要去抓住她。魏月红拦在我面前说："随便她，她这招也就能对付你和弟弟，一哭二闹三上吊！一切事儿都得顺她意？想得美。"

果然，王佳佳假装打不开窗子，又坐了下来。

"佳佳，我还在养病，就不跟你多聊了。"我起身，"话我已经说得很明白，我不会轻易放弃我和左杰的幸福，但，无论何时，你有困难，我都会帮你，因为你是我老公女儿的妈妈。"

我叫了服务员结账，与魏月红一起走出咖啡厅。

左杰一直在车里等我。

一见面，他并不敢多问，而是玩命对我察言观色。

"有话直说。"我故意板着脸。

"她没对你怎么样吧？"左杰小心翼翼地问。

"没对我怎么，就是自己要跳楼。"魏月红从后边探过头来说，"我让她跳呀，她就坐下来了。"

"嫂子，你也太厉害了。"左杰脸上的表情稍微放松了些，"当初，她用跳楼跟我争孩子的抚养权和过户房子积蓄，我没辙极了。"

"就你老实，她才吃定你。"魏月红竟然有爽朗的笑声了，"其实，自杀也是需要勇气的，不然，我早死了好几次了。"

我回身握住魏月红的手，我理解她。

"也不是老实，"左杰幽幽地说，"不管怎么说，那是一条人命，即便她有百分之一是真的想死，我也不能让那百分之一成真。"

我歪了头，斜睨着左杰，我的大熊，我轻轻摸摸他的头说："这才是我最爱的大熊。"

看一个人，不能仅仅看他是否对你好，还要看他是不是对别人也好。一个善良的人对自己好，那个好就会加倍。

我摇下车窗玻璃，竟是难得的一个微雨凉爽的夏日，太阳被乌云遮住，天色虽然暗淡，却充满了雨气铺陈的清新气息。

我觉得自己很幸福，不仅仅因为我解决了王佳佳的难题，人生的问题太多，一道题解开了，还会有下一道，这并没有什么了不起。重要的是我在越来越努力地做最好的自己，只有最好的自己才会遇到同样好的别人。只有最好的自己才会让周围的人也变得越来越好。

10. 定格

不用治疗的日子，觉得自己完全恢复了。

浑身，有使不完的劲儿。

除了每天的锻炼写作做饭吃饭，偶尔去做节目，为6月初新出版的长篇小说做一些宣传活动，我的主要精力便是帮舒清筹备婚礼。

丫请我当司仪。我执意不肯，薛台那么多同事都是电台DJ，哪轮得到我？隽隽，我力推隽隽——她喜洋洋的一张娃娃脸就能平添喜气。

隽隽欣然答应，说："这是一场特殊的婚礼，散发着人性最美的光辉。"

瞧，随口就是台词儿。

舒清征求我的意见，是以自己真实的半寸长的短发示人，还是用假发做造型。

我想了想说："用假发做造型吧。光头拍了一套照片作为纪念就可以了，在自己的婚礼上，展示未来的自己，未来的，仍旧是长发飘逸貌美如仙的自己。"

"嗯。"舒清兴高采烈地应允，备选了好几个发型，"哇，美过瘾。"

舒清白纱飘逸，戴着假发，鬓边是一朵超大的百合花，那么清丽婉约，犹如仙子。

"谁看得出来这是患乳癌半年多的女人呀。"我啧啧赞叹。

"对。"舒清勾住我的脖子说，"我们是脱胎换骨，更加美好的女人。"

我跟舒清击掌。不管明天怎么样，今天就要把握在自己手里。

6月30日，舒清跟小孙的婚礼如期举行。

婚礼地点在五大道上的一个小花园。饭店就在附近，礼成后，宾客步行过去，也很方便。

五大道是天津市最为洋气的一片街区，四周都是欧式建筑的小洋楼。花园就在中心地带，最内里的地方。

隽隽柔美而富有感染力的声音将大家带入了温馨氛围。伴着结婚进行曲，一对新人缓缓入场。

孟叔和茹新姐不停地拍照，然后发到"同病相连"，让来自五湖四海的乳癌姐妹们分享喜悦。

我的电话铃声响起，是林阿姨。

"婉姗，舒清漂亮吗？代我一家祝福她呀。你什么时候来秦皇岛？你姨夫都收拾了一套房子出来了，距离北戴河可近了。你来这里写作吧，包你满意。要不先跟大熊来玩也行呀。吃我姑爷做的海鲜味美来呀。"林阿姨一连串说了那么多，跟住院时候相对沉默的她判若两人。姑娘和姑爷的和美复合让病中的林阿姨焕发出爽朗。要不说，好的心态是最好的良药呢。

舒清招呼我跟岳明茹新一起拍照，我对林阿姨说："我们凤凰涅槃'四人帮'要拍照了，一会儿给您发彩信过去，让您看看我们有多美。"

大熊摆出专业摄影师的架势，一会儿让我下巴稍微收一点，一会让岳明姐吸气收肚子，一会儿让茹新姐头低点睁眼，一会儿让舒清嘴巴别咧那么大。

折腾得我们四个人快筋疲力尽了。

舒清大声喊："坏姐夫，快点拍吧。"

话音未落，大熊已经按下快门。

得，一张极度张牙舞爪的照片成形。别说活泼开朗的舒清，即便是我们三个，也都是这辈子从来没有过的笑——那么放松自由地笑。

定格。

没错，人生最大的幸福，就是因为感恩和知足，而能够感觉到自己的心都是微笑的。

完稿

2012年7月12日晚8时35分

后记： 用爱完成

　　写完《微加幸福》，我松了一口气。不是因为累，而是因为一种完成的满足感。

　　打开电视机，浙江卫视中国蓝正在播出第二季的《中国好声音》，四位导师的欢腾中，一个美丽的，带着些倔强的姑娘走上台——姚贝娜。从她的眼中，我看出了些什么，那跟我有着类似的淡然中的坚毅。果然，两年前，她身患乳癌，在常人难以想象的痛苦的化疗过程中完成了《甄嬛传》的主题歌和其中四首插曲的录制。

　　看到这个，我更觉得写这本书的意义。

　　乳腺癌真的是威胁女性身体的头号恶魔。

　　从 2 月份，我的手臂刚刚可以动弹可以缓慢打字，到今天，整整五个月，经过六次化疗和二十三次放疗，我出版了两本书，写完了二十万字的《微加幸福》。是什么让我充满了创作的激情？是我自身对生命的崭新的理解和病友们各式各样的人生乐章的感染。

　　我们是一个特殊的人群，但我们要让我们的人生在这样的特殊后更加明媚。

　　小说中的人物都有原型，她们都成为我生活中的好朋友。人物各色各样，但有一点是想通的，在经历了一场磨难后，我们都变得更加热爱生活，感恩拥有，充满善念。

　　与庆军姐在化疗时的"一见钟情"缘于她对我说的一句话——活着的每一天都是赚的。这句话足以让我内心澎湃，福兮祸兮，不如珍惜。

　　丽萍姐常常谈及的都是病后大家对她的好，尤其是她那个高大帅气温和有礼的老公，对她处处呵护，让她可以不需要成熟。

韩凌姐是在放疗时候认识的，我带着她结识了众姐妹，她说犹如找到了组织。而很快，她成为这个组织的核心，她热情积极，充满了力量。

我常用"可爱"两个字形容耿旸，你永远看不到她惆怅，笑容是她的招牌，化疗让她胖了很多，她仍旧笑嘻嘻地说："我要是瘦下去，身材就未免好得太惊人了。"

知性温婉的冯梅姐是美女主编，在内蒙古生活的她，远离家乡来天津治疗，她柔中带刚，会淡淡地说："你姐夫常说现在要学习许三多，不抛弃不放弃。"

还有几位阿姨，用她们更多的人生经验告诉大家面对困苦的方法。她们是那么从容那么热情。像天津乳腺癌病友交流群的群主和管理员保阿姨和兰姨，两个人都是双乳根除全切。但，这两个五六十岁的女人几乎全天在线，帮病友们与医生沟通解答问题。

在我们的乳腺癌交流群里，很多病友都在三十六岁以下。乳腺癌患者的低龄化是相当可怕的。

这让我想到我熟悉的病友沧州的小杨、廊坊的建超和北京的芳芳，她们都不到三十岁，一个孩子刚两岁，一个结婚三个月就查出了病，一个在结婚前夕动了手术。她们年轻的生命如同一朵朵娇艳芬芳的花朵，在一阵风雨后，虽有花瓣受冲激，却在晴天后更加娇艳。

她们有的觉得对不起孩子，有的觉得对不起丈夫，有的觉得对不起父母，会问一句："为什么平时没有很好地关注健康？"

是啊，生命是一场善待自己的旅行，就让我们尽可能改掉所有的坏习惯，未来的人生，要好好活着，活出质量。而生活的最好的质量就是在爱护好自己的同时，给予别人更多的爱。有句话说得好——想要拥有一个健康的身体，就不能拖着一颗残破的心。

《微加幸福》或许是我所有作品中小说技巧最为缺乏的一部，但，却肯定是最具有诚意的，因为我是用爱完成的它。

听他们说

家属:

妻不幸得了这场大病。使得从不做家务的我重头开始学做家务,才知道做好家务是一件多么不容易的事,更使我知道了这么多年来妻是如何不容易。我要感谢上苍保佑妻恢复健康,给我报答她,爱惜她的机会,努力过好今后的每一天。

——病友家属祁桂林叔叔

母亲得病后半年父亲因心肌梗塞不幸去世,双重打击并没有把母亲击垮,母亲一如既往地吃斋念佛,为众生祈福,为子女撑起一片宁静的港湾。前不久,母亲见到了重孙,隔辈亲,隔两辈亲上加亲,我们更希望母亲五代同堂共享天伦之乐。母亲加油!坚强如你!

——病人家属王霞

你那么喜欢旅游,你可以将生病理解成是换了一种交通工具出行,你会看到不一样的风光。不求长寿,我们相互陪伴走到 75 岁就好。

——病友家属丽萍姐夫

老婆脸上的笑容就是我最大的幸福。

——病友家属高向红

老爸在医院饱受治疗的苦，看着他求生的眼神儿我真的是太难受了。方方姐说无论如何你都要给他希望。

——病人家属李倩小妹

病友：

我当初手术受的痛苦有些是可以避免的，只是那时吓傻了，没有多了解就仓促手术了，结果后患无穷。我不想让其他姐妹重蹈覆辙。还有就是让患友们缩短怀疑期，傍徨期，愤怒期。经常晒晒我们阳光的一面给新患者做榜样。康复路漫长而坎坷，但是大多数医生是没有时间跟踪每一位患者的，在群里通过相互交流解决了很多问题。每当姐妹们得到了满意的答复说声谢谢的时候，我很欣慰。

——天津乳腺癌患者交流群创建人病友傅新大姐

生活的磨砺让我学会了坚韧，也练就了释怀生命起落的本能，让我更加珍惜来之不易的幸福生活。

——天津病友高红

患病、成了我生命的减速带、让我放慢了前行的脚步、是坏事、更是好事，它改变了我对生命对生活的态度……康复的过程、也是重新丈量自己生命旅程的开始、用坚定的信心、活在感恩的世界里、活在爱的海洋中、活在希望的田野上、活着要有平和的心态、在绝望中寻找希望。永不放弃是患病七年来最强烈的情怀！

——六十岁的病友郝慕泓

简单的活着，善良，率直，坦荡，去品味人生的韵味，享受人生的乐趣。把一切泪水留给昨天，把所有烦恼抛向未来，开怀一笑，把它当作甜蜜的创伤，纵情一饮，把它当作美丽的痕迹。

——天津病友耿旸

感谢老天给我的这个警告，虽然代价有一点儿大。但它让我知道了有我这个家才完整！我要努力，因为还要陪伴女儿走进她婚姻的殿堂，牵手老公退休后一起看夕阳！

——天津病友韩子凌

以前总觉得你玩心太重，太孩子气，手掌不大，肩膀不宽，甚至怀疑你能否为我们母子撑起一片天。暴风雨来了，我才知道你是我生命中的至宝，你用你的坚强与爱将我紧紧围绕。"什么都不重要，只要你好好的，只要茂茂还有妈妈可以叫。"老公，我会拼尽全力信守承诺和你一起白头到老，一起把孩子照顾好。

——沧州病友杨淑芬

沐浴在爱的光影里的我，也要成为亲人朋友眼中最美丽的风景。

——天津病友董丽萍

我始终相信上天是公正的，给予每个人的好与不好都是同等的，今天亏欠了我，给了一个不完整的身体，明天一定会在别处做补偿，要做的就是耐心等待。因为活着真好。

——沈阳病友郑姝

我只想忘了那些痛苦的事，从容安静的面对现在和以后。

——病友建超

也曾轻言放弃，但十六岁的女儿每日怜爱的眼神与鼓励，让我重拾勇气。

——天津病友庆军

36岁生日当天收到一份大礼：医生通知我得乳癌了。现在我试着让自己坚信这是上天送我的一份珍贵礼物，只是时间仓促，包装得有点糟糕。

——四川病友庾波

面对突如其来的病魔，我曾经抱怨过命运的不公，哀叹过未来，但我发现这些都不能治好我的病。所以，后来我选择了乐观面对，积极治疗。半年之后，我又乐呵呵地回到朋友中，回到工岗位上。大家说，你没变，好像更美了。我觉得现在的我依然很幸福！

——内蒙古病友梅子

朋友：

如果一起笑过、哭过、吵过才是一辈子的朋友，那我一定是陪你笑到最后的那一个。加油，方方。

——闺蜜汪媛

生病后，我竟发觉你的生命中有一股不可思议的潜能，能勇敢面对恐惧，坦然接受苦难，生命中有你，真好！

——闺蜜阿辉

都说患难见真情，姐夫就是那种在爱人最难的时候不离不弃的好男人，我想，姐姐找对人了。

——妹妹之一陈思延

当医生从手术间走出来宣布冰冻结果时，所有人都懵了。我的担心想必也是大家所惧怕的——如此爱美的你会不会接受不了这事实而轻言放弃？而醒来后的你让我从眼神中看到了从未有过的坚强，那一刻我的心释然了……

——"四人帮"之一大彤

二十年的过往凝固了我们的情谊，你再轻描淡写你的病痛，我都会痛在心底。

——"四人帮"之一静辉

除了善良、美丽，才华横溢之外，坚强、宽容，乐观豁达是我对你的新的认知。病痛不能将你击倒，你却因此将生命的意义诠释得更加完美。我为你骄傲。

——"四人帮"之一冬冬

姐姐常说"都过去了"。感谢上苍的眷顾，以后的日子里我仍然能够拥有姐温暖的微笑！

——小妹李娟

等待病理结果的那一刻，我不敢在，我的心好痛，若在，我会更痛。

——发小桂梅

你是大家都喜欢的作家也好，平凡人也罢，你都是我的姐姐！这辈子无论富裕贫穷，健康疾病，我们是永远的姐妹！

——郑州朋友晏华

直到现在，我都认为这不过就是命运跟你开的一个玩笑，让我们见证你的蜕变和勇敢，考验你所拥有的情感。

——妹妹之一坤儿

多年姐妹竟又成病友，可这样的缘分，我真的不想拥有。

——朋友也是患者之美

患病期间，忍受难以忍受的病痛和治疗带来的双重折磨，你每天奋笔，短短时间内完成这部书。每天微笑面对亲友，让人心疼，让人刮目，让人叹服。

——朋友伊展姐

小妹紫鸢，微笑着与疾病周旋直至胜利的过程，让我看到了她一次完美的心灵之旅。同时，她的升华也奉献给身边的每一个人一次绝美的心灵享受，我们因此而更

敬她，疼她，爱她。让爱远行……

——朋友书珍姐

一直觉得你是个小家碧玉的女子，而现在，你的坚强、淡然、乐观、积极，让我看到了一个不一样的你，现在的你更让人觉得亲近，美好，我一直骄傲地和别人说，美女作家方紫鸾是我的好姐妹。相信你方方，好人好命。

——朋友蔡冬冬

我不想用浴火重生、凤凰涅槃之类的词来形容此时的你，只想朴实地说一句：你和你的作品都让我由衷佩服，无比感动。

——广西朋友桂琼丽

有的人把艰难的经历当痛苦，有的人把艰难的经历当财富，你就是后者中最完美的一个，做为朋友我为你骄傲！

——闺蜜小雨

你总是可以用自己的方式找到心灵的宁静。

——朋友荣雯

每个人心中都有一扇窗子，打开是尘世烟火，关上是云水禅化，禅如一朵花，开在心中，会让生命豁然开朗。以一种看山是山，看水是水的简单来生活，快乐就会一路相随。生命的美，就在于经历人生起起落落后的安然！

——朋友穆红

婚姻有七年之痒，友情却像陈年的酒，越久越香醇。我和方方相识于"红袖"，七年来看着她一部又一部小说出版，她的人生路也是越走越好。当年那个娇气的小女人已经蜕变成睿智理性的知性女子，然而唯一不变的，是她的善良和美丽。

——南通朋友孙云

这人生的感悟经得起时间的考验、生活的锤炼，它像一股甘泉，滋润着身边每一个朋友，给我们以精神、启迪，力量和对生活不断的追求的人生态度！

——朋友李丽丽

我还在感叹生命跟你开了个不好的玩笑，你却用更加精彩的生活和更加坚定的笑容告诉我，生命的奇妙就在于经历。

——《玩不起，别玩》责编遥遥

方方是我见过的最坚强最快乐的癌症病人，一场病收获了一本书。一场病更显出了方方的可爱。一场病也使方方成长了，成熟了。愿方方永远美丽健康，多出好书。

——好友杨姐

若干年前通过您的小说结识，哭着叹惜着读完，让我感到自己是个幸福的女人，要懂得惜福；若干年后爱情受挫借助您的小说疗伤，疗着关注着竟然收获惊奇，原来您就是是我那 20 年前的班主任老师，这真让我感到缘分是顺其自然的，要换个角度观生活了。20 年间许多事在变，但方方对我的影响延惯至今，作为老师我们的成就是您的骄傲，作为作家您的作品令我们的自豪。

——招商银行天津分行经理赵妍

我认识的方方，是个善良的，美丽的女生，知道她生病的时候，我的心失落落的，一种空荡荡的感觉，几次拿起电话几次又放下，因为我不知道如何劝她。她反倒那么坚韧，依然笑，依然快乐地做她一直做的事，在完成治疗的同时完成了这部作品。我只愿我们的方方，健康、快乐，并把她的美好传递给我们。亲，加油，爱你。

——朋友纹竹

美丽人生，无所不能，无所不胜。最棒的方方，加油！

——贵阳朋友淑妈

一本书、一段人生、一份真情，期待更多人从中收获自己需要的正能量！

——电视台主持人孙媛

如果以前的方方，还有一份忧郁，一点纠结，一丝躁动，那么生病后的方方呈现给我们的则是真切的阳光，向上与淡定！让我由衷地愿意与之一起前行。

——朋友韩萍

漂亮的娃娃脸，充满童真的可爱女子，我的朋友方紫鸾，你的文字会给千千万万正在遭受苦难的灵魂注入生机，和力量。我为你而骄傲！

——四川朋友曾丽娜

是你让我知道，生命就应如此爱的漂亮，活的精彩。姐，无论何时，我永远是你忠实粉丝。

——妹妹之一董丽丽

永远不知道你肩膀还能扛下多大的事儿，难得的是你一直微笑着面对生活！归根到底是你对生活充满了热情！这热情感染人、感动人！你是大女人，也是小女人！

——新疆朋友小五

都说活着无非勇气二字，我想，看过这本书，我们会明白勇气二字的真正含义。

——电台主持人郭隽

你生病，我心里很在意，但却没特别地劝慰，因为我觉得坚强如你，要的不是别人的怜惜，而该是和往常一样的情义。

——记者妹妹肖亮亮

因《隔道无雨》的出版而初识病中的方姐姐，从她的身上我学到了八个字"坚强如你，开心乐活"。并将这八个字送给所有的读者，以此共勉！

——编辑妹妹陈岱

医护人员：

尽管并非所有疾病都可治愈，但依然要不遗余力地减轻患者的病痛，安慰她，关怀她。

——广西医科大学附属肿瘤医院乳腺外科住院医师姬逸男

作为一名医生，医者父母心，我真的不在乎名利，只是觉得要对得住遇到过我的人。重建信心很重要，不是每个人都像方方那样将心理调节得那么好。我们有个病友群，她们给我们写过歌，歌词听得我直流泪。真心希望这本书能成为我们彩虹沙龙病友会的心灵鸡汤！

——广西医科大学附属肿瘤医院乳腺外科副主任医师蒋奕

有人问我："您们靠什么技术治疗癌症。"我说："如果仅仅靠技术是不可能治疗那么多艰难的病历的。从某种意义上讲，医疗是技术与艺术的结合。技术不是治疗癌症的全部，也不是最重要的部分。"医疗的艺术更多地包含的是医者对病患的关怀和体谅，以及如何诚心诚意地应用自己的技术去帮助患者。

我的手术理念是"让每一台手术都成为艺术品"。每当完成一个精致的手术，救治一个危重的患者时，心里的愉悦是不可言喻的，但是高兴之余也带来思考、迷惑甚至痛苦。因为手术、化疗和放疗也会带来创伤和痛苦，并且患者未来是否复发还需要时间的慢慢考验。从这个意义上讲，我们只能算是缓解疾病，而非完全治愈。医生的天职就是拯救证明，所以医生要珍惜生命。每帮一名患者完成治疗，医生就是"创造"了一次生命，就是弘扬医学价值，也是传播人间的爱和情。

医生与患者，从与疾病抗争的角度上讲是战友加兄弟。客观上讲，基于目前科学发展水平的限制，医生不可能治愈所有的患者，但是医生的责任在于尽可能地破除这种限制。从生理上、心理上全方位地治疗和照顾好患者，帮助她们战胜疾病，同她们一起抗争。

作为医生要善于被人感动，感动他人。自从加入了"天津乳腺癌患者交流群"，我时刻都被感动着，这里聚集着一群积极、坚韧、乐观、宽容的姐妹们。她们坚忍不拔，相互鼓励着寻找康复之路；她们乐观开朗，一起相约快乐生活；她们热心善良，集资募捐帮困难病友治病；她们宽容耐心，帮助新的病友了解疾病普及知识……她们时刻感动着我们！被感动的我们做了感动别人的事情又感动更多的人，这也是医生的神圣天职所在！

我喜欢与自己的患者建立私人化的交流方式，设身处地地为她们去考虑，而不仅仅从职业的角度去考虑。一个简单的网络平台把五湖四海的难姐难妹聚集在一起，大家真的像一家人一样，相互沟通，相互鼓励，一起寻找康复之路。我也尽自己的绵薄之力，将心比心，设身处地地帮助患者，尽可能多地抽出时间告诉她们如何在康复之路上走得更顺利。其实，只要伸伸手就可以迁出一份世间的温暖，而医生的每个行动都是衡量心灵的尺码，患者的理解往往根植于医务人员是否全心全意地履行了他的天职。

生命像一棵草，在蜿蜒曲折中长高；生命像一株芽，顽强破土后开花；生命像大海中的水，微不足道但是很重要；生命像一杯酒，蕴含着苦涩与醇香。生命的珍贵是不舍不弃，生命的意义就是自强不息。

——天津乳癌交流群管理员天肿乳腺一科副主任医师张斌

当你面对患者的时候，你就是他们全部的希望，认认真真地对待每一个信任你的病人才是医生的工作本质。这个职业不需要沽名钓誉，也不需要利欲熏心，需要的是我们用自己的真心和爱心去解除那些寄予你希望的人的病痛，以真诚的态度对待他们，医者仁心！

——天津肿瘤医院乳腺一科主治医生葛洁

大小、长短、多少等多无明确界限，健康与疾病亦然。因此，严格地说，人几乎都是有着不同程度的疾病。患了病，不必过度焦虑，应认真正确对待，好好治，好好养。做为医生，不仅要认真为患者治病，还要"治心"。要耐心、通俗地向患者讲解疾病的有关知识，鼓励他们战胜病魔，愉快地生活。

——天肿十面旗帜之一乳腺一科老主任宁连胜

在肿瘤医院工作那么多年，每天见到的都是抱着希望又不免绝望的眼睛。我所能做的就是尽可能地帮助他们，微笑地对待每一个病友，让他们的心得到一丝温暖。

——天津肿瘤医院门诊护士吴明怡

读者反馈卡

尊敬的读者：

感谢您的购买与阅读，谢谢您的支持，我们希望能做得更好。

请认真填写本卡，并通过邮寄或 E-mail 传给我们，不仅将有可能获得作者的亲笔签名书，更有可能获得意外的惊喜！

1. 您购买本书的原因（可以选择多项）：

☐内容　　☐作者　　☐价格　　☐朋友推荐　　☐出版社品牌　　☐书评广告

☐内容提要、前言或目录　　☐封面封底　　☐其他

2. 您对本书的总体感觉：

☐很好　　☐一般　　☐不好

3. 书中您最喜欢的人物是？

4. 本书您最喜欢的片段是？（标出页码）

5. 您想对作者说些什么？

6. 您觉得本书中有哪些地方需要改进？

7.您会将这本书荐给身边的朋友吗？

□会　□不会

（原因）

8.看完这本书，您有什么样的感想？是否对您有帮助？

读者个人资料：

姓名：　　　　　性别：　　　　　年龄：　　　　　职业：

邮寄地址：　　　　　　　　　　邮编：

E-mail:

如若邮寄，请填好本卡后寄至：

北京市丰台区晓月中路 15 号 北京人天书店有限公司 出版编辑部收

电话：010-51438155　　邮编：100071

E-mail 地址：1808944660@qq.com